小助川元太
橋本正俊――編

# 室町前期の文化・社会・宗教

## 『三国伝記』を読みとく



勉誠出版

# 室町前期の文化・社会・宗教

## 『三国伝記』を読みとく

目次

## Ⅲ……『三国伝記』という「作品」を読みなおす



## Ⅳ……『三国伝記』とその周辺

［序言］

# 本書の見取り図

## ――『三国伝記』から読み解く時代と作品

小助川元太

### 『三国伝記』とは何だったのか――

中世文学の研究において、『三国伝記』は説話集にカテゴライズされている。たしかに説話集には違いないのであるが、そう捉えてしまうと、採録されている説話の多くが先行説話集や軍記物語等と重なるため、目新しさに欠ける作品に見えてしまう。とくに鎌倉期に陸続と登場した先行の中世説話集の存在感に比べると、今ひとつインパクトに欠ける、いわば「遅れてやってきた説話集」というのが正直な印象であろう。

ただ、それは現代のわれわれが、既存の説話集のイメージに当てはめてこの作品を読んでいるからであり、その成立期と考えられている室町前期、とくに応永・永享期という時代の中にこの作品を置き、作品が内包している世界や、それが志向しているものを改めて眺めてみたならば、これまで見えていなかった姿が立ち現れるはずである。

## 「北野通夜物語」と『三国伝記』

『三国伝記』の特徴である、三人の語り手による巡り物語の様式は、『太平記』巻三五の「北野通夜物語」の影響を受けたものと考えられている。(1) 実際、「北野通夜物語」は、北野の聖廟（北野天満宮）における通夜の場で、もと鎌倉幕府に仕えていたとおぼしき遁世者、朝廷に仕える貧しい雲客（殿上人）、門跡寺院に仕える天台宗の法師の三名が和・漢・仏の三国の説話を順番に語るという内容となっており、清水寺で通夜をしている三人の人物が仏・漢・和の説話を順番に語るという『三国伝記』の形式は、まさに「北野通夜物語」の設定に重なる。

ただし、似ているのはそうした外見だけであり、よく見ると、設定の内実はかなり異なっていることがわかる。

たとえば、「北野通夜物語」で三人の人物が語る三国の説話は、鎌倉幕府滅亡以降、世の動乱が治まらない原因は何かという一貫したテーマのもとに語られたものであり、その人物設定も、武家、公家、僧という、戦乱の当事者の階層に属し、それぞれの立場から時代の動きを目の当たりにしてきた人物ということになっている。

それに対して『三国伝記』において、三人による巡り物語が行われたのは「夫れ一時ノ同車、一畳の同座、皆是多生の縁ナリ。其ヨシアシモ津の国ノ難波の事か法ナラヌ。我諸共ニイザ宵ノ月待っ程、慰巡の物語申し侍らん」という遁世者和阿弥の提案によるものであった。「慰巡」とは、「慰みに一座の者が順次物語すること」(2) であるが、清水寺の観音の前で行われたこの鼎談は、まさに「慰巡」であった。「北野通夜物語」の設定も、連歌の後の巡り物語となっているので、「慰巡」であるには違いないが、『三国伝記』の場合は、明確なテーマを持たずに、文字通り純粋な慰みとして、語り手がそれぞれの国の物語を語るという設定になっている点が、「北野通夜物語」とは大きく異なる。

## 応永・永享期という時代

ところで、『三国伝記』の語り手に注目すると、天竺出身の「梵語坊」、明から来た「漢字郎」、日本の近江に住む「和阿弥」という、人を食ったような名前もさることながら、彼らが、インド人、中国人、日本人という国際的な取り合わせであることが注目される。このことは、この作品が生まれた時代と、作品そのものが志向するものとに密接に関わっているという点で、非常に重要である。

まず、作品が生まれた時代についてであるが、この国際交流ともいえる鼎談が行われたという応永の「丁亥」は応永十四年（一四〇七）に当たる。この年は、かつて池上洵一氏が指摘されたように、「国際的な通商交易活動が頂点に達していた時期」(3)であり、実際にこの時期には外国人が京都に来ていた可能性が高いという意味で、それなりにリアリティのある設定であった。しかも「応永之初」として「泰平」かつ国際交流の盛んであった足利義満の治世を称えるところから始まるのは、この作品が応永という時代の記憶を持ち、当時の社会的状況を目の当たりにした経験を持つ編者によって生み出された作品であることを示唆している。そして、その影響は、冒頭の巡り物語の設定という枠組みだけの問題ではなく、『三国伝記』という作品全体に及んでいるはずである。

次に、『三国伝記』という作品が持つ志向に関わる問題であるが、この鼎談が、『太平記』「北野通夜物語」や、同じような設定を持つ『梅松論』が設定する北野天満宮の通夜ではなく、清水寺の観世音菩薩の前での通夜で行われたことは重要である。つまり、「三国円通大士」の観音の前だからこそ、三国の説話はそれぞれの国の人物によって語られなければならなかったのであり、物語の根幹に関わるものであるという点で、単なる「北野通夜物語」の二番煎じではない作品であることを物語っている。

## 今、『三国伝記』を読みなおしてみる

そうしたことを踏まえ、本書では二つの方向から『三国伝記』を読みなおしてみたい。一つは、室町前期、とくに応永・永享期という北山文化と東山文化の狭間の時代の文化的状況を、この時代に生まれた『三国伝記』という作品を通して浮き彫りにするというものである。そして、もう一つは、文学作品としての『三国伝記』を再評価するという方向である。以下、本書の簡単な見取り図を示しておきたい。

### 第1章　『三国伝記』から見る室町前期

第1章では、『三国伝記』で語られる説話を通して見えてくる、室町前期の文化的・社会的状況を点描する。

まず、橋本正俊「『三国伝記』に見る室町前期の唐招提寺縁起」では、「鑑真和尚事」を通して、それらが伝統的な鑑真和尚伝ではなく、室町時代以降に流布したものであることや、『三国伝記』所収の寺社縁起が足利幕府との繋がりもつ寺社のものであることを指摘する。

次に、川本慎自「夢窓派の応永期」は、『三国伝記』所収の夢窓疎石に関わる説話には、応永期における夢窓派の京都と東国の関係が反映されており、とくに東国での勢力回復を図る夢窓派の意向が、それらの説話の成立に関わっていた可能性を指摘する。

さらに、『三国伝記』が成立した時代的状況に関わるコラムとして、『三国伝記』巻二―六「直冬東寺落書事歌ノ落書事」と『太平記』や一次資料を比較することで、『三国伝記』が編述された室町前期における政治的状況を浮かび上がらせた谷口雄太「足利直冬の上洛・没落と石塔・桃井・山名・斯波――『三国伝記』が描いたもの・描かなかったもの」と、『三国伝記』成立期における近江の政治的状況を、とくに六角氏の動向を中心に論じた新谷和之「六角満高の近江国支配」の二編を掲載している。

### 第2章　『三国伝記』の宗教的環境

第2章は、『三国伝記』に登場する僧や説話を通して、当時の天台談義所に関わる僧の活動や信仰の問題に

迫る。

まず、牧野和夫「『三国伝記』生成の前夜――琵琶湖東の宗教的環境の一端〈倍山と常陸・出羽・濃尾〉」は、律僧のネットワークという観点から、『三国伝記』成立の宗教的背景に迫る。『三国伝記』に登場する元応寺の運海という学僧の存在をきっかけとして、「永和年中」「嘉応元年」における天台系律僧の活動が、その地縁・結縁のネットワークによって江州と濃尾、出羽国にまで繋がり、それが『三国伝記』の中にも反映されていることを指摘する。

続く高橋悠介「『三国伝記』巻第十二「仏舎利勝利事」と『釈尊御舎利儀記』」では、舎利信仰という視点から、『三国伝記』の宗教的背景に迫る。『三国伝記』巻十二―十三「仏舎利勝利事」の類話が法華経直談に関わる『鷲林拾葉鈔』『法華経直談鈔』『直談因縁集』などに見られることを踏まえ、それらの背景にある『釈尊御舎利儀記』の成立と享受の問題を辿る。

最後に柏原康人「『三国伝記』における「霊地」考」では、霊地参詣という観点から、『三国伝記』の宗教的背景に迫る。『三国伝記』における「霊地」参詣の功徳を説く説話に注目し、その中でも、「霊地」参詣と禁忌、殺生祭神の記述を中心に、同様の問題を取り上げている『神道集』との比較を通して、その姿勢を明らかにしている。

さらに、『三国伝記』を生み出した宗教的環境に関わるコラムとして、室町殿による洛中洛外の寺院参詣について論じた細川武稔「室町殿の外出と寺院」を掲載している。

## 第3章　『三国伝記』という「作品」を読みなおす

第3章では、『三国伝記』そのものを取りあげ、改めて『三国伝記』がいかなる作品であったのかということに迫る。

まず、竹村信治「〞三国伝記〞という編述」では、『三国伝記』の、〞三国の伝を記す〞という言語行為は、すなわち三国の話題を書き記すことで何事かを成そうとする編述の行為であるとし、編述主体の分身である三人の語り手による三国語りを、法界としての三国の円通を志向する、いわば法界観想の機構と捉えている。

次に、小林直樹「『三国伝記』と禅律僧――「行」を志向する説話集」は、『三国伝記』の禅律僧に関わる説話を中心に分析・検討し、三学のうちでもとくに戒・定を中心とする「行」の実践が重視されていることから、『三国伝記』を「行」を志向する作品と捉える。

最後の黒田彰「三国伝記と韓朋賦――変文と説話㈢」は、『三国伝記』第一―十六「宋韓憑事 相思木事」と変文「韓朋賦」との関わりを論じたもので、『三国伝記』の説話が変文「韓朋賦」・敦煌本千字文・西夏本類林と共通することを指摘する。

さらに、作品としての『三国伝記』を読みとくためのヒントとなるコラムとして、『三国伝記』の編纂原理に関わる、類聚・連鎖・連想といった精神作用について論じた鈴木元「連環する中世」と、『三国伝記』巻一―七「馬鳴龍樹兄弟昔事」を取りあげ、この話の成立圏にも関わる経論注釈の場とそこから生み出される説話について論じた本井牧子「馬鳴・龍樹をめぐる因縁とその諸相――『三国伝記』巻一第七を端緒として」の二編を掲載している。

## 第4章『三国伝記』とその周辺

本章では、『三国伝記』に採録される説話の原拠に触れつつ、同一の説話を採録する他の資料や作品との比較から、『三国伝記』における説話叙述の方法や姿勢を論じる。

まず、三田明弘「『三国伝記』における韓湘説話の主題」は、『三国伝記』第八―十七「韓昌黎事」を取りあげ、中国において生まれた韓湘説話の形成と変遷を辿った上で、同一の説話を採録する日本の『太平記』『三国伝記』『壒囊鈔』が、それぞれの文脈によって独自の主題を獲得したことを指摘する。

次に、小助川元太「『壒囊鈔』と『三国伝記』――斑足王説話の比較を中心に」は、『三国伝記』と『壒囊鈔』との共通説話のうち、ほぼ同文関係にある斑足王説話の比較を通して、両者の説話叙述態度の違いを明らかにすると同時に、『壒囊鈔』が『三国伝記』を引用したとする従来の説の再検討を提起する。

最後に、加美甲多「素材としての説話――『三国伝記』と『沙石集』」は『沙石集』と『三国伝記』に共通する説話を比較することで、『沙石集』が教化の姿勢を前面に出すのに対して、『三国伝記』には説話素材を物語として潤色して読者に提供しているという姿勢が見られることを指摘する。

加えて、『三国伝記』周辺の文学的動向に関するコラムとして、『三国伝記』巻五―二十「呉国孫鏡事」に室町期の三国志受容の動向を見いだす田中尚子「『三国伝記』が伝える室町期の三国志受容」と、『三国伝記』、『壒囊鈔』に並ぶ、比較的早い『太平記』受容の例として『応仁記』に注目した小秋元段「室町時代における『太平記』の享受――『応仁記』を中心に」の二編を掲載している。

## おわりに――歴史学研究と文学研究の垣根を越えて

冒頭で述べたように、『三国伝記』を単なる「遅れてやってきた説話集」として評価するのではなく、室町前期という時代の文脈の中に置いて読みなおしてみることで、作品を再評価しようというのが本書のコンセプトである。そして、そのことによって、『三国伝記』という作品そのものはもちろんのこと、『三国伝記』が生まれた時代がいかなるものであったのかということを明らかにしたいというのが、われわれ編集者のもくろみであった。ここまでの見取り図を御覧になって気付かれた方も多いと思うが、論考やコラムに文学研究者のみならず、歴史学研究者による最新の研究成果が掲載されているのはそのためである。その意味では、文学研究者にとっては『三国伝記』という作品を新たな視点で読み直すきっかけにもなるであろうし、歴史学研究者からすれば、『三国伝記』という文学作品に、室町前期という時代を読みとく鍵が潜んでいることを知るきっかけにもなるはずである。

本書が企画されたのは、応永・永享期の文化に関心を持つ文学研究者と歴史学研究者との共同研究の場（国際日本文化研究センター共同研究「応永・永享期文化論――「北山文化」「東山文化」という大衆的歴史観のはざまで」、大橋直義・呉座勇一代表、二〇二一年度より大橋・榎本渉代表）であった。ちなみに、第2章の牧野・高橋・柏原論考は、当共同研究による研究集会「公開シンポジウム『三国伝記』の宗教的環境」(二〇二〇年九月二十日開催)の成果である。そして、編集を任された小助川と橋本が企画を書籍化するためのコンセプトと構成を練り、我々の描いた設計図を形にしてくれるであろう研究者を口説いて、なんとかできあがったのが本書である。それぞれの執筆者がそれぞれの関心やこれまでの研究の蓄積に基づいて持論を展開しているため、当然のことながら、取りあげる箇所の重複もあれば、見解の異なるところもある。そうした不統一に違和感を覚える読者もいるかもしれないが、編集者としては、そうした不協和音のようなものは、かえって共通の問題について多くの人間が議論をする場のリアルを伝えるものであり、こうした企画論集の面白さであると考えている。

このような文学研究と歴史学研究の垣根を超えた交流企画は、今後もますます盛んになっていくであろう。その意味でも、本書をきっかけに、さらに多くの人が『三国伝記』や室町前期の時代状況に関心を持ち、分野を超えて活発な議論が行われることを期して、本書の序言としたい。

**注**

(1) 池上洵一『修験の道——三国伝記の世界』(以文社、一九九九年)。後に『池上洵一著作集第三巻　今昔・三国伝記の世界』(和泉書院、二〇〇八年)に再録。
(2) 池上洵一校注『三国伝記(上)』頭注(三弥井書店、一九七六年)。
(3) 前掲注1。なお、版本ではこの鼎談が行われたのは「辛亥」すなわち永享三年(一四三一)となっているが、そうなると、応永一五年(一四〇八)以降中断していた日明貿易が再開する前年の設定となり、冒頭の足利義満の治世における「毎年渡二遣唐一」といった記述とも矛盾するため、可能性としては低いものと思われる。

**付記**　本稿執筆中に、芳澤元氏編集の『室町文化の座標軸——遣明船時代の列島と文事』(勉誠出版、二〇二一年)が届いた。本書同様、国際日本文化研究センター共同研究「応永・永享期文化論」の研究成果であり、本書の姉妹編ともいうべき書である。併せて手にとっていただければ幸いである。

# 『三国伝記』に見る室町前期の唐招提寺縁起

橋本正俊

はしもと・まさとし――摂南大学外国語学部教授。専門は日本中世文学。主な論文に「神々を配置する――熊野・白山と伊奘諾・伊奘冉」（『日本文学』68巻7号、二〇一九年）、「『源平盛衰記』全釈」（共著、『名古屋学院大学論集（人文・自然科学編）』43巻2号～、二〇〇六年～）などがある。

『三国伝記』に収載される著名な寺院縁起には、成立期とされる十五世紀前半の状況を反映したと覚しい記述がしばしば見られる。その例として唐招提寺縁起を取り上げる。南都の戒律復興を基調として構成された当該縁起では、著名な舎利将来説話も従来のものとは異なり、当時の伝承を取り込んだ説話となっていると考えられる。

## はじめに

仏教説話集である『三国伝記』（以下『三国』）には、当然寺院を舞台とした縁起や霊験譚が多数収載される。中でも注目されてきたのが、『三国』の成立圏と目される近江地方を中心とした寺社にまつわる説話群である。(1)また、長谷寺の霊験譚が多いのも特徴であり、出典として『長谷寺験記』が特定されるが、他にもいくつかの著名な縁起や霊験譚があるが、独自の異文を含んでいて、他に同話を見出せないものが多い。そしてそこには、『三国』が成立したとされる応永期頃（十五世紀前半）の状況を反映したと覚しい記述がしばしば見られる。

例として、巻八第三話「丹後国成相寺事」の成相寺縁起を取り上げよう。

成相寺縁起は、飢渇した修行僧が猪の肉を食したところ、残った肉片が檜と変じ、それが観音像の一部であったことが明かされるという、著名な観音霊験譚である。古くから知られ『今昔物語集』巻十六第四話他に喧伝される。話の構造はいずれも類似するが、『三国』の出典と見なされるものはない。中前正志氏はこの縁起の『今昔』と『三国』の違いに着目する。[2] そして、前者では極限状態の僧に肉を食べさせるという観音の意地悪さが見られるのに、後者では童子として現れた観音が慈悲深く肉食を勧める姿が描かれること、また前者には僧が肉食の証拠を隠蔽しようとする様子が描かれるのに対して、後者では僧が正直に自らの肉食を告白する様子が描かれることなどから、『今昔』のような「観音の意地の悪さや僧の意志の弱さ」が感じ取れる「語り口に対する違和感あるいは反発」が、『三国』のような語り口を生んだのではないかと推測する。そして、「そんな違和感や反発を覚える存在として特に想起されるのは、成相寺である」とする。

これをもって、本話が成相寺によって改変された縁起であるとまでは言えないけれども、本話を成相寺の在地性から考えた際に、次の描写も注目される。里人が僧を探して峰を登る場面で、『三国』独自の本文に「其時、里人此僧雪中ニ粮断テ定テ死ヌラント哀ミ、若ヤト粮ヲ裹テ山ニ登ルニ、向上ト見揚レバ山峨々トシテ地軸遥ニ浪ヲ挙、直下ト見ヲロセバ海漫々トシテ天橋立雪ニ浮ベリ。雪踏分テ僧ヲ見テモ夢トゾ思ト悦ケル」とある点である（引用は「中世の文学」に拠る。振り仮名と一部の送り仮名は省略した。特に断らない限り国立国会図書館本も同様である）。成相寺から天橋立が望まれるのは当時でもよく知られていた。『慕帰絵詞』（十四世紀中頃）に、成相寺から天橋立を展望する場面が描かれる。また、天橋立と成相寺は参詣ルートとして結ばれていた。『国阿上人絵伝』（十五世紀）に、天橋立にある智恩寺から成相寺に参詣したことが描かれる。室町中期になると俗家による西国巡礼が盛況を迎えたことも知られている。[3]『三国』の成相寺縁起についても、単なる縁起資料を書承したのであれば、前述のような表現は加えられまい。この描写は必ずしも説話叙述に必要なものではなく、同縁起がこのような巡礼の道に乗ったときに加えられたものが、『三国』編者のもとにもたらされたと考えられる。本話の末尾では「自レ其以後、彼ノ寺ヲ成相寺ト号シテ、今ニ繁昌セリ」という縁起の定型句の後に、「眺望殊勝ニシテ弘誓ノ海闊ク、霊験無双ニシテ清浄ノ光円也」と、殊更に「眺望殊勝」が加えられているのも同様に注目される。ここには、十五世紀当時に編者の周辺で語られ、記されていた成相寺縁起の姿が読み取れるのではないか。[4] 本稿ではこのことを唐招提寺縁起に読み取ってみたい。

## 一、『三国伝記』の唐招提寺縁起

まず、巻七第十五「鑑真和尚事」を「中世の文学」の段落分けに沿って便宜的に六つに分けて概観する。括弧内は「中世の文学」における行数で、これによりおおよその分量を示す（以下、これを「本話」とする）。

①聖武天皇の世、授戒の師を求めて、僧を唐に遣わす。（3行）

②鑑真、日本に渡るべく勅許を得るも、弟子らがこれを阻もうとする。（4行）

③鑑真、渡航中に龍神に舎利を奪われる。海上に年月を送る。（6行）

④鑑真、来朝後の出来事（葛木山にて鬼神に遭う。東大寺に戒壇院を造る。唐招提寺を開く）。（8行）

⑤鑑真、龍神より舎利を取り返す。龍神、唐招提寺の舎利の守護神と成る。（7行）

⑥以後律法が廃れるも、貞慶、叡尊、覚盛らにより再興される。（13行）

「鑑真和尚事」と題されるように、大半を鑑真の事績に費やすが、鑑真の生涯を描いているわけではなく、鑑真伝と呼べるようなものではない。④⑤に見られるように、唐招提寺にまつわる由緒と、⑥の戒律の復興までを含めて、唐招提寺縁起というべき性質が強い。また、これらの典拠となる資料も確認されていない。

本話には他の鑑真伝、あるいは唐招提寺縁起と比べて、明らかに不正確といえる点がいくつかある。例えば、鑑真は新井田部親王の旧宅を譲り受けて唐招提寺を建立したとされているが、④では「真如親王御所給テ私寺成。招提寺是也」としている。また、鑑真が唐より将来した舎利は三千粒とされているが、⑤で「三千五百粒」とされている。さらに、自誓受戒した叡尊・覚盛を、⑥で「思円法師・弘成大徳」としている。思円は叡尊の字だが、弘成は不詳で、「中世の文学」は補注で「覚盛の号「窮情」をこのように記したものであろうか」とする。これらはいずれも中世にはよく知られた事実であり、明らかに誤認であるが、原本での誤りかどうかは不明である。元禄十四年（一七〇一）に唐招提寺の義澄が、伝記や寺内の口承などをもとに編纂した寺誌として『招提千歳縁起』が知られるが、巻下三「弁訛篇」に「三国伝記曰、以テ二真如親王ノ旧宅一賜二和上一者誤之甚也。堪レ可レ笑也。都三国記中、吾太祖ノ伝下多ク誤ル。見テ而可レ知レ之。不レ及二具ニ記ルニ一之也」という。本話は、正統な唐招提寺の寺誌から見れば、誤謬が多く、容認しがたいものであったことが分かる。しかし、後に見るように、そもそも唐招提寺内部における鑑真伝・縁起も、中世までに変容し、伝承が付加されていたものであった。そういった中で、寺外においても伝記・縁起が語られる中で、新たな変容を生み出すことは当然あったろう。

本話も、『三国』編者が独自に改編したものではなく、誤りを含みながらも、当時伝えられていた鑑真伝・唐招提寺縁起の一つの形を伝えているものと考えられる。むしろ、固定化していた伝記・縁起と異なり、十五世紀当時に語られていた流動的な伝承の一端を窺い知る上で、『三国』の記述は注目されるものではないだろうか。

## 二、舎利将来説話

### （一）鑑真伝の舎利将来

ここで、中世までに伝えられていた鑑真伝の概要を見ておきたい。

鑑真伝は、思託『大和尚伝』（逸文）に始まり、真人元開（淡海三船）『唐大和上東征伝』（七七九年）、思託『延暦僧録』（七八八年）（逸文、『日本高僧伝要文抄』収録）の「鑑真伝」「思託伝」、豊安『鑑真和上三異伝』（八三一年）などがあり、中世には忍性『鑑真和上東征伝絵』（一二九八年）、賢位『唐大和上東征伝』（一三二二年）などが挙げられる。その主な内容は、鑑真が栄叡らの招請を受けて、失敗をくり返した後日本への渡航に成功、戒律を伝え、聖武上皇らに授戒、唐招提寺を建立する、といったものである。その中で語られる重要なエピソードの一つが舎利の将来である。

鑑真が三千粒の舎利を将来したことは、すべての伝記に漏らさず見えるが、初期の伝記の中では『延暦僧録』「思託伝」に詳しく、

将下舎利三千粒請二本国一供養上、海中被二龍奪一船破。八十余人各自救レ身。思託没レ命取二得舎利一、并救二得真和上一。又於二一時一船飃二落大陽一。有二四金魚龍一、遶レ船欲レ奪二舎利一。三日行二蛇龍海一。船看欲レ没、衆尽念二仏・四天王一。夜水手来告、有二四神人一、身被二金甲一。衆聞心安。神人現後、船出レ水高、常五尺。

とあり、龍に舎利を奪われたものの思託が命懸けで舎利を取り返したこと、さらに「四金魚龍」が現れ舎利を奪おうとしたこと、仏・四天王が現れ船を守護したという出来事が語られる。

唐招提寺に将来された舎利と言えば、金色の亀が舎利塔を背負った形状の唐招提寺蔵「金亀舎利塔」（国宝）が知られる。本話も⑤で「御舎利ヲ亀ノ甲ニ瑠璃ノ壷ヲ居テ安置シ給ヒケリ」とする。現在見られるこの形で舎利が安置されるようになったのは、十二世紀初頭の頃と考えられる。『七大寺巡礼私記』（一一四〇年）の「鑑真和尚将来之三千余粒仏舎利、納二白瑠璃壷一安二銅塔一、其塔壁者銅唐草所レ堀透也。作二亀形一、其上置二荷葉之台一、台上安二件塔一」の記述がその初出とされ、唐招提寺の復興に携わった実範（?～一一四四）が

制作に関与したかと考えられている。(5)

この金亀舎利塔の制作との前後関係は定かでないが、深く関わって一つの説話が登場する。海に沈んだ舎利を亀が甲羅に載せて返上したとする説話（霊亀舎利説話と呼ぶこととする）で、鎌倉時代以降に成立した巡礼記・縁起集の類にはしばしば引かれる。前田家本『南都巡礼記（建久御巡礼記）』に拠って引用する。

ツイニ波アラク風ケワシクシテ、彼三千粒ノ仏舎利ヲ海ニシヅメテキ。ソノ時和尚カナシミテ、ナミダヲタレ給シカバ、カメノセナカニヲヒテ、ウカビアガリテ、此仏舎利ヲ返タテマツラレタリキ。和尚悦テ、此朝ニモテキタル、此様ヲツクリテ、カメノ甲ノ上ニ瑠璃ノツボニ安置シテ、今ニ礼シタテマツルコトヲエタリ。

『諸寺建立次第』や護国本『諸寺縁起集』も同文を引く。(6)

## （二）十四世紀の舎利将来説話

ただ、この霊亀舎利説話が鑑真伝や唐招提寺縁起に取り込まれるまでには、少し時間を要したようで、十四世紀の資料に確認される。そこでは、従来の鑑真伝に描かれた、思託が奪われた舎利を奪還する説話（舎利奪還説話と呼ぶこととする）との整合性が求められるようになる。唐招提寺の歴史をまとめた『唐招提寺解』（一三三一年以降成立。以下『解』と略する）の鑑真伝から引用する。

過二野孤島一将レ至二筑紫一。亦白鯢迎レ風、鯨鯢挙レ浪、三千粒駄都、一時没二龍窟一。破船漂泊、諸人茫然。雖レ然和尚以下天平勝宝五年十二月著二薩摩国秋妻屋浦一。爰大和尚専凝二懇祈一。又命二思託一、仍思託律師入二海底之龍宮一、責レ之処、金亀負二仏塔一、龍神現二海上一。自称云、「我是無辺荘厳海雲威徳輪蓋龍王、三千世界之上首、如来在世之聴衆也。恐二持戒之聴一、奉レ返二和尚一。自今以後、此御舎利安置之砌現二白石一、如レ影昼夜可レ奉二擁護一」云々。今招提寺鎮守是也。

日本に到着する前に、暴風に遭い三千粒の舎利は「龍窟」に没したが、秋妻屋浦に上陸後、鑑真が祈念し、思託が龍宮に赴いて舎利の返還を求めたところ、仏塔を背負った金亀が出現し、舎利が返還されるという、舎利奪還説話と霊亀舎利説話を融合した形となっている。このような『解』の舎利将来説話は、しばしば仏法伝来にまつわって説かれる、人と龍とが宝物を求めて争う珠取り説話の一つとしても注目される。(7)そして後半では、海上に現れた龍神は、今後白石となって現れ、舎利を擁護することを誓ったという。最後に「今招提寺鎮守是也」とあるように、唐招提寺鎮守の縁起ともなっている。なお、龍神の台詞の前半は、貞慶『釈迦念仏会願文』（建仁三年〈一二〇三〉に「抑当寺鎮守名二無辺荘厳海雲威徳輪蓋龍王一、三千世界之上首、如来在世之聴衆也」とあるのに一致する。この願文をもとに『解』の本文も作られたのだろう。

この『解』とは異なる形で、やはり舎利奪還説話と霊亀舎利説話を描くのが、華厳宗の賢位による鑑真伝『唐大和上東征伝』(一三二二年。以下『東征伝』と略する)である。

> 亦三日ガ程ハ蛇海ヲ過グ。其ノ大サ一丈余也。船ノ裏ニ襲ヒ来テ随身供養ノ三千粒ノ舎利ヲ奪ヒ取ル。爰ニ弟子思託命ヲ捨テ海ニ入リ、龍神ニ追ヒ懸テ奪返シ奉リ。又其後三日ハ飛魚ノ海ヲ過ギ、五日ハ飛鳥ノ海ヲ過グ。船ノ中ニ飛入リ船ヲ覆シ、舎利ヲ取ラムトゾ龍神変化シケル。而ルニ四ノ金魚ノ一丈許ナルガ舟ノ四辺ニソフテ、船ヲ助テ難ヲサク。此ハ四神ノ変作也トゾ人悦ビケル。

『解』と『東征伝』はいずれも舎利奪還説話を描きながら、大きな違いがある。『解』では天宝十二年(天平勝宝五年、七五三)「将レ至二筑紫一」の後に舎利が龍宮に沈み、秋妻屋浦に到着後に思託が奪還に向かっていたのに対して、『東征伝』の右の引用は天宝七年(天平二十年、七四八)第五次渡航の途中の出来事となっている。そして、この時点では思託による舎利奪還のみで、霊亀は登場していない。ところがこの後、天宝十二年に秋妻屋浦への到着目前にして、暴風に見舞われると、再び龍神が出現し舎利を奪って海底に沈む。

> 時ニ大和上浦ニ着キ、船ヨリヲリ、弟子ノ法進思託ニ語テ曰ク、「(中略)而ニ各懇祈ヲ致サムニ再ビ感得スルモノナラバ、本願ノ成就スルナルベシ」トテ、涙ヲ流シ湖上ニ向ヒ、三宝八部龍王冥衆ニ祈請シ給フ。コレニヨツテ、法進ハ願ヲタテ「若シ海神返シ給ハヾ伽藍ヲ建テ仏法ヲ弘ムベシ」トイフ。今ノ吉野仏国寺是也。思託ハ華厳法華等ノ数部ノ大乗ヲ転読シ、諸人皆功徳ヲ修メテ海龍ニ廻向スルニ、肝胆冥ニ通ジ、霊応時至テ、海面ニ波平イテ砥ノ面ノゴトシ。霊亀舎利ヲ負テ波ニ乗テ来ル。

秋妻屋浦に上陸の後、和上は「三宝八部龍王冥衆」に舎利の返還を祈請し、思託は「華厳法華等ノ数部ノ大乗ヲ転読」し海龍に廻向すると、霊亀が舎利を負って現れる。つまり、『東征伝』は二度にわたって海龍による舎利奪取を描き、一度目には思託による舎利奪還を、二度目には霊亀による返還を描いていることになる。振り返って『解』では、思託が舎利奪還に龍宮に向かったのにも関わらず、亀が仏塔を背負って出現していたのであり、二つの要素が一場面に集約されている印象がある。中世に霊亀舎利説話が新たに登場する一方で、思託による舎利奪還説話も描こうとしたことから、舎利の奪取と奪還(返還)の物語は、このように複雑な様相を呈することになったのではないか。さて、『東征伝』では右の引用に続いて、『解』と同様に鎮守の縁起が続く。

和上ノ御前ニ進ミキテ、忽然ト老翁ト変ジ舎利ヲ捧奉ル。則曰ク、「我ハ三千大千世界龍首無辺荘厳海雲威徳輪蓋龍王也。如来ノ在世ニ親リ仏前ニシテ舎利擁護ノ誓ヲ起ス。而ニ今大和上日本ニ舎利ヲ将来シテ仏法ヲ弘メ給フ。擁護時ヲ得テ先海中ニ取リ奉ルニ、守護ノ霊瑞ヲ示ス也」ト申レケレバ、和上深ク敬重シテ曰ク、「早ク願ニ任テ我仏舎利安置之処ニ鎮護ヲ垂テ、未来ノ衆生ヲ利益シ給ヘ」トテ、青石ニ加持シ給ヒケレバ、老翁約諾シテ青石ニ混ジテ形ヲ隠ス。果シテ招提寺建立ノ時、東辺ニ青石ノ大石忽然ト顕現シテ霊相是新也。則今ノ唐招提寺ノ鎮守龍神是也。

『解』と類似するけれども、白石と青石の違いなど、相違点も多く、どちらが本来の説とも言えない。『解』と『東征伝』の成立時期は近く、当時このように霊亀舎利説話や鎮守縁起を取り込みながら、舎利将来譚が変容していたことが窺える。

## (三)『三国伝記』の舎利将来説話

　ではこれらに比して、十五世紀の編纂とされる『三国』の本話では、舎利将来はどのように描かれているのだろうか。

　前掲のとおり、本話では③⑤がそれに当たる。

③雖レ然《ト》、鑑真和尚遂《ニ》授戒《ノ》具足《ヲ》用意《シ》舟《ニ》乗給《フ》。海嵐送レ舶《ヲ》揺《シ》二客心《ヲ》一、浪月穿レ風《ヲ》訪《フ》二夜禅《ヲ》一。雲水沈々《トシテ》遠涛漫々《タリ》。然《ニ》、海中《ニシテ》遇《ヒ》二悪風《ニ》一、嶋々《ニ》漂蕩《シ》所々《ニ》流浪《セリ》。或《ハ》金鳥飛来《テ》船《ノ》舳《ヲ》啄破《リ》、或《ハ》鉄魚浮臨船《ノ》腹《ヲ》為レ覆《ヘサント》。是所持之仏舎利《ヲ》龍神競望《スル》故也トテ、舎利《ヲ》海《ニ》奉レ入、霊亀浮出《テ》甲《ニ》載《テ》沈ケリ。海上ニテ年月ヲ送間、塩風ニ吹レテ、和尚両眼盲給ケレ共、六根互用《ノ》徳ヲ備《テ》、鼻ニテ聞ギ、経書ヲ講《ジ》給《ヒ》ケリ。

⑤又、龍神佐望之時海中《ニ》投ラレシ三千五百粒《ノ》仏舎利ヲ為《メニ》二責返《ンガ》一、和尚於二招提《ノ》道場一《ニ》火界印結《ビ》真言《ヲ》持念《シ》、以二三密即是《ノ》深秘《ヲ》一加被《シ》給《ヒ》ケリ。所以《ニ》、龍宮城《ニ》火炎出来《テ》、水精《ノ》門閣、瑠璃《ノ》宮殿、皆灰燼《ト》成。故《ニ》、龍王仰レ《ギ》天《ニ》驚怖《シテ》、其《ノ》御舎利《ヲ》遂《ニ》亀《ノ》甲《ニ》載《テ》返《シ》進《ル》。和尚舎利《ヲ》請取、招提寺《ニ》池《ヲ》堀《テ》為二龍池一、社《ヲ》立《テ》舎利《ノ》守護神《ト》成給《フ》。御舎利《ヲ》亀《ノ》甲《ニ》瑠璃《ノ》壷《ヲ》居《テ》安置《シ》給《ヒ》ケリ。舎利供養《ノ》時白《キ》浄衣《ヲ》着《タル》化人必《ズ》出《テ》舎利《ヲ》守護《ス》。則《チ》其龍神是也。

③で龍神による舎利奪取、⑤で鑑真の祈念による舎利奪還と、龍神が舎利の守護神となったという縁起が記されている。鑑真伝としての本話の眼目は舎利将来にあると言えよう。舎利将来と無関係の④を間に挟むのは、④で唐招提寺建立

に触れた上で、⑤で「和尚於二招提ノ道場一ニ火界印結ビ真言ヲ持念シ……」と、鑑真が唐招提寺で祈念したことになっているからである。そして、その内容はこれまでに挙げたいずれとも異なる。龍神による奪取は描かれるが、その奪還に思託は関与しない（そもそも思託は登場さえしない）。また唐招提寺にて鑑真が火界印を結ぶという修法によって竜宮城が火事になり、龍神が舎利を返還するという展開も、説話化と鑑真の異能化が一層進んでいると言える。

さて、本話でも霊亀の登場が注目される。③の舎利奪取の場面で、「舎利ヲ海ニ奉レ入」とした後に「霊亀浮出テ甲ニ載テ沈ケリ」という一文がある。「舎利を海に入れたところ、霊亀が現れて甲羅に載せて沈んでいった」ということであり、舎利奪取の場面で霊亀が出現している。そして、⑤で鑑真が祈念したことにより、「龍王仰ギレ天ニ驚怖シテ、其ノ御舎利ヲ遂ニ亀ノ甲ニ載テ返シ進ル」と、再び舎利を載せた霊亀が出現して、舎利が返還されるのである。本話は⑤に「御舎利ヲ亀ノ甲ニ瑠璃ノ壷ヲ居テ安置シ給ヒケリ」とするように、金亀舎利塔縁起として機能することが意図されている。そこでは思託の舎利奪還説話は不要なものとして切り捨てられ、代わりに霊亀が人界と龍宮の間で舎利の受け渡しを担う存在として描かれているのである。

⑤の龍神の縁起は、『解』『東征伝』の鎮守縁起に相当するが、『解』『東征伝』とは違いが大きい。『解』『東征伝』のように、龍神が白石（青石）に変じて舎利を守護する誓いを立てるのではなく、鑑真は「招提寺ニ池ヲ堀テ為二龍池一、社ヲ立テ舎利ノ守護神ト成給フ」としている。「龍池」を掘ったというのは、『解』や『東征伝』にはなかった。これにはまた別の伝承が絡んでいるようである。

時代は下るが、『招提千歳伝記』下三「旧跡篇」の「滄海池」に、これに類似する伝承が記される。

滄海池。此ノ池ハ者、古往開山大師所レ也造、初メ大師渡海ノ之時キ、親ク謁シテ二龍神一、且ツ為シテ二約契ヲ一而モ謂ク、尽シテ二未来際ヲ一守二護スベシト也此仏舎利一也。依レ之大師為メニ二龍王ノ一掘レ池ヲ号ス二滄海池ト一。蓋シ是滄海ハ為リ二海ノ総名一。此ノ池表スレ海故ニ、名クル也レ之ニ也。毎日午時出上ル二仏舎利ヲ一、大ニ為ス二結縁ヲ一。其ノ時龍神必ズ出テ二于此ノ池ニ一拝二仏舎利ヲ一、且ツ為スト二守護ヲ一云〈已上、耳伝及古記ノ意也〉。又或ル記ニ曰ク、毎日午時舎利講会ニ、龍神化シテ成テ二白浄衣ノ人ト一拝二護スルト也仏舎利一也〈解脱上人所撰ノ舎利講式ニ曰ク、「孤山ノ間（ママ）ニ、徐ヨリ〳〵礼シ二白毫之秋ノ月ヲ一、滄海ノ波ノ上ニハ、遙ニ引カント二此台（ママ）ノ之暁ノ雲ヲ一」云々〉。

後半の「又或記曰」の一文が本話に極めて近いが、今は前半に注目したい。鑑真が渡海の際に龍神に謁した時、龍神が未来永劫鑑真将来の舎利を守護することを約束したので、鑑真は龍神のために池を掘ったというのである。そして、龍神は日々の礼拝に出現し舎利を守護するという。本話は、このような鑑真が龍神のために池を掘ったとする伝承の発生、流布が十五世紀まで遡ることを示しているのである（また、『招提千歳伝記』には、龍宮を火炎で攻め、龍神に舎利を返還させるという、本話に共通する説も引かれる）[8]。

ただし、滄海池は現在も宝蔵の東に位置するが、これが本話にいう「龍池」とは考えにくい。文明年間（一四六九～一四八七）には成立したかとされる菅家本『諸寺縁起集』の「唐招提寺」に、「孤山松・蒼海池」の項がある。そこでは孤山松と蒼海池にまつわる由緒が引かれ、貞慶の五段『舎利講式』がこの松と池について触ることなどを述べているけれども、[9]龍神に関する記述は一切ない。それよりも、『招提千歳伝記』下三「旧跡篇」に見える「龍池」がこれに当たるだろう。「此ノ池ハ者、東社ノ辺也。中ニ有二リ八ノ石一。是レ標二スト伝八大龍王一也〈口碑〉。龍神勧請ノ之池ナリ也」とある。またこれと関わって、下一「殿舎篇」の「東宮」に「東宮。有二三殿一也。南殿者、海徳龍王也。蓋シ斯ノ神ハ者、吾ガ大師東征之時、海中現ジテレ形遇二吾ガ和上一、誓レ護二舎利一也。（中略）忽然トシテ現二大白石一ヲ。吾祖益感、構レ殿鎮レ之、永為二律門之護神一也」とあり、『解』『東征伝』に類似する。[10]おそらく、室町期から江戸期にかけて、二つの池の間で伝承が混同されたのだろう（「龍池」は、唐招提寺東方の鎮守社（現、水鏡天神社）に現存する井戸がその形跡と考える）[11]。

図1　滄海池（奥は宝蔵と経蔵）

図2　水鏡天神社（旧鎮守社）

少し話が逸れたが、このように本話は、鑑真が龍神のために唐招提寺に池を掘り、龍神がそこで舎利を守護するという新たな伝承を鑑真伝に取り込もうとしたために、⑤のように、唐招提寺における舎利の返還を描く形の縁起が形成されたのではないだろうか。先の③「霊亀浮出テ甲ニ載テ沈ケリ」の一文は、その上で従来の霊亀舎利説話が元の場所に形だけ残された結果でもあろう。

以上から、龍神の舎利守護については、十四世紀には『解』『東征伝』に見られるように龍神が白石（青石）に変じる型のものが伝えられていたが、十五世紀頃には鑑真が龍神のために池を掘ったとする伝承が生まれたことから、これが本話にも取り込まれたと考える。

こういった改変は、伝記や縁起にしばしば見られることであり、鑑真伝・唐招提寺縁起においても、中世以降、霊亀舎利説話や鎮守縁起といった次々と発生する伝承を加えることで変容を続けていたことがわかる。本話が唐招提寺で形成されたものかどうかは不明であり、『招提千歳伝記』が批判するように、変異種と言うべきものかも知れない。けれども、ここから十五世紀に展開していた唐招提寺縁起の一つの形を窺い知ることができる。

## 三、布薩と戒律復興

### 葛木布薩説話

次に、舎利将来説話に挟まれた④を見てみる。

渡海十二年ニ来朝アリテ、東大寺ニ入ル。日本ニハ法喜菩薩ノ浄土有トテ、先ヅ葛木山ニ登リ給フ。時ニ、峯ニ鬼神有テ鐘ヲ推ク。和尚来給フニ、「布薩ノ鐘也」ト告グ。則チ法喜菩薩所ニ到リ、其籌ヲ乞給テ本トシ、孝謙天皇天平勝宝年中ニ東大寺ノ戒壇院ヲ濫觴、毘尼ノ正法ヲ弘メ、妙法受戒ヲ始ム。南都ノ布薩ヲバ勤行シ給ヒシナリ。鑑真盲タリト云ヘドモ、律ノ三大部ヲバ手自ラ印板ヲ開キ給ヘリ。惣ジテ諸色ヲ見ル事モ無レ妨ゲ。有二通力一故也。其ノ後、真如親王ノ御所ヲ給リテ私寺ト成ス。招提寺是也。此モ戒壇ヲ建タリ。彼ノ本籌ヲバ此ノ寺ニ籠テ今ニ在レ之。

注目したいのは前半、鑑真が葛木山にて法起菩薩の布薩（半月に一度、僧が集まり懺悔する集会。鑑真が広めたことは『三宝絵』「布薩」にある）に遭う説話である（葛木布薩説話と称しておく）。そこで籌（布薩で配られる木製の串。『三宝絵』「布薩」に「オトコ女寺ニ来テ籌ヲウク。功徳ノタメナリ」とある）を請い受け、さらに唐招提寺を建てた後に「彼ノ本籌ヲバ此ノ寺ニ籠テ今ニ在レ之」とあるように、寺宝である籌の由来譚が語られるのが④ということになる。

この葛木布薩説話が鑑真伝で確認されるのも、やはり十四世紀の『解』『東征伝』からになる。まず『解』から引用する。

又和尚在唐之時、自披二華厳経一、兼知二日域名山一。来朝之始企二抖擻於行者之往躅一、致二拝見於法起之浄刹一。其時深山之嶺上聞二集僧之鐘声一、大厦之院中見二坐衆之雲集一。謁二深沙大王一、委訪二布薩行儀一、与二菩薩僧衆一同列勤二行法席一。直取二其籌一、持還二人間一、深収二宝函一。今在二当寺一。

次に『東征伝』から引用する。

和上役之優婆塞ノ嶮岨ヲ開ク和州ノ大峯ニ入リ給フ。(中略)峯ヲ出テ次ギニ葛木ノ嶺ニ入リ給フ。此山ハ華厳会ノ所現、法起菩薩之浄土也。金言ヲ貴ビ、徐ク正覚門ヲ入ルニ、門ノ北ニ揵槌ノ音有。到テ見ルニ三千余ノ賢聖座ヲ並ベテ布薩ヲナス。和上座ニ列ナリ籌ヲ受ケ給フ。此籌今ニ招提寺ニ有。南方ニハ法華読誦ノ声スメリ。霊山峨々トシテ石窟累々タリ。三千余ノ仙居ナリ。内ニ栖テ一乗修行ノ年ヲ積ム。漸ク奥ニ入給フニ、鬼神王ノ鐘ヲ撞ク有。是レ深砂太《ママ》王ナリ。尋ルニ此ハ法起菩薩ノ説法集会ノ鐘也ト中ス。(中略)訓ノゴトクシテ眼ヲ開クニ、忽ニ瓦礫変ジテ金縄道ヲサカヒ、林藪化シテ宝樹行ヲナス。華厳之嘉会眼ノ前ニ現ジ、毛孔之刹海今親リ観ミ《ママ》給フ。中央ニ大宝白蓮花座有、法起菩薩上座シ、千二百ノ菩薩左右ニ侍衛シ、天龍神仙ハ地上虚空ニ充満ス。法起菩薩微妙ノ声ヲ出シ、大乗ノ深法ヲ演説シ給フ。

これも両書の異同は大きい。『解』によると、鑑真は法起菩薩の浄土である葛木山中で鐘の声を聞き、深沙大王(仏教の守護神だが、ここでは蔵王権現と重ねられているだろう)に謁し、布薩の儀式を訪ね、同列して籌を受ける、その籌は今も唐招提寺にあるという。これに対して『東征伝』では、葛木山の正覚門の北方に「揵槌ノ音」を尋ねて布薩に列し、そこで受けた籌は今も唐招提寺にあるという。続いて南方に法華読誦の声を聞き、更に奥に進むと深沙大王が鐘を撞くのに出会い、華厳の法会を眼前に法起菩薩の説法を聴聞することになる。華厳の法会に分量が割かれるのは、華厳宗の僧賢位の編纂であることによるのだろう。[12] 両書の成立した十四世紀には、すでに葛木布薩説話は唐招提寺や周辺寺院圏を越えて、語られるところとなっていたようである。『八幡愚童訓・乙本』(一三〇一～一三〇四年成立)「遷坐事」に、

抑宇佐宮より当山にうつり給事は、此地如何なる由緒なるらん。しかるに華厳経をみるに、「海東に山あり。金剛山と名付。法基菩薩の浄土也」とあり。日本国海東にあたれり。鑑真和尚、葛城の金剛山に参りて、法基菩薩の布薩にあひ給て、籌を取て帰給へり。彼籌は唐招提寺に今にあり。男山は葛城の第一の宿なり。故に海東金剛山法基菩薩の浄土は此山にあたれり。

とある他、『詞林采葉抄』（一三六六年成立か）第二「葛城山」や、少し下るが『神明鏡』（一四〇〇年前後成立）にも、ほぼ同内容の葛木布薩説話が見られる。これらに本話も加えて、いずれも葛木山中での布薩のみに焦点を当てている点で、『東征伝』よりも『解』に近いと言える。そして、『解』『東征伝』はじめ、右のいずれの資料でも、篝が今なお唐招提寺に伝えられていることを述べているように、本説話は寺宝である篝の由来譚として広まっていたようである。

さて、葛木布薩説話の背景となる、葛木山（金剛山）を法起菩薩の浄土とする説は、十二世紀にまで遡り、興福寺の蔵俊—覚憲—貞慶らを中心に唱えられたことが指摘されている。[13] 解脱上人貞慶（一一五五～一二一三）は、建仁三年（一二〇三）に鑑真が将来した舎利を本尊として、唐招提寺にて釈迦念仏会を創始したことで知られるが、その師である興福寺別当覚憲（一一三一～一二一二）は、その著『三国伝灯記』（承安三年〈一一七三〉）において、『華厳経』「諸菩薩住処品第三十二」の「海中有レ処、名二金剛山一、従レ昔已来、諸菩薩衆、於レ中止住、現有二菩薩一、名曰二法起一、与二其眷属、諸菩薩衆、千二百人一倶。常在二其中一、而演二説法二」を引き、「金剛山者即我朝葛城山也」とする国土観を示している。右に引用した諸資料でも、『解』「和尚在唐之時、自披二華厳経一。兼知二日域名山一」や『東征伝』「此山ハ華厳会ノ所現、法起菩薩之浄土也」のように、明らかにこの理解に基づいた記載がなされている。そしてこの葛木山（金剛山）＝法起菩薩浄土説に、鑑真の参詣が加わったものが、先の諸資料に先行し十三世紀中頃に成立したと見られる『金剛山縁起』[14]である。ここで「唐招提寺鑑真記云」として次ように記される（「唐招提寺鑑真記」なる書物が実際に存在したかどうかは不明）。

神護景雲元年、為二晦日山臥一参二詣熊野山一、十二月晦日入二大峯一畢。

同二年四月八日、出二金峯山一畢、以二其次一入二葛木峯一。

五月八日詣二金剛山一。

於二正覚門之北方一、聞二槌音一、随二其音一参見、有二三千余床一大比丘僧坐被レ行二布薩一、威儀進止不レ異二如来在世之僧説戒一実妙也。

又、南方聞二法華読誦音一、随二其声一参見、巌石峨々石屋重々、三千余仙人住二此洞一。

又、東方聞下打二大鐘一之声上。往二彼鐘楼之許一進近見レ之、大鬼神打レ鐘。問二事由一、答云、法会已時至、故打二集会鐘一也。此時復問、法会者何法会。答云、華厳経中、海中宝山法起菩薩説法大会。又問、有二聴聞之志一叶否。爰鬼王云、雖二不レ輙事一御志深者奉二引導一、如レ奉レ教定二威儀一結二誦印明一給。(中略)引導大鬼神、是神深砂大王也。欲レ拝二彼処一之人、可レ奉レ祈二神砂大王一云々。

これによると、葛木山に入った鑑真は、正覚門の北方に槌の音を聴き、そこで布薩の威儀を眼にする。さらに南方では仙人による法華読誦を耳にし、東方では鐘を打つ鬼神(深沙大王)に出会って法起菩薩による説法に参列することになる。これを見れば、『東征伝』の記事がこの説話に拠っていることは明らかである。ここでは、布薩は「北方」での出来事であり、鬼神(深沙大王)や法起菩薩が登場するのは「東方」での出来事である(『東征伝』は『金剛山縁起』の「南方」と「東方」を繋げてしまっている)。これに対して、『解』や本話等は、布薩のみに焦点を当てた説話とし、そこに鬼神(深沙大王)と法起菩薩も併せて登場させていることがわかる。したがって、本来は『金剛山縁起』のように鑑真の葛木入山説話として形成され、法起菩薩の法会に参列する場面にクライマックスが置かれていたものを、『解』や本話等では布薩にテーマを絞って再編されているといえるだろう。また、葛木布薩説話に共通して見られる籌の由来も、『金剛山縁起』には記されておらず、後に加えられたものと考えられる。[15]

## 戒律復興

このように布薩の場面に焦点が当てられているのは、かつて鑑真が広めたとされる布薩の行儀が、鎌倉時代の南都において叡尊・覚盛らによって戒律復興が進められる中で、再び整えられていったことが背景にあると考えられる。[16] こうした鑑真と布薩を結び付けた葛木布薩説話が流布していった背景には、やはり律僧の活動が指摘できるだろう。『金剛山縁起』は編纂に律僧が関与したこと、鎌倉後期から南北朝期にかけて律宗寺院に伝来していたことなどが指摘されている。[17] とはいえ、『解』や本話のような形の葛木布薩説話の流布にまでも律僧が関与していたのかどうかは不明である。

そして、本話が貞慶や叡尊・覚盛など、中世南都の戒律復興のエピソードを語るのが⑥となる。⑥では鑑真伝から離れ、鎌倉時代の戒律復興へと話題は進む。「鑑真和尚入滅五十年ノ後」「律法世絶ナントシケルヲ」「笠置ノ解脱上人興隆ノ志シノ深カカリシカ共」と、まず釈迦念仏会を創始した貞慶による再興に触れた後、「思円法師・弘成大徳等四五人ノ賢哲、律ノ絶ヘタル事ヲ悲歎シテ、再興セント云フ願ヲ深ク発シ、大仏ノ宝前ニテ自誓テ授戒ス」と、叡尊・覚盛らによる自誓受戒へと話が移る。ここでも「天ヨリ五色ノ花雨、大白蓮花ハ懸レ空ニ如二衆星ノ列テレ光赫奕一、曼珠沙花ハ堕テレ地ニ同二紅幡ノ随テレ風ニ飄飆一スルニ。」「其ノ花ヲ取テ宝蔵ニ納テ今ニ在レ之」と、先の籌と同様に、自誓受戒の際に天より降った花が今も唐招提寺の宝蔵に収められているという（『招提千歳伝記』巻上二「第廿一世大悲菩薩伝」には、この時に天から蓮華が降ったとする表現が見られる。「又降二蓮華於天一或翻二々空中一或堕二地上一」）。そして叡尊による西大寺、覚盛による唐招提寺の興隆を述べ、最後に「故両寺戒律今不レ絶。此等ヲ南都ノ律宗トハ云フ也（国会本は「此寺ヲ南都ノ律トハ云也」とする）」として南都の戒律が今に伝わることを説く。

## おわりに

以上、『三国』の「鑑真和尚事」について考察した。本話は、鑑真和上伝の数々のエピソードの中でも、舎利将来説話と、葛木布薩説話を中心としていること、そして鎌倉時代の戒律復興を述べることなどから、十四世紀以降の南都の戒律復興を基調として構成されたものであることは明らかであろう。また、伝統的な鑑真伝ではなく、室町時代以降に流布したと覚しい説話が中心となっており、『三国』が編纂された十五世紀に伝承されていた鑑真伝あるいは唐招提寺縁起の一つの形を示しているものと言える。そうした点から見たとき、それぞれの説話が、金亀舎利塔、籌、龍神の舎利守護、自誓受戒の蓮華など、当時の唐招提寺に納められているとされた宝物や行事の由緒となっていることがわかる。また、本稿中にしばしば指摘したように、近世の『招提千歳伝記』に見られる説話・伝承と類似するものが、早く十五世紀の『三国』の記事に見出される点でも注目される。

本話のような鑑真伝・唐招提寺縁起が構成された背景には、鑑真将来の舎利信仰が中心にあることは疑いない。現在の金亀舎利塔の舎利壺には、明徳三年（一三九二）に義満が花御所にて舎利を実見した際の花押封が残されている。[18] そのことが本話の形成に直接影響を与えるわけではないけれども、足利将軍家の関心・信仰は、当時その寺社がそれなりの経済力を有し、信仰の獲得にも力を注いでいたことと関わってくるだろうし、その縁起を刺激し、新たな展開と流布を促すことにもなったのではないか。

『三国』には、著名であっても収録されていない寺社縁起が多くある一方で、足利将軍家が信仰を寄せていた寺社の縁起が収録されていることにも注目できる。例えば、熊野（巻一第十八話）をはじめとして、室町幕府の祈願所ともなった竹生島（巻十第十二話）[19]、将軍家が代々戸帳を寄進していた粉河寺（巻二第三話）[20]、義満が計六回参詣したとされる久世戸（巻六第三話）[21] の縁起が挙げられる。いずれも特定できる典拠を持たず、固定化していた伝統的な縁起を引いているわけではない。『三国』のこれらの寺社縁起にも、当代性を読み取ることが可能ではないだろうか。

### 注

(1) 池上洵一、中世の文学『三国伝記』解説。同『修験の道——三国伝記の世界』(以文社、一九九九)。

(2) 中前正志「丹後成相寺縁起の展開——古代から現代まで、寺内と寺外と」(『女子大国文』150、二〇一二・1)、同『寺院内外伝承差の原理』(法蔵館、二〇二二)に収録。脱稿後に後者を確認したため、引用は前者に拠る。また、成相寺縁起の在地性については高倉瑞穂「成相観音霊験譚の一考察」(『仏教大学大学院紀要　文学研究科編』39、二〇一一・3)にも論じられる。

(3) 新城常三『社寺参詣の社会経済史的研究』(塙書房、一九八二)「中世の西国巡礼」参照。

(4) 成相寺は、応永七年(一四〇〇)の山崩れにより堂舎が崩壊、以後二十年余りを掛けて、地元の豪族成吉氏によって約二〇〇メートル南西の現在地に再建された(『成相寺旧記』『成相寺旧境内第2次発掘調査概要』)。また延徳三年(一四九一)には三条西実隆による勧進帳が作成されている(『実隆公記』)。十五世紀は成相寺の縁起が再編された時代であっただろう。

(5) 金子典正「唐招提寺蔵金亀舎利塔と実範」(『日本宗教文化史研究』4・1、二〇〇〇・5)。なお、金亀舎利塔の形状については、金子典正「唐招提寺蔵「金亀舎利塔」について——亀が舎利塔を背負う形状の由来」(『東洋美術史論叢』雄山閣出版、一九九九)、内藤栄「唐招提寺金亀舎利塔の成立」(『美術史歴参』中央公論美術出版、二〇一三)参照。

(6) 神宮文庫本『南都巡礼記』も本文は異なるが同内容である。大橋直義『転形期の歴史叙述』(慶應義塾大学出版会、二〇一〇)第六章「『南都巡礼記』の基礎的研究」では、これらを『南都巡礼記』流布本系統として、他の説話集や縁起集の形成圏と交渉を持っていたと指摘する。

(7) 阿部泰郎『中世日本の王権説話』(名古屋大学出版、二〇二〇)第五章「海人と王権——『大織冠』の成立」参照。また、大橋直義前掲著書第八章「珠取説話の伝承層」では、珠取説話の観点から、特に『唐招提寺解』『唐招提寺縁起抜書略集』の思託の舎利奪還に注目し、「珠取説話の亜種である鑑真の舎利招来説話の展開に叡尊ら西大寺流の律僧勧進が関与していた可能性も高まってくる」とし、「西大寺流がかかわったのは」「思託自身の竜宮行きを含む、珠取説話により近い『唐招提寺解』『唐招提寺縁起抜書略集』への変容であったと推定される」(三二九頁)とする。

(8) 『招提千歳伝記』巻下三「異説篇」に、「或ル記ニ曰ク、漂イシ二其蛇海一ニ時キ、龍王神飛二入テ舟中一ニ、奪レフ之。思託追レ之入テ二龍界一ニ頻責ム二龍神一」という思託の舎利奪還説話を引くが、そこで「一説曰、此ノ時ニ託公持二不動明王之像一至ル。其像出二火炎一。故ニ龍神驚テ而出二返之ヲ一也」という説を引く。こういった近世の『招提千歳伝記』に見える由緒不明の説と類似するものが、十五世紀に語られていたことが確認できる。

(9) 五段『舎利講式』については、舩田淳一『神仏と儀礼の中世』(法蔵館、二〇一一)第四章「貞慶撰五段『舎利講式』の儀礼世界」を参照されたい。

(10) 『解』『東征伝』には、白石・青石両説があるものの、『招提千歳伝記』は「元禄十年有二再造一時衣中取レテ燭入レ殿、余親拝レ之。為二白石一明也」としている（同じ記述が巻下三「弁訛篇」にもある）。

（11）『唐招提寺伽藍図』（十七世紀）にも、鎮守社脇に「龍池」が描かれている。図録『鑑真和上と戒律のあゆみ』（京都国立博物館、二〇二一）参照。

（12）十四世紀には律宗教学の主流が法相から華厳に移行していたことが、大谷由香「中世律宗復興の中の行基」（『ザ・グレイトブッダ・シンポジウム』18、二〇二〇・12）に指摘される。

（13）川崎剛志『修験の縁起の研究』（和泉書院、二〇二一）第四章「『金剛山縁起』――仏典に載る霊山」。

（14）『金剛山縁起』については、川崎剛志前掲論文参照。

（15）近世の『南都唐招提寺略録』にも「白衣神人撞二花鯨一」「師亦列レ坐請レ籌。袖而帰為二当寺什物一」とあり、『唐招提寺縁起抜書略集』にも「門北有二鬼神王一鐘撞。是深沙大王也。」「直従二三千余菩薩一受レ籌。持帰納二当寺宝蔵一。于レ今在レ之」とある（ともに大日本仏教全書）。なお、『招提千歳伝記』巻下三「霊宝篇」には、「金剛山籌　此ノ籌ハ者、高祖於テ二金剛山一ニ、従リ二菩薩衆一得玉フレ之ヲ也。長一尺六寸也。事具ニ見リ二于太祖ノ之伝一ニ。元禄十年、宗子尼公所レ寄二其ノ函及包袋等一ヲ。其ノ題名ハ有栖川親王書玉フレ之」とあり、この籌が寺宝として収められていたことが窺える。

（16）泉涌寺の俊仍から定舜を経て南都に布薩の行儀がもたらされ、再興されることとなった。大塚紀弘『中世禅律仏教論』（山川出版社、二〇〇九）第三章「律法興行と律家の成立」、西谷功「鎌倉期戒律復興の実像――泉涌寺僧が果たした役割」（『説話文学研究』55、二〇二〇・9）参照。

（17）川崎剛志前掲論文参照。

（18）『奈良六大寺大観　唐招提寺一』（岩波書店、一九六九）参照。なお、義教の花押封も残される。義満による封については、『招提千歳伝記』巻上三「第四十四世禅如慧和尚伝」と巻下三「霊宝篇」にも記される。

（19）太田浩司「〈史料紹介〉竹生島文書1～3」（『長浜市長浜城歴史博物館年報』2～4、一九八七～八九）、図録『竹生島宝厳寺の歴史と寺宝』（長浜市長浜城歴史博物館、二〇〇八）等参照。なお、竹生島縁起には将軍義持の判を持つものがある（『群書解題』「竹生島縁起」）。

（20）高岸輝「「粉河観音縁起絵巻」七巻本の成立圏――足利将軍家の絵巻コレクションと南北朝合一前後の紀伊国をめぐって」（図録『国宝粉河寺縁起と粉河寺の歴史』和歌山県立博物館、二〇二〇）参照。応永十年（一四〇三）には義満が参詣し、明徳本「粉河観音縁起絵巻」制作の契機となったかとされる。

（21）図録『世阿弥の時代――義満をめぐる芸能と丹後』（京都府丹後郷土資料館、二〇〇九）等参照。なお、巻六第三話の末尾には「等シク不レ追二禿筆一耳」と、珍しく編者が顔を覗かせるような表現があり、久世戸縁起と編者の近さが窺える。

**引用テキスト**

延暦僧録…蔵中しのぶ『『延暦僧録』注釈』（大東文化大学東洋研究所、二〇〇八）
唐招提寺解、鑑真和上東征伝、釈迦念仏会願文…大日本仏教全書
招提千歳伝記…唐招提寺律宗戒学院叢書第一輯
八幡愚童訓・乙本…日本思想大系
金剛山縁起…図録『金沢文庫の中世神道資料』（金沢文庫、一九九六）

# 夢窓派の応永期

川本慎自

かわもと・しんじ──東京大学史料編纂所准教授。専門は日本中世史。主な著書に『中世禅宗の儒学学習と科学知識』（思文閣出版、二〇二一年）がある。

『三国伝記』には夢窓疎石に関わる説話が三話収録される。とくに巻八―十二話は夢窓が止住した上総国を舞台としていることでも注目される。『三国伝記』がなぜ夢窓に言及するのか、その背景となる応永期の夢窓派の動向を見ることによって、『三国伝記』を禅宗史の側から考える可能性を探りたい。

## はじめに

『三国伝記』巻八―十二話「上総国極楽寺郷居住高階氏ノ女夢想ノ事 明大廻向経事」は、極楽寺郷の高階氏女が、夢に出てきた女から「廻向経」による供養を依頼され、「廻向経」とは何なのかを探し求めて、ついに夢窓疎石の弟子・周豪に教えられ、供養を完遂するという説話である。[1]

『三国伝記』で夢窓疎石と関わる説話は、本話のほかに巻四―九話「夢窓疎石事」および巻十二―二一話「放鯉沙門事」の三話がある。巻十二―二一話は説話自体は夢窓とは関わりがないものの、文中に引用される和歌が夢窓のものである。[2]またこの話では文中に「我」という一人称が見えることから『三国伝記』作者玄棟の自叙伝ではないかという指摘があり、[3]そのこと自体は否定する見解があるものの、[4]夢窓疎石に関わる三話は『三国伝記』成立の経緯にも関わりうるものとして早くから注目を集めてきた。

一方で巻八―十二話は、舞台が東国で、「貞和二年六月一日」という具体的な日付と「上総国北山辺郡の願成寺」や

「下総国飯岡の律僧寺」などの具体的な地名・寺名が見え、「高階氏」という高師直らの高氏を思わせる人物も登場することから、文学研究のみならず歴史学研究の側からも、南北朝期の東国史を考える上で注目されている。

早く本話に着目した外山信司氏は、「願成寺」を現在千葉県東金市に所在する日蓮宗寺院・願成就寺に比定し、極楽寺郷の至近に位置すること、現在も付近には高階姓が多く居住していることなどを指摘する。そして、同地は夢窓疎石の止住の地である臨川寺三会院領伊北庄に隣接し、また本話の夢想の日とされる十一月二十三日は霜月三夜で弥勒上生信仰と関わる日であり、三会院の本尊は弥勒であってその名も弥勒信仰と関わることなどを指摘して、『三国伝記』作者玄棟と夢窓疎石との接点の可能性を指摘している。願成寺については現在は日蓮宗寺院であるが、寺伝ではもと禅宗であったことを指摘し、本話と禅宗との強い関わりを示唆したのである。(5)

しかし、願成寺については、その後桃崎祐輔氏によって、鎌倉極楽寺二世の円真房栄真の止住地であったことが明らかにされ、律宗との関わりのなかで論じられることとなる。鎌倉期の伊北庄については、若宮大路溝跡で出土した木簡に(6)「伊北太郎」の名が見えることがよく知られており、鎌倉幕府御家人伊北氏が都市鎌倉の造営に関わりを持ったことが指摘されている。当然そこには伊北庄から資材が供出されることが想定されるが、隣接する上総極楽寺郷と願成寺が律宗と関わりを持つとなると、これらは伊北庄から鎌倉への木材供給基地としての側面をもつこととなり、都市鎌倉における律宗の土木・交通事業を支える基盤として願成寺を位置付けたのである。(7)

一方、小林直樹氏は、上総極楽寺郷の近傍に長南台談義所(長福寺)が所在することに着目し、作者玄棟を柏原談義所の天台僧と想定した上で、天台談義所のネットワークによって本話が成立したと推定する。本話を含め、『三国伝記』には東国を舞台とした説話がいくつも収録されるが、それは東国の談義所から近江の談義所へというルートで作者玄棟へもたらされたと結論づけるのである。(8)

このように、本話についても禅宗ではなく律宗や天台との関わりのなかで論じられているが、ここで願成就寺の履歴を確認しておくならば、鎌倉期には律宗寺院で鎌倉極楽寺末であったが、南北朝期に雲叟慧海によって禅院化し、(9)戦国・近世に日蓮宗寺院となって現在に至っている。(10)『三国伝記』の成立は応永十二年(一四〇五)であり、本話が『三国伝記』に採録された時点での願成寺は禅宗寺院であったということになる。したがって、本話に見える具体的地名・寺名を検討するならば、本話に夢窓疎石の名が見えることや、禅宗との関わりをあらためて検討する必要があるだろう。

一方で、『三国伝記』の夢窓関係三話の一つである巻四―九話「夢窓疎石事」は文和三年(一三五四)成立の東陵永璵撰『天龍開山特賜夢窓正覚心宗国師塔銘并序』(『続群書類従』所収)と文面が酷似していることがつとに指摘されており、[11]夢窓疎石の没後に成立したものということになる。従って、本話と禅宗との関わりを検討するためには、夢窓疎石自身との接点を探るのではなく、夢窓疎石没後の禅宗寺院、とくに夢窓派の動向を検討する必要がある。そこで、本話の背景となるであろう応永永享期の夢窓派と東国の関係をあらためて考えることにより、本話の成立の研究に資することを目的とするものである。

## 一、夢窓派と応永期の東国

さて、応永期の夢窓派を考える前に、その前提として、夢窓疎石の没後の夢窓派の状況を概観しておきたい。夢窓疎石はその晩年、『三会院遺誡』で以後の教団運営について規定するが、そこでは文書を臨川寺三会院において一括管理することが定められている。これは夢窓派の文書管理のあり方として、禅宗史、古文書学の方面からすでに注目されているが、[12]その主たる意図は寺院と寺領を三会院主のもとに集めることにあり、それは夢窓の後継者たる春屋妙葩の手に委ねられた。以降の夢窓派は、春屋妙葩の主導のもとに、龍湫周沢・義堂周信らが補佐する形で、三会院に資源を集中して運営されてきたのである。

しかし嘉慶二年(一三八八)、この三者が相次いで没し、夢窓派は第三世代の時代となって応永期を迎えることとなる。三会院主であった大義周敦には[13]目立った活動は見えず、夢窓派の中心寺院はあらたに建立された相国寺に移っていった。春屋のあとの相国寺第三世となっていたのは空谷妙応であるが、相国寺住持は太清宗渭・雲渓支山という他派僧の短い在任をはさんだ後、空谷と絶海中津、観中中諦、萬宗中淵らが交代で何度も就任するようになる。もはや夢窓疎石、春屋妙葩のような単一の「教団の主宰者」といった位置付けの人物は存在せず、第三世代以降の相国寺住持は、各塔頭に拠った夢窓派内の「門派」均等で輪番のような形で就任することとなってゆくのである。[14]

一方東国で夢窓派の中心的な寺院となっていたのは円覚寺黄梅院であった。前出の『三会院遺誡』も、三会院で保管された夢窓自筆本とは別に、春屋妙葩の花押が据えられた写本が黄梅院に置かれていたのである。

ただし、東国における夢窓派は、京都相国寺とは異なり、円覚寺内で圧倒的多数を占めているわけではなかった。若干時代を戻して南北朝初期の状況を見てみれば、東国においては夢窓派は単独で一派を形成するというよりは、より広く高峰顕日の門下である仏光派の一員として行動していたとの玉村竹二氏の指摘もある。(15) 実際、延文四年（一三五八）には、春屋妙葩は東国夢窓派のてこ入れのため、義堂周信ら十僧を京都から鎌倉建長寺・円覚寺に派遣している。(16) 黄梅院が三会院と並立して東国夢窓派を率いていたのではなく、東国夢窓派諸寺院も、広い意味での三会院や相国寺の末寺的な位置にあったのである。これを踏まえた上で、東国夢窓派の状況を概観してみたい。

一つの事例として、黄梅院華厳塔の再建を取り上げたい。(17) 華厳塔は当初は北条時宗室の覚山尼が時宗三回忌に建立したものであるが、夢窓疎石の没後の文和三年（一三五四）、饗庭氏直（命鶴丸）が足利尊氏の命により夢窓の塔所として黄梅院を建立する際に、華厳塔の敷地ごと黄梅院に与えられたものである。華厳塔には夢窓の遺髪が納められ、いわば東国夢窓派のシンボル・タワーとして円覚寺内に聳立していた。

さてこの塔は寺院の層塔の通例に漏れず、しばしば火災により焼失している。たとえば応安七年（一三七四）には、円覚寺大火により華厳塔も焼失する。(18) 寺内諸堂の復興は、円覚寺再建の大勧進となった義堂周信が精力的に進めていったが、華厳塔の再建は後回しとなったまま、義堂周信は将軍足利義満の命により鎌倉を離れ、京都建仁寺・南禅寺の住持となっている。ようやく至徳四年（一三八七）に至って華厳塔再建の機運が高まり、義堂は特に請われて「黄梅院華厳塔勧縁疏」を執筆して助縁を呼びかける。この呼びかけに鎌倉公方足利氏満だけでなく足利義満をはじめとする京都の武家や夢窓派僧などを含む八百余人が応じ、合計三百貫文の助成によって康応元年（一三八九）に再建されることとなる。(19) 再建は京都夢窓派側の主導で行われたと見ることができよう。

しかし一度の再建を見たものの、応永八年（一四〇一）には再び焼失し、再度の勧縁が試みられることとなる。この時の経緯を示すのが次の史料である。

[史料一]

黄梅院塔婆奉加銭事、
京都門中厳密致二其沙汰一畢、関東門中少々難渋之由、有二其聞一、甚不レ可レ然、若於二未進懈怠之人一者、停二止門徒之会合一、向後塞二出世出頭之路一、於二諸末寺一者、可レ被レ除二門徒之列一、仍評定之議如レ斯、
応永十年三月晦日　院主梵晃（東啓）（花押）

相国寺周崇（大岳）（花押）
崇寿院中諦（観中）（花押）
等持院中淵（万宗）（花押）
鹿苑院中津（絶海）（花押）
雲居庵明応（空谷）（花押）

臨川寺中琮（西泉）（花押）
等持寺中季（東英）（花押）
万寿寺周亨（大椿）（花押）
大光明寺中嵩（中山）（花押）
天龍寺中膺（無礙）（花押）
明白庵周朗（月庭）（花押）
寿寧院福謙（益叟）（花押）(20)

「黄梅院塔婆」すなわち華厳塔について、広く夢窓派僧に対し奉加銭の要請が行われている。京都夢窓派は前述の「第三世代」である空谷明応らを中心として助縁を集めたものと見られ、この評定事書もすべて京都の夢窓派僧が連署している。今回の再建も京都側の主導で行われたと見ることができるが、このなかで、「京都門中」は奉加に応じたものの、肝心の関東夢窓派の方では思うように集まらず、「関東門中」の未進懈怠の者を非難する評定事書が京都夢窓派から発出されているのである。奉加が集まらないこと自体はさほど珍しいことではないが、門徒の列から除かれる事態に至るというのはやや異様である。なぜこのような事態に至ったのか、その背景を次章で考えてみることとしたい。

## 二、東国夢窓派の寺領と本末関係

東国夢窓派が奉加に応じていない理由は、関東における政治的状況なども考えられるが、その最も大きなものは経済的事情、すなわち寺領からの収入が必ずしも順調ではないことが想定される。そこで、東国夢窓派の経済的状況を示す事例として、鎌倉山崎と津久井に所在した宝積寺の状況を見てみたい。

宝積寺は愛甲氏の菩提寺として建立された禅宗寺院で、南北朝期にはすでに存在していることが確認できる。夢窓疎石を勧請開山として建立されたと考えられ、都市鎌倉の北端に位置する山崎と、愛甲氏の所領にあたる相模国津久井に同名の寺院が二つ存在していた。同名の禅宗寺院を二ヶ所設置することは、足利将軍家において、鹿苑院と鹿苑寺、慈照院と慈照寺のように、将軍菩提所を相国寺内の塔頭と京都北郊・東郊の二ヶ所に設置することが玉村竹二氏らによって指摘されており(21)、またそれ以外の武家においても、菩提寺を建立するにあたり、京都と国元の二ヶ所に「京菩提寺・国菩提寺」として同名の寺院を設置し両者を一括して運営することが早島大祐氏らによって指摘されている。(22)鎌倉山崎と津久井の二つの宝積寺も、こうした二重設置の菩提寺と考えることがで

きる。(23)

　さてこの宝積寺は、南北朝期には黄梅院末の夢窓派寺院であり、応安七年（一三七四）の円覚寺火災の際には住持大法大闡が円覚寺から山崎宝積寺へ避難するなど(24)、有力な末寺の一つであった。寺領も鎌倉中心部の敷地をはじめ、木戸孝範の父範懐から寄進された武蔵国木田見方郷(25)、『武蔵国鶴見寺尾郷絵図』に描かれた範囲に所在する駒岡郷(26)など多くあり、南北朝から室町初期にかけては関東夢窓派の財政的基盤の一つになっていたものと考えられる。

　しかし、永享十一年（一四三九）、永享の乱の収拾のために京都から関東への使節として下向した相国寺僧・徳翁中佐は(27)、宝積寺について思わぬ事態に直面する。

[史料二]

山崎宝積寺、自㆓方外《（宏遠）》和尚㆒付㆓属心翁《（中樹）》和尚㆒候間、小師看院処ニ彼在所沽㆓却于他門㆒逐電間、心翁門中於㆓京都㆒堅被㆑致㆓其歎㆒候、理運之段忽《（勿）》論候哉、然者、如㆑元門中へ被㆓還付㆒候様ニ、管領《（上杉憲忠）》様へ御披露本望至極候、恐々謹言、

十二月九日　中佐《（徳翁）》（花押）

長尾但馬守《（実景）》殿(28)

山崎宝積寺は、夢窓の弟子で黄梅院主をつとめた方外宏遠からその弟子の心翁中樹へ引き継がれたが、さらにその弟子が宝積寺を沽却して逐電してしまい、他派のものとなってしまっているというのである。京都から鎌倉へ下向してきてはじめてその事実を知った徳翁中佐は、元の通り夢窓派へ戻すよう、関東管領上杉憲忠へ願い出る。心翁中樹は南北朝末に黄梅院主をつとめ、応永二十年ごろに上京して南禅寺上生院主となっているので、その前後に宝積寺は夢窓派の手を離れたことになる。

　このとき宝積寺を買得した他派というのは建長寺同契庵であったが、そこには止むに止まれぬ事情があったようである。そのことを示すのが次の史料である。

[史料三]

寺領駒岡村者、永安寺殿《（足利氏満）》御寄進状并上椙道元《（朝宗）》和尚永代参百貫文仁沽券明鏡也、今度中書押妨刻、長尾殿江歎申処仁、当陣間、先以可㆑被㆓指置㆒之由示給候、彼村内安楽寺分并諸堂免事者、同契庵江被㆓寄付㆒之証状令㆓調進㆒候、当庵主上者、可㆑然御調法尤存候、中書被管面々、道元和尚之判形違背之条、可㆑為㆓不孝㆒候歟、応永大乱以来、道元和尚位牌処者、当寺并同契庵計相残候、于㆑今追薦不㆑怠候、為㆓子孫㆒、加様之押妨、非器之第一候歟、御調法候者、可㆑為㆓寺庵之大慶㆒候、恐々敬白、

十二月二日　　　　　　　　　　　文龍（花押）
　　　　　　　　　　　　　　　　　寿天（花押）

同契庵主

　伯悦座元禅師　　　　　　　　　　宝積寺[29]

　永享の乱以降の鎌倉公方と関東管領との対立のなかで、宝積寺領駒岡村は上杉持房によって押妨されたため、宝積寺は持房の祖父・朝宗の菩提所である同契庵に駒岡村の一部を寄進することによって対抗しようとしている。つまり、宝積寺は夢窓派のままでは寺領を維持することができず、寺領防衛のためにやむなく同契庵（大覚派）末となっていたのである。[30]そして、京都夢窓派の徳翁中佐は、鎌倉に下向するまでそうした窮状を全く知ることがなかったのである。

　寺領の不知行化、というのは当該期には大なり小なり全国的に見られる傾向ではあるが、問題はそのことを京都夢窓派が把握できていない、ということにある。［史料一］の時点ですでに黄梅院華厳塔再建の奉加銭を集めることができなくなっているが、［史料二］の時点では東国の寺領を失ったこと自体を把握していないという状況に至っていたのである。それはすなわち、寺領維持に関して「本寺」としての役割を果たせていない、ということになる。応永三十二年の段階で、黄梅院月忌料足が天龍寺雲居庵・臨川寺三会院から下行されていないことも見えており、[31]応永から永享期にかけて、経済的に縮小傾向を見せるなかで東西の夢窓派の連携が失われてゆき、京都側と東国側がお互いにある種の「いらだち」を抱える状況だったというのが、［史料二］の「門徒の列から除く」という過激な非難の背景に見てとれるのである。

## 三、「貞和二年」の「周豪」と無極志玄

　さて、ここで再び『三国伝記』に視点を戻すと、巻八―十二話は、前半の高階氏女の夢に出てきた女の供養の話と、後半の大廻向経が何であるかを探し求めて夢窓疎石の弟子に教えてもらう話とが直接的な関係を持たないことに気づく。そしてもちろん話の中心は前半の夢の女とその回心・往生にあるのであって、そのことは、いわゆる三話一類様式説を踏まえれば、[32]前話である巻八―十一話「并州ノ道如比丘往生極楽事」も往生のことを記すことからも明らかであろう。一方で、本話の後半に出てくる夢窓疎石にまつわる部分は、本話の原型とは直接関係のない話であり、後に入れ込まれたものではないかという想定が成り立つ。そこで、この部分について検討してみることとしたい。

　まず検討するのは、高階氏女に「大廻向経」について教え

た、夢窓疎石の弟子の「周豪」という僧である。「周豪」は現在知られる法系図の夢窓疎石法嗣のなかには見えないが、天龍寺慈済院所蔵『無極志玄像』の右下に押される朱方印にその名が見え、この頂相の筆者とされる。(33)無極志玄は夢窓疎石の法嗣で、四辻宮家の出身である。

その出自もあって当初は夢窓の後継者と目されており、貞和二年（一三四六）に夢窓疎石から譲られて天龍寺の第二世住持となっている。ところが無極自身は在任中に夢窓への嗣香を行わなかったため、周囲が強ちに夢窓頂相を呈して無極から夢窓へ賛文を請わしめ、無極が夢窓の後継者であることを世に知らしめたという逸話が残る。(34)しかし無極はほどなく示寂してしまったため、その後の夢窓派は前述のとおり春屋妙葩が率いることとなるのである。

さて、この無極が天龍寺に入寺した貞和二年というのは、『三国伝記』当該話で高階氏女が夢を見た日付として記されていた年であることに注意したい。貞和二年に「夢想する」となると、少なく

表1　三国伝記に見える年紀

| 巻 | 話 | 題 | 年紀 |
|---|---|---|---|
| 1 | 3 | 聖徳太子事 | 欽明天皇32年他 |
| 1 | 6 | 神代昔事 | 景行天皇40年他 |
| 1 | 9 | 相応和尚事 | 延喜11年他 |
| 1 | 18 | 熊野権現本縁事 | 神武天皇31年他 |
| 2 | 12 | 行基菩薩事 | 天平17年 |
| 2 | 15 | 大和国長谷寺事 | 寛平2年3月3日 |
| 2 | 30 | 貧女詠和歌得富貴事 | 承安元年10月4日他 |
| 3 | 3 | 弘法大師事 | 弘仁3年11月15日他 |
| 3 | 9 | 天満天神長谷山御影向事 | 天慶9年9月18日 |
| 3 | 30 | 大江景宗読恋歌事 | 寛治2年2月29日 |
| 4 | 3 | 僧行円白山頭光拝事 | 天禄2年7月1日 |
| 4 | 9 | 夢窓国師事 | 正安元年他 |
| 4 | 21 | 三人同道僧俗愛智川洪水渡事 | 永和年中 |
| 5 | 6 | 東大寺法蔵僧都事 | 応和2年8月21日 |
| 5 | 9 | 禅林寺源覚僧正雨祈成就事 | 長和5年 |
| 6 | 18 | 江州長尾寺能化覚然上人事 | 文和元年 |
| 7 | 18 | 天台座主延昌僧正事 | 康保4年正月15日 |
| 7 | 27 | 山蔭中納言惣持寺建立事 | 元慶5年7月12日 |
| 8 | 12 | 上総国極楽寺郷居住高階氏女夢想事 | 貞和2年6月1日 |
| 8 | 24 | 慈覚大師夢服不死薬事 | 天長10年 |
| 9 | 18 | 園城寺明尊僧正事 | 天喜2年8月5日他 |
| 10 | 3 | 膳手之后妃事 | 敏達天皇11年 |
| 10 | 24 | 高光少将遁世往生事 | 応和元年12月5日 |
| 11 | 12 | 中納言長谷雄卿事 | 承和11年5月15日 |
| 11 | 24 | 三河入道寂照事 | 長保5年8月25日 |
| 12 | 3 | 恵心院源信僧都事 | 天暦10年6月21日 |
| 12 | 27 | 笠置解脱上人事 | 垂仁天皇25年3月 |

とも夢窓派に関わる者の間では、この貞和二年の夢窓と無極の逸話が想起されよう。もちろんこの逸話に見える頂相は夢窓像であって現存する『無極志玄像』とは別のものであるが、当該話の後半で夢窓疎石の弟子として「周豪」が登場するとなると、この人物が架空か実在かは別として、『無極志玄像』の筆者周豪を踏まえたものと考える必要があるのではないだろうか。

ここで『三国伝記』のなかで貞和二年という年号表記がどれほどの重みを持っているのかを確認しておきたい。『三国伝記』のなかで具体的な年紀が見えるものを整理したものが別表になるが、そのほとんどは古代の年号で、寺社縁起などに見える年紀を引き写したものである。『三国伝記』の成立に近い南北朝期以降の年号を持つものは三件のみで、本話以外の二件は、「永和年中」「文和元年」と月日まで記さない形のものである。とすれば、本話で「貞和二年六月一日」と具体的に記されるのは極めて異例のことなのであり、「貞和二年」を記すことに明確な意図を持ったものと考えることができよう。

ここまで述べてきたように、「貞和二年」および「周豪」という語は夢窓派にとって特別な意味を持つのであり、『三国伝記』当該話の後半に、前半とは直接関わらない形でそうした語が含まれるということは、特定の意図をもって「夢窓疎石の弟子周豪」の話を挿入したということが想定できよう。『三国伝記』が成立した応永十四年は、「夢窓派第三世代」の一人、空谷明応の示寂した年にあたる。空谷明応は無極志玄の法嗣であり、夢窓派のなかでも無極の法系を称揚しなければならない動機が高まる状況であったことは想定できる。なお、応永七年には『西芳寺縁起』が成立し、[35]応永二十年には「怪松石」を詩題とした詩会が夢窓の諱を犯すとして慕哲龍攀らが配流される事件が起こり、[36]またこのころ足利義持が夢窓疎石の碑を建立せんとして大巧如拙に石を探すことを命ずなど、[37]この前後に夢窓疎石を顕彰する動きが多く見られる。『三国伝記』成立と並行してこのような動きが見られることは指摘しておきたい。

## おわりに

以上、『三国伝記』巻八―十二話と関わりながら、応永期における夢窓派の京都と東国の関係を概観してきた。夢窓疎石の直弟にあたる春屋妙葩・龍湫周沢・義堂周信らの没後、夢窓派は東国においては不振で、とくに寺領維持において困難に直面していたが、それに対して京都の夢窓派は実態を把握できず、対策を施すこともできていなかった。そうした時期に成立したのが『三国伝記』の夢窓疎石に関わる三話だったのである。

一方で、本話に見える「貞和二年」「周豪」というキーワードは、夢窓疎石から無極志玄への法系の継承を想起させる特別な意味を持つものであり、その無極志玄の法嗣である空谷明応の示寂した年が、まさに『三国伝記』が成立した年であることを指摘した。

蓋然性に蓋然性を重ねることになるが、これらの『三国伝記』所収話の成立には、東国での勢力回復を図る夢窓派の何らかの意向が反映されていたと考えられるのではないだろうか。もちろんこれを立証するためには、作者玄棟と「夢窓派第三世代」の僧、とくに空谷明応周辺との接点を明らかにする必要があり、本稿ではそこに至ることはできなかった。

したがって本稿は『三国伝記』成立に関わる論ではなく、あくまでその背景として夢窓派の応永期における動向を整理したものに留まるが、夢窓派の動向を示す史料は『空華日用工夫略集』から『臥雲日件録抜尤』の間は主たる古記録はないのであり、その空白を埋めるものとして『三国伝記』を活用できる可能性があることを指摘して稿を閉じることとしたい。

注

（1）池上洵一校注『中世の文学 三国伝記』下（三弥井書店、一九八二年）、九二頁。以下、『三国伝記』の引用は同書による。

（2）小林忠雄「『三国伝記』作者並成立私考——巻十二第二十一話「放鯉沙門事」を中心に」（『国学院雑誌』四五—一一、一九三九年）、西山美香「夢窓疎石における〈和歌〉と〈笑い〉——夢窓が利用しようとしたもの」（『フェリス女学院大学日文大学院紀要』三、一九九五年）。

（3）野村八良『近古時代説話文学論』（明治書院、一九三五年）、小林前掲論文。

（4）簗瀬一雄「三国伝記出典考」（『簗瀬一雄著作集』三、加藤中道館、一九七五年、初出一九四〇年）、池上前掲書。

（5）外山信司「『三国伝記』——「上総極楽寺郷居住高階氏ノ女夢想ノ事 明大回経勝利也」めぐって」（『国語教育——研究と実践』二六、一九八九年）、同「『三国伝記』の「飯岡律僧寺」のこと」（『千葉史学』五二、二〇〇八年）。

（6）馬淵和雄「中世鎌倉若宮大路側溝出土の木簡」（『日本歴史』四三九、一九八四年）。

（7）桃崎祐輔「総州願成寺の探索——房総における西大寺流真言律寺院の沿革小考」（『六浦文化研究』八、一九九八年）。

（8）小林直樹「『三国伝記』の成立基盤」（『中世説話集とその基盤』和泉書院、二〇〇四年、初出一九八九年）。

（9）中巌円月「妙首座住上総州願成寺山門疏」（『東海一漚集』、『五山文学新集』四、六五一頁）、阿部美香・大久保美玲・塚本あゆみ・関口静雄「妙幢淨慧撰『佛神感應錄』翻刻と解題（八）了」（『学苑』九四一、二〇一九年）。

（10）外山・桃崎前掲論文。

（11）野村前掲書。

(12)鹿王院文書研究会編『鹿王院文書の研究』（思文閣出版、二〇〇〇年）、原田正俊編『天龍寺文書の研究』（思文閣出版、二〇一一年）。

(13)川本慎自「新収史料 三会院主大義周敦等連署申状（慈聖院旧蔵）」（『東京大学史料編纂所附属画像史料解析センター通信』八六、二〇一九年）。

(14)中井裕子『相国寺研究 六 室町時代の相国寺住持と塔頭 蔭凉軒日録を中心に』（相国寺教化活動委員会、二〇一三年）。

(15)玉村竹二『臨済宗史』（春秋社、一九九一年）六九頁。

(16)『空華日用工夫略集』延文四年八月条。

(17)以下の華厳塔再建の経緯は、小森正明『室町期東国社会と寺社造営』（思文閣出版、二〇〇八年）、清水眞澄「鎌倉・円覚寺華厳塔について」（『三井美術文化史論集』一三、二〇二〇年）に詳しい。

(18)『空華日用工夫略集』応安七年十一月廿三日条。

(19)黄梅院華厳塔勧縁疏并奉加帳（『黄梅院文書』、『鎌倉市史』史料編第三、三三二号）、黄梅院華厳塔再建奉加帳（同、三三三号）。

(20)黄梅院華厳塔奉加銭評定事書（『黄梅院文書』、『鎌倉市史』史料編第三、四三二号）。

(21)玉村竹二「慈照寺と慈照院」（『日本禅宗史論集』下之二、思文閣出版、一九八一年、初出一九七六年）、山家浩樹「相国寺法住院と法住寺」（『禅文化研究所紀要』二八、二〇〇六年）。

(22)早島大祐『室町幕府論』（講談社、二〇一〇年）、早島大祐編『中近世武家菩提寺の研究』（小さ子社、二〇一九年）。

(23)川本慎自「光明寺と二つの宝積寺」（『津久井光明寺 知られざる夢窓疎石ゆかりの禅院――二つの宝積寺を訪ねて』神奈川県立金沢文庫、二〇一五年、初出二〇一二年）。

(24)『空華日用工夫略集』応安七年十一月廿三日条。

(25)永享十一年八月十二日藤原藤寿丸寄進状（『光明寺文書』、『津久井町史』資料編考古・古代・中世、七三四頁）。

(26)永享七年七月十三日宝積寺領注文写（『光明寺文書』、『津久井町史』資料編考古・古代・中世、七三二頁）。

(27)室町幕府と鎌倉府との間の使節に夢窓派禅僧が多く起用されていることは政治史の上でも注目されており、辻善之助「都鄙和睦と禅僧の居中斡旋」（『日本仏教史研究』三、岩波書店、一九八四年、初出一九〇六年）から石橋一展「南北朝・室町期における禅僧の政治的役割」（『鎌倉』一一二、二〇一二年）に至るまで多くの研究があるが、本稿では紙幅の都合上詳説するに至らなかった。また、斎藤夏来『五山僧がつなぐ列島史』（名古屋大学出版会、二〇一八年）で説かれる関東五山の公帖発給との関わりも検討するべきであるが、後考を期したい。

(28)徳翁中佐書状（『黄梅院文書』、『鎌倉市史』史料編第三、九三号）。なお本文書は湯山学「山内上杉氏家宰職と長尾氏――武蔵国守護代職をめぐって」（『関東上杉氏の研究』岩田書院、二〇〇九年、初出一九八六年）で文安四年（一四四七）から享徳三年（一四五四）までの間のものと比定される。

(29)文龍・寿天連署書状（『光明寺文書』、『津久井町史』資料編考古・古代・中世、七五〇頁）。

(30)このように寺領の維持を目的に本末関係が再編されてゆく様相については、川本慎自「室町幕府と仏教」（『岩波講座日本歴史八 中世三』（岩波書店、二〇一四年）で言及した。

(31)[応永三十二年]閏六月二十日雲居庵主柏堂梵意書状（『黄梅院文書』、『鎌倉市史』史料編第三、五二号）、[応永三十二年]壬六月廿一日三会院主全牛中縈書状（『黄梅院文書』、『鎌倉市史』史料編第三、五三号）。また、この他の黄梅院領の動向については、佐藤博信「中世東国寺社領の成立と展開――円覚寺黄梅院領の場合」(『中世東国の権力と構造』校倉書房、二〇一三年、初出二〇一一年)に詳しい。

(32) 池上洵一「『三国伝記』序説」(『池上洵一著作集 四 説話とその周辺』和泉書院、二〇〇八年、初出一九七二年)、播磨光寿「『三国伝記』(『国文学 解釈と鑑賞』四八―一五、一九八三年)、小林直樹「『三国伝記』の方法――別伝接続と説話連関をめぐって」(『中世説話集とその基盤』和泉書院、二〇〇四年、初出一九九〇年)、三田明弘「『三国伝記』における中国説話の変容と説話配列の問題」(『徳江元正退職記念 鎌倉室町文学論纂』三弥井書店、二〇〇二年)。

(33) 松村政雄「無極志玄と周豪の頂相画」(『MUSEUM』一二七、一九六一年)。なお、梅沢恵「無極志玄像」(『夢窓疎石と鎌倉の禅宗文化』神奈川県立歴史博物館、二〇一二年)には、「周豪」朱印について印影ではなく朱書であろうという指摘がある。後筆かどうかについては明示されないが、『三国伝記』成立との前後関係には注意する必要があろう。

(34) 『無極和尚伝』(『続群書類従』第九輯下、小林承鐵編『前聞紀付 通玄寺志』慈済院、二〇〇八年)。なお同書の成立は応永戊戌(一四一八)であるが、夢窓の自賛として引用される文は五山版『夢窓国師語録』に「一渓居士請」として載せられるものとほぼ同文であり、この逸話自体は早くから知られていたものと考えられる。

(35) 『続群書類従』第二十七輯上、四四四頁。

(36) 『前南禅瑞岩禅師行道記』(『続群書類従』第九輯下、七三〇頁)。玉村竹二『夢窓国師』(平楽寺書店、一九五八年)、鈴木佐「建仁寺塔頭霊源院の歴史」(『郡上史談』一四六・一四七、二〇一五年)。

(37) 『臥雲日件録抜尤』文安五年三月十五日条。

◎コラム◎

# 足利直冬の上洛・没落と石塔・桃井・山名・斯波

## ――『三国伝記』が描いたもの・描かなかったもの

谷口雄太

### はじめに

文和四年（一三五五）正月から三月までのあいだ、足利直冬は諸将とともに京都を制圧し、父・足利尊氏、弟・足利義詮らを首都から追放した。当該期に関する事実や物語については、一次史料や『太平記』の検討から、すでに多くのことが明らかにされている。(1)

他方、『三国伝記』にも関連する記述があり、国文学では『太平記』との関係如何で着目されているが、(2)直冬関係に特化した分析はなく、歴史学でも今のところあまり注目されていないようである。

そこで、本稿では『三国伝記』のなかに見える直冬上洛・没落に関する叙述を取り上げ（一）、『太平記』のみならず一次史料（古文書・古記録）とも比較することで、それぞれの作品・史料の持っている特徴・個性を浮かび上がらせ（二・三）、それにより、『三国伝記』が描いたもの・描かなかったものを闡明し、その意味や背景について考察することとしたい。

たにぐち・ゆうた――東京大学文学部研究員。専門は日本中世史。主な著書に『中世足利氏の血統と権威』（吉川弘文館、二〇一九年）、『〈武家の王〉足利氏』（吉川弘文館、二〇二一年）、『分裂と統合で読む日本中世史』（山川出版社、二〇二一年）などがある。

### 一、『三国伝記』（無刊記版本）巻二第六「直冬東寺落書事歌ノ落書事」の世界

まず、『三国伝記』の記述をかかげる。なお、同書は「応永の末年から正長・永享・嘉吉の頃までの間に成立した」ものとされており、(3)室町人の意識や認識を考えるうえで非常に貴重な史料といえるものである（ゴチックは引用者。以下同じ）。

和云（…）両軍出二洛陽一合戦スルニ、**兵衛佐直冬宮方ノ大将**トシテ東寺ニ立テ籠ル、同ク**石塔ノ右馬頭**モ宮方

ノ軍勢取立テ一方ノ大将トシテ洛中ニ要害ヲ構将軍方ヲ囲、同キ桃井ノ播磨守モ塩ノ小路ヨリ唐橋ノ辺ニ陣ヲ取リ、可キレ決ス二雌雄ヲ一其ノ用意品々也（…）廿八日ノ夜ニ入テ、雨降リテ暗カリケレバ、明日合戦タルベキトテ、各ノ明ルヲ待テ居タル処ニ、塩ノ小路大宮ノ辺ニ火ヲ懸テ、時ノ声天地響シケレバ、兵衛佐直冬南帝ヨリ下シ玉タル錦ノ御ン旗ヲ打捨夜ノ中ニコソ落ラレタレ、石塔ノ右馬頭モ連ヒテ京落ニケリ、桃井ノ播州モ同ク逃ゲフタメキテ兼テノ義勢ニモ不リレ似ケレバ、京童ガ歌ニ読テ札ヲ書テ翌日ニ彼ノ陣跡ニ立タリケリ、

兵衛佐ノ陣東寺ニハ、

　浅増ヤ東寺ヲ落ル闇ノ夜ノ錦ノ旗
　モサセル事ナシ

石塔右馬頭ガ落シ跡ニハ、

　ヤウヤウニ取立タリシ石塔モ九重
　ヨリコソ又落ニケレ

桃井ノ播磨守ノ陣ノ跡ニハ、

　唐橋ヤ塩ノ小路ノヤケシ時桃井殿
　コソ鬼味噌トナル

ここから分かることは、『三国伝記』は足利直冬・石塔・桃井の三者で話を構成しているということである。

さて、ここに見える落首については、『三国伝記』（上）の補注などでもすでに指摘されているように、『太平記』にも似たようなものが描かれている。次に、それを確認する。

## 二、『太平記』（神宮徴古館本）巻三十二「京合戦事　付八幡御託宣事」の世界から

ここでは、『太平記』の記述を確認する。なお、同書は古態とされる神宮徴古館本を用い、同じく古態とされる西源院本[4]・永和本なども参照する。まずは、落首に関する箇所から。

東寺落の翌日、東寺の門に立たり、

　兎に角にとり立にける石堂も九重よ
　りして又落にけり

　ふかき海たかき山名と憑むなよ昔も
　さりし人とこそきけ[5]

　唐橋や塩小路のやけしこそ桃井殿は
　鬼味糩をすれ

ここから分かることは、『太平記』は石塔・桃井・山名の三者で話を構成しているということである（西源院本も同内容。永和本には記載なし）。つまり、『三国伝記』に見えたはずの足利直冬がおらず、そこに見えなかった山名がいるのである。これは一体どういうことであろうか。

この点、さらに『太平記』を読んでいくと、直冬の上洛・没落については実はもう一人、気になる人物がいることに気付く。斯波である。

　足利右兵衛佐直冬を大将として朝敵を退治すへき由、吉野殿より綸旨を被レ成て、山名伊豆守時氏・子息右

**衛門佐師氏**、五千余騎の勢を率して、文和三年十二月十三日、伯耆の国を立けるに（…）越中の桃井播磨守・越前の**修理大夫**の許より飛脚同時に到来して、只忩き京都を被」責候へ、北国の勢をひゐて同時に責上るへき由を被」牒ける

抑、山名伊豆守は所領の事につきて宰相中将殿（足利義詮）に恨みあり、**桃井播磨守**は故錦小路殿（足利直義）に属して望を達せさる憤りあれは、此両人の敵に成ぬる事は少し其謂れも有ぬへし、**修理大夫高経**は忠戦シ自余の一族にこえしに依て将軍も抽賞他にことに世亦其仁を重せしかは何事に恨可」有とも不」覚けるに今敵になりて将軍の世を傾んとし給ぬる事何の遺恨そと事の起りをたつぬれは（…）

いずれも巻三十二「直冬朝臣上洛事　付鬼切鬼丸事」からの引用であるが（西源院本・永和本も同内容）、直冬のもとに、実力者として、桃井・山名・斯波の三者がいることが分かる。それは、巻三十三「三上皇吉野出御事」の冒頭で「**足利右兵衛督直冬**を始として、**尾張修理大夫高経・山名伊豆守時氏・桃井播磨守直常**以下の宮方、今度諸国より責上て東寺・神南度々の合戦に打負しかは、皆己か国々に逃下て」と直冬らの動向をまとめなおしているごとくである（西源院本も同内容。永和本は巻三十二のみの零本）。

すなわち、『太平記』が描く直冬在京期の有力者は桃井・山名・斯波の三者なのであって、落首に見えている石塔・桃井・山名の三者とは微妙にずれているのだ。本来登場すべき斯波が落首には見えず、他方、落首で叩かれているにもかかわらず石塔が実力者として描かれていないのは、一体なぜだろうか。

この点、この前後の石塔の描かれ方を確認してみると、驚くべきことに神宮徴古館本にはその記載自体が存在せず、西源院本も「四条中納言・法性寺右衛門督を大将として、吉良・**石塔**・原・蜂屋・赤松弾正少弼・和田・楠（以下十四名略）」（巻三十二「神南合戦の事」。永和本も同内容）や「桃井播磨守直常・赤松弾正少弼氏範・原・蜂屋・吉良・**石塔**・海東・宇都宮」（巻三十二「東寺合戦の事　京軍と号す」。永和本には記載なし）などとあるように、率直にいってあまり高くない扱い（位置付け）である。

すなわち、『太平記』は、石塔を直冬在京期にほとんど（写本によってはまったく）活躍させないにもかかわらず、落首では桃井・山名と並べて批判しているということになる。

それでは、一次史料からはどのような実態が浮かび上がってくるだろうか。続けて、それを確認する。

## 三、古文書・古記録の世界

文和四年正月二十二日、足利直冬が上

洛を果たす。このとき、石塔・桃井・山名・斯波の四者もまた入京していることが分かる（『園太暦』・『建武三年以来記』・『神護寺交衆任日次第』同日条。以下、古記録はすべて同日条）。二十五日、直冬は東寺に移り、山名は西山に陣取った（『建武三年以来記』）。同月、桃井は東寺領八条院町に禁制を交付しており（桃井直常禁制「東寺百合文書」せ函南朝文書二十一）、二月五日、五条坊門以北壬生面東西に城戸を構築している（『建武三年以来記』）。六日、山名は摂津芥川周辺で足利義詮方と衝突・敗走し（『同』）、七日、直冬は東寺、桃井は戒光寺（八条堀川）で足利尊氏方を迎え撃った（『同』）。

　これらに対して、正月三十日、足利義詮は「直冬・時氏・直常已下凶徒乱二入京都一」と述べており（足利義詮御判御教書「入江文書」『南北朝遺文』九州編、三七七〇号）、桃井・山名の二者を名指しで批判していることが分かる。また、義詮は二月十九日にも「直冬幷時氏以下逆徒等楯二籠東寺一」と述べているので（足利義詮御判御教書写「碩田叢史所収田原文書」『南北朝遺文』九州編、三七七一号）、山名が敵の筆頭とされていたらしいことも判明する。かかる認識はその後も続き、二十一日には「直冬・時氏・直常等乱二入洛中一」と、今度は桃井・山名の二者が再度名指しで批判されるに至る（足利義詮御判御教書「草野文書」『南北朝遺文』九州編、三七七三号）。その他、十四世紀後半に成立した『源威集』も、「文和東寺合戦」につき、直冬方として、山名伊豆守・桃井播磨守の二者を特記している。

　結局、三月十二日〜十三日、直冬方は、尊氏・義詮方との決戦に敗れ、没落していった。

　以上から、直冬在京期に石塔・桃井・山名・斯波の四者が確実に存在したこと、そのなかでもとくに桃井・山名の二者が有力（筆頭は山名）であったことがうかがえた。

## おわりに

　以上、やや煩雑になったので、以下、疑問点を回収しつつ、論点を整理してみると、

（A）史実では、足利直冬在京期に石塔・桃井・山名・斯波の四者は間違いなく存在した。だが、そうしたなかでとりわけ実力者だったのは桃井・山名の二者であった（要するに、石塔・斯波の二者の存在感は相対的に薄かったと現状いわざるをえない）。

（B）南北朝期の『太平記』では、直冬方の主力は桃井・山名・斯波の三者とされている（要するに、斯波の存在感が誇張されている）。だが、落首には石塔・桃井・山名の三者が記載され批判されている（要するに、斯波が隠され、ほとんど出てこなかった石塔が貶められている）。

（C）室町期の『三国伝記』では、落書のなかで石塔・桃井の二者が記載され批判されている（要するに、史実と比

較すると山名が隠され、『太平記』と比較すると斯波もまた消され、その一方で、総じて石塔が貶められている)。

となる。要するに、南北朝期の『太平記』は斯波を持ち上げ、石塔を貶める作為を施し、室町期の『三国伝記』は山名・斯波を隠し、石塔を貶める作為を施したのではないだろうか。[6]

この背景に、政治的な意味合いを措定するとするならば、山名・斯波は室町幕府の重職(四職・三管領)を占めていったがゆえに、作者が批判を遠慮したこと、他方、石塔は(足利一門のなかでは珍しいことに)[7]ほぼ完全に没落してしまったがゆえに、作者も批判を遠慮しなかったことが想定されるのではないだろうか。この点、石塔とともに桃井(直常)もまた一貫して批判されているのも、直常(兄)流が没落し、直信(弟)流が(奉公衆番頭などとして)復権してくるのが、応永・永享期頃である[8]ということと関係しているだろう。なお、足利直冬もまた批判されていることから、応永・永享期頃には直冬個人への批判は許容されていたとみられよう。[9]

そして、それと同時に、『太平記』や『三国伝記』などの物語から実態を復元していくことの困難さも(例えば、両作品にひきずられるかたちで、直冬在京期の石塔を実際以上に高く評価してしまったり、他方、当該期における山名の存在感を見落としてしまったりするおそれがあるなど)、最後に改めて確認・指摘しておきたいと思う。[10]

注

(1) 足利直冬については瀬野精一郎『足利直冬』(吉川弘文館、二〇〇五年)、同「『太平記』に描かれた足利直冬」(『本郷』五九、二〇〇五年)や亀田俊和『観応の擾乱』(中央公論新社、二〇一七年)などを参照。

(2) 例えば、黒田彰「太平記から三国伝記へ」(同『中世説話の文学史的環境』続、和泉書院、一九九五年、初出一九九一年)、小秋元段「『太平記』と『三国伝記』に介在する一、二の問題」(同『太平記・梅松論の研究』汲古書院、二〇〇五年、初出一九九五年)など。

(3) 池上洵一「解説」(『三国伝記』上、三弥井書店、一九七六年)。

(4) 但し、西源院本については近年、本格的な再検討が開始されつつあるようだ(和田琢磨「西源院本『太平記』の基礎的研究」『国文学研究』一九〇、二〇二〇年)。

(5) この歌は足利直義の「たかき山ふかき海にもまさるらし我が身にうくるきみがめぐみは」(『風雅和歌集』巻第一七「雑歌下」)を踏まえている可能性がある。

(6) この点、本文中でも触れたように、『太平記』現存最古の伝本である永和本には落首の話が見えないことから、当該記事をめぐる『太平記』と『三国伝記』の先後関係についてはなお検討の余地がある。また、事実と作品の関係についても、戦争という混乱状況のなかで、物語の作者(たち)がどれだけ正確に実態を把握できていたか、なお再考すべき点もある。いずれも今後の課題である。

(7) 例えば、「かつての足利一門守護家のうち、石塔氏の名だけが見出だせない状況となる」(遠藤巌「石塔氏」今谷明・藤枝文忠編『室町幕府守護職家事典』上、新人物往来社、一九八八年)、「室町期に幕府内で活躍する場がなかったようである」（渡部正俊「石塔氏小考」小林清治編『中世南奥の地域権力と社会』岩田書院、二〇〇一年）など。筆者もまた足利一門関係史料を探究してきたが、先学とほとんど同じ認識を抱いている。

（8）松山充宏「観応の擾乱以後の桃井氏の動静（一）・（二）」（『富山史壇』一二六・一二七、一九九八年）、同「南北朝期守護家の再興」（『富山史壇』一四二・一四三、二〇〇四年）。

（9）但し、足利の血統そのものは当時、絶対的な権威を有した（拙著『中世足利氏の血統と権威』吉川弘文館、二〇一九年）。

（10）この点については呉座勇一編『南朝研究の最前線』（洋泉社、二〇一六年）や拙著『中世足利氏の血統と権威』（吉川弘文館、二〇一九年）などで展開されている近年の「太平記史観」批判をめぐる歴史・文学両界の動向を参照されたい。

**附記**　本稿執筆に際しては国際日本文化研究センター共同研究「応永・永享期文化論」参加の諸氏から種々のご教示を賜った。なお、本稿は令和元年度学術研究助成基金助成金（若手研究・課題番号19K13328）による研究成果の一部である。

◎コラム◎

# 六角満高の近江国支配

新谷和之

しんや・かずゆき——近畿大学文芸学部准教授。専門は日本中世史。主な著書に『近江六角氏』（編著、戎光祥出版、二〇一五年）、『戦国期六角氏権力と地域社会』（思文閣出版、二〇一八年）などがある。

## はじめに

『三国伝記』の撰者である玄棟は、近江国善勝寺にゆかりの人物とされている。[1] 善勝寺は、後に近江守護の六角氏が本拠を構えることになる繖山（観音寺山）と尾根続きの山腹に位置する。したがって、『三国伝記』は六角氏の影響力が強く及ぶ地域のなかで育まれたことになるが、直接の影響関係を物語る史料は管見に触れない。そこで、小論では『三国伝記』の時代における六角氏の動向をたどり、作品が編まれた時代背景の一端を示すことにしたい。

本作で三国の僧俗が邂逅する「丁亥」の年は、足利義満の死の前年にあたる応永十四年（一四〇七）に比定されている。この時、六角氏の当主は満高であった。満高の時期は六角氏の分国支配が比較的安定していたが、将軍の交替などに伴う政治環境の変化に対応を求められる面もあった。以下、満高が直面した様々な問題に触れながら、当該期の分国支配の特色を探ることにする。

## 一、家督相続

六角満高は応安二年（一三六九）に生まれた。父は、南北朝の内乱を潜り抜けた氏頼である。[2] 嫡男義信が貞治四年（一三六五）に早世したため、氏頼は同じ佐々木の一門である京極高秀の息子高詮を猶子に迎えた。それゆえ、満高の誕生は氏頼にとってこの上ない僥倖であっただろう。応安三年、氏頼はこの世を去る。高詮は満高を補佐しつつ、幕府の命令は高詮が受けており、実質的には守護の立場にあった。しかし、永和三年（一三七七）に高詮は「非法」を理由として、幕府の命により後見役の地位を解かれる。[3] これにより、高詮は京極家に戻り、満高が正式に六角家の家督となった。

康暦元年（一三七九）三月、満高は幕

府の命を受け、京極高秀を甲良荘に攻めた。高秀が土岐頼康と結び、細川頼之の排斥を画策したとみなされたためである。これに伴い、高秀の京都屋敷は闕所となるが、高詮は同二月に上洛し、父に背いて幕府に降参する意思を示している。(4)父子で対応がわかれた点は注目されよう。結局、高秀は美濃国へ逃れ、高秀邸のうち東寄りの新宅が破却された。この年の四月に、細川頼之が失脚する康暦の政変が起きている。

康暦二年六月、満高は石山寺領富波荘への山内高信の押領をやめさせるよう幕府より命じられる。高信は、同荘の領家職半分は祖父の定詮が文和三年（一三五四）閏十月に拝領したと主張するが、幕府は半済として一時的に預け置いたにすぎないとし、石山寺の領有権を認めた。しかし、押領はやまず、幕府は再三にわたり押領の停止を満高に命じている。(5)

山内氏は氏頼の弟定詮を祖とし、六角氏の庶流にあたる。定詮は、氏頼が観応の擾乱の折に出家・遁世した際、幼少の義信を補佐し、当主の役割を代行した。氏頼が政務に復帰すると、定詮が幕命の遵行に携わることはなくなるが、その後も山内氏は独自の存在感を発揮していく。明徳三年（一三九二）八月の相国寺供養では、山内義綱が満高とは別に被官を率いて供奉しており、(6)六角氏から自立的な立場で幕府と関わっていたことがうかがえる。

満高が家督を継いだ頃には、南北朝の軍事的な衝突は終息しつつあり、戦時から平時への移行が課題となっていた。山内氏のような在地勢力は、戦時に獲得した得分を既得権益とみなし、荘園領主との間で対立を深めていく。幕府は荘園領主の意向を受けてその取り締まりに乗り出すが、満高は在地からの支持も得る必要があり、難しい対応を迫られた。

幕府中枢の政治抗争に伴い、庶流である京極家との対抗関係が顕在化していくのも、当該期の特徴である。後見役であった高詮の排除は満高の意思ではないが、その後も満高は京極氏を攻めており、両者の溝は深まっていく。氏頼の頃には京極導誉が六角氏を上回る勢力を誇るが、六角氏と京極氏の間で表立った衝突は起きていない。南朝方の掃討が一段落し、将軍の意向が諸大名家に強く及ぶようになった結果、新たな対立が惹起されたと考えられる。

裏を返せば、六角氏と京極氏のパワーバランスは時々の政局に左右されるものといえ、満高の地位は決して盤石ではなかった。この点について、次章では実際の分国支配に着目して考察を深める。

## 二、満高の守護支配と京極氏

近江国の守護職は、佐々木氏の惣領にあたる六角氏が基本的に継承したが、京極氏が幕府の命令を受けるケースが北近江を中心にみられる。そのため、京極氏は北近江の分郡守護であるとかつては捉えられていた。(7)だが、領主や大将の立場で幕府から命令を受けることは珍しくなく、遵行の実態のみで守護とみなすことはできない。[8] 六角氏・京極氏それぞれの政治的立場や命令の対象、内容などを踏まえて、近江における守護支配の特質を考えることが重要であろう。

上記の見地に立つと、京極氏が明らかに南近江の案件で遵行を求められるケースがあったことが注目される。応永十年（一四〇三）六月、京極高光は近衛家領柿御園山上郷の用水の利用に関して幕府から命令を受けた。この用水は市原荘との間で半分ずつ利用することになっていたが、市原荘民が度々の成敗に従わず、一円に押領していた。近衛家からの訴えを受けた幕府は、先の取り決めを遵守させるよう高光に要請した。[9]

守護の六角満高ではなく京極高光に命令が下された理由として、下坂守は、市原荘民が守護の権威をもって用水を押領してきた事実を指摘する。[10] 六角氏が具体的にどう関与したかは定かではないが、応安四年にも柿御園に対する守護方の違乱が問題となっており、永和二年（一三七六）には一円遵行を命じる両使が下向し、近衛家へ下地の打渡がなされた。[11] このように、六角方は柿御園における近衛家の権益を侵害する立場にあったことから、幕府は京極氏に命令を下したのであろう。押領に加担した守護宛に施行状が発給された場合、守護は往々にして遵行に消極的になる。そうした事態を避けるため、守護以外に命令を下す選択肢が必要とされた。近江国では、京極氏がその立場にあったといえよう。

ただし、柿御園の案件を京極氏がすべて受命したわけではない。柿御園内の熊原村は、康安二年（一三六二）に氏頼が永源寺に寄進し、応永元年には近衛吉嗣も同寺に寄進している。ところが、応永八年には近衛家の代官が段銭催促や用水相論と称して違乱に及んだため、幕府は永源寺の権利を認める命令を満高に出した。[12] 永源寺は氏頼が開いた寺院であり、六角氏はその権益を保護すべき立場にあった。それゆえ、施行状が満高宛であるのは当然といえる。同じ係争地であっても、訴人が誰であるかによって受命者が変わる点に注意したい。

このように幕府が六角氏と京極氏を使いわける一方で、両者が協同する場面も見受けられる。応永十六年、三宅家村は、野洲郡名田畠等を犯科人永原孫太郎入道・同彦太郎等の跡であるとし、自身が拝領したい旨を幕府へ訴えた。しかし、六角満高と京極高光は、永原正光とその子に罪はないとし、幕府に起請文を提出する。これを受けて、足利義持は当該所領を正光へ返付した。[13] 永原氏は野洲郡の在地領主で、十五世紀には六角氏の有力被官である馬淵氏の被官としてみえることから、[14] 間接的に六角氏の影響下にあったとみられる。

では、京極高光はなぜこの件に関与しているのか。高光は、応永十年にも野洲郡の所領問題に関して遵行を行っている。

小篠原浄俊が三宅上郷公文職を獲得したことにかこつけて、方々に違乱を行っていると進士氏行から訴えがあり、幕府は同職を氏行に与えることにした。高光はこれを受け、山中弾正左衛門尉・杉江次郎左衛門入道の両名に氏行への所領の引き渡しを命じた。[15] 進士氏の所領問題に関して、応永八年にも高光宛に施行状が発給されており、[16] その関係で高光が遵行を行うことになったのかもしれない。一方で、京極導誉は文和三年に江辺荘・鳥羽（富波）荘下司職を拝領しており、[17] 京極氏は野洲郡内に何らかの権益を保持していた可能性がある。このような前提があったため、永原氏の問題には六角氏と京極氏が協同で対処したのであろう。

以上、六角氏の影響力が強い南近江でも、京極氏が幕府の命令を受ける場合があったことを確認した。近江国内で命令を確実に浸透させようとする幕府の意向により、満高の支配は一定の制約を受けていた。こうした関係性のもとで、満高はついに守護の地位を脅かされることとなる。それについて、次章で詳しくみることにしよう。

## 三、守護職の改替

応永十八年（一四一一）七月、飛騨国司姉小路氏が幕府から討伐を受けた。近年、この事件は足利義持による斯波氏勢力削減策の一環と捉えられている。すなわち、姉小路氏は斯波義将の後ろ盾を得て国内の荘園を押領していたが、応永十七年七月に義将が亡くなり、後ろ盾を失った姉小路氏を義持が攻めたのが真相であるという。[18]

この討伐軍の主力となったのが、当時飛騨国の守護であった京極高光である。ただし、高光は病気を患っていたため、弟の高数が陣代として派遣された。[19] これに伴い、応永十八年八月、高光は飛騨国富安郷を料所として預け置かれる。同十月には石浦郷地頭職と江名子・岡本保なども預け置かれている。[20] 石浦郷・江名子・岡本保には山科家領が存在し、姉小路氏から度々押領されていた。姉小路氏の討伐を契機として、飛騨国での京極氏の権益が拡大していったことがうかがえる。なお、高光は某年十月に古川郷内快与名を六郎左衛門尉に与えているが、[21] これまでの経緯を踏まえると、応永十八年以降のことと考えられる。

この年の八月、六角満高は突如として守護職を解かれ、青木持通が近江守護に補任された。[22] 姉小路氏の討伐に際して兵を出さなかったことが、改替の理由であるという。[23] 吉田賢司は、足利義持が今回の軍事行動を通じて、斯波氏だけでなく諸大名に対する主導権を確立しようとしたと評価する。満高は前将軍義満の寵臣であり、義持に対してみくびった態度をとるところがあった。そこで、義持は本件について厳罰を与えることにより、満高を従わせようとしたのである。[24]

義持と満高の不和は、義満の死後間もなく表面化する。応永十五年十月、義持は代替わりの当知行安堵を儀俄氏秀に対して行い、斯波義重が満高に施行状を発給した。ところが、満高がこれを遵行しなかったため、翌月、幕府は曽我・小串両氏に再び遵行を命じた。儀俄氏は六角氏の内衆として活動する一方で、幕府とも直接関係をもち、特に所領の安堵に関しては幕府に依存するようになっていた。(25)この頃、義持は各地で所領の安堵や返付の命令を出しているが、諸大名の干渉を受けることが少なくなかった。(26)代替わりの政権運営において、諸大名の統制が課題となっていたことがうかがえる。

満高が厳しく罰せられた一方で、姉小路氏の討伐にあたった京極氏は前述の通り、様々な報奨を受けた。先の京極高秀・高詮の事例も踏まえると、六角氏と京極氏は、一方が浮上すればもう一方が掣肘されるという裏腹の関係で捉えられる。こうした対抗関係は、幕府中枢の権力闘争に起因し、決して両者が望んだわけではなかった。しかし、この構図は満高の頃には定着しつつあり、結果として両者の溝を深めていく。

とはいえ、義持は満高を本気で排除するつもりはなかった。応永二十年末頃からは満高は守護として活動しており、処分は一時的なものにとどまった。これに関わって、満高の代わりに京極氏が近江守護に補任されなかったのは示唆的である。この前後の歴史を振り返ると、南北朝期には京極導誉が、応仁・文明の乱時には京極持清がそれぞれ近江守護に補任されている。(27)満高の代わりに守護となった青木持通は、守護としての顕著な活動がうかがえない。分国支配の実効性を重視すれば、京極氏の方がよほど守護にふさわしいはずである。

恐らく義持は、満高が自身の意向に従う姿勢をみせれば、速やかに守護に復帰させるつもりだったのだろう。結局、近江守護は六角氏がつとめ、状況に応じて京極氏を利用するというスタイルが幕府にとって最も望ましく、京極氏への一本化もリスクを伴うことであった。今回の処置は、守護職の補任権が将軍にあることを誇示し、諸大名を従わせることに狙いがあった。それゆえ、実際に将軍の意向により守護を挿げ替えた実績ができれば十分で、満高の義持への屈服、守護への復帰は既定路線だったといえよう。

## おわりに

本稿では、『三国伝記』の時代に近江守護をつとめた六角満高の動向について、室町幕府や京極氏との関係性を踏まえて整理した。満高が当主に就いた頃には、南北朝の内乱は終息を迎えつつあったが、細川氏や斯波氏らを中心とする幕府内の抗争が度々表面化し、六角氏も影響を受けた。そのなかで、庶流にあたる京極氏とは政治的に対立することが多くなる。分国支配でも、同じ地域において六角氏と京極氏がそれぞれ幕府から命令を受けることがあり、両者の対抗関係は室町幕府の政治体制のもとで構造化されていった。後年の応仁・文明の乱では両氏は東西にわかれて戦うが、このような対立が次第に明確になっていくのが満高の時期であると評価できる。

満高は、足利義持による諸大名統制策の一環として、近江守護を一時解任される。姉小路氏討伐への出兵拒否が直接の理由であるが、義持は代替わりの時点で既に満高とは緊張関係にあった。満高の頃の近江では、戦時に獲得した権益を維持・拡大しようとする在地勢力が守護方と結び、幕府や荘園領主としばしば対立した。幕府は、京極氏にも遵行を命じることでその封じ込めにあたるが、六角氏を従わせない限り、根本的な解決にはならない。そこで義持は、守護職の補任権が将軍にあることを明示し、六角氏との関係を再構築しようとしたのである。後に六角氏は、荘園の押領を理由に足利義尚・義材の親征を受けることになるが、同様の構図が当該期にもみられることを指摘しておく。

以上のように、満高の時期には室町期の守護支配のあり方が確立していく反面、戦国期につながる諸問題の萌芽が認められる。静寂に潜むこうした歪みを感じ取りながら、『三国伝記』は編まれたのかもしれない。

注

(1) 池上洵一『今昔・三国伝記の世界』（和泉書院、二〇〇八年）第二篇（初出一九九九年）。

(2) 拙稿「六角氏頼」亀田俊和・杉山一弥編『南北朝武将列伝　北朝編』（戎光祥出版、二〇二一年）。

(3) 「花営三代記」（『群書類従』四五九）永和三年九月二十一日条。

(4) 『後愚昧記』康暦元年三月六日条。

(5) 「前田利為氏文書」（『近江蒲生郡志　第二巻』四一八〜四二〇、七四〇・七四一）。

(6) 「相国寺供養記」（『続群書類従』四三四）。

(7) 佐藤進一『室町幕府守護制度の研究（上）』（東京大学出版会、一九六七年）、今谷明『守護領国支配機構の研究』（法政大学出版局、一九八六年）第七章。

(8) 山田徹「「分郡守護」論再考」（『年報中世史研究』三八、二〇一三年）。

(9) 「広橋家記録」（『大日本史料』七―六）。

(10) 下坂守「近江守護六角氏の研究」（新谷和之編『近江六角氏』戎光祥出版、二〇一五年、初出一九七八年）。

(11) 『愚管記』応安四年六月一三日条・永和二年五月二十三日条。

(12) 『永源寺関係寺院古文書等調査報告書』（滋賀県教育委員会、一九九八年）一四・五二・五四・五五・五八。

(13) 「尊経閣所蔵文書」（『大日本史料』七―一二）。

(14) 拙著『戦国期六角氏権力と地域社会』（思文閣出版、二〇一八年）第二部第二章（初出二〇一二年）。

(15) 「猪熊信男氏所蔵文書」（『大日本史料』七―六）。

(16) 「進士文書」（『大日本史料』七―五）。ここでは、三井高重が罪科人の小八木左衛門三郎と大泉を支援したことが問題となり、小脇家屋敷・名田が氏行に与えられた。下坂は、三井が六角氏の被官であることから、高光に命令が下されたと評価している。

(17) 『戦国大名尼子氏の伝えた古文書

――佐々木文書』（島根県古代文化センター、一九九九年）二四。

(18) 大薮海『室町幕府と地域権力』（吉川弘文館、二〇一三年）第一部第二章（初出二〇〇九年）。

(19) 「寛政重修諸家譜」四一九。

(20) 『戦国大名尼子氏の伝えた古文書――佐々木文書』（前掲）九九～一〇二。

(21) 『戦国大名尼子氏の伝えた古文書――佐々木文書』（前掲）伊予九。

(22) 「青木文書」（『近江蒲生郡志　第二巻』四五〇）。

(23) 「南方紀伝」（『大日本史料』七―一四）。

(24) 吉田賢司『足利義持』（ミネルヴァ書房、二〇一七年）。

(25) 『近江日野の歴史　第2巻　中世編』（日野町、二〇〇九年）第一章第三節。

(26) 前掲註24吉田著書。

(27) 『戦国大名尼子氏の伝えた古文書――佐々木文書』（前掲）七・一四一。

**附記**　本稿は、令和二年度近畿大学学内助成金（SR02）の交付を受けた研究成果の一部である。

# 『三国伝記』生成の前夜
## ——琵琶湖東の宗教的環境の一端〈倍山と常陸・出羽・濃尾〉

牧野和夫

まきの・かずお——国際仏教学大学院大学日本古写経研究所研究員、福州版大蔵経の船載と我が国の宗教的環境。主な著書に『日本中世の説話・書物のネットワーク』（和泉書院、二〇〇九年）などがある。

『三国伝記』に「とってつけた」ような形で登場する元応寺流の〝律僧〟「運海」をとりあげる。その活動拠点である「倍山（平流山）」を軸に、鎌倉末期から室町前期へ移る宗教的背景を探る。〝談義所〟生成期の柏原成菩提院初代「貞舜」にそう形で『三国伝記』生成の前夜ともいうべき時期の宗教的環境を明らかにする。

### はじめに

「『和談鈔』と『三国伝記』に豊富な共通資料を想定し、『和談鈔』や『神道雑々集』と『太平記』にも共通資料を仮定せざるをえないとき、『太平記』と『三国伝記』の同文・酷似関連話の全てを、一括して単純明快な直線関係（『太平記』から『三国伝記』へ）に結びつける点について、再考の余地がないとはいえないのである。」（牧野和夫「『三国伝記』と『太平記』の周辺」〈『説話文学研究』二五号、一九九〇・六〉）として後考に委ねたのは、平成二年の事である。『三国伝記』生成に係る「運海」という一学僧に着目した池上洵一氏の論文「説話・縁起の作者」が雑誌『日本文学』に掲載されたのは昭五一年の事でおよそ十五年の歳月が過ぎていた。

池上氏は、「話の内容に直接関係はないのに元応寺の運海の名が出てくる」こと、「その運海に会うために上京するという台密を学ぶ僧に対してだけ敬語が用いられていて、明らかに優遇されている」こと等を指摘し、運海なる僧の存在を初めて重視されたのである。

「とってつけたような」一文「元応寺長老運海上人ノ時……」についても、氏は「明らかに独立して成立していた霊験譚に後から付加したものである」と記し、改めて「運海」に着目し、更に「善勝寺の縁起というにふさわしい」巻十一第十五話「良正上人事井江州善勝寺本尊事」において提起された「それほど著名であったとも思えないこの寺の縁起が、なぜ『三国伝記』に採録されているのかという問題」とも関連して、次の如く指摘されたのである。

「以上の考察によって、いずれも出典不明、他書に類話さえ見つけることのできない縁起が語られている善勝寺・上山天神・地福寺の三寺社が、互いに隣接しているだけでなく、善勝寺とその傘下にあった寺院として統括できるらしいこと、乎加神社はその隣の村にあって、やはり天台宗の有力寺院長勝寺と関係のあったらしい神社であること、それらとごく近い地点を舞台とする愛智川の話も、元応寺の運海と関係している点で、単なる地理的な親近さを超えた特殊な関係が、善勝寺を中心とする話との間に予想できること」などを解明されたのである。

池上氏の発見を契機に進められた研究（『和漢朗詠集』和談鈔』『胡會詩註抄』等の発掘による出典研究や湖東地域の宗教的環境の解明）の展開は、現在急激に深化しつつあり、天台元応寺流に止まる「動き」を遥かに超えた中世〝律僧（遁世僧とも多く重なる）〟の動向（禅宗との係りにも留意）に拓けていくことになった。諸種の相承血脈に点として認識されるに過ぎなかった学僧「叡憲」を例にして本稿と係る〝律僧〟の鎌倉末期から南北朝室町初期の展開の一端を示したい。

叡山文庫双厳院蔵『三諦印信』奥書（昭和現存天台書籍総合目録・増補）に、

書本云寿永元年壬寅（一一八二）五月三日於三條御坊以
御本謹書写了
……顕眞記
建久二年（一一九一）……仁全
正応三年（一二八九）……義源……
延文三年（一三五八）……叡憲
応安二年（一三六九）五月廿四日……書写了　貞済記
永徳二年（一三八二）六月五日　楞厳院沙門貞祐記

この相承過程に登場する「叡憲」は、既に大東敬明氏「國學院大學宮地直一コレクションの中世神道関係資料について」（『神道研究』二一八号、平成二十二・四）において紹介された「円海―秀範―聖海―蓮心―融尊―契弼―海賢―叡憲」という中世神道の相承血脈に顕れ、文和三年（一三五四）契弼書との本奥をも残す道祥写神宮文庫蔵『神道切紙』に「秀範・蓮心・契弼」という切紙伝授の相承を伝える奥識にも連なることの予想可能な僧名である。牧野和夫「注釈の一隅から」（『むろまち』四号、二〇〇〇）・同「「本地物」の四周」（『仏教文学』二七号、二〇〇三）に触れ更に同「談議所逓蔵聖教について——延慶本『平家物語』の四周・補遺」（『実践国文学』八三号、平成二十五・三）において確認したが、中世版刻の世界の一方に屹立する叡山版の追刻事業に尽力した学僧である。即ち身延文庫蔵『維摩経疏』八巻の詳細を紹介したが、弘安年間の中途放棄のやむなきに至った承詮の遺志を引き継いで貞和二年（一三四六）に追刻完成させたのが他ならぬ叡憲である。法華経訓読等で義源に連なり且つ天台三大部刊行事業にも深く携わった「叡憲」の存在が俄かに意味を持ってくる。叡憲は、複数の点として南北朝室町初期に神道書・切紙伝授・出版事業などに痕跡を残し、秀範や蓮心に連なる〝律僧〟的な活動を示してきたが、今また、「記家」義源から柏原談義所の「動き」に係る貞済・貞祐への相承過程に介在して『三国伝記』周辺の世界に登場することになるのである。説話研究における「叡憲」の事績については、既に松田宣史氏『比叡山仏教説話研究・序説』（三弥井書店、二〇〇三・一二）・『天台宗恵檀両流の僧と唱導』（三弥井書店、二〇一五・一二）所収の諸論に係る追及があり、今後の解明の進展が望まれる学僧である。

## 一、柏原成菩提院をめぐる動き
### ——貞済・貞祐・貞舜

叡山文庫双厳院蔵『三諦印信』の「応安二年（一三六九）五月廿四日……書写了　貞済記／永徳二年（一三八二）六月五日　楞厳院沙門貞祐記」という書写奥書に拾う「貞済・貞祐」という学僧に留意するとき、俄かに浮上する学僧がいる。中世から近世にかけて天台教学の重要な研究領域のひとつ「談議所」研究の拠点寺院として最重要な位置を占める柏原成菩提院の初代貞舜である（貞祐は貞舜の師事した学僧で第二章の「「濃州龍泉寺辺」柏尾寺談義所と貞舜」で触れる）。ここに「貞済—貞舜」相承の一点の典籍資料から「貞舜」の位置どりを紹介する。

成菩提院蔵貞舜自筆『瑜祇秘訣』奥書（柏原成菩提院関係典籍類の奥書等は、『天台談義所　成菩提院の歴史』〈二〇一八・二、法蔵館刊〉、曽根原理氏・松本公一氏他の諸論考〈『説話文学研究』三六号（二〇〇一）、『佛教文学』三〇号（二〇〇六）、『中世文学』五四号（二〇〇九）所収論文に拠る。以下同）に、

光宗遍照金剛記之

元弘三年（一三三三）十月十七日於金山院書写畢　金剛

仏子運海記之
延文四年（一三五九）正月廿二日於江州倍山延寿寺令書写畢　金剛仏子貞済記之
応永十四年（一四〇七）丁亥正月廿九日賜円―師御本書写訖　金剛仏子貞舜記之
三部伝法阿闍梨位円済示

とある。光宗↓運海↓貞済↓円済↓貞舜と次第伝授された典籍である。池上氏の発掘された「運海」が名を連ねる上に、伝授の場所が京洛の東山「金山院」↓「江州倍山延寿寺」という光宗・運海等の「動き」に重なるのである（東山を軸とした東大寺戒壇院系律↓江州倍山・イキヤ山などを軸とした天台元応寺系律）。「倍山延寿寺」については、文明十六年（一四八四）の年紀がある下郷共済会蔵『延寿寺内静林寺修造勧進状』に拠ると「この寺院は、開山拙心による「観音大士縁記」の「旧雖台刹、今改禅苑」という記述より、もとは天台寺院であったことがわかる」（『延寿寺の歴史と美術――彦根の寺社』展示図録、一九九四・六）という記述を拾うことができるが、具体的な資料は挙げていない。成菩提院蔵聖教の二点の書写奥書に確証を得ることができる。一点は、前述の『瑜祇秘訣』奥書の「延文四年（一三五九）正月廿二日於江州倍山延寿寺令書写畢　金剛仏子貞済記之」であるが、新たに一点の成菩提院蔵『〔灌頂次第書〕』の奥書も挙げられる。

「正安三年（一三〇一）九月十五日書写之了／金剛源清
暦応二年（一三三九）六月一日相伝了／金剛仏子光宗
貞和五年（一三四九）十一月五日於小坂寺書之了／金剛仏子慈□
延文元年（一三五六）〈酉／申〉十二月十四日於知足院令書□／金剛仏子運海
延文四年（一三五九）〈乙／亥〉九月五日於江州□□知足院／令伝受之了即於同山延寿寺令書写之了／金剛仏子貞済

である。同じく延文四年「九月五日於江州□□知足院／令伝受之了即於同山延寿寺令書写之了／金剛仏子貞済」とある。この奥書で看過できない山号、延寿寺に冠された「倍山」を注視すると、同じく「倍山知足院」とある。「倍山」には多くの寺院が集まり、活発な活動を展開していたのであり、延寿寺もその一つに過ぎないことがわかる。「暦応二年（一三三九）二月二日於近江州愛智郡倍山霊山寺賜御本令書写之了……／運海記行年廿□歳」（宝戒寺蔵『合壇潅頂随意私記』本奥）ともあり、「倍山霊山寺」における運海の活発な書写活動が行われた。前年に『渓嵐拾葉集』をやはり「倍山霊山寺」にて写していることが知られ、運海の活動拠点（暦応元年

〈一三三八〉頃〜康永元年〈一三四一〉頃）が「倍山霊山寺」であったことを田中貴子氏『渓嵐拾葉集』の世界』（名古屋大学出版会、二〇〇三・一二）は指摘されている。成菩提院聖教調査において確認された倍山に係る（成菩提院）資料については、尾上寛仲氏「柏原談義所の成立」（『日本天台史の研究』〈二〇一四・一一、山喜房佛書林〉再録、初出一九七三・一二）を始め、早くに曽根原理氏「貞舜と中世天台教学」（玉懸博之氏編『日本思想史――その普遍と特殊』〈一九九七・七、ぺりかん社〉）があり、同氏「天台寺院における思想体系――成菩提院貞舜をめぐって」（『説話文学研究』三六号、二〇〇一・六）、同氏「天台談義所と相伝」（『中世文学』五四号、二〇〇九・六）が続く。研究の成果は近年頓に豊かである。倍山に係る学僧として光宗・運海・貞済・円済・貞祐が挙げられ、成菩提院初代の「貞舜」に深く係る学僧が確認できるのである。とりわけ運海が「倍山」に係ることの深かったことは次の資料からも知られる。既に紹介を了えているが、聖衆来迎寺蔵『唐崎縁起』（東大史料編纂所蔵の影写本に拠る。送り仮名等略す）である。

「近江国犬上郡口口口唐崎大明神中天竺毘舎離国竹林精舎地主神御座シカ円宗相応ノ〔国〕ヲ御尋アリテ彼寺ノ篋ノ竹ノ葉ヲ舟トシテ東□□□口□口□□御宇天平十三年三月廿日今ノ唐崎山跡ヲ垂テ神顕給云ヘトモ人崇メ申サン事不レ覚一夜ノ中ニ御篠舟口口口真篋ト是云其唐崎ノ神ト申ス月支中夏霊神唐土経……日域渡給故日夏唐崎申也……（略）…此神御口口奉霊鷲山艮ノ□爰遷ツリ来レリ其霊山滅シタル故異国ヨリ此山減山云此国唐崎山増シタル故倍山ト書ケリ因レ茲行基菩薩四十九院伽藍建当山奥院其倍々当社崇敬奉…後光厳院御宇明徳元年六月六日正一位大明神宣下上卿勘解由小路大納言職事蔵人左小辨文章博士藤原兼宣也当国野洲郡興隆寺住持金剛宗知和尚白川ノ元応寺ノ前住慈明和尚申テ被奏聞勅許遅々アリテ三年ヲ過ケル処ニ天帝ノ御夢ニ神祇官辺ニ唐装束ノ衣冠正シク宮客其容勢巍々トシテ然モ怒レル顔色ニテ曰ク我是中夏竹林ノ地主タリシカ方便済度ノ功徳ニ垂震旦一統ノ秦始皇帝ト化現シテ五嶽ノ霊神ニ祭ヌ又神ニ通シ海中ニ石橋ヲ渡サシメ剰其醜神ノ形ヲ……此国ハ和光利物ノ道広シテ而明神既ニ三千一百卅二社ナルヲヤ夫神ト云仏ト云異ナレトモ国家安寧ノ鎮守惟同故ニ遣使還旹ノ□大乗流布域也トス豈悁却哉殊ニ朕昔長生ヲ求メシ執心ニ依テ東海ノ此蓬莱ニ来リ玉妃ノ神仙大常寺ニ列ルト云ヘトモ階位浅シテ威徳ヲ施ス事軽シ爰ヲ以綸命仰ク処ニ天免已ニ渟尓者我本□ニ帰リ邪神駆テ帝運ヲ奪ント

曰ヒケリ依有此御夢想御宣下アリケルコソ貴ケレ彼宗知和尚者天台円頓大戒正流河東元応律寺ノ統流トシテ慈威豊信運海慈明等ノ碩徳大和尚稟㆓顕密ノ秘奥㆒得タリ博学ノ名ヲ……（略）……故ニ神道ニモ帰両三年在京アリテ経上聞ヲ尊号位階綸旨ヲ賜ラレケル也……（略）……

永正七年庚午九月廿一日　□□□」

明徳元年（一三九〇）の三年前、唐崎大明神を正一位にせんとの議に、野州郡興隆寺住持宗知和尚と共に元応寺長老慈明（運海）が与かっていたことを知る。運海の住した「倍山霊山寺」について、『唐崎縁起』が、「此神御口口奉霊鷲山艮ノ欽□爰遷ツリ来レリ其霊山減シタル故異国ヨリ此山減山云此国唐崎山増シタル故倍山卜書ケリ因㆑兹行基菩薩四十九院伽藍建当山奥院其倍々当社崇敬奉」と記し、光宗・運海の拠点寺院「倍山霊山寺」が唐崎明神に由縁のある寺院であったことを証している（天台の記家系の資料と飛来峯伝説については別に稿あり）。「秦始皇帝」と化現したと明記することで、「唐土」「秦氏」と緊密な祭神であることも確実である。康暦から至徳・明徳頃の対外関係は正に緊迫していた。

康暦二年（一三八〇）五月、「日本国王良懐」、その臣慶有僧等を遣わし、貢馬・硫黄・刀・扇等を献ずる。洪武、上表無きによりこれを却下。同年（一三八〇）九月、「征夷将軍」源義満、僧明悟・法助等を遣わし、方物を献ずる。洪武、上表無きによりこれを却下。至徳三年（一三八六）一一月、「日本国王良懐」、僧宗嗣亮を遣す、上表を持参するも、入貢を拒否される。「当時の中国側史料によると、今川了俊は、征西将軍懐良親王（「日本国王懐良」）が明の援軍を頼み、九州から京都へ攻め上がろうとしていたと疑ったらしい（宋濂『宋文憲公全集』巻十三）。」という。明徳元年（一三九〇）の三年前の嘉慶元年（一三八七）頃は正に「日本国王懐良」の援軍として明が攻め寄せるのではないか、と恐れ怯えていた時期に当たっている（橋本雄氏『日本の対外関係四　倭寇と「日本国王」』〈二〇一〇・七、吉川弘文館〉、同氏「室町日本の外交と国家」〈『日本史研究』六〇〇号、二〇一二・八〉他に拠る）。位階の低きに憤り「我本□ニ帰リ邪神駆テ帝運ヲ奪ント曰」う「忿怒」を鎮める為に「中夏竹林ノ地主」神（＝唐崎神社祭神・秦始皇帝と化現）に贈位を勧める元応寺運海の働きかけは、アジアの対外関係を巧みにして的確に反映した「動き」と捉えることもできる。

運海のこうした神社に係る「運動」は、先立って行われた稲村大明神の位階加増「正一位」の「働きかけ」とも連動するものである。『師守記』貞治元年（一三六二）十一月廿二日の条に拠れば、稲村大明神位階正一位についての蔵人右中辨行知の尋申があり、大外記中原師茂は、「無所見候、件赴何比鎮座候乎」という不審などを記し答申した記述があり、貞治元年時点で稲村大明神の位階加増「正一位」の「動き」を確認できる。貞治五年（一三六六）『稲村大明神物語』の宗知和尚署名の本奥書に拠ると、「南無正一位／稲村大明神、本地薬師瑠璃光如来、……」とあり、神社側では「正一位」を冠しており、東洋文庫蔵〈鎌倉後期頃刊永和頃印〉『梵網経盧舎那佛説菩薩心地戒品』には運海自筆奉納識語が認められ、「奉納正一位大社／稲村大明神／永和四年午戊十月十日／比叡山西塔青龍寺傳戒沙門　運海」とあり、永和四年（一三七八）にも「正一位」と謳うのである。貞治五年（一三六六）という『稲村大明神物語』の本奥書の年は、『神道雑々集』文中に頻出する年でもあることは偶然であろうか、現『神道雑々集』の生成を促し新たな〝神〟の位階の変革を求める天台律の側の「動き」は留意すべきであろう。

稲村神社は、常陸太田市天神林町にあり、「授二常陸国正六位上稲村神従五位下一」（『三代実録』元慶二年八月二三日条）ともあり、仁和元年五月二二日条では従五位上が授けられる。佐竹寺や馬坂城跡に至近の距離にあり、憶測するならば南北朝期の美濃における佐竹氏の活躍との関連で留意されるべき「動き」であるが、詳細は不明である。

また、倍山（荒神山）を拠点の一つとした修験のルートにも問題は及ぶ（池上洵一氏『修験の道』〈一九九九、以文社〉をまた御参照頂きたい）が、湖東地域の修験と東寺・室生寺との関連で近く口頭発表を予定しているので、詳細は省く（このルートに係る岡山談義所（香仙寺を比定）と貞済については、曽根原氏「天台談義所と相伝」参照）。

附、「倍山（平流山〈荒神山〉）」をめぐる動向

運海の閲歴と湖東に展開した宗教的環境は、対外関係や東国の動静・変化と緊密に結ぶもので、『三国伝記』の「説話」生成に係ることは従来殆ど問題視されることはなかった。

『三国伝記』所収の「説話」類研究については説話集や軍記物として現存する作品間の詳細な相互比較に基づく推定が考察の主流であったが、この三、四十年の説話研究の蓄積は、介在する類書・幼学書や説草・因縁類の融通無碍な活用に適した豊饒な世界を白日の下に曝したと云える。現在進行中の地方拠点寺院の聖教類調査によって、さらに『壒嚢鈔』との関係や一話のみの同文・酷似関係の齎す情報によって、その生成過程に係る信仰的・宗教的な相承展開の諸相が明らかになり、局面は複雑化し拡大しつつある。今後の更なる細かな比較や変転して止まない背景に対する追及は必須かと考える。

運海の閲歴に係る『三国伝記』と『和漢朗詠集和談鈔』と

の関係については、善勝寺・左衛門尉源高定書などの情報に加える新たな材料を得ていないので、今後の課題として残し今回は省くとして従来看過されてきた『三国伝記』内のひとつの傾向に留意することにする。ふたつの資料を挙げる。

資料①、巻四・第二十一話「三人同道僧俗愛智川洪水渡事」

「和云、去永和年中、尾張国萱津道場時衆、洛陽七条辺用事有上洛。……美濃国不破関屋過ケルニ、真言師覚、律僧一人行ツレタリ。……時衆云、『御僧何ヨリ何方御渡候ヤ』ト問、僧云ク、『濃州龍泉寺辺居住者也。我穴法曼流汲秘蜜乗今智水澄。近比白川元応寺運海和尚親、両部大法伝、諸尊ユガヲ学、金剛薩埵位居セリ。其為二報恩一上洛也』答ケリ。……」

（『三国伝記』三弥井書店刊本に拠る、以下同じ）

資料②、巻五・第三話「賤下女依二地蔵講功徳一蘇生事」

「和云、洛陽白川慈覚大師御作地蔵菩薩御座。其辺在家人々心励地蔵講廻毎月廿四日是供養奉。……一元応寺長老運海上人時、善勝寺日海和尚付属有、仏法東漸悲願乗江州大谷山遷給、済度無辺　利生掲焉今地福寺本尊是也。」

この二点の資料において留意すべきは、「とってつけたような」一文に共通して登場する「運海和尚」という学僧であり、いずれにも挙げられる「元応寺」という寺院である。資料①によれば「和云」として語られる「現在（いま）」を遡る「去永和年中」の設定である。資料②では「今地福寺」、即ち『三国伝記』「和云」に展開する応永十四年の「現在（いま）」を基準に見るとき、永和（一三七五〜一三七九）の頃は既に三十年近い「昔」であり、資料①の「近比白川元応寺」の「近比」は、「永和年中」の「近比」の話であり、資料①の「濃州龍泉寺辺居住者」もまた「永和年中」頃の設定である。「和云」に展開する「現在（いま）」において「地理的な親近さを超えた特殊な関係」を持つ最も「親密」な寺院は「地福寺」で、「善勝寺」も「元応寺」も「地福寺」に至る本尊の経由寺院ということになる。巻十一第十五話「良正上人事井江州善勝寺本尊事」も『三国伝記』の「現在」と直結しない寺院縁起の可能性も考慮すべきであろう。

『三国伝記』にも「倍山＝平流山」は記述される。しかし、『三国伝記』巻二第一二話「行基菩薩事」に記述された「倍山」は、「平流山」命名の由来として飛来峯の縁起（霊山寺・鷲尾＝光宗・天竺震旦三国相伝飛来峯縁起）を伝えるのみ、副題に「明二日本霊鷲山一ヲ也」とする通りである。さらに行基との関係を展開し、運海・光宗・貞済などが宗教活動の拠点とした倍山の霊山寺や延寿寺の寺名を全く欠いているばかりか、運海が社格贈位「運動」を展開した倍山の「稲村大明神」や近隣の「唐崎大明神」にも触れることがない。『三国伝記』の運海は、在京「元応寺住持期」の法流授受・師資相承との関連で枢要な「位置」を与えられ敬語を以て遇されるのみで、『三国伝記』に記述を見る永和以降応永期にいたる湖東地域の宗教的な（神崎郡を軸にした）環境には「馴染まない」ものであった、といえるのではないか。湖東「倍山」を拠点に地元神社の位階増加に格別な「運動」を北朝側に働きかけた運海の履歴は全く顧みられることがなく、わずかに在京運海の元応寺に係る法流授受の記述に止まるのである。『三国伝記』が「運海」を二か所に登場させたことに「とってつけた」ような印象を与える主たる理由のひとつがこのあたりにあろう。

## 二、「濃州龍泉寺辺」柏尾寺談義所と貞舜
### ——貞舜：母〈濃州多芸庄島田住人〉と父〈出羽国ノ住人〉

「倍山」に係る寺社に記述を殆ど割くことのない『三国伝記』において運海に係る具体的な寺名が挙がるのは、前引した巻十一第十五話「良正上人事井江州善勝寺本尊事」の元応寺・善勝寺・地福寺の他に、「濃州龍泉寺」がある。同じく前引巻四・第二十一話「三人同道僧俗愛智川洪水渡事」、「去永和年中」の「昔」、「美濃国不破関屋過」ぎで「真言師」の「律僧」に出会い京上りの同行に加わる。その「律僧」が居住する「濃州龍泉寺辺」をめぐる情報は、『三国伝記』の「現在」の資料的な環境で推測するならば、至徳・永和期の『三国伝記』の運海」とは直結せず、むしろ土岐頼康・土岐満貞（土着化し島田を号す）など土岐一族の圏内外（美濃・尾張・伊勢と近江：三人同道僧の経由地域）に展開する宗教的な環境から齎されたものが浮上することになる。永和年中（一三七五～七八）、元応寺で運海から両部大法を伝授された「濃州龍泉寺（多芸七坊の一つ）辺居住の律僧」という設定は、従来看過されてきたといっても過言ではない。即ち、『三国伝記』の中核の一つが永和年間前後以降応永期に至る土岐一族の動向であり、その宗教的な環境の一端を担う「濃州龍泉寺辺」という土地、伊勢海道に面した地勢的な要衝（巻八第六話篠木慈妙上人に関する伊勢信仰について、小林直樹氏「『三国伝記』と太子・観音」〈『国語と国文学』二〇〇一・五〉参照）、多芸という地域にあったと考えることもできる。「龍泉寺」そのものの僧ではなく、寺辺に居住する「律僧」という設定にこそ最も留意する必要があるのではないか。「永和年中」の多芸の

「龍泉寺」辺の住僧で永和年中に「元応寺」に修学、「律僧」として知られた学僧に柏原成菩提院の初代「貞舜」という学僧がいた。このことは、中世の天台談議所の「活動」を追及する上で留意すべき最重要事項であるが、曽根原理氏「天台談義所と相伝」の以下の指摘は看過し得ないのである。「応安八年（一三七五）貞舜は宿所の火災で所持した聖教類を失う。失意の貞舜に対し師貞祐が所持する聖教一切を与え励ます。「立ち直った貞舜は修学を続け、『類聚』を賜り、…師匠が逝去したのは至徳三年（一三八六）。貞舜が成菩提院を拓くのは、その十年近く後の事である。」（曽根原氏「天台談義所と相伝」）。『本朝高僧伝』巻一七「貞舜伝」に拠ると「永和年中」に「釈貞舜、叡山に登り貞済に親附す」とある。

貞舜伝の最善本である『円乗寺開山第一世貞舜法印行状』（『続天台宗全書　史伝二』〈一九八八・二〉所収）に拠ると、貞舜の履歴は凡そ次のようになる。

貞和五年（一三四九）、貞舜（貞純）生まれる。母は濃州多芸庄島田住人万年一族で、父は「出羽国」住人平元慈純。父尾張国小熊郷知行之時、依二宿因一成二ス夫妻之語一、二歳の時、両親と共に上洛。父が仕えた三條殿（足利直義かとする説が有力）が、観応三年（一三五二）二月没、時に貞純四歳。六歳、父が京都で死去。母ノ姉ノ子である侍従公（多芸庄柏尾寺）という法師に従う。十六歳で出家、□□公（貞済カ）に従い比叡山で受戒。応安元年（一三六八）の時、摩尼寺に赴き「近江公（貞祐）」に師事、永和二年十月十三日元応国清寺に於いて両部灌頂を受ける。至徳三年（一三八六）貞祐逝去。」

柏原談義所成菩提院の活動を開始する二十年も以前の永和二年（一三七六）、「貞舜、十月十三日、於二元応国清寺一受二両部灌頂一」とある（『円乗寺開山第一世貞舜法印行状』に拠る）。（龍谷大学大宮図書館蔵）『血脈私見聞』を、永和元年（一三七五）、貞舜、柏尾寺貞祐から授与される（曽根原理氏指摘）。多芸七坊のひとつ摩尼寺の貞祐（近江公）は、「今柏尾寺学頭也」とあり、母ノ姉ノ子「侍従公」同様、多芸庄柏尾寺にも縁深い僧であった。「今柏尾寺学頭也」の「今」について「当代」という尾上氏の指摘もある。「はじめに」で紹介した叡山文庫双厳院蔵『三諦印信』奥書に、「応安二年（一三六九）五月廿四日……書写了　貞済記／永徳二年（一三八二）六月五日　楞厳院沙門貞祐記」とあり、貞済と貞祐の関係は、相互に授受の立場にあったと考えられる。「貞済は「如法経手記」の識語によれば、観応元年（一三五〇）には芝間談義所に居たことが判明する」（尾上氏前掲論文）。芝間談義所は美濃国安八郡墨俣にあった。後に触れることになる美濃羽島郡「小熊郷」は、墨俣川の東岸に当たり、極めて近い。
右に掲げた系図は、貞舜の父親・母親を軸に親族を配した系図である。

**父**
=出羽国ノ住人
平元氏・**尾州**
**小熊**知行

島田万年氏

**母**
濃州多芸庄
島田住人万年一族

貞舜
円乗寺住持→成善提院

女(姉)――侍従公
多芸庄柏尾寺法師
貞舜師事
貞済=多芸庄柏尾寺・倍山延寿寺、
倍山で運海に師事

**延文四年(一三五九)正月**　廿二日於江州**倍山延寿寺**
令書写畢　金剛仏子**貞済**記之
延文四年(一三五九)六月に「**濃州多芸庄柏尾寺**談議所令
書畢　金剛佛子**貞済**記之
延文四年(一三五九)(乙／亥)九月五日於江州□□知足
院／令伝受之了即於**同山延寿寺**令書写之了／金剛仏子**貞済**

『養老町史』上巻、に拠ると、「多芸七坊」の柏尾寺の遺跡には、石仏・五輪塔の銘に中世の柏尾寺の石造の阿弥陀立仏が確認でき、刻銘「応永九年壬午七月　十三日沙弥妙全」とあるという。龍泉寺については「龍泉寺の盛衰」「竜泉」の項目に「石造地蔵、刻銘「道幸　大永四年十二月三日」と紹介し、龍泉寺村西脇家系図に「利行　母落合五郎兵衛女、故有出家、康正二年子十月九日、濃州大威徳山龍泉寺住持す。十六歳也」との記述があるという。康正二年は一四五六年に当たる。落合氏と龍泉寺がどのような縁をもっていたのか、判断の材料はない。柏尾寺が貞舜の母方万年氏と緊密な縁をもっていたこと、父方の平元氏が「出羽ノ国ノ住人」平元慈純であること、父が尾張国小熊郷を知行し父が仕えた三條殿（足利直義かとする説が有力）が観応三年（一三五二）二月没していることを加味するならば、応永十年代頃の養老山麓の東側を南北に通る道筋「伊勢海道」の交通の要衝「龍泉寺辺」の置かれた状況は、観応以降永和頃に至る間、母方万年氏も含めて激変というに等しい勢力の入れ替えが行われ、平元氏・万年氏の盛衰・変転が明らかになっていたかと考えられる。

柏原成菩提院の貞舜が師事した貞祐や従学した貞済などの足跡を辿ることで、漸く美濃尾張近江に跨る永和年中前後

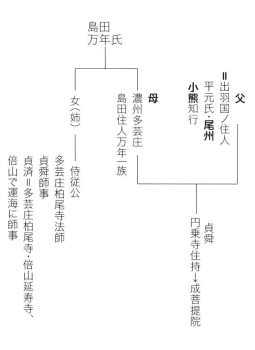

（敢えて言えば足利直義没落以前）の宗教的・政治的な環境が少しく明らかになった。「永和年中」の「龍泉寺辺」に居住の元応寺流の律僧という『三国伝記』の設定にも自ずから応永十年代頃という設定枠に適う具体的な「取捨選択」が行われたのであろう。少なくとも運海・貞済などが活発な書写・伝授活動を展開した時期の湖東「倍山」の地勢的な重みには触れることがない。「倍山」を拠点にした地元神社や寺院などが緊密に結ばれた宗教的・政治的な連環の（永和年中前後以前の）背景は全く顧みられることがないのである。繰り返すが、叡山文庫真如蔵『山王本地供』の奥書には「延文四年（一三五九）」六月に「濃州多芸庄柏尾寺談義所令書畢　金剛佛子貞済記之」とあり、貞済も母ノ姉ノ子「侍従公」同様、多芸庄柏尾寺にも縁深い僧であった。「運海」の活動拠点であった倍山に係る学僧は、貞済・円済・貞祐・貞海などであり、柏原談義所の「初代貞舜」の同族（島田郷住人万年氏）を軸として地縁的（濃尾・近江）に緊密に結ぶ強固な交流圏が展開していたと推定される。しかし、『三国伝記』は、「永和年中」の「龍泉寺辺」に居住の元応寺流の律僧を登場させはするが、「運海」に結ぶ相承の由緒正しい系譜の紹介に止まり、柏原談義所の「初代貞舜」の同族（島田郷住人万年氏）を軸として地縁的に濃尾・近江を緊密に結ぶ強固な（同時に光宗・運海に直結する）交流圏に全く触れることがない。替わりに応永十年代頃の美濃・尾張・近江に展開した宗教的・政治的な環境に適う篠木談義所の由来（「能化慈妙上人」の出自は常陸国の「鹿嶋氏子」）を説き示すべく巻八・第六話「尾州篠木能化慈妙上人事」を用意し、「信心厚い」土岐善忠の顕彰に終始し、「今、康安辛丑没」と善忠没年の「今」を取り込んだのである。土岐氏の一族満貞が島田郷を本貫の地としたが、「尊卑文脈」に「号島田」と注記され、満貞の時代に島田郷に土着したと考えられる。『三国伝記』の「今」である「永和年中」の背景には、応永十年代に適う具体的な「取捨選択」が自ずから行われたと考える以外に解けない事柄が少なくないようである。巻六・第十八話「江州長尾寺能化覚然上人事」には、更に『三国伝記』成立の枠として設定された応永十四年（一四〇七）を遡る「嘉応元年（一三八七）」が意識されているようである。一三八七年を「今」と考えるとき、永和年中も既に十年前後は経過していることになる。長尾寺能化覚然上人を紹介して「千葉ノ介ノ門葉」で志学の頃に玄恵法印に随い外典を習学したと伝える。『胡曽詩註』などの漢語地歴知識や虎関師錬膝下で修得した「禅録」の知識を併せ有し、更に転じて野澤両流にも精通するという誇大なまでの履歴（遁世僧的な遊学の姿勢）は、没年の嘉応元年（一三八七）の「今」という最新情報をも録して『三国伝記』が生成する宗教的・政治的な環境に至近距離にある「今」を示唆して止まない。

## 三、まとめ
### ——秋田城四天王寺心俊と貞舜・慶舜

最後に柏原成菩提院初世貞舜とその父「出羽国」住人平元慈純とに係わる一件について若干の推測を提示して本稿を終えたい。「出羽国」住人平元慈純の息貞舜の晩年に当たる応永十九年に、心俊なる僧侶が成菩提院を訪ねており、師の「心源法印」より相承伝授されたものを第二代慶舜へ相伝したことが判明している（成菩提院蔵『〔血脈〕』断簡一紙）。

成菩提院蔵『〔血脈〕』断簡一紙の奥書はつぎのようなものである。

「……／授心源法印心源法印授心俊心俊授慶舜／慶舜授春海、、授舜海、、授心舜、、授豪□、、授快□、、授□円／于時応永十九年九月廿日示之」

小字を以て示した一行は、やや小字で詰めて追筆されたか、と思われる部分で、奥書は「心俊授慶舜」に係るものか、と考えられる。応永十九年は、一四一二年に当たる。貞舜の没年は応永二十九年（一四二二）とされる。法印心源については、応永一三年書写（本奥書）の一点『恵心流七箇口伝他』が知られる（叡山文庫真如蔵一五―一〇二）。貞舜の書写活動が「応永十五年（一四〇八）」（叡山文庫天海蔵『爾前久遠』）までは確認できるので、「心俊授慶舜」が成菩提院で行われたかと思われる時、「心俊」が生前の貞舜と交流面談し得たであろうことはほぼ動かない。この心俊と同一の学侶かと思われる心俊の自筆で認めた資料が現存する。この貴重な資料を紹介したのは、曽根原理氏である（「秋田四天王寺心俊と天台談義所」〈『東北中世史の研究』下巻、二〇〇五・六　高志書院〉）。

現在関西大学図書館に所蔵されている『宗要私案立』（写本一冊、以下「関大本」と略称）の表紙は、左のようである。

「　　二位公
宗要私案立抄（五時部／六帖内）（別筆）「成菩提院」
　　心俊之　」

次に、その奥書を記す。

「雖悪筆無極候事写候間、如本書写候、非学之事候間、定而落字模字等数多可有候、後見之労候、念仏一返円頓（者ヵ）御訪願候者可為肝要候者也
出羽国秋田之城四天王寺之住侶心俊之
濃州山縣ヵ郡深瀬談義所寺書畢」

以上の記述から、いくつかの事実が判明する。まず奥書か

ら、某が美濃国山縣郡の深瀬談義所で書写したものであることが分かる。「出羽国秋田之城四天王寺之住侶心俊之」は、表紙の左下方の伝領墨署名「心俊之」と同筆である。中世期、特に天台系・興福寺系の聖教の表紙に典型的な形式〈やくそくごと〉がある。表紙中央に書名を打付書し、左下に伝領墨書（多くは書写者で書写後に所蔵するという意味で記す）、次の伝領者が右下に署名する。この一点は表紙中央に書名「宗要私案立抄」を打付書し、左下に伝領墨書「心俊之」（多くは書写者でもある）、次の伝領者が右下に「二位公」と署名したことになる。さらに表紙から、同書はその後近江国坂田郡の成菩提院の蔵書となったこと（扉裏にも「成菩提院」の墨書あり）、「心俊之」は書写者にして所蔵者と推定され、奥書の「出羽国秋田之城四天王寺之住侶心俊之」も書写完了後の伝領墨署名と考えられる（牧野和夫「覚城院聖教（第四番函収納）における伝領墨署（書）名の位置に関する一考察」〈中山一麿編『寺院文献資料学の新展開』第一巻、二〇一九・十、臨川書店〉参照）。

「出羽国」の「秋田之城四天王寺」の住僧心俊と明記された資料の発掘により、心俊の柏原成菩提院滞在が貞舜の父親の本国「出羽国」と親密な関連を以て理解すべき事績であり、心俊の美濃国深瀬談義所における書写活動も貞舜の地縁・血縁を以て緊密に結ばれた宗教的な活動圏内故に印された足跡と考えられもするのである。心俊所持聖教類に成菩提院現蔵・旧蔵の少なくない事実に検討の要が生じることになるが、既に留意すべき古写本については、前掲曽根原氏論以外に牧野和夫「中世天台談義所の典籍受容に関する考察」（『延暦寺と中世社会』〈二〇〇四・六、法蔵館〉）、同じく牧野「中世寺院資料をめぐる二、三の問題――伝領墨署名慶舜・泉涌寺版『四分律含注戒本疏行宗記』の底本」（『実践国文学』八二号、二〇一二・十）に詳述したので御参照願いたい。

また、西岡芳文氏「鎌倉周辺の勧進に関する新出資料」（『金沢文庫研究』三一一号、二〇〇四・三）に拠ると、文庫所蔵の「甘縄観世音寺勧進状」という一点が現存（『修理事』〈金沢文庫古書三〇九函七七号〉）、安達氏の菩提寺である鎌倉の無量寿院に接した辺りに出羽の国秋田城鎮護の四天王寺の別院が建立されたが、歳月を経て朽ち廃れたので修復の勧進が行われたらしく、その勧進状と思われる一点という。筆者は亮順という極楽寺僧で称名寺の他に京都西八条寺（遍照心院）で聖教を写していることが知られるという。「甘縄観世音寺勧進状」の一節に「此ハコレ上宮太子ノ本尊／救世観音ノ霊像ナリ…百済国ヨリワタリ給ヘリイトハシメ羽州秋田城四天王／寺ニ安置シ給フ　シコフシテ……星霜六百七十余才ヲ経タリ」とあり、「羽州秋田城四天王寺」安置とあり羽州四天王寺を諷う。

鎌倉末期頃の関東と南北朝末・室町初頃の江州とに「羽州」四天王寺の係わる文字資料が点在することになる。鎌倉では「羽州」ゆかりの本尊を祀る寺院の修理が行われ、江州では「羽州」ゆかりの学侶の許に秋田城四天王寺の住僧が訪れる、中世の往来の想外な展開が改めて確認されるのである。これらの資料を濃尾・江州地域に縦横に張り巡らされた「永和年中」「嘉応元年」における天台系〝律僧〟の地縁・血縁の網目に投じてみると、唐突な印象の免れがたい「出羽」の地の伝承即ち『三国伝記』所収巻十二第一二話「釈難蔵得二不生不滅一事」などもなだらかな地続きの連環のなかに収まるように思う。貞舜の父親平元慈純の故地「出羽国」に平元という地名を探るならば、「常陸与二出羽一境」から「三里」ほどの「十和田湖」の伝承は「貞舜―慶舜」の相承血脈の底流に親昵なもので、「出羽」の十和田の炉端で語られていた「由緒」に発したものの訛伝かとも夢想してみたくなるのである（「平元」を求めて「平元向平遺跡」や「平元館」などに憶測が及ぶ）。

**付記**　本稿は令和二年度科学研究費助成基盤B（課題番号20H01237）に拠る研究成果である。

**付記2**　近時、叡山文庫双厳院蔵〔南北朝・室町初〕頃写『〔三諦印信〕』折一帖を熟覧、文中引用の書写奥書「応安二年」の「貞済」は、原本に拠ると、「貞■」とあり、一字墨塗抹消の上、右傍に別筆「済」墨書。「貞済」と「貞祐」の直接の関係は推定確認できないことになる。詳細は別稿に譲る。序でに鎌倉末・南北朝に係わるものなので、五月十五日に行った口頭発表「東寺寶菩提院旧蔵（カ）『灌頂印明秘密』一軸――紹介・奥書――をめぐって」の結論を引文しておく。「弥谷寺聖教の内の、八幡善法寺僧本円の自筆・伝領（その師八幡善法寺〈生駒竹林寺とも〉性心自筆本など）の典籍類で構成される三宝院流典籍が弟子の賢宝の手を経て東寺（或いは八幡善法寺）に一括伝授襲蔵されていたことが確認できた。「尊塔」が「円塔」にちなんだ律僧としての本名で、生駒竹林寺住としても知られる八幡善法寺の律僧であった。円珠が思融と同一僧であることを考慮するならば、仁和御流は「公助―思融」系で「野月」他の伝授相承が認められ、新たに「益性―性心」系で「澤見鈔」「秘要鈔」（一点に過ぎない）の伝授が行われたことになろう。経時息頼助の他に遁世上人且つ律僧の「思融」へ仁和御流の最奥秘密と位置付けられる聖教群の伝授が始まるようである。」竹林寺性心の「尊塔」の側面からの追及も必須である。

# 『三国伝記』巻第十二「仏舎利勝利事」と『釈尊御舎利儀記』

高橋悠介

たかはし・ゆうすけ――慶應義塾大学附属研究所斯道文庫准教授。専門は日本中世文学・寺院資料研究。主な論文に「『玉伝深秘巻』の宗教的基盤――付、室町後期神祇書における受容」(『仏教文学』四四、二〇一九年四月)、「身体生成をめぐる思想と中世仏教――五蔵観・魂魄・胎内説」(『日本宗教史3 宗教の融合と分離・衝突』(吉川弘文館、二〇二〇年)、「『諸社口決』と密教的社参作法の展開」(『中世に架ける橋』森話社、二〇二〇年)などがある。

『三国伝記』巻十二―十三「仏舎利勝利事」は、天竺の比丘が木で作った舎利を神社の司に奪われ、さらにこの神社でも龍王にその舎利を奪われた話を通して、舎利信仰の功徳を示す。この説話は、伝貞慶編『舎利勘文』を増補した『舎利帰依十因』にも含まれ、これらと密接に関わる『釈尊御舎利儀記』の影響下に『三国伝記』に収められた経緯を推測する。

## はじめに

『三国伝記』の中には、神祇に関わる説話も複数、含まれている。神祇関係となると、日本を舞台にした説話がまず想定されるが、「和云」ではなく「梵曰」「漢言」として記される神祇説話もある。本稿では、その中でも「梵曰」として記される、天竺を舞台とした神祇説話として、巻第十二―十三「仏舎利勝利事」を取り上げ、説話の背景について考えてみることにする。その際、同話を収める本の中でも『釈尊御舎利儀記』が重要であることから、『釈尊御舎利儀記』自体の性格についても併せて考察しつつ、この説話の背景と源流を探ってみたい。『三国伝記』所収の多くの説話のうちの一話の検討に過ぎないが、こうした説話が『三国伝記』や直談系法華経注釈書に採録された経緯を考えることは、『三国伝記』の性格についても幾分か示唆する点があろうかと思う。

# 一、「仏舎利勝利事」と法華経注釈・直談

## (一)「仏舎利勝利事」と澄憲の法華経品釈

まず、『三国伝記』巻第十二—十三「仏舎利勝利事」は次のような内容である。

「梵曰、昔、天竺ニ有二一ノ比丘一。心ヲ静メテ二一境ニ一謁シ二雁門ノ師ニ一、思ヲ懸テ二法界ニ一演二鵜王ノ教ヲ一。夫、金棺色移テ、仏日治リ二寂静峯ニ一、双林ノ花萎、法燈消タリ二惑障ノ風ニ一。雖レ然ト、仏舎利尚濁世ニ止テ勝利無辺也。爰ヲ以、彼ノ僧思ヒケルハ、「正因常住ノ身体ハ忝クモ受二如来ノ慈父ニ一、了因仏性ノ髪膚ハ且ク稟二般若ノ智母ニ一。誰人カ不レ崇ン二双親ノ遺骨ヲ一。〔何輩カ〕不レ顧二法身ノ恩徳ヲ一。誠ニ可二帰敬一者ハ如来ノ舎利也」。

爰ヲ以、此ノ僧舎利ヲバ求ントスレ共不レ得。余リノ欲サニ以レ木ヲ作二金色ノ舎利ヲ一、持テ行テ二他国ニ遊ブ。爾ルニ、一ノ神社司サ見二此ノ舎利ヲ一競望シ、此ノ僧ヲ縛テ〔云〕、「此ノ舎利ヲ与ヘヨレ我ニ。不レ与ヘ者奪ハン二汝ガ命ヲ一」。僧無シテレ力泣々与ヘツ二舎利ヲ一。不レ行二花郭〔邦〕ニ一不レ居二乱郭〔邦〕ニ一観ジテ、即他国ニ行脚ス。経テレ年ヲ後還ケル時、自然ニ見二先社ヲ一焼失セリ。僧此ノ因縁ヲ問フニ、傍人答テ云ク、「先年有レ僧、持二金色ノ舎利ヲ一、是ヲ当社ニ納タリ。其ノ後龍王従レ天下テ焼レ社ヲ、奪二取リ彼ノ舎利ヲ一了ヌ」トゾ申ケル。此ノ僧聞レ之ヲ、諸法皆三身具足ノ故ニ、縦ヒ雖二木石ト一信ズレ二舎利ト一者、有テ二功徳一勝利如レ此、況ヤ真身舎利乎ト、弥々信仰深シテ、生死ノ根元ヲ截断シ、涅槃ノ岸頭ニ撈到セリ。(1)」

前半の「心ヲ静メテ二一境ニ一」から「不レ顧二法身ノ恩徳ヲ一」までは、表白にもみられるような対句を活かした装飾的な文体であり、後半の文体とは異なっている。例えば、「金棺色移テ、仏日治リ二寂静峯ニ一、双林ノ花萎、法燈消タリ二惑障ノ風ニ一」は、澄憲の法華経品釈『花文集』第四・薬王品の一節「仏日已ニ収マリ寂滅ノ峯ニ一、法燈将ニ消惑障ノ風ニ給ニシカバ、時ノ衆見テ之ヲ悲嘆スル事、如シ中《アタレルカ》毒ノ箭ニ一」の傍線部に近い表現で、(2)これに釈迦涅槃所縁の金棺や沙羅双樹の花を取り合わせたような形になっている。また、身体／髪膚を、正因常住／了因仏性で形容する表現が続くが、これは主に天台宗で説かれる、仏になるための因子(仏性)としての三因仏性のうちの、「正因仏性(すべてのものに具わる真実の理)」と「了因仏性(理を照らして表す智慧)(3)」に身体髪膚を取り合わせた表現である。

## (二)「仏舎利勝利事」と法華経直談

『三国伝記』には直談系法華経注釈書との類話も多く、法華経の直談において使われた資料が『三国伝記』に流れ込んでいることも想定され、近江国柏原談義所(成菩提院)など

との関連も指摘されている。[4] 巻第十二「仏舎利勝利事」についても、『鷲林拾葉鈔』巻十七、『法華経直談鈔』八末、『直談因縁集』四―二四などに同様の話が含まれることが知られる。これらはいずれも、『三国伝記』で「昔、天竺ニ有二一ノ比丘二」とある一文を除くと、前掲の引用の第二段落に重なる内容である。これらのうち、『鷲林拾葉鈔』巻十七（分別功徳品）をみておく。

「昔シ天竺ニ一人ノ比丘有リ。不レ得レ求ルコト二舎利一ヲ、。即以レ木造二金色ノ舎利一ヲ、恭二敬供三養ス之一。持シテ往二他国一ニ時、路辺ニ社有リ。日暮カ故ニ、宿ス二彼ノ社一ニ。夜ル及テ二深更一ニ、明神顕レ出テ、沙門ニ語テ云、汝所持舎利ヲ可与我一。至テ二他国一ニ、所求如ナランレ意ノ。若シ不ンハレ与、奪ハント三汝命一ヲ云。僧難シテ二辞退一シ、彼カノ舎利ヲ与二明神一ニ。々々取テレ之、忽ニ天晴テ、即チ至リ二他国一ニ所レ求如レ意ノ。経テレ年ヲ後チ、帰ル二本国一ニ時、尋ルニ彼社一ヲ、焼失シテ不レ見。時ニ僧、彼ノ所ノ人ニ問二其ノ因縁一ヲ、先年、修行ノ僧有リ、持シテ二仏舎利一ヲ当社ニ一宿ス。依テ二神ノ祟一、彼ノ舎利ヲ納ム二当社一ニ。龍望テ二此舎利一ヲ、以電火一ヲ、焼キ二当社且《（壇）》一ヲ、奪ヒ仏舎利一ヲ畢ヌ。雖二木石也一ト、以テ二信心一ヲ、供養スレハ、即成テ二舎利一ト、具ルカ二四智三身ノ功徳一ヲ故ニ、如レ此勝利有之一也。努々不可疑之一。大経ニハ、見ル二舎利一ヲ眼ヲ名テ為ス二仏眼一ト。見畢テ後ハ、不レ称二肉眼一ト矣。有ル経ニ云、舎利変シテ作ル二如意宝珠一ト、々々変シテ成二米穀一ト、故ニ云人天福田一ト也矣。」[5]

『三国伝記』と異なる要素のうち、主な点を挙げると、①比丘が他国で路辺の神社に宿した点、②神社の司ではなく、明神が深更に顕われ舎利を望んだ点、③舎利を与えなければ命を奪うという脅しだけでなく、与えれば他国に至って求める所が意のままになるという条件も提示され、実際その通りになること、④明神に舎利を与えたら忽ち天が晴れたこと、などが挙げられる。また、末尾には「大経」（涅槃経の意であろう）[6]と「有ル経」が引用されている。

『法華経直談鈔』八末で「物語云」として引かれる話も、①②③については『鷲林拾葉鈔』と同様である（ただし、②の明神については「社ノ内ヨリ沙門語云」という形で暗示されるのみ）。[7]一方で、④の要素がない他、舎利が金色と明記されていない[8]点、龍に雷火で社を焼かれたものの、「以二神力一舎利ヲ不レ奪留玉フ故ニ、于レ今、有ト二此処一ニ」というように、舎利が龍に奪われなかったとする点は相違している。また、『三国伝記』が「諸法皆三身具足ノ故ニ、縦ヒ雖二木石一ト信ズレ二舎利一ト者、有テ二功徳一勝利如レ此」とする記事については、『鷲林拾葉鈔』と『法華経直談鈔』いずれも、語順を変えつつもほぼ含んでいるが、「三身具足」は共に「具ルカ二四智三身ノ功徳一ヲ故ニ」という表現になっている。『法華経直談鈔』では、その後を「所詮ハ此経ヲ受持読誦スルカ、即以二七宝一立レ塔ヲ、舎利ヲ供養スルニ成ル也。」と、『法華経』分別功徳品の経文をふまえた形でまとめている。

『鷲林拾葉鈔』と『法華経直談鈔』において、当該話はいずれも分別功徳品の注釈に収められており、同品に「若我滅度後、能奉二持此経一、斯人福無量、如二上之所説一、是則為具二足、一切諸供養一、以二舎利一起レ塔、七宝而荘厳…」とある偈に対応した説話であろう。一方、『直談因縁集』四―二四話は、法師品に関する箇所に収められており、法師品の「薬王、在在処処、若説、若読、若誦、若書、若経巻所住之処、皆応レ起二七宝塔一。極令二高広厳飾一。不レ須三復安二舎利一。所以者何。此中已有二如来全身一」とある部分に対応する、「舎利カ即、仏ノ全身ナレハ求之二」という記事もある。直談の場で、分別功徳品にも法師品にも関わって語られていたとすると、舎利に関わる経文であれば言及し得るような話の一つであったものとも考えられる。

なお、『直談因縁集』では、龍神が神社の舎利を取って神社を焼いたことを聞いて、常の木を舎利と名付け、信じ奉っていたものを龍神までもが望むという不思議について、元の持ち主の感慨が述べられ、

「時ニ、「サテハ、別シテ舎利ヲ求テ無用也。但、信心肝要。」ト云テ、不空三蔵ノ所訳ノ舎利ノ礼ヲ読、行ス、ト申。誠、信セハ今モ奇特ナラン云云。」

として「信心」を強調して終わる形となっている。この「不空三蔵ノ所訳ノ舎利ノ礼」とは、「一心頂礼、万徳円満、釈迦如来、真身舎利」から始まる四字十八句の舎利礼文であろう。例えば『沙石集』巻二「仏舎利ヲ感得シタル人ノ事」には、河内の生蓮房がこの舎利礼を唱えて、舎利感得を祈念する記事があり、(9) 舎利を安置して唱えるだけでなく、舎利を望む者が唱える面もあったらしい。

## 二、「仏舎利勝利事」の仮構

### (一) 神社への舎利奉納

神社の司(もしくは明神)が舎利を望み、舎利が神社に納められたという設定については、インドにおける同様の説話が日本に入ってきたというよりは、日本の神社における舎利奉納をふまえた説話とみるべきだろう。とりわけ天皇の即位に際して神社に仏舎利を奉納する「一代一度仏舎利奉献」が想起される。大原眞弓氏によれば、

「文献上、即位時に仏舎利が奉献された初めての確実な例は、村上天皇天暦二年(948)九月二二日である。(中

略）宇多天皇仁和四年（888）から後深草天皇の建長五年（1253）まで歴代三一代三六五年間に管見の限り三一代中に一九例あり、最後と思われる後深草天皇以降はまだ見いだせない。[10]」

という。こうした際に奉納された舎利について、『三国伝記』が成立した近江での事例を挙げると、白鬚神社蔵の宝永二年（一七〇五）の縁起絵巻『白鬚社縁起』に、

「廿三年、後冷泉院永承四年に、天下の神社に仏舎利一粒宛納むといへる舊記を見て、江陽の神社を点検せしに、さはかりの社にも、多くは失侍りて、日吉、白鬚など、すへて十三社ならては残り侍らさりしとなむ。莫太の叡信よりことおこりなからも数百歳を経るまて、仏舎利亡失せさる、誠に希有の事とそ。[11]」

という記事がある。この絵巻が作られた宝永二年頃には、過去に奉納された舎利をすでに失った神社が多いという認識が伺えるが、伝存例で白鬚社の他に日吉社が挙げられているのは、天台宗と関連の深い神社である点も含めて注目される。

南都では、春日社が舎利信仰と関係が深く、春日明神の使いとされる鹿を造形化した舎利容器も多く残っており、これは貞慶が称揚した春日第一殿の釈迦本地説と深く関わっている。一方、日吉社の関係でも、聖衆来迎寺蔵の山王曼荼羅彩絵（室町時代）のように、山王三聖の中でも主たる位置を占める大宮の本地仏・釈迦如来を象徴する舎利を、八葉院の中央に奉安し、その周囲に山王二十一社の本地仏を表現する造形がある。[12]また、仏舎利・経巻・神明を如来三密に配当する大神宮啓白文も、鎌倉時代に広い範囲で受容されており、舎利と神の同体説に関わって引かれる例もある。[13]

『三国伝記』十二―十三話は「天竺」の話ではあるが、こうした日本の神社への舎利奉納や、舎利と神祇信仰の関わりの中から、舞台を天竺に仮構して生み出された説話の可能性があろう。

## （二）三国応化の神

一方、『三国伝記』の中で「漢言」として記される「震旦」を舞台にした神祇説話としては、巻第三―二十六「瞋恚僧成二大蛇一ト事　美二同朋之恩一也」が挙げられるが、これは中国成立の説話が変容したものである。この説話は、震旦の僧が洪州に行った際、廟神の託宣があって、船中から岸に上がって廟に至ったところ、かつての同朋で瞋恚が甚だしかった僧が大蟒に転生した神で、救済を求めていることがわかり、近隣の僧を請じて念仏・転経することで、悪報の身を免れさせたという内容である。三田明弘氏は、本話と関連する中国成立の類話を検討し、梁・慧皎編『高僧伝』巻一訳経所収の安世

高伝、もしくはこれを遡る梁・僧祐撰『出三蔵記集』巻十三の安世高伝に共通要素が多いことから、これらを『三国伝記』巻第三―二十六話の遠祖と位置づけている。[14] また、吉田一彦氏や北條勝貴氏は、日本において神身離脱説話が成立し、神宮寺が建立された背景や論理を考える上で、中国の神仏習合思想が受容された可能性を検討しており、その議論においても安世高伝は重要な位置を占めている。[15] こうした「震旦」の神祇説話とは、成り立ちを異にしているのが「天竺」を舞台にした神祇説話と思われる。

近江の天台文化圏において「仏舎利勝利事」のような説話が受容されていた背景を考える際には、霊鷲山の一角が飛来して最終的に日本の山となったという「飛来峯縁起」に神祇が関わっていた面も想起される。『三国伝記』巻第二―十二「行基菩薩事　明二日本霊鷲山一也」には、湖東の平流山が元は天竺の霊鷲山の一岳であったという記事があり、池上洵一氏に飛来峯縁起という観点からの分析が備わる。[16]『渓嵐拾葉集』巻第六では、霊鷲山の艮の角が闕けて飛来して、唐土の天台山となり、天台山の艮の角が闕けて、日本の比叡山になったという、この飛来峯に猿が伴っているとし、

「西天ノ霊鷲山ノ鎮守ニ、以レ猿為二使者一。天台山ノ円宗寺鎮守、又以レ猿為二使者一。我国山王ニモ又以レ申為二使者一。」[17]

という。『渓嵐拾葉集』巻第八「山王三国法花宗鎮守事」や『山家要略記』[18] 巻第八に、

「日吉山王者。西天霊山地主明神。即金毘羅神也。随二一乗妙法東漸一。顕二三国応化霊神一」

とあるように、山王が霊鷲山の鎮守と同様に捉えられていたことが背景にあろう。『山家要略記』巻第一所引「法花宗伝記」では、円宗仏法の東漸ゆえに叢篠の竹林が自然に生え、神明が垂迹して衆生を利益する旨を記した、天台山華頂峯の円宗院の碑文にふれる。そして、智顗が陳の太建十一年（巻九では九年）に神僧から偈を授かり、神僧が叢篠に踊り入る夢を見た翌朝、竹林に大獮猴がいたという記事があり、この話に付された口伝で、天竺の仏陀波利三蔵が隋の開皇二年に天台山円宗院に詣でた際、「天竺の霊鷲山の鎮守・宮毘羅神の前にも叢篠の林があり、その竹が又ここに生じている」と言ったことが記されている。

勿論、インドゆかりの天部の神々に対する意識もあると考えられるが、山王神道に、こうした三国の枠組に関わる神観念がうかがえることも、日本で「天竺」の神がどのような世界観のもとで享受されていたかを考える手がかりになろう。

# 三、「仏舎利勝利事」と『釈尊御舎利儀記』『舎利帰依十因』

## (一)『釈尊御舎利儀記』「真偽難知事」

法華経直談の関係書より早い時期に同話を収めている本としては、『釈尊御舎利儀記』が挙げられる。経典からの引用が多い本で、後半からは事書を設ける体裁になり、尾題の前までを本体とみなすと、「壊不壊事」「名号不同事」「真偽難知事」「志求有験事」「真実ノ仏舎利ニ有四種形」「三国相承」「分別善悪報應経下ニ云」の各条がある。[19] そのうちの「真偽難知事」の中に『三国伝記』「仏舎利勝利事」と同話がみえる。

同書は、祖風宣揚会編『弘法大師全集』(吉川弘文館、一九一〇年)第五輯第十四巻に、空海仮託の疑いがある旨の編者注を付して、活字化されており、写本も多く伝わる。[20] 諸本を全て調査できている訳ではなく、充分な考察には及ばないが、ひとまず判明した限りのことを備忘に記し、後考を期したい。

まず、永享二年(一四三〇)の奥書を持つ真福寺宝生院大須文庫本『釈尊御舎利儀記』に基づき、天竺の比丘の舎利説話を中心とした「真偽難知事」条を挙げる。[21] 併せて、西教寺正教蔵・浄土三番箱の伝本(西)、及び同様の記事を持つ西教寺正教蔵(番外3)『舎利記』(記)、さらに西教寺正教蔵(雑々11)『舎利帰依十因』(十因)「真偽難知事」所収の同話と対校し、異同のある箇所に傍線を引き、校異を(西)(記)(十因)の略号を以って示した。[22]

真偽難知事。造佛開眼ノ具佛徳故、同シテ真如ノ教量義理ニ一、生カ出世ノ智恵故、功徳殊勝也。有僧問、雖破戒一、具シ仏種ヲ一誦法文ヲ一、以砂為舎利一。此等有功徳、否。答曰、雖真實ノ砂ナリ、深生信心、有利益。其故如何。昔、天竺有一比丘。求舎利、不得。仍、以木、作金色舎利一、持シテ行他国ニ一、有一神社一。見此舎利一、縛此僧云、此舎利与我。不与者、即奪ニ汝命ヲ一。僧即、与舎利一、行他国一。経年、還テ見ルニ先社、焼失。僧問因縁、傍人答云、先年有僧。持金色舎利、依當社納之。其後、龍王従天下、焼社、奪取舎利了。縦雖木石、信舎利一ト者、有功徳。其故如何。諸法ハ三身具足スルカ故、〔可〕有如此勝利一。

○校異(数字は行数)

2故—「故ニ同ニス真如一ニ教」として「同ニス真如一ニ教」の部分ミセケチ(十因) ○有僧問—僧(西・記・十因) 3等—ナシ(記) 4曰—ナシ(記) ○雖—ナシ(西・記・十因) ○砂—破(西) ○心—心者(西) 5一—ナシ(西) ○金色舎利—金色(西)・金色也舎利(記) 6縛—傳(西) 7即—則

（西）〇即—則（西）　8云—曰（西・記）　10舎利—彼舎利（西・記・十因）〇了—畢（西）　11諸—門（西）〇〔可〕—底本「不」。（西・記・十因）により改む〇如此—ナシ（西）

以上の本文を『三国伝記』と比べると、『鷲林拾葉鈔』や『法華経直談鈔』より『三国伝記』に近い本文を有しており、『三国伝記』が『釈尊御舎利儀記』又は『舎利帰依十因』に依拠した可能性も充分に考えられよう。仮に『釈尊御舎利儀記』のような本文を前提にして『三国伝記』を見ると、「昔、天竺ニ有二一ノ比丘一」の後にまとまった挿入文があるようにも見え、その後、舎利を求めたけれども得られなかったことを説く部分からは一致度が高いが、「一ノ神社司サ見二此ノ舎利一ヲ競望シ」「僧無レシテ力泣々与ヘッ二舎利一ヲ。不レ行二花郭〔邦〕一ニ不レ居二乱郭〔邦〕一ニ観ジテ」「此ノ僧聞之ヲ」「況ャ真身舎利乎ト、弥々信仰深シテ、生死ノ根元ヲ截断シ、涅槃ノ岸頭ニ拶到セリ」の傍線部は、『三国伝記』に特徴的な表現となる。

この説話が『釈尊御舎利儀記』において果たしている役割は、その前の問答に明らかである。戒を破っても仏になる種（仏性）を備えて法文を読誦し、砂を以って舎利となすことに、功徳があるかどうか、という問いに対し、真実の砂であるといえども、深く信心を生じるならば利益があるという答えが示され、その理由として天竺の比丘の説話が示されている。『釈尊御舎利儀記』が舎利関係の経文の引用を主とした内容であることをふまえると、この問いは、同書の中に

「宝梁経云、有人無慚破戒日日如毘富羅山一ノ、受檀越信施、无慚愧心一、依此罪報、可堕三途八難一ニ、一度拝見舎利、其罪消滅无餘。」

とある経文や、

「阿含経曰、若有衆生不得舎利一ヲ、聞舎利名ヲ、若ハ畫キ、若砂ナリトモ供養之人ハ功徳正等ナラン。」

とある経文に関連している可能性も想定されよう。説話内容からみると、特に後者の「若砂ナリトモ供養之人ハ功徳正等ナランン」に対する論拠として機能している面が大きいと考えられる。

## （二）『釈尊御舎利儀記』と『鷲林拾葉鈔』分別功徳品

また、『鷲林拾葉鈔』分別功徳品の当該箇所も、『釈尊御舎利儀記』の影響下に形成された可能性があろう。というのは、まず『鷲林拾葉鈔』では、先程の引用の直前に次の記事がある。

「一、以舎利起塔ノ事。旧譯ニハ云二ヒ舎利一ト、新譯ニハ舎利羅ト云也。又ハ室利羅トモ云也。正法滅盡経ニ云、於末代一佛舎利ニ生疑、焼キ折類ハ當入ル阿鼻地獄一ニ、千佛モ不救一、是ノ故ニ未レ得二道眼一ヲ人ハ、恭敬供養スレハ功徳無邊也ト矣。」

一方、『釈尊御舎利儀記』の「真偽難知事」の直前には、

「名号不同事。多名之中ニ、以舎利名ヲ一、為正ト一、是舊譯也。新譯室利羅。梵語ニハ駄都云云者、堅實不壊ノ義也。異名九別在。」（西教寺本、傍線部の「云云」「也」ナシ）

とあり（後述の構成一覧17）、本文自体の一致度は低いものの、旧訳・新訳における舎利の名称に言及しているのは同様である。また、『釈尊御舎利儀記』にも、『鷲林拾葉鈔』でいう「正法滅盡経」と同様の経文が引用されている（構成一覧4。異同を含む）。前に引用した『鷲林拾葉鈔』の当該説話中の「大経ニハ、見ル二舎利ヲ一眼ヲ名テ為ス二仏眼ト一。見畢テ後ハ、不レ称二肉眼ト一矣」という経文も、『釈尊御舎利儀記』に「涅槃経云」として対応する句がある（構成一覧6）。

さらに、『鷲林拾葉鈔』の天竺の比丘の舎利説話の直後、「一、佛舎利ニ有リ二四種ノ不同一」として続く記事は、『釈尊御舎利儀記』の「真実ノ仏舎利ニ有四種形」（構成一覧20）を部分的に省略しつつ、抄出したような内容となっている。続けて、「一、供養舎利ヲ一有二十徳一」として「肉眼清浄」から「速證菩提」に至る十箇条を示すが、これも『釈尊御舎利儀記』の末尾に「分別善悪報應(「経」脱カ)下ニ云」として引かれる記事（構成一覧22）に対応している。なお、京都八幡市・正法寺蔵の摂津三宝寺関係史料（達磨宗関連）[23]にも、舎利十徳について「善悪報恩経」を引く記事があり、その十箇条の内容自体は対応するものの、順序が異なっており、『鷲林拾葉鈔』は『釈尊御舎利儀記』の引く十箇条と順序も一致する。舎利の名号に関する記事と同様、これらも異同を含むものの、全体として見た時に『釈尊御舎利儀記』と無関係とは考えにくいような対応を示しており、同書が法華経直談に相応の影響を与えていた可能性も想定される。

## (三)『釈尊御舎利儀記』と近江・湖東地域

天竺の比丘の舎利説話に関して『三国伝記』と『釈尊御舎利儀記』の本文が近似していることに加え、『釈尊御舎利儀記』が『三国伝記』ゆかりの近江、湖東の天台文化圏で享受されていたことも確認できる。真福寺宝生院大須文庫本には、次のような奥書がある。

「永享二年潤十一月十三日法輪寺■(墨滅)西谷／阿弥陀坊如形書寫畢、右筆権少僧都定弥」（本文同筆）

「一交畢／土岐ノ浄光坊ノ本以テ寫之畢」

この法輪寺とは、伊吹四護国寺（長尾寺・弥高寺・太平寺・観音寺）の一つ、観音寺（現、滋賀県米原市朝日。旧坂田郡山東町）の西谷にあった天台寺院・法輪寺であろう。『近江・若狭・越前寺院神社大事典』（平凡社）によれば、観音寺は「寺伝では宝亀年中（七七〇―七八一）三朱が創建、伊吹山中の弥

高山と称される尾根上に弥高寺（現滋賀県伊吹町）とともにあったが」、寺蔵文書によると、正元二年（一二六〇）頃に現在地に移転し、「大原荘地頭佐々木大原氏の庇護を受け、弘長（一二六一―六四）から弘安（一二七八―八八）年間にかけ寺観を整えている。」「室町時代には二三坊（東谷一三・西谷一〇）があるほか、西谷には法輪寺一〇坊（他山から入峰する客僧山伏の宿坊とされる）があった」という。観音寺文書中、延徳三年（一四九一）の「西谷坊地配分状案」に記された法輪寺十坊の中に「阿弥陀坊」の存在も確認できる（『山東町史史料編』山東町、一八一頁）。

『三国伝記』が現・滋賀県東近江市佐野町（旧神崎郡能登川町佐野）の善勝寺、もしくはその周辺で成立したと推測され、湖東修験と関係が深いことについては、池上洵一氏の論考に詳しい[24]。『三国伝記』巻第六―六話「飛行上人ノ事」は、「長尾・弥高・太平ノ三所ノ寺」[25]を開いたという伊吹山の飛行上人三朱（三修）による皇后の病気平癒の霊験や、伊吹山の弥三郎という変化の者が退治されて井明神と祀られるまでの経緯を記している。また、巻第六―十八話「江州長尾寺能化覚然上人事」は、伊吹四護国寺の長尾寺の能化であった覚然について、経歴を比較的詳しく叙述しながら、大蛇を転生させた逸話などを記しており、『三国伝記』が伊吹四護国寺についても詳しい環境で成立したことは明らかである。その『三国伝記』の成立と近い時期に、観音寺西谷の坊である法輪寺で『釈尊御舎利儀記』が書写されていたことに注意しておきたい[26]。

また、西教寺正教蔵『釈尊御舎利儀記』の奥書には、

「此本者永原常念寺ノ本以写之畢／承應二年壬六月日
江州芦浦観音寺／舜興蔵」

とある。常念寺は、滋賀県野洲市永原にある浄土宗寺院だが、「もと天台宗寺院で、円仁開基とも伝え、応永三年（一三九六）常誉真厳によって浄土宗に改められた。永正三年（一五〇六）永原城主永原重秀が堂舎の造営に助力し、以後永原氏の菩提所となった」という[27]。この奥書は、比叡山焼討後の芦浦観音寺での天台書籍蒐集活動の中で、湖東の天台寺院である常念寺の本が参照され、転写本が芦浦観音寺の第十一世舜興（～一六六二）のもとに伝わったことを示している。現状、限られた伝本のみの情報だが、湖東地域での享受例として挙げておく。

なお、大谷大学図書館蔵・文政九年（一八二六）写本（余大三七一〇）の本奥書の最初に「文録《(ママ)》乙未天台沙門覚任修復之所持之者也」とあり、これも天台圏での享受を物語っている。

## （四）『舎利帰依十因』と貞慶

一方、『舎利帰依十因』は、書名の通り、舎利に帰依すべき十の要因を挙げる本である。十因に対応する各標題は、西教寺正教蔵本によれば「獲得福徳故一」「悉知成就故二」「除病攘災故三」「示現神変故四」「不堕三途故五」「抜苦滅罪故六」「発菩提心故七」「随心得益故八」「往生浄土故九」「證得菩提故十」となっており、この十条の後に幾つか付加記事がある。その付加部分の「真偽難知事」の中に、『三国伝記』「仏舎利勝利事」の同話がみえる。西教寺本は、末尾に本文と別筆で「江州芦浦観音寺法印舜興蔵／慶安元年正月廿九日」と奥書があり、さらにその後にまた別筆で「于時慶安三〈庚／寅〉季春日　観音寺／舜興蔵」とあるように、芦浦観音寺の舜興のもとに集められた本の一つである。

本書は、解脱房貞慶の編とされている『舎利勘文』（貞慶真撰か仮託かについては学説が分かれる[28]）に相当する十箇条の後に複数記事を増補した本とみられ、類本に善通寺蔵本がある。『舎利勘文』については、「解脱上人集」とする寛文十年（一六七〇）九月刊本（中野小左衛門[29]）がある他、写本には異同のある複数の伝本がある。また、西教寺蔵『舎利帰依十因』の記事中には、生後ものを言わず手を握ったままであった金剛という者が母に伴われて天王寺に参詣し、聖徳太子に対して手を開いて舎利を進上したという説話があり、その末尾にも「此十因ハ解脱上人作云云」とある。そして、西教寺本には「虚空蔵寺舎利」という項があるが、その内容は『渓嵐拾葉集』巻第十一に「解脱上人筆」として引かれる「虚空蔵寺舎利事」や、称名寺聖教『舎利要文』（弘安元年写）に所収される「異砂記」と同様である[30]。これもまた砂を以て舎利と称して信じることの功能が問題とされており、その点で「真偽難知事」と主題に共通する面がある。

一方、文政十三年（一八三〇）写の善通寺蔵『舎利帰依十因并功徳事[31]』には、この天王寺舎利や虚空蔵寺舎利の説話は見えず、他にも記事の出入りがあるが、『舎利勘文』に相当する十箇条の部分は異同を含みつつも、おおむね対応している。ただし、西教寺蔵本を含め、第十条は、『舎利勘文』の寛文十年刊本、大正大学蔵本、大谷大学蔵本二種に比べ、より多くの記事を有する。善通寺蔵本は巻首に目録があり、十箇条の後に、「一舎利功徳事、二舎利形相事、三色相不同事、四名号不同事、五真偽難知事、六壊不壊事」の六箇条の事書があるが、その「真偽難知事」の中にも『三国伝記』「仏舎利勝利事」の同話がある。表紙に「笠置山／解脱上人御艸」とあり、内題「舎利帰依十因并功徳事」の下にも「解脱上人草」と記しているが、「真偽難知事」を含む後半六箇条は前の十箇条に対する付加部分のように読める。

## 四、『釈尊御舎利儀記』の成立圏

### (一)『白宝抄』所収「駄都勘文」

『釈尊御舎利儀記』の本文中には「空海末流弟子、専修此法」という記事があり、真福寺蔵本の奥書前に「弘法大師御作」、西教寺正教蔵本の内題の下にも「遍照金剛撰」とある。『釈尊御舎利儀記』が空海に仮託されているとすると、この仮構の意図と、近江の天台文化圏で受容されていたことの齟齬を、どのように考えるべきだろうか。

ここで、『三国伝記』から少し離れて『釈尊御舎利儀記』自体の成立や性格について考えてみる。『釈尊御舎利儀記』と『舎利勘文』(あるいは『舎利帰依十因』)は、引用経文も共通性が高く、密接な関係にある。[32] その関係を考える上で、『舎利勘文』の大部分に相当する本文を含む、澄円撰『白宝抄』所収の「駄都勘文」も含めて検討したい。

醍醐寺蔵本に基づく大正新修大蔵経図像部第十巻を見る限り、『白宝抄』「駄都勘文」の奥書は「加一校訖　金剛資良超」とあるのみだが、『白宝抄』「駄都法雑集」下巻に、弘安九年(一二八六)五月の澄円の本奥書の後、右筆良悌の名があり、続いて「一校既了　金剛佛子良超〈七十/二〉」とあること(良超七十二歳は応安二年＝一三六九)などが撰述・転写時期を考える参考になろう。

『白宝抄』所収「駄都勘文」に、伝貞慶編の『舎利勘文』に相当する記事が含まれることは、早くは三﨑良周氏などの指摘があるが、[33] これは「駄都勘文」の最初の部分のみで、貞慶撰として引用されている訳ではない。また第十条「證得菩提故」に相当する部分は「駄都勘文」では標題を闕く。「駄都勘文」のうち、「舎利功能」と標題を設けて「化身是末也」から始まる部分(大正蔵図像部第十巻1210c14~21)は、『舎利帰依十因』第十条に「私云」として付された注のうち途中からの記事に相当し、その後に『舎利帰依十因并功徳事』末尾六箇条の「舎利功徳事」の一部に対応する記事がそのまま標題なしに連続している点などをみると、あるいは本文の乱れがある可能性も考慮すべきかもしれない。

『貞慶講式集』[34] の『舎利講式』解説において、ニールス・グュルベルク氏は『白宝抄』「駄都勘文」中の、伝貞慶編『舎利勘文』相当部分以外について「少なくとも二種類の別の作品から編集されたもの」とし、同書「仏舎利宝珠同体事」以下の一部分が東寺宝菩提院蔵の道範の奥書を持つ『舎利要文』と一致するという清水宥聖氏の指摘を紹介している。一方、牧野和夫氏は、この宝菩提院蔵本に移点する際に参照された東寺観智院蔵・杲宝手沢本『舎利要文』二巻を紹介し、表紙左肩に「舎利要文上下唯心上人作」とあることや、唯心上人最盛が草したとされる舎利表白を含むことなどから、上巻に道範撰述部を含みつつも、全体は最盛の撰述と位置づけた。[35] 最盛は石清水八幡宮大集院居住の律僧で、文永末年に没したとされる（『本朝高僧伝』[36]）。

牧野氏は、『舎利要文』の中で「私云」として注を付している「私」についても、「撰者最盛が有力な候補の一人」としている。この注に関連して気になるのは、『舎利勘文』『舎利帰依十因』の第一・三・四・六・七・八・十条に「私云」という注が付いていることで、それは『白宝抄』「駄都勘文」の相当記事でも同様であり、同書の『舎利要文』上巻相当部に「私云」として加注したのと同一人物が加注した可能性も考えられることである。あるいは最盛が、貞慶の舎利勘文にも、道範の舎利要文にも、同様に「私云」として加注し、それらが澄円のもとにもたらされて「駄都勘文」という形になったのかどうか。これについては、今後の課題としたいが、当面、確認しておきたいのは、『白宝抄』「駄都勘文」の中には「仏舎利勝利事」の舎利説話は含まれず、この「駄都勘文」と重なる部分の多い『舎利帰依十因』の伝本や『釈尊御舎利儀記』に「仏舎利勝利事」に相当する説話がみえることである。

## （二）『釈尊御舎利儀記』と『白宝抄』「駄都勘文」、『舎利帰依十因』の関係

『釈尊御舎利儀記』は経典の引用が多いが、それ以外も含めて、『舎利帰依十因』と重なる記事が大半を占める。そこで、『釈尊御舎利儀記』の段落構成を巻首から順に以下の22節に分けて挙げ、各部分が『舎利帰依十因』（『十因』と略称）に対応する場合は、第何条（の一部）に対応するのかを示す。

また、『釈尊御舎利儀記』巻頭の「吾昔侍舎利配分之庭」から始まる記事は、『白宝抄』「駄都勘文」（『駄』と略称）のうち、『十因』相当部分と『舎利要文』に挟まれた部分に「大師御記云」として同様の記事があることなどをふまえ、『駄』における対応箇所も、大正蔵の頁・段・行数によって掲出する。『十因』については、西教寺本と善通寺本で記事の出入りがあるが、善通寺蔵『舎利帰依十因并功徳事』の内容を基準とし、十箇条の後に付いている六箇条は「『十因』後半第～条」として示す。

1　吾昔侍舎利配分庭ニ～‥『駄』1210b13～20。

2　悉寳面出経曰（『弘法大師全集』本「寳悉地経ニ云ク」）、閻浮提善男子善女人～‥『駄』1210b20～24。

3　同経云、縦使世間～‥『十因』第八条。『駄』1209

b3～14。

＊「吾昔侍舎利配分庭」からここまで『宀一山秘密記』では一連の記事（後述）。

4　小法滅盡経曰、末代於佛舎利生疑～‥『十因』第十条。『駄』1213b19～20「小法滅盡経云」とする引用にも若干重なるが異同が多い

5　宝梁経云、有人無慚破戒～‥『十因』第十条。『駄』1212b17～20、1213b21～24。

6　涅槃経云、見ル舎利一ヲ眼～‥（対応なし）

7　百縁経曰、供養セシ如来舎利一之人～‥『十因』第一条。『駄』1208b15～16。

8　菩薩處胎経曰、如来舎利変化無方～‥『十因』第四条。『駄』1208b17～20。

9　寶悉陀羅尼経曰、若四部衆～‥『十因』第八条。『駄』1209b15～21。

10　大悲経曰、如来ノ身ハ不可破壊一～‥『十因』第十条。『駄』1213a7～10。

11　阿含経曰、若有衆生不得舎利一ヲ～‥『十因』第十条・後半第一条「舎利功徳事」。

12　灌頂経曰、佛告阿難～‥『十因』第一条。『駄』1208b6～8。

13　悲花経曰、為下メニハ娑婆世界～‥『十因』第二条。『駄』1208b26～c1。

14　又、我来世入涅槃一ニ後～‥『十因』第三条。『駄』1208c3～6。

15　法花経曰、諸佛滅度後～‥『十因』第十条。『駄』1210a1～2。

16　壊不壊事、大悲経第五曰～‥『十因』後半第六条「壊不壊事」。

17　名号不同事～‥『十因』後半第四条「名号不同事」。

18　真偽難知事～‥『十因』後半第五条「真偽難知事」。

19　志求有験事～‥『十因』後半第五条「真偽難知事」（『十因』西教寺本は「志求有験事」と立項）。

20　真実ノ仏舎利ニ有四種形～‥『十因』後半第三条「色相不同事」。

21　三国相承～‥（対応なし）

22　分別善悪報應経下ニ云～‥（対応なし）

これらの記事は完全に一致する訳ではなく異同も含むが、経文の引用自体は『十因』の方がずっと多いことなどをふまえると、『釈尊御舎利儀記』が『十因』の十因（『舎利勘文』に相当）の後の六箇条（あるいは内四箇条）も含む形態の本をもとに経文等を抄出し、順序を組み替えることで成立した可

能性が高いと考える。

なお、落合博志氏により善通寺蔵『一切設利羅集』に『釈尊御舎利儀記』や『十因』とも共通する舎利関係の経文がみえることが指摘されており、(37) これらの本の源流の一つに『一切設利羅集』も考慮すべきではある。前掲の段落構成で19「志求有験事〜」21「三国相承〜」とした部分は、『一切設利羅集』下巻に対応箇所があることを落合氏が指摘している。ただし、この『一切設利羅集』を含む三書を比較する場合でも、『釈尊御舎利儀記』が『十因』とより深い関係にある。

## (三)『釈尊御舎利儀記』と『宀一山秘密記』

右の1・2の部分が『白宝抄』「駄都勘文」にあり、『十因』にみえないことからは、『釈尊御舎利儀記』が『白宝抄』「駄都勘文」をもとに成立した可能性を検討する必要も生じる。しかし、1〜3の部分に類似した文言は、室生山の宝珠をめぐる秘説を記す『宀一山秘密記』に、この順序で連続した形でみえ、巻首の一連の記事は『宀一山秘密記』を抄出する形で成立した可能性が高い。1の一部を真福寺本に拠って挙げると、

「吾昔侍舎利配分之庭一ニ、親受得之也。為ニハ興センカ最上乗一、得如来頂骨一ヲ。為金剛乗、得背骨一ヲ。為成如来隠蜜之悉地一ヲ、得脇骨一ヲ。此是三部相應ノ大如意寶珠、五部成就精進也。」

となっている。一方、『宀一山秘密記』では、室生山にある三つの龍穴のうち、持法吉祥の龍穴の中にある石の戸扉に、表の左右には金胎の両界曼荼羅があり、裏に弘法大師が爪で書いた碑文があるという。この碑文は以下のように始まるので、類似は明らかである(『釈尊御舎利儀記』との主な異同箇所に傍線を引いた)。

「其碑文云、吾昔侍二テ如来舎利配分之庭一ニ、親リ得二分受一コトヲ也。其名ヲ号二光明遍照高貴徳王菩薩一、為興最上乗一、得如来頂骨一。為金剛乗器、得背骨一ヲ。為成如来隠密之地一ヲ、得如来常隠ノ脇骨一ヲ。此是三部相應ノ大如意寶珠、五部成就精進也。(38)」

これ以降の記事も、異同は含みつつも、『宀一山秘密記』の記事は『釈尊御舎利儀記』と類似する。2は「閻浮提善男子善女子、得二佛設利乃至一粒分散ノ一分一ヲモ信受受持セハ、當知此人ハ是佛設利真ノ佛弟子、即法身釋迦牟尼如来常住真躰」から始まる経文の引用である。これについては、『宀一山秘密記』は「経云」とするのみだが、『釈尊御舎利儀記』は真福寺本・西教寺本共に「悉寶面出経曰」として引用し、『弘法大師全集』本は「寶悉地経ニ云ク」とする。また、善通寺蔵『一切設利羅集』(39)にも同様の経文が「寶悉陀羅尼経云」と

して引用されており、「悉寳面出経」は「寳悉陀羅尼経」等の崩れた形であろうか。不空訳に仮託した和製の偽経『宝悉地成仏陀羅尼経』に相当するものと想定される。

3は、「同経云」として「縦使世間若有テ二愚童愚夫ノ有情一、若ハ老耄、若ハ婦女、若ハ愚癡僧尼、如是ノ一切有情等、得テ佛舎利…」以下の経文を引いており、やはり『𠘨一山秘密記』に異同は含みつつも同様の記事がある。この経文は、『十因』の「随心得益故八」が「宝悉陀羅尼経云」として引く「假使世間ニ、若有テ二愚童ノ有情・愚夫ノ有情・愚夷ノ有情・老耄ノ婦女・愚癡ノ僧尼如是等類、得佛二設利…」以下の本文とも類似している（澄円の『白宝抄』「駄都勘文」の「随心得益故」もほぼ同様）。しかし、『𠘨一山秘密記』に1・2・3の順序通りに対応する記事があることがより重要であろう。

『舎利要文』下の宝悉陀羅尼経要文の中には、宝悉地陀羅尼経は空海将来の秘密経だが鑁也が感得したこと、醍醐経蔵に一本を安置したが乱失したとする記事があり（『白宝抄』「駄都勘文」にも当該記事を含む）、室賀和子氏はこれを建久二年（一一九一）に重源の弟子、空諦房鑁也（一一四九～一二三〇）が室生山の舎利を盗掘した事件の顛末と関連づけて解釈している。[40]『玉葉』によれば、興福寺の怒りに対して後白河院は抑制的で、重源は一時逐電するものの、重源・鑁也が院に舎利や経文・未来記を提出することで事件はうやむやになる。九条兼実はその舎利を偽物とし、提出された「抄出秘経」も醍醐寺周辺に出回る偽経類と見なしているが、室賀氏はその一本に『宝悉地陀羅尼経』があったと推測している。ここに付け加えるならば、「室生舎利流布上人」とも呼ばれた鑁也の『宝悉地陀羅尼経』感得説は、『𠘨一山秘密記』にみえる空海が爪で書いたという碑文と密接に関わるものと考えられる。

『𠘨一山秘密記』の彦根城博物館蔵本にみえる二系統の奥書のうちの一つには、

「建長二年庚亥八月廿二日以憲深僧正御自筆本書写之
東大寺真言院　沙門聖守
永仁二甲午三月十八日書写之
室生山住持金剛資比丘空智」

とあり（戒壇院本に拠るという）、藤巻和宏氏は同書が建長二年（一二五〇）をそう遡らない時期に成立したと推測する。[41] 一方、『釋尊御舎利儀記』にはそこまで古い写本ないし書写歴がみえず、本文の比較の上でも、『𠘨一山秘密記』の成立後に、空海が爪で書いたという碑文を抄出しながら『釋尊御舎利儀記』の冒頭を作ったと想定する方が自然である。その場合、『釋尊御舎利儀記』の成立は建長二年以後、真福寺本の奥書年記の永享二年（一四三〇）以前と推測される。また、その成立の場は、宝悉地陀羅尼経や『宀一山秘密記』のような室生山の舎利信仰に接点を持ち得る場と考えられる。『白宝抄』「駄都勘文」もまた、「宝悉陀羅尼経要文」を含む『舎利要文』や『舎利勘文』の増補本を元にしている点、類縁の文献だが、空智房忍空は『舎利要文』の撰者と目されている最盛の弟子でもあり、[42]最盛や忍空の周辺の可能性も充分に考えられよう。

空海仮託の『釈尊御舎利儀記』がなぜ近江の天台寺院で享受されたのかについても、同書と室生寺縁起との密接な関係を手がかりにすると、忍空の周辺が問題となる。永仁二年（一二九四）に『宀一山秘密記』を書写した忍空は、東大寺戒壇院の円照門下の律僧で、室生寺長老となっている。一方で天台圏とも交流があり、忍空が西山の仏花林で律を講じ、忍空のもとで台密西山派の祖・澄豪が律を学んでいたことを、牧野和夫氏が指摘している。[43]澄豪が元応寺二世・恵鎮や同三世・光宗（金山院再興住持）の師であり、光宗から元応寺五世・運海と続く学系が『三国伝記』と深く関わることから も、忍空と澄豪の接点に着目したのである（運海の名が『三国伝記』巻四―二十一話、巻五―三話にみえることの重要性は、より以前から指摘されている）。[44]こうした交流圏は、東山鷲尾の金山院など東大寺戒壇院円照門下の拠点寺院の問題としても広く検討されている。[45]『三国伝記』に「仏舎利勝利事」が収められる経緯も、こうした背景が参考になろう。

## おわりに

以上をふまえて当該説話の展開をまとめると、まず舎利関係経文の引用集成を主とした伝貞慶編『舎利勘文』の十箇条の後に、舎利関係説話等が増補される段階があった。そうした形態を示す『舎利帰依十因』の二種の伝本は近世写本だが、『舎利勘文』から増補した記事の一部に相当する内容が『釈尊御舎利儀記』の後半や、『白宝抄』「駄都勘文」に含まれていることから、『舎利勘文』の増補本は室町前期以前に成立していたと推測される。増補部分の記事構成は『十因』二種で異なっているものの、『三国伝記』「仏舎利勝利事」に相当する話は、『十因』二種に共通して「真偽難知事」という標題で含まれており、説話の成立は少なくともこの段階まで遡ることができる。

そして、その『舎利勘文』の増補本を抄出して組み替えた本文の冒頭に、『宀一山秘密記』の弘法大師の碑文を抄出して組み合わせることで、『釈尊御舎利儀記』が成立したと推測される。この『釈尊御舎利儀記』にも「真偽難知事」が含まれているが、空海仮託の『釈尊御舎利儀記』自体は真言宗内で作られた蓋然性が高い。

『舎利勘文』の増補本自体が『三国伝記』に影響を与えた可能性も考えられるが、『釈尊御舎利儀記』は空海仮託書でありながら、永享期にも近江・湖東の天台寺院で書写されていた。加えて、『鷲林拾葉鈔』巻十七の当該説話の周辺に『釈尊御舎利儀記』の影が伺えることも、『三国伝記』の成立圏と法華経直談の場の近さを考え合わせる時に、無視できない点である。

「真偽難知事」は、南都文化圏あるいは真言圏での舎利信仰や関連偽経に関わる説話だったのが、『釈尊御舎利儀記』が広がる過程で、天台圏でも受容されることになった。『三国伝記』では改訂増補されつつも「仏舎利勝利事」という標題で採録され、また天台の『法華経』直談の場では『法華経』の経文に関係づけられて語られるに至った。このような経緯が想定できるのではないだろうか。

注

(1) 中世の文学『三国伝記(上)(下)』(三弥井書店、一九八二年、底本は無刊記版本)。国立国会図書館蔵・近世初期写本の主な校異は、4爰ヲ以—故ニ、6且ク—恐ハ、7顧—預、9余リノ欲サニ—仍、12我—ナシ、13郭—邦(二箇所共)、19乎—哉。「郭」は「邦」が良い(『論語』泰伯第八に基く表現)。

(2) 国文学研究資料館編『真福寺善本叢刊 仏法部一 法華経古注釈集』(臨川書店、二〇〇〇年)。

(3) 『例文仏教語大辞典』(小学館、一九九七年)。

(4) 小林直樹「三国伝記の成立基盤——法華直談の世界との交渉」(『国語国文』一九八九年四月)など。

(5) 『法華経鷲林拾葉鈔』(臨川書店、一九九一年)の慶安三年刊本影印に拠る。

(6) 後述の『釈尊御舎利儀記』の構成で6として示した、「涅槃経曰」として引かれる経文に対応する。

(7) 『法華経直談鈔』(臨川書店、一九八八年)の寛永十二年刊本影印に拠る。

(8) 金色の舎利という設定は、東寺舎利のうち金色の舎利(将来時は一粒、後に増減)が特別視されていたことを想起させる。

(9) 同話について考察する高橋秀榮「『沙石集』の生蓮入道と舎利信仰」(『駒澤大学仏教学部論集』四三、二〇一二年十月)では、平安末期頃に不空に仮託して舎利礼文が作られた可能性に言及する。

(10) 大原眞弓「即位儀礼に見える仏舎利信仰——一代一度仏舎利使について」(『京都女子大学大学院文学研究科研究紀要 史学編』一五、二〇一六年)。

(11) 『神道大系 神社編二十三近江国』の翻刻を原本により改めた。

(12) 『仏舎利と宝珠——釈迦を慕う心』(奈良国立博物館、二〇〇一年)。

(13) 高橋悠介『禅竹能楽論の世界』第五章「円満井座の舎利について」(慶應義塾大学出版会、二〇一四年)。

(14) 三田明弘「『三国伝記』における中国説話の変容と説話配

列の問題」（『鎌倉室町文學論纂』三弥井書店、二〇〇二年五月）。

(15) 吉田一彦「多度神宮寺と神仏習合――中国の神仏習合思想の受容をめぐって」（『伊勢湾と古代の東海 古代王権と交流4』名著出版、一九九六年）、北條勝貴「東晋期中国江南における〈神仏習合〉言説の成立――日中事例比較の前提として」（『奈良仏教の地方的展開』岩田書院、二〇〇二年）・同「古代日本の神仏信仰」（『国立歴史民俗博物館研究紀要』一四八、二〇〇八年）・同「〈神身離脱〉の内的世界――救済論としての神仏習合」（『上代文学』一〇四、二〇一〇年四月）など。

(16) 池上洵一『修験の道――『三国伝記』の世界』（以文社、一九九九年→『池上洵一著作集』第三巻、二〇〇八年）。

(17) 大正蔵七六巻五一八a。

(18) 『続天台宗全書 神道1 山王神道Ⅰ』（春秋社、一九九九年）。

(19) 各条目は、真福寺宝生院大須文庫本に則って挙げたが、同書ではこれらの事書等を改行せずに挙げており、弘法大師全集での整理を参照した。

(20) 『国書総目録』『仏書解説大辞典』等を参照すると、大谷大学（天保十一年写・文政九年写）・大正大学（元禄三年写）・吉祥院南渓蔵（文化三年写）・高野山光台院・高野山金剛三昧院・高野山三宝院・高野山宝亀院・米国議会図書館（嘉永五年奥書）、真福寺・西教寺などに所蔵されている。『国書総目録』記載の日本大学蔵本は所在不明で、種智院大学蔵本は寄託解除済と伺っている。

(21) 国文学研究資料館の新日本古典籍総合データベースに基づく。私に句読点を打ち、行取りは変更した。外題「舎利記」、内題「釋尊御舎利儀記」。以下、『釈尊御舎利儀記』の引用は特に断らない限り真福寺蔵本による。

(22) 国文学研究資料館のマイクロフィルムに拠る。訓点・送仮名に関しては校異の対象外としている（西教寺正教蔵『舎利記』は訓点・送仮名がない）。（西）は「釋尊御舎利儀記」という内題を持つ冊子本だが、（記）は題を闕く前闕の巻子本で（後述の構成一覧8の途中からの本文を有する）、「舎利記」は仮題。（西）には「承応二年壬六月日江州芦浦観音寺／舜興蔵」の奥書があり、（記）は奥書なし。（十因）については第三章（四）で後述。

(23) 中尾良信「摂津三宝寺関係史料」（『曹洞宗研究員研究生研究紀要』一八、一九八六年十一月）。

(24) 注16前掲書。

(25) 池上洵一氏は、注16前掲書の中で、ここに伊吹四箇護国寺の一つ観音寺が含まれていないことに注意を促しつつ、観音寺がすでに伊吹山を下りて現在地（米原市朝日）に移っていたのが理由であろうか、としている。

(26) なお、小助川元太「『庭訓私記』の注釈説話」（『説話・伝承学』七、一九九九年四月）は、『庭訓私記』が弥高寺悉地院や長尾寺の惣持寺（惣持院）に伝わっていたことを指摘している。十六世紀後半のことで『釈尊御舎利儀記』より時代は下るが、同じく伊吹四護国寺における学問や説話をうかがわせる本といえる。

(27) 『近江・若狭・越前寺院神社大事典』（平凡社、一九九七年）。

(28) 三﨑良周「神仏習合思想と悲華経」（『印度学仏教学研究』九―一、一九六一年一月→同『台密の研究』創文社、一九八八年）では貞慶仮託とするが、野村卓美「京都峰定寺釈迦如来像納入品と貞慶」（『国語国文』七五―二（通八五八号）、二〇〇六年二月）は貞慶編として扱っている。

(29) 寛文十年刊本は東洋大学哲学堂文庫にあり、戦災以前は彰考館にも所蔵されていたという。
(30) 高橋悠介「貞慶をめぐる説話と律院――「異砂記」・狛行光春日霊験譚」(『説話文学研究』五五、二〇二〇年九月)において、称名寺聖教『舎利要文』(弘安元年写、一二九函一二)に所収される「異砂記」を、『渓嵐拾葉集』巻第十一「虚空蔵寺舎利事」と対校し、考察した。
(31) 文政十三年(一八三〇)十月七日の伊予の宇摩郡西寒川村普門院の霊雅の書写奥書を持つ。
(32) なお大正大学図書館蔵本、大谷大学図書館蔵天保十一年写本(余大1330)・同文政九年写本(余大3710)は両者を合写する。
(33) 三﨑良周「神仏習合思想と悲華経」(『印度学仏教学研究』九―一、一九六一年一月↓『密教と神祇思想』創文社、一九九二年)。
(34) 『貞慶講式集』(山喜房佛書林、二〇〇〇年)。
(35) 牧野和夫「疑経・仮託などの周辺――『舎利要文』・『大乗毘沙門功徳経』」(『実践国文学』六〇、二〇〇一年十月)。なお、同氏の「十二巻本『表白集』編集とその四周――附、『大乗毗沙門功徳経』と本地物・拾遺」(『実践国文学』四六、一九九四年十月)に東寺宝菩提院本の紹介がある。
(36) 福島金治『金沢北条氏と称名寺』(吉川弘文館、一九九七年)。
(37) 落合博志「善通寺蔵『一切設利羅集』――影印並びに引書考証」(国文学研究資料館文献資料部『調査研究報告』一八、一九九七年六月)。なお、野村卓美『中世仏教説話論考』(和泉書院、二〇〇五年)第3部に「釈迦如来五百大願」の受容という観点から、『釈尊御舎利儀記』や『白宝抄』駄都勘文への言及がある。
(38) 藤巻和宏「宝珠をめぐる秘説の顕現――随心院蔵『宀一山秘記』の紹介によせて」(『古典遺産』五三、二〇〇三年九月)。
(39) 注37前掲・落合博志論文。
(40) 室賀和子「空体房鑁也の内面世界――事蹟を追う」(『大正大学大学院研究論集』二二、一九九八年三月)。
(41) 藤巻和宏「如意宝珠をめぐる東密系口伝の展開と宀一山縁起類の生成――『宀一山秘密記』を中心として」(『国語国文』七一(一)、二〇〇二年一月)・同『聖なる珠の物語――空海・聖地・如意宝珠』(平凡社、二〇一七年)。後者には奥書の写真も掲載する。この奥書を信じるならば、醍醐寺報恩院流の祖・憲深の自筆本があったことになるが、憲深に師事した教舜の『秘鈔口決』にも宝悉地陀羅尼経の引用が確認できる。
(42) 注36前掲・福島金治論文。
(43) 牧野和夫「『三国伝記』と『太平記』の周辺」(『説話文学研究』二十五、一九九〇年六月)。
(44) 池上洵一注16前掲書。牧野和夫『中世の説話と学問』(和泉書院、一九九一年)「『三国伝記』をめぐる学問的諸相」など。
(45) 牧野和夫「延慶本『平家物語』における「東山鷲尾」の注釈的研究――寺院ネットワークということ」(『説話論集 第十一集 説話と宗教』、二〇〇二年八月)、同「談義所逓聖教について――延慶本『平家物語』の四周・拾遺」(『実践国文学』八三、二〇一三年三月)をはじめ、牧野氏の複数の関連論文がある。

# 『三国伝記』における「霊地」考

柏原康人

『三国伝記』における「霊地」の描写について『神道集』等の他のテクストと比較することでその叙述の背景や指向性について考察する。

かしわばら・やすと——四国大学講師。専門は中世神話・宗教文芸。主な論文に「中世蟻通明神縁起の形成と展開」（『伝承文学研究』六七、二〇一八年八月）、「近世地方寺院における住僧の修学と法流の展開——覚城院蔵聖教を例にして」（第四十三回国際日本文学研究集会会議録、二〇二〇年三月）などがある。

## はじめに

本稿は、『三国伝記』における「霊地」の記述に着目して、『三国伝記』の叙述的特質について考察を行うものである。『三国伝記』に関する研究は、これまで池上洵一氏、牧野和夫氏らによって重厚な研究が蓄積され、その成立基盤が琵琶湖湖東の文化圏、特に、天台談義所に深く関わることが明らかにされてきた。(1) また、本稿で取り上げる『三国伝記』の中で言及される「霊地」については、仏や神、仏の化現である権者による霊験を語ることで日本国の仏法興隆の姿を描き出そうとするものであることが、小林直樹氏によって指摘されている。(2)

一方で、『三国伝記』の「霊地」の霊験を称揚する言説の中には、穢れへの接触などの禁忌や殺生祭神などの記述が含まれているが、その記述の特徴については、これまであまり取り上げられてこなかったように思われる。触穢などの禁忌への抵触や殺生祭神は、「霊地」において救済を得られない罪業と直結する重大な問題である。この問題を、『三国伝記』の「霊地」の霊験を語る言説の中に、いかに組み込んでいるのだろうか。

そこで本稿では、これまでの先行研究を踏まえた上で、『三国伝記』の「霊地」の功徳と禁忌、殺生祭神の記述、特に現実に生きる人々がいかに「霊地」の霊験に触れ、救われることができると語っているかについて、『神道集』における記述を補助線に考察を行う。『神道集』は、『三国伝記』と同じく談義所とその周辺と関わりながら成立したと考えられる書であり、特に殺生祭神については『三国伝記』と同種の言説を有している。このことから、『三国伝記』と『神道集』の記述を併せて読み解くことで、『三国伝記』の「霊地」の特徴を明らかにすることができると考えられる。

## 一、「霊地」参詣の功徳

まず、『三国伝記』における霊地への参詣の功徳を讃歎したり、参詣を勧奨する表現（以下、参詣勧奨句と言う）について確認する。(3)

①「役行者事　金峯山本縁也」（巻二第九話）

春ノ花ノ朝ニハ吉野ノ塵ニ交ハリ、秋ノ月ノ暮ニハ金峯ニ光ヲ和ゲ玉フ。参詣ノ道俗得益不レ可二勝計一者《ヲ》乎。

②「弘法大師事　并高野山金剛峯寺事」（巻三第三話）

誠《ニ》前仏《ノ》法縁《ハ》過ヌレドモ五時《ノ》説相鎮《トコシナヘ》ニ旧《リ》、慈尊《ノ》出世《ハ》遙ナレドモ三会《ノ》儀則《ハ》既《ニ》新《ナリ》。爰《ヲ》以《テ》参詣《ノ》諸人《ハ》、穢土《ニシテ》浄土《ヲ》兼《ネ》凡夫ニシテ仏陀《ニ》融《ス》。一度歩《ヲ》運《ブ》輩《ヲハク》永三途《ノトボソ》扃ヲ閇《ヅ》。一念信《ヲ》取《ル》者《ハ》必《ズ》二世《ノ》悉地《ヲ》成《ス》。不《ンバ》レ望宿報可レ恥《ヅ》。不《バ》レ信邪執《ヲ》可《シ》レ翻《ヒルガヘス》。有《ラン》レ情《ロ》人誰《カ》参詣《ノ》志《ヲ》不《ン》レ励《ハゲマサヤ》哉。

③「江州佐野郷宇賀大明神御影向事」（巻四第十五話）

所以《ニ》当社供仰《ノ》人々、縦《ヒ》無福《ノ》者《ナリトモ》　速《スミヤカニ》　得二福田愛敬《ヲ》一、元《ヨリ》富貴《ノ》者《ハ》益富家安穏之快楽持《ツ》。然《レバ》則《チ》貧窶《ロウニシテ》　交《ルノ》レ衆《ニ》類《イ》、富《ンデ》畏《ルル》レ世輩《ヲ》、最《モ》可《キ》レ奉《ル》二帰依《シ》一者也。

④「上山天神御影向事」（巻十二第十八話）

弥《々》貴《ベリ》二霊徳《ヲ》一。爰《ヲ》以《テ》貴敬《スル》輩《ハ》値《ヒ》二目前《ニ》福祐《ニ》一、不《ザル》レ信《ゼ》者《ハ》言下《ニ》蒙《ル》二冥罰《ヲ》一事、不レ暇二筆《に》尽《すに》一耳《ノミ》。

それぞれ参詣を勧奨する語句が章末に付されているが、その内容は、「霊地」の功徳を讃歎した上で霊地に参詣すれば、「霊地」とそこに祀られる神仏の霊威によって救済されるというものだ。その勧奨句も定型的な章句を使い回したものではなく、③の「所以《ニ》当社供仰《ノ》人々、縦《ヒ》無福《ノ》者《ナリトモ》　速《スミヤカニ》　得二福田愛敬《ヲ》一、元《ヨリ》富貴《ノ》者《ハ》益富家安穏之快楽持《ツ》。」のように、その「霊地」に祀られる神仏の霊験灼かとされる効験に合わせて文句が形成されており、ここから読み手に参詣を強く勧める姿勢が読み取れる。

また、これらの参詣勧奨句は、実際に「霊地」に参詣することを前提としているが、『三国伝記』には、必ずしも参詣を前提としない勧奨句も見られる。

⑤「山門無動寺暹命上人事 山王擁護事」（巻七第三話）

此《ノ》聖、日吉祭礼《ノ》日、参社《ノ》志有ケレドモ、念仏転経《モ》無レ隙《ひま》、坂ノ上《リ》下モ不《リ》レ輒《タヤスカラ》ケレバ、閑《ニ》思遣《リ》ツツ、山王権現ノ本地垂迹《ノ》化導憑敷《ク》忝《キ》ヤウヲ観察シケレバ、草菴ノ檐《ノキノ》程《ニ》七社ノ神輿歴然《トシテ》 化現《シ》給《ヒ》ケルゾ奇特也ケル。信心《ノ》水澄《メル》 時《キ》感応《ノ》月浮《ブハ》、末代也ト云《ヘ》共不レ可レ有レ疑者乎。和光同塵《ノ》利益《ハ》以二結縁《ヲ》一為レ始《ト》、八相成道《ノ》本誓者以二済生《ヲ》一基トシ給ヘル故也。

ここでは、念仏修行に集中するために祭礼に参列することを断念した暹命なる僧が、山王の社を深く念じたところ、霊地が眼前に化現したとされる。実際の参詣に及ぶことができなくとも、正念に霊地を想うことで参詣と同じ功徳を得られるとされていることから、『三国伝記』において、「霊地を念ずる」という行為が参詣と同等のものであったことが窺える。

以上のように、『三国伝記』では、「霊地」への参詣や「霊地」を念ずること、すなわち、人々の実際の「霊地」への行動で、その功徳をより確実に得ることができると説いているのだ。

一方で、たとえば、『粉河寺縁起』冒頭に掲げられる、漢文による縁起の末に記された「帰依之者、攘災招福、恭敬之輩、除病延命、因茲都鄙道俗、多皆攀登、国内緇素諏参詣」という参詣を勧奨する章句、『北野天神縁起』の末尾の「ねんごろに信心をいたしてまいりつかふまつり給うべし」との文言にもあるように、(4)霊地に祀られる神の霊験を讃歎し、「霊地」への参詣を進めたりする章句は、寺社縁起の類いでは決して珍しいものではない。『三国伝記』に見える参詣勧奨句も、他の寺社縁起に見られる章句と同様にある種定番の表現であったと捉えることもできよう。

しかし、②「弘法大師事」の引用典拠とされる『高野山金剛峯寺修行縁起』、③「江州佐野郷宇賀大明神御影向事」の引用典拠とされる『和漢朗詠集和談抄』（行旅「ほの〴〵と」注）には、参詣勧奨に類する語句が見出し得ない。②「弘法大師事」③「江州佐野郷宇賀大明神御影向事」はいずれも判明している典拠資料に乏しいため、玄棟が原拠資料に参詣勧奨句を増補したのか、もともと原拠資料に参詣勧奨句があったのか判然としない。

ただ、仮に原拠資料に参詣勧奨句があったとすれば、玄棟はそれらの章句を敢えて保存して、その上で『三国伝記』に記載したことになる。反対に原拠資料に参詣勧奨句がなかったとするならば、玄棟が『三国伝記』編纂に際してわざわざ参詣勧奨句を増補したということになる。「霊地」の霊験を読み手に訴えることで仏法興隆を示すという『三国伝記』の姿勢から考えると、いずれの場合においても、霊地への参詣を勧奨する章句を本文に組み込むことで、玄棟が「霊地」の霊験を現実に触れ得るものとして強調しようとしていたと考えられる。

## 二、「霊地」参詣と禁忌

霊地を参詣することによってその功徳に与ることができると言っても、現実の参詣には様々な制約や困難が伴う。そのもっとも代表的なものが、穢れへの接触（触穢）の禁忌であろう。ここから『神道集』を補助線にして『三国伝記』の参詣と禁忌の叙述の特質について考察していく。

『神道集』は、南北朝期に成立したと考えられる神祇信仰に関する教説と寺社縁起を集成した東国と関係する宗教テクストである。『神道集』の成立や成立背景については、諸説あるものの、東国に及んだ天台教学を中心とした寺院、特に、関東の談義所とその周辺の寺社圏が関係している可能性が夙に指摘されてきた。(5) この談義所とその周辺をその成立の背景としていることは、『三国伝記』も同様である。これが、本稿において『神道集』を補助線として用いる由縁である。

『神道集』では、巻一―一「神道由来之事」で参詣と触穢の禁忌についての複数の問答が、左記のような問答形式による叙述によって展開される。(6)

問、神明《ノ》霊所《ヲ》一度踏《ム》事、忝《モ》上人《ハ》三悪趣苦《ヲ》免《ルヘキ》可耶。

答、世間《ニハ》申習《セハ》、此事可レ然歟、（中略）又熊野等社《ノハ》、一度参詣《ノ》力、亦是三世《ノ》願成就《スト》申。

問、此事不審《ナリ》。其《ノ》故《ハ》彼《ノ》御山《ニ》倶《ニ》難行苦行《シテ》、身命顧《ヲカヘリミサル》行人《ハ》、貧窮狐露《ニシテ》、衣服乏短《ニシテ》、不レ免二中苦一《ヲ》、終《ニ》一生《ノ》願望空《キ》輩惟《レ》多《シ》。加レ之《ス》参詣《ノ》途中《ニシテ》、山賊・海賊・頓死《ニ》合《ヒ》、損死輩亦惟《レ》多《シ》。今生《ノ》望《ミ》既《ニ》空《ク》、後生《ノ》馮《ミ》亦難《シ》。如何。

会《シテ》云、霊地《ヲ》一度踏《モ》人《ハ》、必《ス》三悪趣《ノ》苦可レ免《ル》、其故何者、正法念経《ニ》云《ク》、七歩道場、永離三悪、一入伽藍、決定菩提《ト》云々。道場《ト》云、霊地《ト》云、倶《ニ》仏菩薩《ノ》霊地《ナリ》。然《ニ》仏神本《ト》跡異《ト》云《トモ》、心《ハ》一同《ナリ》。垂跡《ノ》云二霊地一《ト》、仏菩薩云二霊地一《ト》。参詣《ノ》力《ニ》依《テ》得《ル》処《ノ》利益《ハ》同レ之。是以《テ》参詣《ノ》功《ニ》酬《テ》、三悪道《ノ》苦《ヲ》免《レ》、垂跡恭敬《ノ》力《ニ》依《テ》、菩提《ノ》果《ヲ》可レ得也。

ここでは「又熊野等社《ノハ》、一度参詣《ノ》力、亦是三世《ノ》願成就《スト》申。」などと、「霊地」への参詣の功徳は絶大であるとして参詣を勧奨する回答しているが、それに対して、「加レ之《ス》参詣《ノ》途中《ニシテ》、山賊・海賊・頓死合《ニヒ》、損死輩亦惟《レ》多《シ》。」と参詣の功徳は絶大と言いながらも、実際には参詣の途上で零落したり横死する者が多くいるのだと、その厳しい現実を答者に突きつけている。この問者の問いは、実際の参詣や巡礼で発生している問題を如実かつ赤裸々に提示したものであると言えるだろう。

「神道由来之事」では、この後も錯綜しつつも左に挙げたような参詣の功徳と禁忌に関する問答が展開される。

問、爾者、果報咄《キ》衆生《ハ》、今生以《ニ》二行業《ヲ》一、今《モ》亦勝妙《ノ》果報《ヲ》可レ生耶。

答、正法念経云、（中略）此等文皆今生《ノ》以二行徳一、今生《ノ》行果《ヲ》得《タリ》云々。

問、若爾者、其証《ヲ》不《ル》レ得行人惟《レ》多《シ》。如何。

答、天台《ノ》釈《ニ》云、以レ信《ヲ》行《ノ》本《トス》云々。身口《ノ》行《ハ》尽《スト》云《トモ》、意業《ノ》依《テ》二不信《ニ》一、証《ヲ》不レ得者《ナリ》。於不信《ノ》以《テ》レ人行《ヲハ》不レ行者《ナリ》。不レ可レ疑。信力堅固《ノ》行人《ハ》、前世《ノ》宿善《ノ》人《ナレバ》、今生《ノ》善《モ》盛《ニテ》、得レ証《ヲ》可レ以レ有レ事。前世《ノ》不善《ニシテ》、今生《ニ》不信《ノ》心有《レトモ》、法《ノ》如《ニ》修行《スレハ》、必《ス》証利有《ルヘシ》。其《ノ》故《ヘハ》何者、仏神《ハ》信心《ヲ》哀《玉フ》。以レ之可レ得レ心。次参詣《ノ》時、途中《ノ》横死・横病・山賊・海賊等《ノ》事《ハ》、或精進《ノ》中《ノ》依《ル》二汚穢不浄《ニ》一、或《ハ》無宿《ノ》懈怠、不信《ノ》依《ル》レ科。或《ハ》親類縁者《ノ》死気産等《ノ》汚《レニ》依《テ》、途中《ノ》難《ハ》有《ナリ》。如二此等《ノ》一例世《ニ》多《シ》。人々皆聞及《フ》物《ナリ》。此等《ノ》科《ハ》、皆行人《ノ》依《ル》二不信《ニ》一、仏神《ノ》親疎《ニ》非《ス》。

ここでもまず、参詣の功徳に与れるかという問に対して、涅槃経を引いて不信を捨て、行いを正しくすれば間違いなく仏神の救いが得られると説かれている。さらに、「次参詣《ノ》時、途中《ノ》横死・横病・山賊・海賊等《ノ》事《ハ》、或精進《ノ》中《ノ》依《ル》二汚穢不浄《ニ》一、或《ハ》無宿《ノ》懈怠、不信《ノ》依《ル》レ科。或《ハ》親類縁者《ノ》死気産等《ノ》汚《レニ》依《テ》、途中《ノ》難《ハ》有《ナリ》。」と、参詣の途中の横死や遭難の原因として触穢の話を持ち出している。「神道由来之事」では、さらにその触穢の原因は「皆行人《ノ》依《ル》二不信《ニ》一」と、すべて参詣者の「不信」に帰結するものであるとしてている。不信による禁忌への抵触が「霊地」への参詣にどれだけ致命的なものであったかが窺い知れる。

以上のように、『神道集』では、信心を正しく持ち、現世の「行い」を正しくすれば必ず果報に与ることができると説かれている。『神道集』において、「霊地」で救済されるか否かは、「行い」が正しいかどうかという一点にかかっているのだ。『神道集』は、参詣途中での脱落の事例や、参詣しても「霊地」の功徳に与れない人間が存在するという現実が描かれている。そして、自分もそうなるのではないかと疑念を抱く人々に対して、「霊地」の功徳に得るために必要な信心と禁忌の遵守を繰り返し語っていると言える。

ここまで『神道集』の叙述について確認してきた。一方で、『三国伝記』では、「三輪上人吉野勝手へ詣事」に、参詣の際の触穢の禁忌について次のような記述がみられる。

和云、三輪《ノ》上人《トテ》貴人アリ。十乗止観《ノ》窓《ノ》中《ニハ》心《ヲ》繋《ケ》二三明《ノ》月《ニ》一、三論唯識《ノ》床《ノ》上《ニハ》眉《ニ》垂《ル》二八字《ノ》霜《ヲ》一。或時、吉野《ノ》勝手《ノ》大明神《ヘ》百日参詣《シテ》、後生菩提《ヲ》祈《リ》申サレケル。百日《ニ》満《ル》日、吉野川《ノ》耳《ハタニ》死人《ノ》侍ケルヲ、触穢ヲハバカリ、死人《ニ》懼、道者共遠《キ》路ヲ廻《リ》テ詣《ルニ》、上下向《ノ》煩《ヒ》有ケルヲ、此《ノ》上人、諸人ノ煩《ヒ》哀《ミテ》、彼《ノ》死骸《ヲ》取《テ》他所《ニ》移《シ》置《キ》給、参詣《ノ》人々《ヲ》直《スグニ》通《トヲサレ》ケリ。サテ上人《ハ》吉野川ニテ行水《シテ》、穢《レヲ》憚《リテ》参詣《ニ》及《ビ》給《ハズ》、勝手《ノ》大明神《ノ》御《ン》方《ヲ》三度伏拝《テ》、其ヨリ下向給《シ》二、上人足ナヘテ下向不《ザリ》レ叶《ハ》ケレバ、サラバ大明神《ノ》御《ン》方《ヘ》、参《テ》見《ン》ト思《テ》、歩《ミ》給《ヘバ》、相違ナカリケリ。又下向《シテ》見《ン》ト思テ、下《リ》ザマニ歩《ミ》給ヘバ、如レ前行歩カナハザリケリ。不思議ノ思《ヲ》ナシテ、参《リ》ザマニ歩ミ、下《リ》様《ニ》歩《ミ》、度々《シ》給《フ》ニ、毎度参レバ歩マレ、下向スレバ足ナヘケル。此上《ヘ》ハ参ラント思《ヒ》、山上マデ参給ケルニ、無二相違一。然而《レドモ》猶憚《ハバカリ》ヲ成《シ》恐《ヲ》顧《ミ》テ、瑞籬《イカキ》ノ外ニ畏ラレケルニ、明神童神子託《ニシテ》様々《ノ》事ドモ仰ラレケルガ、遙《ニ》上人ヲ見付奉《リ》、「アレニ侍《ベル》法師、近《ク》参レ」ト仰ラレテ、「此後今《マ》一度見参ニ入テ喜《よろこび》申サン」トテ、霊神上《アガリ》給《ヒ》ニケレバ、上人モ下向シ給ケリ。

この話は記載の箇所（前半部）に続いて、後半部に勝手明神から贈られた宝物で三輪の別所に不動堂を建立した、という話が記載されている。この宝物とは、勝手明神が三輪上人を呼び寄せるために殺したと思われる死人を、三輪上人が復活させた際に得た財のことを指している。三輪上人は屍体を移動させたことから、触穢の禁忌のために「霊地」への参詣を取りやめ、その場で礼拝するも、最終的には勝手明神に導かれて「霊地」への参詣を果たす。

ここで注目すべきは、『三国伝記』には、三輪上人の犯した触穢の禁忌が許されたとする記述はなく、参詣道の障害を取り除いたことで神が喜んだことのみが語られていることである。触穢への赦しなどの記述はないものの、触穢の禁忌への抵触が無化されるほど、三輪上人の徳と勝手明神の霊威の結びつきが称揚されていると捉えることができよう。

他方で、この三輪上人と勝手明神の説話は、左記の『沙石集』「神明、慈悲を貴み給ふ事」にも極めて近い説話が収載されている。[7]

和州三輪ノ上人常観坊ト申セシハ、慈悲アル人ニテ、密宗ヲ旨トシテ、結縁ノ為ニ普ク眞言ヲ授ラレケリ。或時只一人、吉野へ参リケル道ノ辺ニ、少物兩三人竝居テ、サメ〳〵ト泣ケレバ、何トナク哀レニ覺テ、「何事ニナクゾ」ト問ニ、十二三バカリナル女子申ケルハ、「母ニテ候モノヽ、悪病ヲシテ死ニテ侍ケルガ、父ハ遠ク行テ候ハズ。人ハイブセキ事ニ思ヒテ、見訪フ者モナシ。我身ハ女子ナリ。弟ハイヒガヒナシ。只悲シサノ餘ニ、泣ヨリ外ノ事侍ラズ」トテ、涙モカキ敢ズ。誠ニ心ノ内、サコソト哀レニ覺ケレバ、今度ノ物詣ヲ止メテ見助ケテ、イツニテモ又参リナント思テ、便宜チカキ野べへ持チテ捨ツヽ、陀羅尼ナド唱ヘテ急ニ訪テ、サテ三輪へ歸ラントスレバ、身スクミテ、ハタラカレズ。「アハレ思ツル事ヲ。垂跡ノ前ハ密キ事ト知ナガラ、斯ル事ヲシツル時ニ、神罰ニコソ」ト、大ニ驚キ思ナガラ、心見ニ吉野ノ方へ向テ歩バ、少モ煩ナカリケリ。其時コソ、サテハ只参レト思食スニヤト、心ヲ取リノべテ参詣スルニ、別ノ煩ナシ。サスガナヲ恐モアレバ、遥ナル木ノ下ニテ念誦シ、法施奉ルニ、折節巫神ヅキテ舞ヲドリケルガ走出テ、「アノ御房ハ何ニ」トテ來レリ。「アナ淺間シ。是マデモ参ルマジカリケルニ、御トがメニヤ」ト、胸ウチサワギテ恐レ思ケル程ニ、近キヨリテ、「イカニ御房、此程待入タレバ、ナド遲クオハスルゾ。我ハ物ヲバ忌マヌゾ。慈悲ヲコソ貴クスレ」トテ、衣ノ袖ヲ引テ、拝殿ヘゾ具シテオハシケル。上人アマルニ忝ク貴ク覺ケレバ、墨染ノ袖シホルバカリナリ。サテ法門ナド申承テ、泣々下向シケリ。

『三国伝記』と異なる点は、傍線部で示したように、『沙石集』では、三輪上人は屍体を移動させるだけではなく、弔いをしているところである。それも、『三国伝記』では勝手明神への参詣道に死体があって通行の邪魔になるからという理由が、『沙石集』では母を亡くして嘆き悲しむ娘を哀れに思ったために場所を移して弔いをした、ということになっている。三輪上人は、「アハレ思ツル事ヲ。垂跡ノ前ハ密キ事ト知ナガラ、斯ル事ヲシツル時ニ、神罰ニコソ」、「アナ淺間シ。是マデモ参ルマジカリケルニ、御トがメニヤ」などと、触穢の禁忌に対して大きな危惧を抱いており、触穢が「霊地」参詣にとって重大な問題であったことが示されている。

さらに、この時、三輪上人は触穢の禁忌に思いを巡らせているが、慈悲心を優先して弔いを行っている。この慈悲心こそが「イカニ御房、此程待入タレバ、ナド遲クオハスルゾ。我ハ物ヲバ忌マヌゾ。慈悲ヲコソ貴クスレ」とあるように、この慈悲心こそが勝手明神を感応させ、触穢の禁忌を許した所縁となっている。

ここまでの内容から、このように参詣時の触穢は、本来であれば神罰を蒙るほどの重大な問題であるにも関わらず、

『三国伝記』では、「サテ上人《ハ》吉野川ニテ行水《シテ》、穢《レヲ》慴《リテ》参詣及《ニビ》給《ハズ》、勝手《ノ》大明神《ノ》御《ン》方《ヲ》三度伏拝《テ》、其ヨリ下向《シ》給ニ」と大幅に形骸化したものとして語られていることがわかる。玄棟が簡略化したのか、原典の段階で既に形骸化したものとして記述されていたかは定かではないが、『三国伝記』の参詣時の禁忌に対する姿勢を表していると考えられる。

　以上のように、『神道集』や『沙石集』に記述されている「どうしようもない現実」と、「霊地」の功徳を得るために必須とされている禁忌の遵守は、『三国伝記』においては簡略化・形骸化され、「霊地」の霊験譚の中に組み込まれている。現実の「霊地」への参詣において不可避の問題であるはずの禁忌への抵触については、『三国伝記』では形式的に触れるのみである。触穢の禁忌などよりも、「霊地」の霊験や「霊地」による利益をクローズアップして記述しようという叙述の志向性が窺える。

## 三、「霊地」と殺生祭神

　さて、「霊地」の禁忌に関して、触穢の禁忌と並んで重大な問題なのが、神前に生き物、特に鳥や魚、鹿などの禽獣を供物として献げる殺生祭神に関することである。本節では、『三国伝記』における殺生祭神の記述について見ていきたい。

　『三国伝記』において殺生祭神は、「隆弁僧正諏方《スワ》ノ明神示《玉フ》二夢想一事」（巻七第二十一話）と「鯉放沙門事 神ノ方便事」（巻十二第二十一話）に見える。

　まず、「隆弁僧正諏方《スワ》ノ明神示《玉フ》二夢想一事」の本文を掲げる。

和云、信濃国諏方明神《ノ》祭礼《ニ》、多《ノ》鹿《ヲ》供御《ニ》奉《ル》レ備《ヘ》。隆弁見レ之《ヲ》、凡《ソ》神明和光《ノ》善巧《ハ》以《テ》二利物《ヲ》一為《シ》レ元《ト》、衆生済度《ノ》方便《ハ》慈悲《ヲ》以《テ》為《ス》レ始《ト》。故《ニ》従《リ》レ仏神《ニテ》出《ヨリ》仏 尚貴《ク》、従《リ》レ昔世《ニテ》出《ヨリ》昔 徳新《ナリ》。但《シ》神慮《リヨ》区《マチマチ》 也ト云ヘドモ、若《シ》邪見《ノ》衆生《ノ》非礼崇敬ヨリ起《ル》故ヘニヤ。何《レノ》生命《カヲ》不《ン》レ惜。且《ハ》無理《ノ》礼奠神納受有ナラバ、誰《カ》尊神《ノ》擁護ヲ仰《ギ》和光ノ誓ヲ頼《ン》ヤト深《ク》疑《テ》、此事《ヲ》申止《ン》ト思《ヒ》給ける比、夢ニ大明神示現《シテ》曰、「方便殺生《ノ》越《ハエ》二菩薩《ノ》六度一、愛見《ノ》大悲《ハ》過《タリ》二達多《カ》五逆一。汝知浅《シテ》未《ダ》レ知二神慮《ノ》源底一、涅槃経未《ダ》レ見故《ニ》如レ此《ノ》愚見起《ル》也」トテ、涅槃経ヲ取出《テ》、「見《ヨ》レ之《ヲ》」トテ、令レ見給《フ》。其《ノ》文《ヲ》見《レバ》、「我未来魚鳥等《ニ》禽獣成《トテ》、飢《タル》衆生《ニテ》被レ食、以二其《ノ》縁《ヲ》一令《ント》二得脱一」有趣《ル》也。取意。夢覚《テ》後、感涙難《ク》レ押《ヲサヘ》、即《チ》涅槃経《ヲ》披見スルニ、現文分明也。信仰《シテ》無二二心一。其後《ノ》、三佐山頭《ノ》自身《ヲ》勤仕給《シ》ヘリ。和光同塵《ハ》結縁《ノ》始ト云《ハ》是也。此鹿《ヲ》大明神《ノ》贄《フ》二備ト思《フ》実義《ヲ》不《ル》レ知意也。此鹿《ハ》是迦如来済度《ノ》全身、和光方便《ノ》神体也。本地ヲ云ヘバ、能供《モ》仏体、所供《モ》仏体。垂迹ヲ云ヘバ、能供《モ》神体、所供《モ》神体也。不二《ノ》二也。二ニシテ不二《ノ》二也。惣《ジテ》諸社《ノ》魚鳥等《ノ》神供同《ニ》レ之也云云。

本話は、諏訪社とも深い関わりがあった隆弁を主人公とするが、出典は未詳である。諏訪社で行われていた殺生祭神に関する内容であるが、「涅槃経」の「仏が将来魚鳥禽獣に生まれ変わって人間に食べられることで、人間と結縁して済度する」とする言説と諏訪明神への生贄である鹿を「釈迦如来と同体」とする言説によって、殺生祭神が正当化されている。

諏訪の殺生祭神の由縁は、禽獣済度、衆生済度の方便とされることが多い。『三国伝記』に記されるような、「生贄は仏が禽獣に生まれ変わって衆生を救済するための機縁である」あるいは、「生贄になる鹿が釈迦と同体である」という理由で諏訪の殺生祭神を正当化している言説は、あまり類例をみない。たとえば、『神道集』では、「神道由来之事」で鹿は釈迦の化身であるとして肉食の忌日を長く設定したり、鹿の肉を食べた者は五逆の罪によって地獄に堕ちるとしている。また、後述するが、諏訪の殺生祭神を目の当たりにして祭礼に対する疑義を述べる僧侶の話は、『神道集』「諏方縁起」では隆弁ではなく、寛提である。

このように特異とも言える諏訪の殺生祭神にまつわる言説は、「鯉放沙門事 神ノ方便事」においても認められる。本話は複数の和歌と言説を組み合わせて、沙門の経験した霊験譚に仕立てたものである。前半部に夢窓国師等の和歌を組み合せつつ僧侶の半生が語られ、後半部に左記のような殺生祭神に関わる言説が記載される。

沙門見《テ》レ之《ヲ》哀ミテ、着タル小袖ヲ脱デ漁ニ与、魚《ヲ》請テ湖水ニ放シテ、我見合セズバ死スベキ魚ヲ助タル事、能《キ》功徳ヲシツト心ノ中ニ念《ヒ》ツツ、其《ノ》夜、木浜ト云処ニ宿《リ》タル夢ニ、黄ナル狩衣着タル翁我ヲ尋来テ、深《ク》恨《ミ》タル気色アリ。恠《ク》テ、「何ナル人ゾ」ト問ヘバ、翁答《テ》云ク、「我ハ網ニ嬰テ命ヲ失《フ》ベカリシ鯉也。上人我ヲ乞取テ放シ給シ事ノ悲《ク》テ、其事恨《ミ》申サン為ニ参タリ」ト云《フ》。沙門《ノ》云ク、「此事コソ心得侍ラネ。彼《ノ》鮫人《ハ》明珠ヲ泣《キ》、毛宝ハ亀甲ニ乗《ル》。是皆鱗介《ノ》命ヲ助《ケ》ラレテ、其《ノ》恩ヲ報ズル謂也。サレバ、命《ヲ》生タラバ喜ベキニ、結句怨《ノ》言アリ。何ナル子細ゾ」ト曰ヘバ、翁申ケル、「仰ハ一義アルニ似テ候ヘ共、我魚鱗《ノ》身ヲ受テ、得脱期《ヲ》不レ知。此《ノ》湖《ノ》底ニ住テ多ノ年ヲ積タリ。爾ニ、適《々》賀茂大明神ノ供祭ニ成テ、其《レ》ヲ縁トシテ苦患ヲ免レント仕ツルフ、公我《ガ》命ヲ助テ畜生ノ業ヲ延玉ヘル事悲キ也。サレバ、諏訪明神《ノ》魚鳥獣類ヲ贄トシ給《フ》、長楽寺《ノ》寛提僧正大明神ニ参テ、『権者実者ノ垂迹ハ仏菩薩ノ化身トシテ衆生済度《ノ》方便也。然ニ何ゾ強ニ獣ヲ多《ク》殺シ給ヘルヤ』ト申シテ伏シ給ヘル夜ノ夢《ニ》、御前ニ係置タル鹿モ鳥モ皆金色ノ仏ト成テ雲ノ上ニ登ケリ。其後、明神ハ以《テ》二一笏《ヲ》一御袖《ヲ》掻合セ給ツツ、野辺ニ住《ム》ケダ物我ニ縁ナクバウカリシ闇ニ尚迷ハマシト御詠アリケレバ、僧正泪ヲ流シ貴《ビ》シ事ヲハ知給ハズヤ」ト云ト覚《ヘ》テ、夢悟《メヌ》。

沙門奇異ノ思ヲ成《シ》、笠置《ノ》解脱上人彼《ノ》明神《ノ》殺生ヲ好玉フヲ申止《ン》トテ参詣《シ》有ニモ、霊神童男ニ変ジテ、崇祠ノ辺ニ雉《ノ》有ケルヲ打殺《ス》トテ、「業尽衆生、雖放不生、故宿人天、同証仏果」ト唱ケルヲ、上人聞給テ、神慮故有《ル》事ヲ貴ビ、其ヨリ帰給シ事ノ有シヲ思合テ、沙門其ヨリ又帰テ、賀茂ノ明神ニ七日参籠シテ、毎日一万巻ノ心経ヲ誦シテ法楽シ、下向《シ》ケルニ、糺川原ニテ浄衣着タル俗一人行合テ申ケルハ、「彼湖水ノ鯉ハ上人御社ニテ祈念《ノ》故ニ、畜業離レ候。又我ハ賀茂ノ社ノ眷属ノ小神ニテ侍ル也。御法楽《ノ》般若心経ヲ大明神ヨリ小神達ニ御支配候ツルガ、某《ガ》分《ニモ》十巻給テ候程《ニ》、小社ニ威光受楽仕候也」ト語テ失ヌ。

彼《ノ》沙門其ヨリ東国ニ下テ、化導ヲ垂レケルトゾ承矣。

己を助けた僧侶に対して、助けられた魚類が助けた僧侶に恨み言を述べる説話は、本話の他にも『発心集』や『沙石集』でも類話がみられる。(8) しかし、類話では助けられた魚類が僧侶に対して恨み言を述べて終わるのに対して、本話はその趣を大いに異にしている。すなわち本話は、傍線部のように、助けられた鯉の恨み言の一節に、諏訪明神の殺生祭神に関する言説が挿入されている。この部分は、左記に掲げたように『神道集』「諏方縁起」にもほぼ同じ内容が見られるため、この部分を左に示す。

去《シ》四條《ノ》院《ノ》御宇、嘉禎三年四年五月、長楽寺《ノ》長老、寛提僧正供物共《ニ》不審《ヲ》成《シテ》、大明神《ニ》祈請《ヲ》込《メツ》、権者実者《ノ》垂跡、倶《ニ》仏菩薩《ノ》化身《トシテ》衆生済渡《ヲ》方取《リ》給《ヘリ》、而《ルオ》何《ソ》強《ニ》必獣《ヲバ》多殺給申伏《シソヤトシテ給ヘル》夢《ニ》、御前《ニ》懸置《タリケル》 鹿・鳥・魚等《マテモ》、皆金仏《ケト》成《テ》雲《ノ》上《ニ》登《リ給ヘリ》。其後大明神以レ笏御袖《ヲ》搔合《セツツ》

野辺ニスムケタモノハレニエンナクハウカリヤミニナヲマヨハマシ

トテ、雲上昇《ヘル》仏達《ヲ》指差《シテ》、業尽有情、雖放不生、故宿人天、同証仏果《ト》言《ヘリ》。哀哉。業尽《ヌル》有情放《ハツト》云《へ共》助《ラス》、故《ニ》且《ク》人天《ノ》胎《ニ》宿《シテ》、終《ニ》仏果《ヲ》証《ル》也。寛提僧正随喜《ノ》涙《ニ》声《ヲ》立、泣々下向《セラレケルナリ》哀。凡日本六十余州神祇神社多《ト》云《へ共》。心深《クシテ》神明《ノ》身《ヲ》受《ケ》、応跡示現《ノ》徳新《ニ》、衆生守護《ノ》方便《ノ》忝《キ》事、諏方《ノ》大明神《ノ》御方便《ニ》過《タルハ》無《シト》云々。

『三国伝記』では寛提僧正の説話をほぼ同文で組み込む一方、『神道集』ではその後につづく「業盡有情、雖放不生、故宿人天、同證佛果」の偈文、いわゆる「諏訪の勘文」以降

の行を何故か寛提僧正から切り離して、笠置解脱上人の説話としている。笠置解脱上人とこの偈文を結びつけているのは管見の限りでは『三国伝記』のみである。さらに、その後の寛提僧正の随喜と殺生祭神が衆生守護の方便であるとする文言は、『三国伝記』には採用されず、『発心集』の類話らしき説話につなげられている。

諏訪の殺生祭神は、基本的に禽獣済度だけではなく衆生済度（特に殺生と関わる人間の救済）の方便と結びつけられて正当化されることが多い。寛提僧正と諏訪明神の説話はその代表的なもののひとつである。(9)『神道集』では殺生祭神は、畜類の済度と共に殺生を生業とする者達を含めた衆生を救済する方便として語られている。『神道集』では、「神道由来之事」をはじめとした章段の問答で殺生を生業とする者や肉食を常とする者達の「救いを得られるのか」という疑義に対して、信心を持ち行い正しく「霊地」に向かえば必ず利益が得られると繰り返し強調する。たとえ「霊地」で神への供儀を行っても、「霊地」（に祀られる神仏）の利益に与ることができないと考えられる人々に対して、寛提僧正の殺生祭神説話は、その行為の正当性と救済が確実であることを示す物語として機能している。

一方で、『三国伝記』では、寛提僧正の説話の中の主題である殺生祭神による衆生済度を語る箇所を切り捨てている。その上で、寛提僧正の説話を神が畜類を救済する話に変換し、沙門の放生に関する霊験譚の一部に組み込んでいる。玄棟の見た典拠の段階で既にこのような構成になっていた可能性もあるが、仮にそうだとすれば玄棟と東国信仰圏との距離感を示す事例であると考えることができるだろう。いずれにせよ、このような叙述の姿勢から、「霊地」における殺生祭神の問題に対する玄棟の姿勢、さらには「霊地」の周辺に現実にいる迷える「衆生」に対する姿勢が仄見えるのではないだろうか。

## おわりに

以上、『三国伝記』における「霊地」について、特に「霊地」参詣時の禁忌と「霊地」で行われる殺生祭神に着目して考察を行った。

既に明らかになっているように、『三国伝記』は談義所とその周辺での知的営為を背景にして生み出されたものである。また『神道集』も同様に関東天台のおそらく談義所周辺で形成されていったと考えられる。『神道集』のように、「救い」や「信仰」を求める人々の疑義や声に、つまりは、談義所の周辺や外に向かって応えていくことも談義所やその周辺での知的営為の一つであっただろう。その意味で『神道集』は、「霊地」における救済について、参詣を勧奨しながらも、厳然と存在する現実やそこからわき起こる人々の疑義、「霊地」での禁忌や殺生祭神の問題に正対しつつ言説を展開していた。そこで展開される言説は、談義所やその周辺で得た知的活動に基づいたものだった。

このような中、『三国伝記』おいて玄棟は、蓄積された知によって荘厳の限りを尽くした「霊地」を出現させることで、仏法と「霊地」への信仰をかき立てようとしている叙述を組み立てた。殺生祭神などの問題は、「霊地」に対する人々からの「信仰」を揺るがしかねない危険をはらんでいたが、『三国伝記』では、仏法の興隆する日本の「霊地」を荘厳するための要素へと、これを変換した。かくして「霊地」の語りの中に、それらを巧みに組み込んでいる。玄棟にとって、現実に起こっている触穢の禁忌や諏訪の殺生祭神は、あくまで談義所とその周辺から得た「知」以上のものではなかったのかもしれない。本来寛提僧正と諏訪明神との間で展開されていた殺生祭神による衆生済度・禽獣済度の言説、そしていわゆる「諏訪の勘文」に関する言説が、諏訪社と関わりがあったとは言え、天台寺門派の学僧であった隆弁や笠置解脱上人の話に置き換わってしまったのは、殺生祭神が現実に行われていた場や言説空間と玄棟との間に距離があったことを窺わせるものだと言えよう。

『三国伝記』の「霊地」には、『神道集』にあるような「救われるか」という疑念はなく、「霊地」に参ずれば、論理からすればそこにいる神仏権者が間違いなく衆生を救い給うというある種の強固な信念が透けて見えるようにも思われる。『三国伝記』の「霊地」は、談義所、学僧の世界の中で「衆生」の「疑念」や「思い」などから、ある意味切り離されて構築されていったものであると捉えることもできるだろう。

このことから、『三国伝記』が、室町中期という「安定」した時代、談義所の中という「安定」した学的環境の中において、現実をある意味捨象してまでもあるべき理想的な世界を描き出そうという「霊地」を宣揚するテキストとしての性質と叙述の志向性を有していると言うことができる。

注

（1）池上洵一校注『三国伝記（上・下）中世の文学』（三弥井書店、一九八二年）、池上洵一『今昔・三国伝記の世界（池上洵一著作集）』（和泉書院、二〇〇八年）、牧野和夫『中世の説話と学問』（和泉書院、一九九一年）、同『日本中世の説話・書物のネットワーク』（和泉書院、二〇〇九年）など。

（2）小林直樹「唱導と語り物」（『岩波講座日本文学史6 一五・

一六世紀の文学』岩波書店、一九九六年）、小林直樹『中世説話集とその基盤』（和泉書院、二〇〇四年）。

（3）『三国伝記』の本文引用は、池上洵一校注『三国伝記（上・下）中世の文学』（三弥井書店、一九八二年）に依った。

（4）『粉河寺縁起』『北野天神縁起』の本文引用は、『寺社縁起 日本思想大系二〇』（岩波書店、一九七五年）によった。

（5）福田晃『安居院作『神道集』の成立』三弥井書店、二〇一七年、村上学『中世宗教文学の構造と表現――佛と神の文学』（三弥井書店、二〇〇六年）など。

（6）『神道集』の本文引用は、近藤喜博、貴志正造編『赤城文庫本 神道集 貴重古典籍叢刊1』（角川書店、一九六八年）によった。なお、振り仮名、送り仮名は諸本を参照して私に改めたところがある。また、旧字体、異体字は通用の字体に改めた。

（7）『沙石集』の本文引用は、『沙石集 日本古典文学大系8』（岩波書店、一九六六年）によった。

（8）『発心集』「或る上人、生ける神供の鯉を放ち、夢中に怨みらるる事」、『沙石集』「生類ヲ神明ニ供ズル不審ノ事」（巻一第八話）など。

（9）『神道集』では、この他に「諏方大明神五月会事」で禽獣済度・衆生済度が説かれている。

◎コラム◎

# 室町殿の外出と寺院

細川武稔

## 一、年中行事書の記載

室町幕府と寺院の関係を探る方法はいろいろある。かつて、祈祷と将軍御所への参賀という観点から探ってみたが、(1)別の観点としては、室町殿（足利将軍家家督）の外出における寺院訪問が挙げられる。僧侶が寺院から御所へ向かう参賀とは逆方向の動きである。

まず、幕府の年中行事書の記述を確認しよう。『年中定例記』（『群書類従』所収／以下『定』）と『年中恒例記』（『続群書類従』所収／以下『恒』）が、室町殿の外出を記す（表1・2）。寺院訪問については、『定』が「御成」、『恒』が「渡御」と表現する。六代将軍義教の塔所普廣院と七代将軍義勝の塔所慶雲院が見え、八代将軍義政の塔所慈照院が見えないことから、対象時期は義政の治世、かつ比較的安定していた応仁の乱前が基本となる。二つの書の内容のズレは、依拠した史料によるものか。なお、『恒』は正月十三日から晦日までという重要な期間を欠く。

正月から三月にかけては、多くが年始の御成と思われ、三代将軍義満が創建した将軍家菩提寺である相国寺（五山）とその塔頭が目立つ。塔頭のうち、『定』の正月に式日が設定された三ヵ所は、鹿苑院が義満、勝定院が四代将軍義持、普廣院が義教の塔所であり、幕府にとって重要な存在であったことは疑いない。一方、初代将軍尊氏の時に創建された等持寺（十刹）と等持院も重要寺院であるが、式日は相国寺のあとに設定されている。

龍雲寺と南禅寺徳雲院も、足利氏ゆかりの寺院である。龍雲寺は、義満の弟・廷用宗器が住持を務めた禅院で、応永の乱後に大内氏との関係から寺地・寺領を没収された妙心寺を管理していたことがある。(2)徳雲院も廷用が創建した塔頭で、五山之上の南禅寺と幕府をつなぐ役割を果たしたと推測される。

ほそかわ・たけとし——池坊中央研究所主任研究員。専門は日本中世史、寺院史、華道史。主な著書・論文に、『京都の寺社と室町幕府』（吉川弘文館、二〇一〇年）、「京都における三十三所観音の成立と変遷」（『池坊短期大学紀要』三七（A）、二〇一七年）、「織豊期の六角堂と池坊の「花」」（地方史研究協議会編『京都という地域文化』雄山閣、二〇二〇年）などがある。

表１　『年中定例記』の御成

| 月日 | 寺院 | 宗派等 | 内容等 |
|---|---|---|---|
| 1月18日 | 鹿苑院（相国寺） | 禅宗 | 御寺へ御成始 |
| 1月19日 | 相国寺方丈 | 禅宗 | |
| 1月22日 | 勝定院（相国寺） | 禅宗 | |
| 1月24日 | 普廣院（相国寺） | 禅宗 | |
| 1月25日 | 青蓮院 | 天台宗（山門） | |
| 1月26日 | 安寿寺 | | |
| 1月29日 | 聖護院 | 天台宗（寺門） | |
| 2月6日 | 雲頂院（相国寺） | 禅宗 | |
| 2月7日 | 大智院（相国寺） | 禅宗 | |
| 2月8日 | 鹿苑院（相国寺） | 禅宗 | |
| 2月9日 | 龍雲寺 | 禅宗 | |
| 2月9日 | 善法寺 | 八幡ヵ | |
| 2月12日 | 永観堂 | 浄土宗 | |
| 2月12日 | 真如堂 | 天台宗（山門） | |
| 2月12日 | 清和院 | 真言宗 | |
| 2月16日 | 等持寺 | 禅宗 | |
| 2月20日 | 等持院 | 禅宗 | |
| 2月27日 | 西芳寺 | 禅宗 | |
| 3月2日 | 梶井殿 | 天台宗（山門） | |
| 3月17日 | 妙法院殿 | 天台宗（山門） | |
| 6月15日 | 等持院 | 禅宗 | |
| 6月24日 | 普廣院（相国寺） | 禅宗 | |
| 7月13日 | 鹿苑院（相国寺） | 禅宗 | 施餓鬼 |
| 7月14日 | 等持寺 | 禅宗 | 施餓鬼 |
| 7月14日 | 鹿苑院（相国寺） | 禅宗 | 御焼香 |
| 7月14日 | 普廣院（相国寺） | 禅宗 | 御焼香 |
| 7月15日 | 鹿苑院（相国寺） | 禅宗 | 施餓鬼 |
| 7月15日 | 等持院 | 禅宗 | 夕方 |
| 7月15日 | 相国寺 | 禅宗 | 施餓鬼 |
| 7月21日 | 勝定院（相国寺） | 禅宗 | |
| 7月24日 | 普廣院（相国寺） | 禅宗 | |
| 10月5日 | 松梅院 | 北野社 | |
| 10月5日 | 経堂 | | 内野の経 |
| 10月5日 | 鹿苑院（相国寺） | 禅宗 | |

顕密の門跡は、真言宗の三宝院、天台宗寺門派の聖護院、同山門派の青蓮院・梶井・妙法院が対象となっている。三宝院と聖護院は将軍家護持僧の主要構成員である一方、山門派の三門跡は護持僧には加わらない。

年始以外は、七月中旬の施餓鬼、九月末の開山（夢窓疎石）忌、十月初めの北野万部経会聴聞、普廣院殿（義教）の月命日などが見られる。対象はほとんどが禅院である。また、花（桜）や紅葉の見物を目的としたものは「日不定」とあるが、見頃に合わせて出かけるということであろう。

## 二、側近の日記から

室町殿の側近が記した『満済准后日記』（以下『満』）と『蔭涼軒日録』（以下『蔭』）を通覧すると、『定』『恒』の内容はほぼ正しいと判断されるが、延引の結果新たに設定された日が記された場合も

表２　『年中恒例記』の渡御

| 月日 | 寺院 | 宗派等 | 内容等 |
|---|---|---|---|
| 1月11日 | 三宝院殿 | 真言宗 | 「御成」 |
| 2月6日 | 雲頂院（相国寺） | 禅宗 | 本坊で御点心、集雲軒で御斎 |
| 2月7日 | 大智院（相国寺） | 禅宗 | 御斎 |
| 2月9日 | 大徳寺（院カ／相国寺） | 禅宗 | 御斎 |
| 2月11日 | 常徳院（相国寺） | 禅宗 | 御斎 |
| 2月12日 | 徳雲院（南禅寺） | 禅宗 | 御斎、脇堂で御焼香 |
| 2月15日 | 相国寺都聞寮 | 禅宗 | 御斎 |
| 2月24日<br>毎月此分也 | 蔭涼軒（相国寺） | 禅宗 | 御斎 |
| 2月24日<br>毎月此分也 | 普廣院（相国寺） | 禅宗 | 御焼香 |
| 2月日不定 | 妙法院殿 | 天台宗（山門） | |
| 3月2日 | 梶井殿 | 天台宗（山門） | |
| 3月日不定 | 西芳寺 | 禅宗 | 花 |
| 3月日不定 | 常在光寺 | 禅宗 | 花 |
| 4月14日 | 雲頂院（相国寺） | 禅宗 | 御斎 |
| 5月6日 | 鹿苑院（相国寺） | 禅宗 | 点心、御焼香、御斎、管領御相伴 |
| 7月13日 | 鹿苑院（相国寺） | 禅宗 | |
| 7月14日 | 等持寺 | 禅宗 | |
| 7月14日 | 鹿苑院（相国寺） | 禅宗 | |
| 7月15日 | 鹿苑院（相国寺） | 禅宗 | |
| 7月15日 | 等持院 | 禅宗 | |
| 7月15日 | 相国寺 | 禅宗 | |
| 7月15日 | 普廣院（相国寺） | 禅宗 | |
| 7月15日 | 慶雲院（相国寺） | 禅宗 | |
| 9月24日 | 等持寺 | 禅宗 | 開山忌、御点心 |
| 9月29日 | 崇寿院（相国寺） | 禅宗 | 御点心 |
| 9月晦日 | 金剛院（天龍寺） | 禅宗 | 御焼香 |
| 9月晦日 | 三会院（臨川寺） | 禅宗 | 御点心、御焼香 |
| 9月晦日 | 雲居庵（天龍寺） | 禅宗 | 御焼香、本坊で御斎 |
| 10月5日 | 松梅院 | 北野社 | 御装束改 |
| 10月5日 | 経堂 | | |
| 10月10日 | 鹿苑寺 | 禅宗 | 御斎 |
| 10月10日 | 松梅院 | 北野社 | 御経御聴聞 |
| 10月日不定 | 西芳寺 | 禅宗 | 紅葉、御斎 |
| 10月日不定 | 鹿苑寺 | 禅宗 | 紅葉、御焼香 |
| 12月8日 | 蔭涼軒（相国寺） | 禅宗 | |
| 12月18日 | 勝定院（相国寺） | 禅宗 | 御焼香 |
| 12月20日 | 蔭涼軒（相国寺） | 禅宗 | |
| 12月27日 | 安禅寺殿 | 禅宗 | |

ある。例えば、等持寺は正月二十四日が本来の式日だったが、『蔭』によれば寛正二年（一四六一）から二月十六日となり、それが『定』に採用されている。

寺院訪問の表記は、『満』が「渡御」と「御参詣」、『蔭』が「御成」と「御参詣」となっている。「渡御」と「御成」は同じ意味で、儀礼的性格が強いと思われる。守護大名邸訪問でも同じ語が使われているので、対象寺院は室町殿の臣下ともいい得る。御成先では、点心と斎（食事）、寺院側からの献物などがあり、経済的にも重要な意味を持ったことが指摘されている。(3)

正月十一日の三宝院御成は、『満』永享六年（一四三四）同日条によれば、「鹿苑院殿（義満）以来」のことだという。実際には、洛中の住坊である法身院への御成であった。また、二十五日の青蓮院と二十九日の聖護院は、それぞれ『満』の応永十八年（一四一一）と同二十年に見え、義持期の早い段階で式日が決まっていたことがわかる。

『定』で「御寺へ御成始」とされる正月十八日の鹿苑院御成は、『満』正長二年（一四二九）同日条にも「当年御寺へ渡御始」とある。「御寺」の呼称は、『満』では相国寺と等持寺のみに使われており、将軍家の寺という意味であろう。なお、応永二十六年（一四一九）以降、義持の晩年には鹿苑院が正月六日、等持寺が八日とされ、三宝院より早い日程となっていた。禅宗を「我宗」と呼んだ義持の意向が反映されたのだろうか。(4)義教期になってもとに戻されたが、その晩年の永享十二年（一四四〇）からは、鹿苑院と同日に蔭凉軒への御成も始まった。蔭凉職の地位が向上した結果である。

顕密と禅の関係では、妙法院御成が興味深い。義教は、『蔭』および『建内記』永享十二年（一四四〇）二月十九日条によれば、清水坂の律院・水堂（神護寺）で装束を整えてから妙法院へ向かったが、本来は水堂ではなく小松谷が使われたという。小松谷は本願寺と号し、義満の弟満詮の子・玉峰善瑩が住持を務める律院であった。ところが義政の代になると、『蔭』長禄四年（一四六〇）三月十四日条などから、興善院で輿に乗って妙法院へ向かうようになったことが判明する。興善院は、土岐氏を檀那とする禅院であり、同院の僧が病気の時は建仁寺方丈が使われた。顕密の門跡への御成の準備をする場所が、律院から禅院へ移行したといえる。

花と紅葉の御成は、実際には『定』『恒』に見える禅院以外も対象になった。『満』正長二年（一四二九）十月二十日条で花頂が「勝定院殿（義持）以来年々佳儀」とされるほか、永享二年（一四三〇）三月十七日条の醍醐寺、永享四年（一四三二）十月十六日条の高雄（神護寺／前述の律院とは別）、同二十一日条の小松谷、永享七年（一四三五）三月九日条の鞍馬寺、『蔭』長禄四年（一四六〇）三月二十二日条の若王寺など、洛外の各所に分布する。自然豊かな名所の存在は京都の大きな特徴であり、[5]それらを訪れることは都市政策としても重要だったのではないか。

　年中行事書に出てこないのが、臨時の御成である。永享十一年（一四三九）の「関東静謐」御成は、永享の乱の終息を受けて実施されたもので、多くの寺院が対象となった。[6]『蔭』で日付を見ると、禅では鹿苑院の四月二日、顕密では三宝院の六月九日が最も早い。律院では、六月以降に見える太子堂（速成就院）、泉涌寺、不壊化身院、法勝寺、神護寺（水堂）が該当する。明らかに禅が顕密や律より優先されている。

　嘉吉元年（一四四一）、義教は点心・間物・斎にそれぞれ別の禅院をあてる「三所」御成を命じた。『蔭』によれば、三所は近くの寺院どうしが組み合わされており、五月二十六日は徳雲院・南禅寺・龍雲寺（ただし洪水で中止）、六月九日は岩栖院・常在光寺・龍雲寺となっている。『定』にも見える龍雲寺は他の寺院との関係から考えて、東山にあったらしい。また、岩栖院は細川氏ゆかりの禅院で、管領を務めた満元の院号になっている。臨時の御成では、このように守護大名の関連寺院も対象になっており、[7]他の例としては、『蔭』の永享七年（一四三五）に限定しても、八月十七日条の法苑寺（斯波氏）、十月七日条の龍徳寺（赤松氏）、十一月七日条の南禅寺栖真院（山名氏）などが挙げられる。それらの寺院は多くの場合、東山あるいは嵯峨所在で、御成は幕府の体制を側面から支える役割を果たした。

## 三、「御参詣」と信仰

　『満』『蔭』で「御参詣」とされる寺院訪問は、点心や斎、献物の記述がなく、信仰に基づく行為である可能性が高い。対象となった寺院は、御成とはほとんど一致しない（**表3**）。『定』の二月十二日条に見える三ヵ寺は、『蔭』寛正五年（一四六四）同日条の「御参詣」記事を典拠としたらしく、本来は年中行事における御成の対象ではない。

　「御参詣」の背景には、観音・地蔵・薬師・阿弥陀などへの京都の都市民の信仰があり、それらを安置する寺院が選ばれた。特に注目すべきは七観音で、平安時代以来、六角堂・革堂・清水寺・六波羅蜜寺・吉田寺・河崎寺・長楽寺の七ヵ寺を指すが、室町殿が参詣したのは、七体の観音像を安置する七観音院という一つの寺院だったとする説がある。[8]確かに、『渓嵐拾葉集』『撮壌集』で清水坂の七観音院のことを「七観音堂」と記すのと、『蔭』寛正六年（一四六五）正月二十三日条で蔭凉職が義政に代わって参詣した「七観音堂」が一致する可能性は高い。ただし、同年二月九日の義政による七観音参詣に対し、「即六角堂執行貴殿迄御礼ニ参」（『蜷川親元日記』）とあるので、七ヵ寺を巡礼したこともあったのではないか。革堂と六角堂は、応仁の乱後

表３　『蔭凉軒日録』の御参詣（応仁の乱まで）

| 年 | 西暦 | 月日 | 寺院 | 備考 |
|---|---|---|---|---|
| 永享8 | 1436 | 8月5日 | 皮（革）堂 | |
| 永享10 | 1438 | 12月13日 | 法輪寺 | |
| 永享11 | 1439 | 6月18日 | 清水寺 | |
| | | 8月25日 | 真如堂 | |
| 永享12 | 1440 | 1月26日 | 皮（革）堂 | |
| 長禄2 | 1458 | 3月11日 | 法輪寺・念仏寺 | |
| 長禄3 | 1459 | 9月30日 | 法輪寺 | |
| 長禄4 | 1460 | 3月26日 | 七観音 | |
| | | 10月22日 | 清和院・皮（革）堂・芝薬師堂 | 三日間 |
| | | 12月24日 | 清和院 | 三日間 |
| 寛正2 | 1461 | 6月2日 | 七観音 | |
| | | 8月12日 | 真如堂 | 七日間 |
| | | 9月30日 | 法輪寺 | |
| 寛正3 | 1462 | 4月28日 | 清水寺 | |
| | | 6月9日 | 七観音 | |
| 寛正4 | 1463 | 2月22日 | 皮（革）堂・河崎堂 | 三日間 |
| | | 4月21日 | 柴（芝）薬師堂・皮（革）堂・清和院 | 三日間 |
| | | 6月15日 | 七観音・中山文殊堂・因幡堂 | |
| | | 7月21日 | 真如堂 | |
| | | 10月15日 | 誓願寺 | |
| 寛正5 | 1464 | 2月12日 | 永観堂・真如堂・清和院 | |
| | | 9月24日 | 壬生寺 | |
| 寛正6 | 1465 | 2月9日 | 七観音 | |
| | | 10月17日 | 石山観音 | 近江国 |

にそれぞれ上京と下京の町堂としての地位を確立するが、室町殿とも関係があったことに留意したい。

以上、室町殿の寺院訪問について概観した。禅宗（特に相国寺）を優先しつつも、洛中洛外に分布する主要寺院を満遍なく訪れているといった感があり、京都の支配者としてふさわしい行為といえる。また、御成と御参詣という二種の形態を用いることでそれが可能になったと思われる。

注

（1）拙著『京都の寺社と室町幕府』（吉川弘文館、二〇一〇年）。

（2）加藤正俊「妙心寺第七世明江叡西堂」（『関山慧玄と初期妙心寺』思文閣出版、二〇〇六年）。

（3）佐藤豊三「将軍家「御成」について（四）――足利将軍の寺家への御成と献物」（『金鯱叢書』第四輯、一九七七年）、今谷明『室町幕府解体過程の研究』岩波書店、一九八五年）。

（4）玉村竹二「足利義持の禅宗信仰に就て」（『日本禅宗史論集　下之二』思文閣出版、一九八一年）。

（5）髙橋康夫「「京都」と「文化的景観」」（『京都と首里――古都の文化遺産研究』文理閣、二〇二〇年）。

（6）金子拓「室町殿東寺御成のパースペクティヴ――永享十一年義教御成を中心に」（『中世武家政権と政治秩序』吉川弘文館、一九九八年）。

（7）早島大祐「武家菩提寺をめぐる仏事と政治――祈願寺・京菩提寺・天下祈

祷」および山田徹「大名家の追善仏事と禅宗寺院」（早島編『中近世武家菩提寺の研究』小さ子社、二〇一九年）。

（8）蔭木英雄『蔭凉軒日録　室町禅林とその周辺』（そしえて、一九八七年）、高谷和明「公方と公家の「七観音」」（『北大史学』五一号、二〇一一年）。

# 〝三国伝記〟という編述

竹村信治

たけむら・しんじ——広島大学名誉教授。専門は中古中世説話研究。主な著書・論文に『言述論for説話集論』（笠間書院、二〇〇三年）、「『内証』の「こと加へ」——中世の言述」（『国語と国文学』八八12、二〇一一年）、「文献学／Philologieをとらえ直す」（『中世文学』66、二〇二一年）などがある。

課せられたテーマは「『三国伝記』の説話と構成」。しかし、本文問題、依拠資料問題を抱える本書の場合、この課題への接近は容易ではない。ここでは〝物語りの場〟の三国話者の仮構とその三国語りをもってする本書の編述に着目し、法身遍在の法界との出会いを求める運動としてある編述行為に本書の〈文学〉の位相を窺った。

## 一、『三国伝記』へのアプローチ

池上洵一氏校注の『三国伝記（上）』（一九七六年刊）『三国伝記（下）』（一九八二年刊）は精緻な本文校訂、行き届いた資料精査にもとづく読解の提示をもって『三国伝記』の読書に大きく途を拓いた。が、他方、この労作は私たちに『三国伝記』を論ずることの難しさ、接近の困難を教えるものでもあった。

### （一）本文問題

#### (1)本文

困難の第一は本文問題。巻七第6・16話、巻八第7話の三話を欠きながらも全十二巻の全体を伝え、本文は古系統に属すとされる製版本（寛永一四年〈一六二七〉刊）[1]だが、その本文には多数の誤記、誤写、誤脱のほか、記事の加除がいくつかある。さらに叙述には念仏勧化僧による浄土教宣揚の加筆改変も認められる。[2]それを明かすのが書写年代不明の国会図書館蔵の写本だが、これも存八巻八冊で製版本の校訂に限界を残す。また、存巻相互には筆跡の違い、片仮名表記の大小不統一がある。しかも、天竺・震旦・日本の三国の話題（伝）を一組として各巻十組、全百二十組を編制する本書において、話者ごとに「梵語坊（天竺）曰」、「漢字郎（震旦）言」、「和阿弥（日本）云」と使い分けられる「曰」「言」「云」が巻六、巻九で乱れている（製版本の乱れは巻一の七話、巻三の一話）(3)。したがって、これも本書流伝上の（編制への注意を欠いた）一伝本とするほかはない。加えて、国会本にも誤記、誤写等はある。加筆注記も確認され（巻六第27話、製版本同）、製版本での削除と見える記事の中には巻一第2話末尾など国会本の加筆が疑われる例もある。これらを周到に批評して製版本を底本とする校訂本文を提供したのが池上氏の校注本だが、応永一四年（一四〇七）から正長・永享・嘉吉のころ（一四二八～一四四四）までの間の成立とされる(4)本書本文の原態はなおその向こう側に隠れていて、たとえば、一話中の記事選択、本文（依拠資料解釈の在り様など）の分析から原編著者の知の様態、水準を論ずるといったことに精確を期すことは難しい。

## (2)標題

製版本と国会本との異同は、話題性を概括掲示する本文標題、目録題にも小異ながら数多くある。

巻一第3話本文標題＝製版本「聖徳太子事」、国会本「聖徳太子誕生事」（目録題は両本とも「聖徳太子誕生事」）

題下の小書副題ではそれがいっそう著しい。

巻一第3話＝製版本ナシ、国会本本文標題ナシ・目録題「明吾朝佛法最初也」

そうした異同は本書の和訳改作改編版とも称すべき黒田彰氏蔵平仮名本『三国伝記』(5)では、話題内容本位に改題されてより拡大する。

平仮名本巻一五第10話本文標題＝「幸熊丸ゆうれいの事」

製版本巻一二第15話本文標題＝「芸州西条下向僧逢二児霊一事」（国会本「芸州西条下向僧児之霊相事」）

また、この平仮名本は製版本と同じ三話を欠いていて両者の近さを感じさせるものだが、一方で、

平仮名本巻一第3話本文標題＝「聖徳太子出世并佛法はじめてひろめ給し事」

が国会本の目録題「聖徳太子誕生事」同小書副題「明吾朝佛法最初也」との関連を示唆するなど（巻一第1話では国会本本文標題小書副題「明八相成道五時也」が本文標題化、巻一一第8話〈十二巻本巻八第8話〉では国会本本文標題小書副題「明聴聞獼猴天上事也」が本文標題化）、伝本間の関係の複雑さを伝えている。

### ⑶消費されるテキスト

こうした本文、標題、小書副題をめぐる異同の多さ、複雑さは原態復元の途を閉ざすものだが、他方でそれは、本書が受容の間の加除改変をゆるすテキスト、いわば消費されるテキストとしてあった事情を窺わせてもいる（製版本もその一つ。小書副題の傾向として国会本は「(事)也」、製版本は「事」で結ぶ場合が多い。製版本における唱導テキスト化にかかわるか）。平仮名本は五十五話を欠き、その欠話が集中する巻一〇後半以降では結果として三国話の序列が崩れてもはや〝三国伝記〟とは呼べないものとなっている。そうした原態解体をもってする和訳改作改編版『三国伝記』の制作も、身延文庫蔵『三国伝記抜書』や『新選沙石集』といった抄出書の出現、あるいは諸種法華経注釈書（直談抄類）や類書『塵嚢抄』での部分的引用利用などとともに、本書の消費されるテキストとしての位相を教える。蔵書目録に書名がありながら現物が散佚しているのもこれにかかわっていよう。身延山久遠寺日意上人のそれがその例だが、本書が伝本に恵まれないのもそうした事情によっていよう。消費の舞台はおそらく寺院唱導の場。[6]唱導の世界で一家をなした安居院流の唱導資料に信承法印撰『法則集』があるが、そこには説法をめぐって、

因縁法門等ヲバスル時、大筋ダニタガワザレバ語何ニ替テモ不レ苦。[7]

とある。したがって、異同の多さ、伝本関係の複雑さは受容の言語場の必然でもあった。本書の原態はそうした言語場の彼方にかすむ幻影として想い描くほかはなさそうだ。

## （二）依拠資料問題

### ⑴〝異伝〟の素性

困難の第二は依拠資料問題。誰かの語った話題（〝他者の言葉〟）を語り直すのが説話だが、[8]その発話の現在を捉えようとすれば〝他者の言葉〟、すなわち依拠資料が明らかでなければならない。ところが〝異伝の文学〟[9]とも評される本書にはこれが詳らかでない場合が多い。それは『三国伝記』の表現論にとっての大きな壁だが、その打開に途をつけたのが黒田彰氏で、『三国伝記』の叙述の淵源が『胡曽詩抄』『和漢朗詠集和談鈔』といった中世の注釈書類にあることが突き止められた。[10]それらとの比較を通じて「複数の素材をモザイクのように組合わせて、説話を作り上げる」[11]『三国伝記』の発話（書記）の現場も再現され、以後、依拠資料の範囲は孝子伝注、蒙求古注、古今集注、経論書注釈類等にも拡げられていった。池上氏もこれを承け、上冊改訂の必要を表明しつつ下冊にその成果を活用されたが、[12]続く唱導の場の説草類との関係の再検証、[13]また、牧野和夫氏による聖徳太子伝や縁起類、

天台山門記家の著述（『渓嵐拾葉集』など）との関係の発掘は、[14] モザイク技法がすでに依拠資料のものであったこと、そしてそれは、『三国伝記』と近江との近縁性、[15] 技法に近似値をしめす延慶本平家物語と近江とのつながり、『渓嵐拾葉集』撰述の場が近江阿弥陀寺であったことなどから、琵琶湖周辺の寺院が培った文化の層の厚みのなかで堆積された知の技法であったことを推測させることになった。[16] その帰結は阿部泰郎氏の端的な概括、「東西の街道沿いに展開した中世談義所の〝知のネットワーク〟の所産であった『三国伝記』[17]」に尽くされている。

## (2)『三国伝記』と唱導テキスト

「談義所」は巻八第6話に「篠木談義所」（愛知県春日井市）の名が見える。その談義所で用いられた唱導文献『言泉集』[18]（聖覚撰、一二三一～一二三五年成立）の第二六帖・亡父／厳親秀句には『三国伝記』巻四第26話「董永身売事」、巻四第10話「妙荘厳王因縁事」（平仮名本巻六第10話「浄蔵浄眼神変の事」）の故事が、

慈父之恩ハ内典外典同ク讃之ヲ一。巖親之德、凡人モ聖人モ共ニ報ズ之ヲ一。如下高柴泣クレ血之涙、董永賣ルレ身之志上者、雖レ非ズト中菩提之訪ニ一、是表ス世俗之孝ヲ一、如下尺尊擔ヒ浄飯ノ棺ヲ一、浄蔵改ルガ中巖王ノ邪ヲ上、既是大聖之報恩、宜シク爲ニ考(ママ)養之軌範ト一者歟。[19]

として引かれている。[20] また、巻一第2話「孔子出生事」製版本・国会本小書副題「明ニ庭訓ノ義ヲ一也」にある「庭訓」の語は『言泉集』第二五帖・亡父の「庭訓既ニ斷ヌ二耳底ニ一」[21]に、巻一第5話「三皇五帝事」の製版本小書副題「指南車事」（国会本「并黄帝指南車事」）中の「指南」も『言泉集』第二一帖・遁世の「實相房逝去四十九日」表白の「寂大輪ノ車已折テ迷テ昏衢ニ一失指南ヲ一、勸學ノ大業遂ゲム人、誰ニカ本文ヲバ讀ムベキ」[22]に見える。これらは『三国伝記』と唱導世界との関わりを示すものだが、さらにいえば『三国伝記』所収話題が法会の場の願文、表白に、そして説経の場の経論の訓釈に巧まれる装飾的な対句表現の典拠故事の説明、いわば唱導テキストの解説場面にかかわり、そこに供された資料に依拠したことを考えさせる。この解説は唱導では「因縁」と呼ばれ、やがて独立しては〝説草〟となり、唱導書では「因縁処」に集成される。鎌倉最末期成立の「説経台本」「能説のための唱導書」とされる真福寺大須文庫蔵『説経才覚抄』[23]の「因縁処」には『三国伝記』所収話題が数多く見出されるが、こうして、『三国伝記』が「中世談義所の〝知のネットワーク〟」、その言語場の所産であったことは紛れもないことなのである。

＊

唱導の場の言語資産をもって生産された『三国伝記』、そしてその言語場で消費された『三国伝記』。前者の『三国伝記』像は、これまで依拠認定の俎上に載せられた諸テキストを場の言語資産へと還元させる。そこでは、今はない非在の同文的同一説話を依拠資料に想定するほかなく、「編者独自の創作的改変の発想」の「読みとり」[24]といったことは望むべくもない。また、後者のそれは消費の現場の解明という魅力的なテーマに私たちを誘い込んで、『三国伝記』生成の現場をいっそう遠いものにしていくだろう。冒頭に述べた『三国伝記』を論ずることの難しさ、接近の困難とはこうしたことである。

　そうした困難のなかで『三国伝記』の〈文学〉と出会う途として本稿が目を向けるのは、本書の書名に宣言される〝三国の伝を記す〟との言語行為。具体的には三国の話題（伝）を編み連ね書き記す（書く／書き写す）ことで何ごとかを生成する編述の行為である。

　永井義憲氏はかつて〝説草〟の特色に「第一として候文をふくむもの、第二として一説話ごとに分冊され携行に便利な型としたもの」（傍点ママ）[25]を指摘されたが、『三国伝記』に地の文の口頭語的対話敬語「候」の用例はない。[26]そして、もちろん一説話ごとの分冊ではない。話題を編み連ね書記言語によって書き記す（書く／書き写す）編述の行為をもってなる『三国伝記』。それは口頭唱導の言語場からの離陸でもあったようだ。

　テキストの生成は言語行為とともにある。本稿ではその始まりの風景の概観を編述の行為に即して試みることとしたい。

## 二、編述の技法、思想

### （一）物語りの場

　『三国伝記』の編述は序における〝物語りの場〟の設定をもって始まる。「京都東山清水寺の観世音」宝前での天竺「梵語坊」、大明「漢字郎」、江州「和阿弥」による「宵ノ月待ッ程」の「法楽」の「慰巡の物語」がそれである。これはいわゆる〝場の物語〟[27]〝対話様式テクスト〟[28]の伝統を襲うもの。話者それぞれを天竺南蛮の梵僧・漢土魯国の俗・日本近江の遁世僧とするところに趣向があり、序での発話で和阿弥が歌語を巧み（「其ヨシアシモ津の国ノ難波の事か法ナラヌ」）、漢字郎が魯国ゆかりの孔子にかかわる儒書『易経』の一節を引き、梵語坊が「阿耨」「薩般若」の梵語を用いているところによれば、[29]それぞれはそれぞれの母語で語り、それを日本語に翻訳し唱導テキストの書記文体で記録したのが『三国伝記』、というのであろう。そこには、「梵語、漢文の音読・訓読、和語という四層構造」をもって「天竺（インド）・震旦（中国）・本朝（日本）という三国の言語を日本において再構成」する「法会の語り」[30]の影も落ちている。

序の結びは「(梵語坊)先づ一番に語けり」。それに応ずるのは本書最終話題巻一二第30話の最末尾、和阿弥の語りを承けての「トゾ語リケリ已上」。「梵語坊が語った巻一第一話を皮切りに漢字郎・和阿弥の順に次々と語られてきた巡り物語が、ここですべて語り納められた」[31]というわけだが、こうして〝物語りの場〟の開結を明了に告知するところに、『三国伝記』の行き届いた編述の技法も確かめられよう。

## (二)「靈地」

### (1)「三国第一ノ山」富士山

さて、その『三国伝記』最終話題巻一二第30話「富士山事」は富士山「太山王」本地大日如来の本縁語り（「赫屋姫《かくや》」との別離を嘆く帝の即身成仏譚）、富士登山の聖徳太子と「太山王」（大蛇＝大日如来）との「種々ノ御問答」を内容とする話題である。本話をめぐっては聖徳太子伝との関わりが指摘され、[32]真福寺所蔵の法会唱導資料『書集作抄』第18勧進帳の記事、[33]また、身延文庫蔵『補施集』神力品条との関係も注目され[34]ていて、唱導テキストへの依拠が想われるものだが、その冒頭は、『書集作抄』第18勧進帳の末段「抑、富士山者、吾朝第一也。三国無羽（双カ）也。[35]」に類似する次の一文で始まる。

和云、駿河国富士山者、月氏震旦日域ノ間、無双ノ名山也。

そして一話は次の一文で結ばれる。

当ニシレ知ル、寔ニ是レ三国第一ノ山也ト云フ事ヲ。

一話首尾の結構もさることながら、いかにも「月氏震旦日域」「三国」の伝記たる本書の掉尾を飾るにふさわしい措辞、そして話題の選択、配置ではある。本文が依拠資料を襲うものであるとしても、それは『三国伝記』の編述をとおして『三国伝記』の話題、語りとなった評せよう。さらに、「無双」「第一」に序の、

（梵語坊・漢字郎）啻霊（地）為ニ一見一来朝せり。

との対応を認めれば、テキストは序と最終話題との相即を構成し、その編述をもって中古以来の仏教的三国世界観、日本勝地言説に立つ思想を表明しようとしたかのようでもある。序には次の一節もあった。

就中、毎年渡ニし唐使一を、吾朝の軽財を遣して、異国の重宝を来たす。所以、便船逓輒、月氏震旦の真俗、（日域）都鄙に徘徊せり。

## ⑵和阿弥の役回り

「靈地」日本——、たしかに、巻一二第6話「小野小町盛衰事」の弘法大師紹介の件の「辞二大日覚王ノ花台一ヲ、成二小国辺土ノ沙門一ト」に見るような日本粟散辺土観もないわけではないが、作品中の言述は日本勝地言説の編制に属する言表で占められている。たとえば「仏教東漸」は巻二第12話「行基菩薩事明二日本霊鷲山ヲ一也」に、

湖水ノ［東］岸ニ平流山有リ。元ハ天竺霊鷲山ノ一岳ニテ有ケルガ、仏法東漸ノ理ニ依テ、大蛇ノ背ノ上ニ乗ジテ月氏ヨリ日域ニ化来セリ。

とあり、聖徳太子をめぐる話題中に「夫レ太子ハ刻ミ二七生於西隣ニ一、垂二一影於東海ニ一。」（巻一〇第3話）とあるのもそのバリエーションの一つ（巻一一第15話にも）。また、巻一二第12話の「倩以レバ、月氏五天ノ堺ヒ大義雖レ乖ケリト、日本一州ノ地円機独リ熟セリ。」、あるいは、日本の霊験地を「前仏之遊処、伽藍ノ旧基」（巻三第3話。巻七第27話、巻一一第15話にも）とするのも、同じ言説＝実践システムの所産であろう。こうした言表を含む話題が採録されているところには、三国世界観の内なる自国意識、日本「靈地」の勝地観に与する『三国伝記』の編述の思想を指摘することもできそうである。

ただし、こうした言挙げは、それらがすべて和阿弥の発話であることがミソなのだろう。当然といえば当然だが、彼はそういう日本勝地を語る役回りとしてキャスティングされているわけだ（「江州」の和阿弥が近江また東国の事跡を語るのも同様だろうが今は立ち入らない）。[36] もちろん梵語坊も漢字郎も同様。そのことは巻一の冒頭三話で、梵語坊が「釈迦如来出世之事」を、漢字郎が「孔子出生事」を、和阿弥が「聖徳太子事」を話題にするところに明らかだろう。巻九第2話で「漢朝仏法渡始事」を取り上げる漢字郎は、ここでは郷里魯国の名士、孔子を語る（平仮名本本文標題「孔子出世并儒道の事」）。もって〝物語りの場〟は（『今昔物語集』各部冒頭のごとき）各国仏教始原譚ならぬ、三者母国の聖賢譚によって開かれることになる。[37] 続く三話は各国往古始原譚。梵語坊は釈尊因位の話題「釈尊昔シ為リシ二大王一時求レ法ヲ事」（平仮名本本文標題「釈尊因位の時阿私多仙人に法を聞給し事」）、漢字郎は「三皇五帝事」（同「三皇五帝出世の事」）、和阿弥は本地垂迹説に立ち入らない形の「神代昔事」（同「神代のはしまりの事付草薙の剣の事」）を近江国「磨針山」「醒井」「千松原」の地名の出るところまで取り上げて話を結ぶ。こうして三者はキャスティングに応えての立回よろしく弁舌を振るう。最終話の和阿弥の「駿河国富士山者、月氏震旦日域ノ間、無双ノ名山也」「当ニシレ知ル、寔ニ是レ三国第一ノ山也ト云フ事ヲ」もその一景とすべき

だろう。

(3)**「三国相承」「三国伝灯」「三国円通」**

かくして日本「靈地」の称揚は編述の技法（〝物語りの場〟の仮構）上の必然であって『三国伝記』の思想ではない、と見込まれる。『三国伝記』の思想、その三国世界観は実は梵語坊、漢字郎、和阿弥の次の発話のなかにこそ明了に示されていることだった。

○惣而全身ヲ分ニ八碩四斗。三国ニ相二承ス之一レヲ。（巻一第1話「釈迦如来出世之事」）

○此ノ八句ノ偈、三国相承シ、理世安民の治略、除災与楽ノ要［術ナル］事、偏是穆王天馬ノ徳也矣。（巻一第14話「周穆王到二霊山一事」）

○（伊勢、時春女）白河法皇御願安養院ノアバレタリケルヲ修造シ、三町ノ免田ヲ寄進シ、毎月十六日ニ三国伝灯祖師ノ御ンレ為メニ報恩講ヲ始行ス。（巻二第30話「貧女詠二和歌一得二富貴一事」）

〝物語りの場〟での巻一二第30話以外の「三国」語使用はこの三例に限られる。(38) 釈尊入涅槃後の世の仏舎利「三国相承」を語る梵語坊、霊鷲山釈尊説法の会座に臨んだ周の穆王が震旦に伝えた秘事、釈尊口訣の「法花〔ノ中ニ〕経律ノ法門ァル四要品ノ中ノ八句ノ偈」の「三国相承」を説く漢字郎、長谷寺安養院報恩講の「三国伝灯祖師」供養を語り継ぐ和阿弥。〝相承〟〝伝灯〟の地としての「三国」。そして、序には次の一節も含まれていた。

洛陽東山清水寺の観〔世〕音は三国円通の大士なれば、共彼寺に参詣す。

「円通大士」は観世音菩薩の異名だが、ここでは「三国（天竺・震旦・本朝）に円満に融通する菩薩」(39) の意。『三国伝記』における「三国」は相承・伝灯・円通の普遍世界であって、〝勝地〟を競いあう場所ではない。聖徳太子の「夫レ太子ハ刻ミ二七生於西隣一ニ、垂二一影於東海一ニ」（巻一〇第3話）もその「三国」での出来事、「天竺霊鷲山ノ一岳」が「日域ニ化来」する「仏法東漸ノ理」も円通の証左、というのが『三国伝記』編述の論理。「天竺ノ婆羅門僧正」は「摂津国難波浦」に「忽然トシテ来リ給フ」し（巻二第12話）、鑑真も苦難を越えて戒律を伝える（巻七第15話）。天竺斛飯王五十二代の玄孫釈善無畏は唐土玄宗皇帝の国師となって胎蔵界大曼荼羅を図し、大壇場を設けての法会に諸尊放霊光の奇瑞をもたらし（巻九第17話）、南印度の金剛智三蔵は「聞二テ大支那ニ仏法崇ミ盛一ナリト、遂ニ船ニ乗リテ東ニ幸」き「金剛界大曼陀羅ノ法義」「五部ノ灌頂諸仏秘密之蔵」の「秘教」を震旦に広める（巻九第19話）。晋の羅什は過去七仏より以来の経訳の三蔵（巻六第

26話)、玄奘は渡天の途に金色観世音に般若心経を授かり春秋十七年の廻国修行の後に「東土」に帰り、「大般若経等惣ジテ六百五十七部ノ経巻」を「首尾四年ニ翻訳」する(巻二第23話)。そして、震旦五台山応現の文殊菩薩は「扶桑国ニ九品ノ浄刹有リ。中品上生ノ浄土ハ熊野本宮也」と日域熊野の聖性を開示し(巻一第18話)、仏滅後百年の阿育王建立「八万四千基ノ塔」(巻六第1話)の一つ日本近江蒲生の石塔は震旦五台清涼山の池にその影を映す(巻一一第24話)。挙げれば切りがないが、こうして『三国伝記』は三人の話者を通じて「三国相承」「三国伝灯」「三国円通」を語る。そこでは釈尊の三聖派遣(「摩訶迦葉ヲ彼コニテハ称ス老子ト。光明童子ヲ彼ニテハ称ス仲尼ト。月明儒童ヲバ彼ニテハ号ス顔淵ト」)で震旦に生を享けた老子が春秋戦国の天下争乱を厭うて「天竺ニ帰ラン」として「宅商山ノ館」で「諸仙ト同ク天ニ昇」った故事(巻一二第17話)も、本朝本地垂迹説の先蹤ではなく三国円通世界の一エピソードとなり、富士山も円通「三国」の「第一ノ山」となる。

## 三、編述と出会い

### (一)法界としての三国

#### (1)「大日本国」説の選択

三国相承伝灯円通世界を三国話者の披露する三国話題(伝)をもって開展し、その三母語円通の〝物語りの場〟を記し留める編述。書名〝三国伝記〟はその営みを端的に標示する。しかし、考えてみれば〝三国世界〟は天竺、震旦の与り知らぬ、日域の自国意識の産物。その円通普遍を梵語坊、漢字郎を駆り出して演出するのは何故のことだろう。そこでは流通する日本勝地観の相対化も自ずと促されるはずだが、もとよりそうした言説批評に狙いがあったとは思われない。なにしろこのテキストは序のはじめから、「応永〔之〕初」(元年は一三九四年)、「執政准三后」足利義満の「文徳」「武光」の下での「便船逓輒、月氏震旦の真俗、(日域)都鄙に徘徊せり」の景を描き出してある種の祝祭の気分を醸し、そうした景気のもとでの「慰巡の物語」をこそ観音宝前に、また読者にも提供しようとしているのだから(全三六〇話、おそらくは一日一話一年の閑居繙読の用として)。

この不思議を解く鍵も最終話題、巻一二第30話にありそうだ。和阿弥は富士山「太山王」本地の大日如来を話題にし、「大日本国ト云モ此故也」と結んでこれを日域国名の由来とする。〝大日の本国〟すなわち「大日本国」との説は康平三年(一〇六〇)の東密小野流成尊『眞言付法纂要抄』が初見で、その天照大神・大日如来同体説が中世神道説の主要なテーマとなった由だが、(40)本話に天照大神の名はない。本話直前の和阿弥の所談、第27話「笠置解脱上人事」には貞慶（一一五五〜一二一三年）の伊勢大神宮参詣のことがあり、神官往生の蓮華池奇瑞、天照大神降臨の神宮本縁が話題となっていて、その原拠『沙石集』には冒頭、大日の印文をさぐる天照大神と第六天魔王との盟約譚も見えている。編述主体が天照大神・大日如来同体の「大日本国」国名由来説を知らなかったわけではなかろうが、ここではそれとは別の、天照大神不在の「大日本国」説が選択、採用されたのである。[41]

### ⑵大日の本願――「法界有情」＝一切衆生の救済

天照大神の名の出ない本話で強調されるのは大日如来の本願。話中に如来の発語「我従リ無辺法界ノ空中、此ノ来リ常住嶺崛の宮内ニ、救済スルニ一切衆生ヲ」があり、[42]末段「大日本国ト云モ此故也」の直前には次の誓願が語られている。

大日如来ノ大悲胎蔵ノ中ニ養育シ法界ノ有情ヲ、法界ノ有情の心胎ノ中ニ開発シテ大日如来ノ大悲胎蔵ヲ、大日如来の五智金剛ノ中ニ加持シ（法界ノ有情ヲ）、法界ノ有情ノ心月ノ中ニ発生ス大日如来ノ五智金剛ヲ。

「大悲胎蔵」「五智金剛」の内に「法界有情」を養育、加持し、有情の「心胎」「心月」に「大日如来ノ大悲胎蔵」「大日如来ノ五智金剛」を開発、発生させて一切衆生を救済する法身大日如来（梵語音写は毘盧遮那。華厳経で盧遮那）[43]の本願、誓願。「毘盧遮那」の話題は同巻第1話にもあって、その巻首・巻尾配置にも編述の企図があろうが、ここでの大日如来の登場と本願の記事は、おそらく〝物語りの場〟の始まりの物語、巻一第1話「釈迦如来出世事 明八相成道五時也」（国会本本文標題・小書副題）と対応するものであろう。その釈尊成道相には、

即チ寂滅道場菩提樹下ニシテ仮ニ立テ実報土ヲ、千葉ノ坐シ蓮花ニ、成ニ一千一躰ノ盧遮那〔仏〕分身ノ仏ト、三界唯一心、心外無別法、心仏乃衆生、是三無差別ノ理ヲ説玉フ事三七日。今ノ花厳経是也。

とある。法身（永遠不滅の仏の本身たる法の表象）大日如来（「一千一躰ノ盧遮那仏」）の「分身」としての応身（歴史世界に応現した仏の現身）釈迦仏の出世。以降、在世、入滅後に過去世の話を織り交ぜて三国の事跡が語り継がれるが、[44]その間には漢土の「常ニ法身ノ理性ヲ観ジテ生死涅槃ノ本源ヲ観ズル」「法身観行」の比丘（巻一第20話）、仏滅後の天竺で「心ヲ静メテ一境ニ謁シ雁門（＝仏門）ノ師ニ、思ヲ懸テ法界ニ演ニ鵝王（＝仏）ノ教ヲ」べ「法身ノ恩徳」を顧みて「如来ノ舎利」に帰敬する比丘（巻一二第13話）が話題とされ、日域では「我朝ハ神国トシテ往古ノ如来跡ヲ秋津嶋根ニ垂レ、法身ノ大士光ヲ葦原ノ中ツ国ニ和ゲ給フ故ニ、神明ノ霊験誠ニ新タナル者ノヲ哉。」と、和光

同塵の本地に「法身ノ大士」が称えられる（巻五第24話）。そして、応身の釈尊は滅後、夢に「常住不滅」「三界」所有の法身と現れて、衆生の知らぬ諸仏擁護の利生を告げる（巻一一第10話）。東大寺学僧弁暁（一一三九～一二〇二）の説草「阿弥陀三尊」（一15）には冒頭に次の一節がある。(45)

法身者、遍一切処如来ト申す。遍シテ法界ニ御スナリ。此法身ノ理ノ、遍セル法界ニ事ヲ不シテ知、我等衆生ハ流転シ五道生死ニ候也。

法身は法界に遍在して衆生を擁護救済する。『三国伝記』にいう「三国」とはこの法身遍在の法界（全宇宙の現実界）のことであろう。〝物語りの場〟の開結に衆生擁護の法身が現れ、その間に三国話者がそれぞれの世界を語る『三国伝記』は、その編述の主体が法身遍在の現実界と出会う場でもあった。

## （二）因縁処からの離陸

### (1)逸脱する編述

さて、こうして〝物語りの場〟に三国話者の三国語りを連ねつつその全体に法界を観念する『三国伝記』だが、各巻冒頭話題の選択はこれとかかわっていよう。梵語坊は巻一第1話で釈迦八相・五時八教を取り上げた後、巻二以降の冒頭で薬師、阿弥陀、聞法（行法）、地蔵、文殊、釈尊遺教（諸経）、観音、目連（仏弟子）、勝鬘夫人（在俗仏弟子）、因果、造毘盧遮那像（三宝作善）を語る。衆生救済を担う法界の諸尊、法界での行法教法教化作善。それらは唱導テキストを束ねる各「結」あるいは各「帖」の主題とも重なっていて、そこに編述に働いた唱導の場の磁力を確かめることもできる。

しかし、だれの目にも明らかなのはその巻頭話の主題が巻全体に展開されないことであろう。また、冒頭三話、梵語坊・漢字郎・和阿弥の語りも一類を構成しない場合がある。たとえば巻一〇。第1話は釈尊成道時にその尊容を讃えて未来世に普光如来となる受記予言を得た在俗の仏弟子・勝鬘夫人の話題（原拠『勝鬘経』）だが、第2・3話は「採桑」「摘芹」の女が后妃となる話。つづく第4話はこれを引き継ぐ「菜摘」の女が后となる「摩訶提国貧女成レ后事」である。第2～4話が明瞭な三話一類をなすが、序列は漢・和・梵。そして、第1話と第2話の連接の契機は第1話中、勝鬘夫人の母の末利夫人がかつて長者の給仕を務める「従女」でありながら供養三宝・孝行二親の徳をもって王の寵を得て皇妃となったとの一件。しかし、それは第1話「勝鬘夫人事」においては序段の小話題にすぎない。

安居院の唱導書目録「轉法輪抄目録」(46)には「一結舎利／一帖舎利上 天竺／一帖舎利中 震旦／一帖舎利下 日域」、あるいは「一結阿彌陀五／（略）／一帖三國往生人」などと見える。また、法会説法を模した『宝物集』にも三国事例列挙の場面がある。したがって梵・漢・和の三国同一主題話題の提供は唱導世界の言説＝実践のシステムでもあったはずだが、『三国伝記』巻一〇冒頭の編述はそこから逸脱する。

### ⑵話題の多義化

梵・漢・和の語りの主題不統一例は巻頭以外にも多い。たとえば巻九第7話「賊縛比丘事述二持戒ノ法一也」に続く二話、同第10話「乞食沙門事」に続く二話。第7話、第10話は『説教才学抄第五下　諸善』卅四持戒、(47)『宝物集（一巻本）』十二門・第三持戒・殺生に(48)〝持戒〟譬喩として列挙される話題である。そうした唱導世界での常套的な扱いは、第7話本文標題小書副題、第10話冒頭の「昔、持戒ノ沙門有リ」、そして第10話末尾の「賊縛ノ比丘ハ脱ギ二草繋於王遊ニ一、乞食ノ沙門ハ顕スト二鵝珠於死後ニ一云フハ此ノ故也」によれば、編述主体のよく知るところであったはずだが、しかし、両話の主題〝持戒〟を漢字郎、和阿弥が引き継ぐことはない。第8話「魏ノ禰衡値フ二不祥ノ誅ニ一事」は第7話の比丘が賊人に捕らえられた一件を「不祥」と見てこれを承け継ぎ、『説教才学抄第五下　諸善』廿六布施事にも所掲の(49)第9話「乞者ノ尼得二単衣一奉二加清水寺一事」は標題中の「奉加」に唱導世界での扱いを引き継ぎつつも、第8話末尾の「鸞鳳ハ不トレ群ラ二鶏雀ニ一云ヘルハ誠ナル哉」(50)との連接をもってここに排される。第10話以降も同様で、第11話は第10話中の「玉造リ弥々瞋リテ比丘ヲ責メ打ケル程」を承けて「不慮ノ外懸リ二横事ニ一即捕」えられた居士を話題としつつ一話の主題を「魏敬徳居士観音信仰ノ徳事」と掲げる。第12話は前話との連接を小書副題「挙鞍馬寺利生事」に伝えつつ「忠貞」「忠信」の「粟田左大臣在衡事」を語る。そこに〝持戒〟のモティーフはなく、その継承は第7話第10話を差し出す梵語坊の内なる連続にとどまる。

巻九第7話から第12話に及ぶ六話の全体は〝賢〟なる衆生の振る舞いと括れるものだが、(51)見たとおり、「慰巡の物語」は梵語坊の語る〝持戒〟譚を起点に主題が展開し、しかもそれぞれの話題は連接の間に多義化する。同様のことは先の巻一〇冒頭諸話でも見受けられる。第1～4話の「成后」のモティーフは第5話「老婆現身転レ像成レ后」に引き継がれ、和阿弥の第6話「依二一首歌一鶏開レ眼事」では「従女」、「採桑」「摘芹」「菜摘」の女、「老婆」の劣位性を引き継ぐ「盲鶏」が「成后」同様の開眼の福徳を得る。全六話は滞りない〝福徳〟の「慰巡の物語」に見えるが、その端緒は巻九の場合と同じく、第1話の主題に関わらない小話題の取り立てにあった。そして、第1話小話題に「孝」、第2話に「教(訓)」、第3話に「孝行」「教訓」の語が含まれ、第4話の小書副題は「孝行事」（末尾評「是レ孝行深キ徳也」）。続く第5話の小書副題は「法花奇特事」（末尾評「僅ニ一句八字ヲ唱ンニ外用ノ有験尚ヲ如レ此。況ヤ一部八巻ヲ持セン内徳無為ノ勝利ヲ乎」）で、第6話は国会本目録題小書副題に「明三嶋明神霊験也」（末尾評「霊神ノ感応有二コト歌道ニ不レト珍云ヘ共、僅卅一字ヲ以テ神慮ニ達スルコト、誠ニ新タナル奇特也云云」）とある。〝福徳〟の「慰巡の物語」のうちにテーマは刻々と変貌し、それにともなって各話は多義化するのである。

### (3)三国語りの機構――「三国円通」へ

あらためて述べるまでもないことだが、〝物語りの場〟の展開は編述にかかわる。その編述の素材となったのは法会唱導の場の「因縁処」の因縁。因縁は主題単位、三国単位で「結」「帖」に束ねられる。けれども、そこに取材した『三国伝記』の編述はこの機制から逸脱する。一話への小話題の糾合が主題を曖昧にし、縛りから逃れるようにして話題は連接の間に多義化する。三国語りの接点は刻々と変化し、一括される場合の三国序列も崩れていく。それは唱導世界の言説＝実践のシステムからの離脱、もしくは離陸を思わせる。

そうした離陸は各「因縁処」からの因縁抄録テキストにも認められ、西教寺蔵『因縁抄』の話題配列をめぐる阿部泰郎氏の次の解説は『三国伝記』のものでもある。[52]

その連繫の要素は説話中の様々な水準にわたっていて、必ずしも一定しない。また、間の話を飛びこして繫ったり、幾つかのまとまりを生じている場合もある。さらに、説話そのものでなく周辺的な用途や機能において連ねられる部分もみられる。

こうしたことになるのは、法会唱導の場で同じ因縁が別のテーマの引証となりそこで他因縁とのあらたな「連繫」をなす場合があって（『説教才学抄』でも同一話題が別帖に引かれる例がある）、そこでの経験が抄録編述の背景をなしているからであろう。『三国伝記』もこれと無縁ではないが、本書が〝因縁抄〟と異なるのは、見てきたとおり、〝物語りの場〟の三国話者の仮構、その三国語りをもって編述されている点である。

梵語坊、漢字郎、和阿弥――、それは編述主体の分身である。編述主体は三つの主体を演じ分けつつ三国話題を語り連ねる。話題の一々は因縁。すなわち法界の事跡。したがって、そこでの三国話題の連接は連纂の方法ではなく、事跡編述の間に三国すなわち法界（全宇宙の現実界）の「円通」を探り確かめていく営みとなる。三国語りの間の連接契機の多元化、それに伴う話題の多義化、三国序列の[53]違濫もそこでの出来事。糾合された小話題が連接の契機となるのも同様である。

分身としての三国話者が相互の接点を探っていく運動としての編述。それは自ずから類別整序された「因縁処」からの離陸を将来する。そして、その離陸の中、編述主体の編み連ね書き記す（書く／書き写す）行為に身を委ねつつ、生身の編著者もまた「三国円通」を追認し、法身遍在の法界と出会っていくことになる。『三国伝記』の〈文学〉＝世界経験(54)はそうした体験の内にある。

＊

「三国円通大士」宝前、「法楽」の法身遍在法界の物語り。その語りを彩る装飾表現(55)は語り出される法界を荘厳する意義をも担っていよう。そして〝物語りの場〟は法界観想の会場となる。序が伝える祝祭の気分はこの三母語円通の会場での法界の顕れへの讃歎とも通い合っていようが、こうして、『三国伝記』の三国語りは法界観想の機構としてある。

慈恩大師窺基の『法華経』注釈『法華玄賛』の疏釈『法華開示鈔』をなした解脱上人貞慶は承元二年（一二〇八）三月の奥書に「今渉り二品々一に、新たに記し二問答を一、本末之書を拾焉し抄レす之を。其の失錯邪僻、深く恐る二冥顯一を。唯願わくは生々世々値二遇し大聖一に、自他同じく共に悟二入せん一乗一に矣」(56)と記した。また、「大乗仏教思想における〈法会の説法の場〉とは、仏の説法が再現される場」(57)ともいう。疏釈の間の諸書拾抄をもってする問答の書記編述に、また、霊鷲山「妙会」（巻一第3話）「大会」（巻五第4話）「会上（場）」（巻六第21話）「虚空会」（巻六第3話）の釈尊説法の再現を期す法会会場で、大聖との値遇を観念する宗教言説共同体の主体たち。『三国伝記』編著者の〈文学〉＝世界経験もこれと同じ位相にあるものであろう。

注

（1）製版本にはほかに明暦二年〈一六五六〉刊、無刊記本があるが、版面に異同はない。なお、本稿での『三国伝記』の引用は無刊記本を底本とする池上氏校注本を使用し、適宜助詞等を平仮名で補い、読点を加え、判読の便宜として丸括弧内に語を加えるなどした。

（2）池上洵一『三国伝記（下）』（三弥井書店、一九八二年）「解説（補遺）」、三～八頁。

（3）池上洵一『三国伝記（上）』（三弥井書店、一九七六年）巻一補注一、三五二頁。

（4）注3上掲書。「解説」、一九頁。

（5）幼学の会。影印篇二〇一六年、翻刻篇二〇一七年。

（6）名古屋大学附属図書館蔵小林文庫の明暦二年版本各冊第一丁の喉に「釈眞成遺本」との墨書がある。

（7）永井義憲・清水宥聖編『〈貴重古典籍叢刊6〉安居院唱導集・上巻』（角川書店、一九七二年）、五〇七頁。

（8）竹村「中世説話論――何を問うのか」（李銘敬・小峯和明編『中国・日本文学研究叢書・日本古典文学研究編』、未刊）。

（9）友久武文「異伝の文学――三国伝記説話の一傾向」（『国文

学攷』25、一九六一年)。
(10) 黒田彰『中世説話の文学史的環境』(和泉書院、一九八七年)。一九八〇年代初めの主要論文を収載。
(11) 注10上掲書、七三頁。
(12) 池上洵一「「あとがき」に代えて」(注2上掲書附録『中世の文学・附録9』三弥井書店、一九八二年)、七〜八頁。
(13) 黒田彰『中世説話の文学史的環境・続』(和泉書院、一九九五年)。一九八〇年代後半から九〇年代前半におよぶ主要論文を収載。
(14) 牧野和夫『中世の説話と学問』(和泉書院、一九九一年)。
(15) 池上洵一『修験の道――三国伝記の世界』(以文社、一九九九年)。
(16) 注14上掲書。
(17) 阿部泰郎「宗教テクストが繋ぐ文学と宗教史――源信伝と仮託聖教『真如観』の地平」(吉田一彦・上島享編『〈日本宗教史1〉日本宗教史を問い直す』吉川弘文館、二〇二〇年)、二八一頁、など。
(18) 注7上掲書、所収。
(19) 注7上掲書、一一二頁下段。
(20) 「董永賣身」譚は『言泉集』第二七帖・亡父に「董永賣身」と題して話題が詳述されている。冒頭書入に「子傳上云」とあるが、話題の初めに「楚人董永」とある点、陽明文庫本『孝子伝』と一致。『三国伝記』巻四第26話の冒頭は「後漢ノ代ニ董永ト云ッ者有」とあって「蒙求古註」(国立故宮博物館蔵上巻古鈔本・宮内庁書陵部蔵上巻影鈔本、池田利夫編『蒙求古註集成・上巻』〈汲古書院、一九八八年〉、所収)冒頭の「漢書董永」に近い。
(21) 注7上掲書、一一一頁上段。
(22) 注7上掲書、九二頁上段。
(23) 国文学研究資料館編『〈真福寺善本叢刊3〉説経才学鈔』(臨川書店、一九九九年)。山崎誠「解題」、五九三頁。
(24) 注9上掲論文、五八頁。
(25) 永井義憲「発心集と説草」(『説話文学研究』、一九七五年)。
(26) 巻四第6話「玄賓僧都遁世事」に「聞ク悲ク覚テ、其月日ヲ勘フレバ我ガ見合ヒテ候時也。」の例があるが、これは話中人物の対話敬語の地の文化とみた。なお、『三国伝記』中の地の文の対話敬語としては「侍り」があり、巻八第13話「難陀尊者発心事」を除いて和阿弥の語りに十例を見出す。中世の「文章用語として地の文に多用された」(小学館『古語大辞典』「侍り」項「語誌」)用例であろう。
(27) 森正人『場の物語論』(若草書房、二〇一二年)。
(28) 阿部泰郎『中世日本の世界像』(名古屋大学出版会、二〇一八年)第六章。
(29) 前田雅之『古典論考――日本という視座』(新典社、二〇一四年)Ⅲ5にも言及がある。三六三〜三六四頁。
(30) 上島享「日本中世宗教文化の特質」(上島享・吉田一彦編『〈日本宗教史2〉世界の中の日本宗教』吉川弘文館、二〇二一年)、五五五〜五六五頁。
(31) 注2上掲書、三一六頁、頭注七八。
(32) 渡辺信和『聖徳太子説話の研究――伝と絵伝と』(新典社、二〇一二年)、一〇〇頁。注14上掲書、一一七頁。
(33) 国文学研究資料館編『〈真福寺善本叢刊第二期4〉中世唱導資料集二』(臨川書店、二〇〇八年)。小峯和明「『富楼那集』『書集作抄』解題」(同書所収)、三一九頁。
(34) 小峯和明『中世法会文芸論』(笠間書院、二〇〇九年)、五八四〜五九一頁。

(35) 注33上掲書所収翻刻、二三〇頁下段。

(36) 巻二第12話の天竺霊鷲山が飛来して平流山となった話題は牧野和夫氏紹介の聖衆来迎寺蔵『唐崎縁起』に記事があり（注14上掲書、一三三頁）、それにかかわる近江の伝承が『渓嵐拾葉集』第八九・安養都率事にも「或紀云、江州有安養都率両浄土。所以聖徳太子者、於蒲生郡姨綺屋山阿彌陀寺建立。安養浄土是也。行基菩薩者、於愛智郡平流山四十九院建立。都率内院是也。密嚴華蔵華報、同是影現好世淨土也。」（大正新修大蔵経第76巻、七八八頁）と伝えられている。

(37) ちなみに近江の和阿弥は巻一第3話と巻一二第30話、すなわち場の発話の最初と最後に聖徳太子を取り上げるが、その聖徳太子は近江ゆかりの人物。巻一一第15話および注36の『渓嵐拾葉集』記事、参照。

(38) 「三国」の語は巻八第26話「斉宣王后無塩女事」に「外ニハ三国ノ難有リ、内ニハ奸臣集レリ。」と見えるが、これは敵国三ヶ国の意。

(39) 注4上掲書、四一〜四二頁、頭注二二。なお、注27上掲書Ｉ2（五三頁）、注29上掲書Ⅲ5（三六三頁）にも関連する指摘がある。

(40) 伊藤聡『中世天照大神信仰の研究』（法蔵館、二〇一一年）第一部第一章。

(41) 注7所収の安居院流信承法印撰『法則集』「次神分」には「或云、普通ノ唱導ニハ天照大神不奉下云々」（四九六頁）とある。何らかの関わりがあるのだろうか。

(42) 『沙石集』巻一・一太神宮御事にも「誠ニ不生不滅ノ毘盧遮那、法身ノ内證ヲ出テ、愚痴顚倒ノ四生ノ群類ヲ助ント跡ヲ垂レ給フ本意ハ、生死ノ流轉ヲ止テ、常住ノ佛道ニ入レントナリ。」（日本古典文学大系、岩波書店、一九六六年、六一頁）とある。

(43) 『岩波仏教辞典』（第二版、二〇〇二年）の「毘盧遮那」項、参照。その解説に「〈毘盧遮那如来〉〈盧遮那如来〉〈釈迦如来〉を区別して法身・報身・応身の三身に配当する考え」「歴史上の仏としての釈迦仏と毘盧遮那（盧遮那）とは一面では全同」「他面、歴史上のブッダのみならず、過去および未来の一切の仏は皆同じく毘盧遮那（盧遮那）」とある。八五二頁。

(44) 巻一の梵語坊は第7話の第六仏迦葉在世時話題以降、第七仏釈尊在世の話題を語る（ただし第25話「抜髪男事」は未勘）。また、巻一二の終盤、第28話は正法を護持し聖無動明呪を唱える行者とこれに奉事する不動明王の話題（行者が「世尊」に、不動明王が「世尊ノ弟子」に擬えられる）、第29話は「尺迦大師ノ付嘱」をもって救済を約束する慈氏菩薩弥勒の話題。第30話はこれらを承けた衆生擁護発願、誓願の大日の話題。

(45) 神奈川県立金沢文庫編『〈称名寺／聖教〉尊勝院弁暁説草・翻刻と解題』（勉誠出版、二〇一三年）、五六頁。

(46) 奥書、建長二年（一二五〇）。金沢文庫蔵『轉法輪抄』所収（注7上掲書）、二〇三〜二二〇頁。

(47) 注23上掲書、五五七〜五五八頁。

(48) 月本直子・月本雅幸編『古典籍索引叢書6〈宮内廳／書陵部藏本〉寶物集總索引』（汲古書院、一九九三年）一五一〜一五三頁。『續群書類從』（続群書類従完成会。第三二輯下）巻九五二、二一五頁。

(49) 注23上掲書、五三二〜五三三頁。

(50) 編述主体お気に入りの一句か。同様の喩は巻四第21話中の「君子ハ軽人ニ不ト云ヘリ近付。大象ハ不遊兎径ニ、鸞鳳争デカ鶏雀ト群セント念テ」の一節に見える。

(51) 第7話は『宝物集』では草木殺生を自戒する比丘の話題だ

が、『三国伝記』では「我戒ヲ持ッコト尸羅ノ油鉢ニハ五制十重ヲ為二シ眼目一ト、木叉ノ浮嚢ニハ四十八軽ヲ為二リ皮肉一ト。」との『涅槃経』中の逸話（注2上掲書巻九補注一二・一三、三三七〜三三八頁）を踏まえた思惟を加え、戒を持つことに努める比丘を語る。

(52) 阿部泰郎編『因縁抄』（古典文庫四九五冊、一九八八年）「解説」、三一〇〜三一一頁。

(53) 小林直樹「『三国伝記』の方法――別伝接続と説話連関をめぐって」（『国語国文』五九11、一九九〇年）。

(54) 西村聡「『三国伝記』の装飾表現」（『説話・物語論集』12、一九八六年）。

(55) 竹村「文学という経験――教室で」（『文学』一五5、二〇一四年）、「〈記憶〉の可能性」（『日本文学研究ジャーナル』13、二〇二〇年）、「文献学／Philologieをとらえ直す」（『中世文学』66、二〇二一年）。

(56) 大正新修大蔵経第56巻、四七九頁。ただし、納富常夫「湛睿の唱導資料について」（『〈金沢文庫蔵〉国宝〈称名寺／聖教〉湛睿説草　研究と翻刻』勉誠出版、二〇一八年、所収）一四頁に所引の書き下し文に基づいて本文を校訂し、訓点を施した。

(57) 藤本誠「古代の説法・法会と人々の信仰」（伊藤聡・佐藤文子編『〈日本宗教史5〉日本宗教の信仰世界』吉川弘文館、二〇二〇年）、六一〜六二頁。また、注30上掲論文、一六頁。

# 『三国伝記』と禅律僧——「行」を志向する説話集

小林直樹

こばやし・なおき——大阪市立大学文学研究科教授。日本中世文学、説話文学。主な論文に「『沙石集』と『宗鏡録』」（『日本文学研究ジャーナル』一〇、二〇一九年）、「『沙石集』の実朝伝説——鎌倉時代における源実朝像」（『源実朝 虚実を越えて』アジア遊学二四一、二〇一九年）などがある。

『三国伝記』は、これまで律や修験との深い関係が指摘されてきたが、それらに加え禅との接点も認められる。本論では、こうした『三国伝記』の特色を「行」を志向する説話集として捉え、律に基づく実践的性格を持つ説話集として『閑居友』や『沙石集』の流れを承ける作品であると位置づける。

## はじめに

『三国伝記』(1)の序は、京都清水寺の本尊、「三国円通ノ大士」観世音菩薩の御前における、天竺・梵語坊、大明・漢字郎、本朝・和阿弥の三人による「巡物語」を仮構する。序中、和阿弥から「巡物語」の提案を承けた漢字郎は以下のように応じている。

誠観音ハ耳根得益ノ薩埵ナリ。爰以テ松ノ嵐モ瀧ノ響モ皆聞思修理也。言小《コトバスクナ》クテ旨広カラン古ル事ヲ法楽申サンコト可歎。

「観音は如来の教えを耳で聞くことによって発心得度したとされる（首楞厳経六）(2)」ことに基づく言説であるが、この観音の特性が説かれる『首楞厳経《しゅりょうごんきょう》』巻六の当該部分を、宋代成立で、鎌倉期以降もっとも流布した同経の注釈書、長水《ちょうすい》子璿《しせん》撰『首楞厳義疏注経《しゅりょうごんぎしょちゅうきょう》』によって示そう(3)。

爾時観世音菩薩即従レ座起、頂二礼仏足一、而白レ仏言、世尊、憶二念我昔無数恒河沙劫一、於レ時有三仏出二現於世一。名二観世音一。我於二彼仏一発二菩提心一。彼仏教下我従二聞思修一入中三摩地上。

梵音阿那婆婁吉底輸。此云二観世音一。従二能所境智一以立レ名也。値レ仏観レ法、皆其所レ師。師資相承無二相違一耳。聞思修慧諸行通途。無レ有丁一仏不丙以二音声一而化乙群品甲。無レ有下一機不中従二耳根一聞レ教解悟上。由レ是彼仏教二従レ此入一。　（大正新脩大蔵経第三九巻903ａ）

観世音菩薩が世尊に向かって言うには、太古の昔、私は「観世音」という名の仏に菩提心を起こしたが、その際、かの仏より聞思修から三摩地に入ることを教えられた。「聞思修慧はあらゆる修行に共通する道であり、すべての仏は声で衆生を教化し、すべての機縁は耳根から教えを聞き理解して悟る（「聞教解悟」）ものであるので、かの仏はここから三摩地に入ることを教えたのである」[4]

漢字郎は、「観音ハ耳根得益ノ薩埵」だから、すべては「聞思修（の）理」に従い、「松ノ嵐モ瀧ノ響モ」耳に触れれば自ずと「三摩地」（悟りの境地）へと至るはず、それゆえ我らが語る「言《コトバ》小《スクナ》クテ旨広カラン古ル事」（短くて含意に富んだ古伝承）も必ずや観音への「法楽」となろうというのである。

鎌倉室町期の『首楞厳経』の受容をめぐっては早く高橋秀栄氏に論[5]があるが、最近、小川豊生氏は円爾門流や夢窓疎石周辺と『首楞厳経』との関わりに注目し、「中世において『首楞厳経』というテキストが想像以上に広くかつ深く受容されていた」様相を見出している。[6]その影響は『三国伝記』にも及んでいた。本稿では、教禅一致を主唱した長水子璿の『首楞厳義疏注経』と『三国伝記』との関係を追尋した後、『三国伝記』に多い夢窓関係説話等、禅律僧関連の説話ともあわせて考察することで、そこから浮上する本作の特色に光を当てたいと考える。

## 一、『三国伝記』と『首楞厳義疏注経』

『三国伝記』では序のほか四説話に『首楞厳義疏注経』の投影を認めることができる。[7]まず取り上げるのは、巻八第二五話「周利盤特事」である。

梵曰、仏弟子ノ中ニ周利盤特ト者、愚鈍第一人ナリキ。是ハ、過去ニ為二大法師一ト善ク解リ二経論一ヲ。徒衆五百人有リ。雖ドモレ然ト、秘《ヒ》二悋《リン》シテ仏法一ヲ、不レ肯《ウケガハ》レ教レ人。依テ二是ノ罪一ニ後生ニ暗鈍ニシテ誦二持スルニ経論一ヲ、無シ二多聞ノ性一。以テ二其ノ宿善一ヲ故ヘニ、最初ニ遇ヒテレ仏ニ聞レ法ヲ、出家セリ。然ニ、仏、五百比丘ニ同ク教ヘテ二一偈ヲ一経ルニ二九十日一ヲ、周利盤特、於テ二百日一ニ得ツレバレ前遺《ワス》ルレ後ヲ、得ツレバレ後遺《ワス》ルレ前ヲ。仏、彼ガ愚ナル事ヲ憐ンデ、為メニレ治ニ二散乱一ヲ教ヘ玉フ二数息一ヲ。

彼レ観コト二息ヲ微細ニ一窮二尽セシム生住異滅ノ諸行ハ刹那ナリト一。遂ニ其ノ心豁然トシテ得タリキ二大無礙ナルコトヲ一。乃至漏尽シテ成二阿羅漢ト一。豈ニ唯ダ散乱ヲ対治スルノミナランヤ。亦乃チ見ル二息ノ実相一也。住セシカバ二仏ノ座下ニ一、仏即印可シテ、成ル二無学ノ声聞ト一。周利盤特説クニレ法云ク、「守口接意身莫犯」ト云々。則十悪ヲ制スル謂也。

生来愚鈍だった周利槃特が仏から数息観を教えられたことにより阿羅漢となる話。本話の出典は以下に引く『首楞厳義疏注経』巻五の記事であろう。

周利盤特迦即従レ座起、頂二礼仏足一。而白レ仏言、我欠二誦持一、無二多聞性一。最初値レ仏聞レ法出家、憶二持如来一句伽陀一。於二一百日一、得レ前遺レ後、得レ後遺レ前。仏愍二我愚一、教三我安居調二出入息一。

周利盤特迦云二蛇奴一。於レ路所レ生。或云二継道一。性多二愚鈍一。過去為二大法師一、善解二経論一。有二徒五百一。秘二吝仏法一不レ肯レ教レ人。後生暗鈍。以二宿善一故遇レ仏出家。五百比丘同教二一偈一。経二九十日一不レ得二成就一。為レ治二散乱一、教二数息一也。二正陳二悟旨一

我時観二息微細一窮二尽生住異滅諸行刹那一、其心豁然得二大無礙一。乃至漏尽成二阿羅漢一、住二仏座下一、印成二無学一。初観二息風一念念生滅。微細窮尽、生滅無レ従。息風既空、心亡二分別一。豁然大悟、一切無礙。此則豈唯対二治散乱一。亦乃見二息実相一矣。

（大正新脩大蔵経第三九巻897bc）

経典本文に対応する箇所には傍線を、注釈部分に対応する箇所には波線を、それぞれ付した。『三国伝記』が『首楞厳義疏注経』の注釈部分と経典本文とを巧みに綴り合わせながら一話を構成している様子が看取されるであろう。ただし、二重傍線部の偈は『首楞厳義疏注経』に対応部分を欠くが、同じ偈は『沙石集』巻一の周利槃特の挿話中にも引かれている。後者については、かつて詳説したところであり[8]、ここでは繰り返さないが、両書の偈はともに『止観補行伝弘決』巻二之五所載、周利槃特挿話中の「偈云、守口摂意身莫犯。如是行者得度世」（大正蔵第四六巻213c）に淵源する可能性が高いと思われる。

次は、同じく巻八第一九話「阿那律尊者得天眼事」である。

梵曰、阿那律尊者ハ斛飯王ノ第二子、仏ノ御姪《イトコ》也。此ニハ如意トモ、無貧トモ云フ。是尊者、過去ニ以テレ食ヲ施タリシ二辟支仏ニ一依テ二功徳ニ一、九十一劫ノ間、天上人中ニ生レテ、受二如意楽ヲ一、無レ所二劣少ナル一。始未レ得レ道時、為レ性ト耽《タン》二着《チヤクス》睡眠ニ一。為メニ仏、呵シテ曰ハク、「蚌蛤ノ類ナリ」ト。仍、不レ寝事七日、遂ニ失フ

レ明ヲ。爰ニ仏、教テ修二シメ天眼一ヲ給フニ因テ、是得二天眼通一ヲ、見二ル三千世界一ヲ事、如レ見二ガ掌ノ中ノ菴摩羅果一ヲ。凡諸仏ハ備二五眼三智一ヲ、十方ノ如来ノ窮二尽シテ微塵清浄ノ国土一ヲ無レシ所二不レズ矚ミト云一フ。諸菩薩ハ見二百千界仏国土一ヲ。但シ、初地ハ見二ル百仏土一ヲ。二地ハ見二千世界一ヲ。乃至十地ハ見二無量不可説ノ仏刹、微塵数ノ世界一ヲ也。大辟支ハ見二百仏界一ヲ、大阿羅漢ハ見二小千界一ヲ。然ルニ、此ノ阿那律ハ独見二大千界一ヲ故ニ、於二諸声聞中一ニ天眼第一ト云フ。衆生ハ洞《ホガラカニ》視事、不レ過二分寸一ヲ。隔二紙膜一不レ見二外ノ物一。隔二ツレバ皮膚一ヲ不レ見二五臓一ヲ。豈ニ同二ラン前聖ノ真見一ニ乎。

睡眠に耽りがちな阿那律が、仏の叱責を受けて一念発起し、天眼を得るに至る話。本話も『首楞厳義疏注経』巻二の以下の記事が出典であろう。

而阿那律、見二閻浮提一、如レ観二掌中菴摩羅果一。

阿那律此云二如意一、亦云二無貧一。過去以レ食施二辟支仏一、九十一劫天上人中受二如意楽一無レ所二劣少一。未レ入レ道時、為レ性多レ睡。為レ仏所レ呵。因レ是不レ寝。遂失レ明耳。仏教下修二天眼一用見中世事上。因レ是修得、見二三千界一如レ観二掌果一。大論所レ明。大阿羅漢見二小千界一。大辟支見二百仏界一。諸仏見二一切仏土一。那律独見二大千一者、以三彼遍修二作意数一故、於二諸声聞一天眼第一。今言二閻浮一者、以三大千皆有二閻浮一、以レ別顕レ総。亦不二相違一。

諸菩薩等見二百千界一。

初地見二百仏土一、二地見二千世界一、乃至十地見二無量不可説仏刹微塵数世界一也。

十方如来、窮二尽微塵清浄国土一無レ所レ不レ矚。

仏具二五眼三智一。所レ見窮二尽法界一。已上四位階級所レ見、浅深不レ同。蓋真見之用、随二証所得一、漸明漸遠也。

衆生洞視不レ過二分寸一。

隔二紙瞙一不レ見二外物一。隔二皮膚一不レ見二五蔵一。豈同二前聖真見之用一。斯則真見妄見前後五重。條然可レ弁。

而云二云何得レ知二是我真往一。胡不レ察焉。

（大正新脩大蔵経第三九巻848b）

『三国伝記』はここでも『首楞厳義疏注経』の経典本文と注釈部分とを点綴しながら一話にまとめ上げている。ただし、破線を付した「仏ノ御姪《イトコ》也」という紹介部分と「蚌蛤ノ類ナリ」という仏の呵責の言葉、さらに「七日」の不眠については、同書巻二には該当部分が認められない。これらは、おそらく以下に引く、同じ『首楞厳義疏注経』巻五に出る阿那律の挿話中の破線部に拠ったものと考えるのが自然であろう。

阿那律陀即従レ座起、頂二礼仏足一、而白レ仏言、我初出家、常楽二睡眠一。如来訶レ我為二畜生類一。我聞二仏訶一、啼泣自責七日不レ眠、失二其双目一。世尊示二我楽見照明金剛三昧一。或阿泥樓豆、或阿樓駄。皆梵音小転。此云二無滅一、或云二如意一。是仏堂弟、白飯之子。多楽二睡眠一。如来訶云、咄咄胡為寝、螄螺蚌蛤類。一睡一千年、不レ聞二仏名字一。故云二訶畜生類一。常言二半頭天眼一。今云二金剛三昧一、此顕二実証一。与レ昔不レ同。当二以レ意得一。

（大正新脩大蔵経第三九巻897b）

加えてもう一箇所、冒頭近くの二重傍線部、阿那律が「斛飯王ノ第二子」であるとの情報も『首楞厳義疏注経』からは得られない。ここは『法華文句《ほっけもんぐ》』巻一下の以下の記事に拠ったものと思われる。

季阿那律。乃是浄飯王之姪兒、斛飯王之次子。世尊之堂弟、阿難之従兄。羅云二之叔一。非二聊爾人一。

（大正新脩大蔵経第三四巻15b）

『法華文句』は『三国伝記』の有力な出典の一つであり、それゆえ阿那律説話においても参照され、一部利用された可能性が高いと判断されるのである。(9)

『三国伝記』と『首楞厳義疏注経』の関係は、巻六第一〇話「宝蓮香比丘尼事」にも認められる。

梵云、宝蓮香比丘尼云者アリキ。持シナガラ二菩薩戒一ヲ、私《ヒソカニ》婬欲ヲ行ズ。是ヲ謗ル有レバ、妄ダリニ言ク、「婬ヲ行ズルハ、非レ殺ニ非レ盗ニ、无シトレ有二業ノ報一」。此語ヲ云モ不ルニレ已ラ、先ヅ女根ヨリ火燃ヘ出デ、、節々ヲ焼キ尽シキ。則、堕テ二无間地獄一ニ、熾盛薫燄《エン》ノ獄舎ノ中ニハ燔《ヤキ》二无量劫手足、獲罪之身肉一ヲ、焼燃猛火ノ鉄床ノ上ニハ焦セリ二億千歳頭目作業之髄脳一ヲト云々。誠ニ可二恐モ慎一ム事也。

婬欲を行じながら開き直った態度を取る宝蓮香比丘尼が、女根から発した火で全身を焼き尽くされた上、無間地獄に堕ちる話。本話の出典は、次に引く『首楞厳義疏注経』巻八の記事であろう。

世尊、如二宝蓮香比丘尼一、持二菩薩戒一、私行二婬欲一、妄言、行レ婬非レ殺非レ偸無レ有二業報一。発二是語一已、先於二女根一生二大猛火一、後於二節節一猛火焼然、堕二無間獄一。

（大正新脩大蔵経第三九巻933c 934a）

ここでも対応箇所を傍線で示した。本話の場合、該当部分は『首楞厳経』の経文部分に限られてはいるものの、前出の二話の例に照らし、参照されているのは『首楞厳義疏注経』であると見て誤るまい。

『首楞厳義疏注経』との関連が認められる『三国伝記』のいま一話は、巻六第七話「富楼那尊者事」である。

　梵曰、仏弟子ノ中、満慈子尊者ト云、父ヲバ富楼那ト云、母ヲバ弥多羅ト云。故ニ富楼那弥多羅尼子ト云也。此ヲ翻シテ為ス二満慈子一ト。説法第一ニシテ、能ク仏法ヲ護持助宣ス。四弁《ベン》善巧ノ風ハ払ヒ二三惑之雲一ヲ、一音无辺ノ月ハ輝二九界之天一。是ノ故ニ、仏ノ言ハク、「過去七仏ノ中ニモ説法第一ナリ。今所説法人中ニモ為二第一一ト。又、当来諸仏説法人中ニモ復第一ナラン。漸々ニ具二足シテ菩薩道一ヲ、過テ二無量劫一ヲ、得ン二阿耨菩提一ヲ。号シテ曰ント二法明如来一ト」、受記シ給ヘル也。

弁舌第一として知られる富楼那の挿話である。本話は『首楞厳義疏注経』巻一の以下の記事との関係が濃厚である。ここでも、経典本文に対応する箇所には傍線を、注釈部分に対応する箇所には波線を、それぞれ付して示そう。

　富楼那彌多羅尼子

　富楼那父名。此云レ満。父是満江祷レ天求得。正値二江満一。又願レ獲レ満。夢三満レ器宝入二於母懐一。従レ此有レ孕。由二此多義一、得レ有二此称一。彌多羅尼母名。此翻為レ慈。亦云二知識一。其母慈行。仍誦二韋陀知識品一故。尼女声也。是彼所生。連二父母一召云二満慈子一。此於二如来説法人中一最為二第一一。下経云。我曠劫来、弁才無礙。宣二説苦空一、深達二実相一。河沙如来秘密法門。我於二衆中一微妙開示、得二無所畏一等。

（大正新脩大蔵経第三九巻828c）

ただし、ここで考慮しなければならないのが『法華文句』との関係である。実は、稿者はかつて『法華文句』巻二上の以下の記事を本話の原拠として検討したことがある。(10)

　富楼那、翻二満願一。彌多羅、翻レ慈。尼女也。父於二満江一祷二梵天一求レ子、正値二江満一。又夢下七宝器盛二満中宝一入中母懐上。母懐レ子、父願獲レ満。従レ諸遂レ願。故言二満願一。母名二彌多羅尼一。此翻二慈行一。亦云二知識一。四韋陀、有二此品一。其母誦レ之。以レ此為レ名。尼者女也。通称レ女為レ尼。通称レ男為レ那。既是慈之所レ生。故言二満慈子一。増一云、我父名レ満、我母名レ慈。諸梵行人呼レ我為二満慈子一。此従二父母両縁一得レ名。故云二満慈子一。是人善知二内外経書一靡レ所レ不レ知。就レ知レ満故復名レ満。増一云、善能広説、分二別義理一、満願子最第一。下文云、於二説法人中一最為二第一一。

（大正新脩大蔵経第三四巻17c）

その際には、『法華文句』の二重傍線部「下文云」以下の文言が『法華経』「五百弟子受記品」の「於二説法人中一最為二第一一」を指しており、『三国伝記』はそれに導かれるかたちで同品の後続部分、「爾時仏告二諸比丘一。……富楼那亦於二七仏説法人中一而得二第一一。今於二我所説法人中一亦為二第一一。於二賢劫中当来諸仏説法人中一亦復第一。……漸漸具二足菩薩之道一、過二無量阿僧祇劫一、当下於二此土一得中阿耨多羅三藐三菩提上。号曰二法明如来応供正遍知明行足善逝世間解無上士調御丈夫天人師仏世尊一」（大正新脩大蔵経第九巻27ｂｃ）の二重傍線部をもって説話後半部の叙述にあてたのではないかと推測した。いま、『三国伝記』の説話前半部について、あらためて『首楞厳義疏注経』と『法華文句』の本文を対照すると、同文性においては前者にやや部があるといえそうである。また、すでに見た巻八第一九話「阿那律尊者得天眼事」と巻八第二五話「周利盤特事」という近接した箇所に位置する二話がともに『首楞厳義疏注経』に依拠していることを勘案すると、『首楞厳義疏注経』に依拠することが明らかな巻六第一〇話「宝蓮香比丘尼事」に近接する本話（巻六第七話「富楼那尊者事」）が同書に拠る蓋然性は高いといえよう。もっとも、巻八第一九話「阿那律尊者得天眼事」が『首楞厳義疏注経』に依拠しながらも、『法華文句』も利用していたように、本話についても『法華文句』が参照されている可能性は依然として高いのである。

ここまで、『三国伝記』の四説話について『首楞厳義疏注経』の投影を確認してきた。天台色の強い『三国伝記』にあって、とりわけ仏弟子の説話に『法華文句』よりもむしろ『首楞厳義疏注経』の関与の大きな点は注目される。本稿冒頭で触れた序における観音信仰への投影もあわせ考えるなら、『三国伝記』に占める『首楞厳義疏注経』の位置は思いのほか高いものがあるといえよう。この現象は、従来考えられてきた『三国伝記』の成立基盤の問題とどのように関わるのだろうか。

## 二、『三国伝記』における夢窓関係説話

『三国伝記』の成立基盤について、解明の緒を提供したのは、作中に二度登場する「白川元応寺ノ運海和尚」（巻四第二一話）、「元応寺ノ長老運海上人」（巻五第三話）である。この人物に初めて着目した池上洵一氏は、「運海のいた元応寺は京白川の法勝寺の西北にあって、恵鎮が後醍醐天皇の尊崇を蒙って天台円頓戒灌頂の道場とした寺である。元応年中（一三一九～二〇）に年号に因んで元応寺の勅額を賜わり、さらに嘉暦元年（一三二六）には恵鎮が法勝寺の大勧進職に補せられて、法勝寺も戒灌頂の道場となったために、両寺は並び称せられる道場となっていた。恵鎮は近江浅井郡の出身、叡山黒谷に伝えられていた円・密・浄・戒の四門を承け、さら

に澄豪からは穴太流の秘軌・口訣を伝受し、台密黒谷流の開祖となった人である。後に恵鎮から元応寺の付属を受けたのは『渓嵐拾葉集』の著者としても知られる光宗であった。おそらく運海はその法脈につながる人であったのだろう」と推測した。(11) これを承けた牧野和夫氏は、運海は「白川ノ元応寺」長老として活動したが、近江霊山寺・十輪寺・唐崎明神等と緊密な関係を晩年に至るまでもっていた。運海の師系は「恵鎮―光宗―運海」とたどることができる。光宗は、厖大な著作『渓嵐拾葉集』伝三百巻（現存一一六巻）を撰述した学匠として聞こえるが、その師義源ともども、山王神道に関わる秘事・口伝を伝えて殆ど神道家とも称すべき、天台の一箇の学「記家」なる学問の系譜につらなる僧侶であった」と天台記家との関連に注目、(12) さらに、「元応寺恵鎮や光宗の師であった西山伝法和尚澄豪は、大和室生寺ゆかりの忍空（東大寺円照門下。西大寺僧とも）や東山太子堂円光上人良含に師事し、律宗に通じていたのである。おそらく同時期の円海・静基などとの交流（直接・間接を問わない）は想像するに難くない。中世における律僧の活動は十分に澄豪・恵鎮の学系に摂取されていたはずである」と律僧との関わりも視野に入れた。(13) 一方、田中貴子氏も、池上、牧野両氏の論を承け、「このように、運海は光宗の後を受けて着々と学問に邁進し、最終的には元応寺住持という地位にのぼった人物だったのである。ただし、光宗が、恵鎮の関東下向の際だけ元応寺を預かったのとは異なり、運海は長年にわたって元応寺に止住しそこで生を終えた。これは、子弟《ママ》でありながら、運海が記家ではなく戒家寄りの思想を持っていたことを物語るのではないだろうか。元応寺は天台律僧の拠点でもある寺院で、「円頓戒」という戒律を授ける道場でもあった」と、運海の戒家との関わり、天台律僧としての側面に注意を喚起する。(14)

その後、牧野氏は、「凝然撰『東大寺円照上人行状』」に頻出する寺院名で、最も頻度の高いもののひとつ、東大寺戒壇院系律の京洛における最大の拠点であった金山（仙）寺」に注目、同寺が「光宗による再興・運海などの滞在を経て」、応永三十二年（一四二五）頃には「供僧もなく元応寺の供僧の許で仏事運営がなされていた」事実や当時の元応寺住持が第七代正真であったことを指摘し、「―光宗―運海―宗知―正真」と次第する『三国伝記』の世界が、東大寺戒壇院系の律僧の拠点寺院に〝ひそかに〟連続していたことは明瞭である」と、やはり『三国伝記』と律僧との関わりを重視するのである。(15) ちなみに、『三国伝記』の成立圏として最も注目されているのは近江神崎郡の天台寺院・善勝寺であるが、(16)「元応寺ノ長老運海上人ノ時《トキ》、善勝寺ノ日海和尚ニ付属有リテ」

（巻五第三話）と語られる「善勝寺ノ日海和尚」も「運海の資かと考えられる」(17)とすれば、『三国伝記』と律との関係はもはや動かぬところであろう。

　このとき気になるのが、『三国伝記』に目立つ夢窓疎石関係の説話である。前節で考察した『首楞厳経』は「禅宗と密接なかかわりをもった」(18)経典であるが、すでに触れたように小川豊生氏が「『首楞厳経』の中世における受容の変遷を見る時」「十四世紀にいたって特に重要な画期となるのは、夢窓疎石が『夢中問答』において『円覚経』『首楞厳経』に依りつつ説示を展開していることだろう」と夢窓に注目、さらに「夢窓の門弟義堂周信が、足利義満を中心にくり返し『首楞厳経』や、宋代に成った注釈書『楞厳経義疏注経』(19)（長水子璿、二十巻）を講義していた」事実を指摘していることである。『三国伝記』に摂取される『首楞厳義疏注経』も、確実に夢窓周辺で享受されていた。ここで、夢窓関係説話と天台律僧との関わりが吟味されなければならないであろう。

　まず夢窓の名が見える興味深い説話として、『三国伝記』巻八第一二話「上総国極楽寺郷居住高階《シナ》ノ氏ノ女夢想事 明大回向経勝利也」を取り上げる。「上総国北山辺ノ郡内、願成寺之近辺」に住んでいた寡婦が貞和二年（一三四六）六月一日に重病を受け、九日に死去する。同年十一月二十三日の夜に「同郡内極楽寺郷ニ住スル高階ノ氏ノ女」の夢に、亡者は異形の姿となって現れ、「我在生ノ時、心拙而落シ二律僧ヲ一、雖モ二多ノ子ヲ懐妊スト一、忍フ二人目ヲ一事ナレバ、一人トシテ無シ二取挙ルコト一。或ハ埋レ土ニ、或ハ沈メシレ水ニ、彼業障重キ故ヘニ、苦痛逼レコト身ヲ事無レ限」と窮状を訴え、「仰願バ法華経一部ト回向経一巻トヲ奉テ二書写一、吾ニ回向シ玉ヘ」と懇願する。高階氏の女は法華経書写は了承するものの、回向経は名も知らぬ経典ゆえ、自分の力の及ぶところではないと一旦は固辞するが、亡者は、法華経に回向経を添えて書写しなければ兜率天への往生は叶わぬと再三の懇願に及び、高階氏の女もやむなく承諾する。その後、果たして回向経の在処は杳として知れなかったが、「夢窓国師ノ御弟子ニ周豪上座トテ、洛陽ノ辺土、嵯峨ナル所ニ住院アリケルニ、尋ネケルニ、無二子細一、甚深大回向経トテ大蔵経ノ中ニ在ル由ヲ委教給フ」。これにより、翌年正月下旬に「下総国飯岡ノ自二律僧寺一尋出テ」ついに書写を遂げることができたとされる。

　寡婦の居住地に近い「願成寺」は、現千葉県東金市松之郷字願成寺に所在の願成就寺（法華宗）の前身の寺にあたるが、十三世紀後半には円真房栄真が長老を務めた真言律宗西大寺派の寺院であった。(20)その栄真が嘉元元年（一三〇三）に鎌倉極楽寺長老に転じて以降、臨済宗黄龍《おうりょう》派《は》の雲叟慧海《うんそうえかい》によって禅寺化されたと見られる。(21) また、「下総国飯岡ノ」「律僧寺」は現千葉県成田市飯岡《いのおか》に所在の永福寺（真言宗）で、当時は律宗寺院であった。(22)

一方、この律宗寺院に所蔵されていたという「甚深大回向経」とは、『仏説甚深大廻向経《ぶっせつじんしんだいえこうきょう》』一巻を指す。「三輪清浄を説き、阿閦仏国への往生を説く」(23) 本経では、仏が明天菩薩の問いかけに対して「慈身口意行」について説く中で、「不殺生衆生、不盗他財、不邪淫、不妄語、不綺語、不両舌、不悪口、不貪欲、不瞋恚、不邪見」の十善について詳細に解説した後、「明天当レ知。彼不殺不盗不邪婬、則是菩薩修慈身行。不妄語両舌悪口不綺語、則是菩薩修慈口行。不貪不恚不邪見、則是菩薩修慈意行。修二慈身口意一、則是菩薩等念衆生」（大正新脩大蔵経第一七巻867c）と、十善戒と菩薩の「慈身口意行」を関連付け、これを「菩薩等念衆生」だと結論する。この部分が経典全体の三分の一を占めている点からも、「甚深大回向経」が戒律と関わり深い経典であることが窺えよう。

すると、本話では、戒律に所縁深い経典の存在が地元の律宗寺院では認識されず、いわば死蔵されていたのに対し、遠く離れた京都に居住する夢窓国師の弟子が、むしろその存在をよく理解していたという、誠に皮肉な構図が語られていることになる。亡者が生前「落二シ律僧ヲ一」たという律僧女犯の挿話が語られることとも相まって、ここでは律宗の願成寺、永福寺ともまったく顔色なき体である。本話の背景に、願成寺の禅宗化とそれに伴う現地における律から禅への勢力関係の変化が介在することは間違いなかろう。本話の伝承経路も興味深い問題であるが、(24) いまは措くとして、天台律と関係深い『三国伝記』が夢窓所縁のいわば禅宗系の本話を採録した意味を探っておく必要があろう。おそらくそれは、夢窓の戒律に対する姿勢に理由が求められるのではなかろうか。

夢窓は『夢中問答集』(25) 下巻第八八問答で戒・定・慧の三学について次のように述べている。

諸仏の説法無辺なれども、戒《かい》・定《ぢやう》・慧《ゑ》の三学を出でず。……仏在世の時は、申すに及ばず。仏滅後、如来の法を紹隆し給へる教禅の宗師、皆同じく戒相を具足し給へり。仏在世の時は、禅教律の僧とて、形服のかはれることはなかりき。その形は皆律儀をととのへ、その心は同じく定慧《ぢやうゑ》を修す。末代になりて、兼学の人はありがたき故に、その家三種に分かれたることは、その謂《いは》れなきにあらず。各々一学を本《ほん》として、互ひにそしりあへるは、謬《あやま》りなり。像法決疑経の中に、末世の時、禅僧・律僧・教僧、その品類差別して、互ひにそしりあうて、我が仏法を破滅すべし。獅子身中の虫の、獅子の肉を食するがごとしと云云。禅教律の僧、たとひ凡情いまだつきざる故に、我執起こることありとも、仏弟子と号しながら、何ぞ仏の違勅をそむき給はむや。

仏弟子たる者、本来、戒・定・慧の三学は等しく修めるべきものであり、禅僧であっても当然、「律儀をととのへ」る必要があるとの立場が示される。この後、「唐の代になりて、百丈の大智禅師の時より、始めて禅僧は律家に居せず。別に禅院を立て、威儀法則も、律院に同じからず」と中国における禅律分離の歴史に触れるが、しかしその際の「百丈の意も、禅僧は戒を用ふることなかれとにはあらず。然れば、清規の中に、禅僧の威儀ををさむべきやうを説かれたること、微細なり」と、『百丈清規《ひゃくじょうしんぎ》』の中でも戒律が重視されていることを強調する。夢窓はまた『夢中問答集』上巻第一九問答や『谷響集《こっきょうしゅう》』(26)下で「浄業障経」(『仏説浄業障経《ぶっせつじょうごっしょうきょう》』一巻)という「一切法本来清浄の知見によって業障の浄められることを、仏が毘舎離《びしゃり》の菴羅樹園《あんらじゅえん》で説いた」(27)律部の珍しい経典を引用し(28)てもいる。夢窓は戒律を重視する持戒の禅僧だったのであろう。おそらく弟子の「周豪上座」(29)も同様であったに違いない。律儀をないがしろにしない三学重視の夢窓派の姿勢が天台律僧に親和性を感じさせたのではなかろうか。

ちなみに『三国伝記』巻二第一七話「智覚禅師事 明生野千身天上也」は、無住の『沙石集』の成立に大きく関わり(30)、夢窓にも影響を与えた(31)『宗鏡録《すぎょうろく》』の著者、智覚大師延寿《えんじゅ》の説話であるが、延寿はここでは「教網高張統二衆徳一ヲ、鵝珠常ニ磨テ耀二浄戒ヲ一道人也」と紹介されており、かつ「説戒」の場での挿話となっているところからも、禅僧としてよりも持戒の僧としての側面に光が当てられていることは間違いない(32)。『三国伝記』は禅僧の持戒の面に共感を示すのである。

『三国伝記』の夢窓関係説話の二つ目、巻四第九話「夢窓国師ノ事」は夢窓の伝記的記事であるが、『三国伝記』が夢窓のどこに関心を寄せたかはここからもある程度窺える。本話の前段は、夢窓が初めて禅の修行をすべく建仁寺に止住したことまでを語っており、弟子の春屋妙葩《しゅんおくみょうは》編『天龍開山《てんりゅうかいさん》夢窓正覚心宗普済国師年譜《むそうしょうがくしんじゅうふさいこくしねんぷ》』(33)に「近く」(34)、内容も比較的詳細であるが、一方、禅僧としての発展を語る二十五歳以降の後段の記事は極めて簡略で、前段の分量にも及ばないほどである。前段では、夢窓が十八歳で出家し、「南都ノ慈観律師ニ謁シテ受ケタリ二具戒ヲ一」、すなわち東大寺戒壇院長老の凝然から受戒したことや、夢想により名を疎石、字を夢窓としたこと、さらに法燈国師覚心《ほっとうこくしかくしん》の許に向かう途中、旧知の人から「先ヅ在テ二叢林ニ一学ビ二其ノ規矩ヲ一、然フシテ深ク止リ二巌崖《ガンガイ》ニ一行脚シテ仏法ヲ訪へ」と勧められ、建仁寺に止住するに至った経緯を語るが、「叢林」の「規矩」とはもちろん清規に基づくものであろうから、先に引いた『夢中問答集』下巻第八八問答を想起するなら、ここも夢窓の戒律重視の姿勢と無関係ではないことになろう。

『三国伝記』の夢窓関係説話としては、いま一話、巻一二第二一話「放鯉沙門事 明神慮方便也」が上げられる。本話に夢窓は登場しないが、主人公の「諸国斗藪ノ沙門」が詠む和歌に複数の夢窓詠歌が用いられているのである。この点につき、西山美香氏は「夢窓家集（第Ⅰ系統）は花山院長親が出家をし、耕雲明魏という名にかわった後に編纂されたと考えられることから、元中九年（一三九二）〜永享元年（一四二九）ころの成立とされている。『三国伝記』は池上書によれば、一四一〇〜一四二〇年代に成立したとされるから、非常にはやい夢窓の和歌の享受であることはいえるだろう。また夢窓家集がすぐに手に入れてみることができる環境に『三国伝記』の作者がいたことを示しているかもしれない点で、夢窓家集と『三国伝記』の影響関係については、重要な問題を内包している」と注目し、「また興味深いのは、夢窓歌が引用されている『三国伝記』「鯉放沙門事」で描かれる「沙門」とは、「世の憂さ」を和歌に詠じながら、あちこちに庵を結び、そして動物を教化する僧侶であるが、この姿が他の伝承化された夢窓像と非常に近いものであることである。夢窓の和歌がそのような「沙門」の和歌として利用可能なものであったということがわかる」と指摘している。[35]

本話では、「諸国斗藪ノ沙門」がまず摂津国平野の地で「平野ノ橋絶ヘテ」交通断絶の状況に遭遇、「道登禅師」や「行基菩薩」の先例を想起し、勧進活動を開始すると「三年ニ功畢リヌ」と語られる。ここで描かれる「抖擻」「勧進」などの面は」栄西などにも認められる「遁世聖の属性でもある」。[36] つまり「諸国斗藪ノ沙門」は禅律僧の特徴を強く帯びているのだといえよう。

本話の後半で「沙門」は琵琶湖の漁師の網にかかった鯉を助けるが、その夜の夢に「翁」が現れ、命を救われたことへの恨み言を「沙門」に述べる。その際、「翁」は、かつて諏訪明神に上州世良田「長楽寺ノ寛提僧正」が参詣し、贄のために獣を殺す訳を神に問うと、夢に、贄の獣が金仏と変じて昇天した後、明神が現れ、「野辺ニスムケダ物我ニ縁ナクバウカリシヤミニ猶マヨハマシ」の歌を詠むと見て、即座に神意を解したという説話を語る。夢から覚めた「沙門」は、「奇異ノ思ヲ成」すとともに、かつて「笠置ノ解脱上人」貞慶がやはり諏訪明神に参詣し、殺生を止めようとしたところ、神が「童男」に変じて現れ、宗祠の辺で雉を殺そうとして「業尽衆生、雖放不生、故宿人天、同証仏果」といわゆる「諏訪の勘文」を唱えるのを聞き、たちまち神慮を理解したという説話を思い合わせたという。無住の『沙石集』でも供御に関わる同様の伝承を伝えるが(37)、神社における殺生供祭のあり方は律僧の立場からすれば、やはり等閑に付しがたい問題であったのだろう。

　ともあれ『三国伝記』の以上三話の夢窓関係説話からは、持戒の面を中心に律僧との親和性の高さが浮かび上がる。夢窓派の禅僧と天台律僧との具体的な接点をどこに求めるかは今後の課題であるが、いずれにせよ両者の交渉の過程でこうした説話が形成され、掬い上げられてきたことは間違いなかろう。

## 三、『三国伝記』と禅律僧

　『三国伝記』における禅の問題を考える際、避けて通れないのが巻一一第三〇話「丹波国俗人道心事」である。従来ほとんど関心を払われていない説話だが、「昔話「阿曽沼の鴛鴦」に似」(38)た結構の発心出家譚が語られた後、この出家者に対し「奥郡ニ」「山居シ給ケル」「老僧」が語る禅宗の法門の物語は長大で、それは『沙石集』における最重要話、山中の老僧が金剛王院僧正実賢《じっけん》に向けて語る法文の物語(39)を彷彿させる。

　老僧によれば、禅宗の歴史は、「世尊、迦葉ニ付属シテ」後、「西天ニ廿七代ヲ過テ」、達摩が「漢土ニ西来」以降、六祖慧能《えのう》に至るまでは「異儀無レ分」。その後、南嶽懐譲《なんがくえじょう》と青原行思《せいげんぎょうし》の「二人ノ門徒五家ニ分レタリ」として、以下のようにつづける。

　一ニハ臨済《リンザイ》、二ニハ法眼《ゲン》、三ニハ雲門、四ニハ曹洞《ソウトウ》、五ニハ偽仰《イゲウ》也。此ノ五家ノ中ニ法眼ノ一家ハ三代ニ有テ高麗《ライ》国ニ流入ス。其ノ余ノ四家ハ猶ヲ漢土ニ有テ我朝ニ未《ダ》レ来《ラ》。知訥録ヲ見ニ、日本国ノ覚阿上人ト入タル計ニテ、此ノ外都《スベテ》録ニ入ル人無シ。若シ適《タマ〱》印可有レバ僅《ワヅカニ》心性ノ印可也。

　中国禅宗の五家のうち、法眼は高麗に伝えられたが、それ以外の四家は中国に留まっていて、いまだ日本には伝わっていない。「知訥《ちとつ》録」を閲するに日本人の禅僧で名が記されているのは「覚阿上人」だけであるという。「覚阿上人」は叡山僧、「承安元年（一一七一）に法弟全慶をともない入宋し、杭州霊隠寺の瞎堂慧遠のもとで修行、その法を伝えて安元元年（一一七五）に帰国した」(40)人物である。「知訥録」は未詳ながら、覚阿の伝は『嘉泰普燈録《かたいふとうろく》』（一二〇四年）や『五燈会元《ごとうえげん》』（一二五三年）という中国禅燈史に記載されている。(41)ともあれ、老僧によれば、叡山の覚阿の存在を例外に、いまだ日本に禅宗は本格的には伝来していないというのである。

老僧の法談はさらにつづく。

自ラ教ヲ読テ嫌行ヲ学ビ行ヲ捨ル、已ニ破法堕悪道ノ外道也。達磨ハ楞伽ヲ学シ、長水ハ楞厳ヲ誦シ、恵能ハ金剛経ヲ持シ、知訥《トツ》ハ華厳ヲ愛スル等ハ、皆ナ教家ニ遊事ヲ言フ也。更ニ非レ為《ス》ルニレ禅ト。

ここでは禅者が「教家」に学んで「行」を捨てる行為は「破法」に等しいと厳しく批判しており、『首楞厳義疏注経』の著者も「長水ハ楞厳ヲ誦シ」と批判の俎上に載せられている。[42] では、禅者にとって重要なことは何なのか。

禅師モ釈迦ノ遺付ニシテ、尋テ二世尊ノ旧跡一ヲ学ブ。釈迦ハ六年禅定ノ功ニ依リ、達磨ハ九年座禅ノ徳ニ依ル。仏祖已ニ然也。恁麼《インモ》彼ニ不レ随ラン乎。又行ハ何レト分ツコト勿レ。念仏誦経モ只心ノ引方ナルベシ。

禅者も「世尊ノ旧跡」に学ぶことが必要であり、達磨が釈迦の「六年禅定」に倣って「九年座禅」を行ったように、「禅定」の「行」の実践がなにより重要である。その際、「行」の種類は問わず、たとえ「念仏誦経」であっても問題はないという。

老僧の法談はなおも続くが、とりわけ肝要なのはこの箇所であろう。すなわち禅者が心得べきは、「禅定」の「行」を重視せよということなのである。老僧の理解では、この点で「禅師」の条件に適うのは日本では「覚阿上人」だけということになるのであろうか。ちなみに、光宗《こうしゅう》の『渓嵐拾葉集《けいらんしゅうようしゅう》』は覚阿をめぐる以下の伝承を伝えている。

一、日本禅法得悟人事

妙法院頼勇法印夢想云、日本国ニ禅法開悟ノ人ハ、山家大師、覚阿上人許也、云云。此頼勇ハ覚阿上人ノ事ヲバ不レ知人也。誠感夢様不思議也、云云。

（大正新脩大蔵経第七六巻691C）

日本で「禅法」を悟ったのは最澄と覚阿のみだとする天台の伝承であるが、老僧の説くところと重なる側面はあるといえよう。

ここで注意されるのは、『谷響集』下において夢窓が智覚禅師延寿の『宗鏡録』の言に関わって述べる以下の言葉である。

禅定の行は諸宗に通ぜり。此行を専にする人を皆禅師と名たり。この故に顕密の先徳にも禅師の号を得給へる人多し。教外別伝の宗師をも、禅師と名たり。

「禅定は諸宗に共通したもので、この禅定を専修するものを禅師と呼び、禅宗の僧もこの中に含まれる」[43] というのである。山中の老僧は、釈迦は六年の「禅定」を行い、達磨はその「旧跡」に倣って「座禅」を行ったが、「禅定」のための「行」は何であれ問わず、たとえ「念仏誦経」であっても構わないと語った。「禅定の行は諸宗に通ぜり」という「諸宗」に拘らぬ夢窓の姿勢は、この点に限っていえば、むしろ山中の老僧の立場に近いものがあろう。

一方、先に触れたように、牧野和夫氏は「『三国伝記』の世界が、東大寺戒壇院系の律僧の拠点寺院に〝ひそかに〟連続していたことは明瞭である」とするが[44]、円照《えんしょう》や聖守《しょうしゅ》、凝《ぎょう》然《ねん》ら東大寺戒壇院系の律僧が「禅定」に深い関心をもっていたこともすでに指摘されている[45]。『三国伝記』に関わる天台律僧にもその傾向は及んでいたのであろう。そうとすれば山中の老僧の法談は、通常は「禅法」といえば止観を意味したであろう彼らにとっても共感をもって受け止められる側面があったのではなかろうか。『三国伝記』に夢窓関連の説話とともに山中の老僧の説話が収められていることや、夢窓派禅僧に享受された『首楞厳義疏注経』がこの作品で活用されている事実も、そうした背景を考えれば理解しやすいように思われるのである。

## 四、『三国伝記』と「行」への志向

ここまで、『三国伝記』における夢窓をはじめとする禅僧に関連した説話の分析から、天台律僧と夢窓派の禅僧が「戒律」と「禅定」の要素において親和性の高い傾向にあることを指摘してきた。戒・定・慧の三学を尊重するのは当時の遁世僧、禅律僧の基本的志向であったが[46]、とりわけ戒・定という「行」に関わる面が[47]『三国伝記』では重視されているように思われる。ここで『三国伝記』における持戒の僧の例を挙げてみよう。

まず、巻四第二一話「三人同道ノ僧俗《ゾク》愛《エ》智川《チガハ》ノ洪水《コウズイ》ヲ渡ル事」に登場する「真言師ト覚《ヲボ》ヘテ」と記される「律僧」は、「胎金両部ノ壇ノ上ニハ四曼《マン》相応ノ花ヲ翫《モテアソビ》、瑜伽三密ノ道場ニハ六大無碍ノ月ヲ瑩《ミガキ》、久修練行年ヲ重ネ、観念加持日ヲ積レリ」とその「行」が表現されている。「律僧」は「濃州龍泉寺ノ辺ニ居住ノ者也」と名乗り、「近比、白川元応寺ノ運海和尚」から伝法を受けた「報恩」のため上洛するのだと語るが、この「台密を学ぶ僧に対してだけ敬語が用いられている」[48]点でも注目される人物である。また、巻六第一八話「江州長尾寺能化覚然上人事」に登場する「近江国坂田郡大乗峯伊吹山長尾寺ノ能化覚然上人」は下総国の千葉氏の出身、「志学ノ昔、洛陽ニ上リ随テ二玄恵法印一ニ習ヒ二外典一ヲ、壮年比、河東ニ移リ謁シテ二虎関和尚一ニ看二禅録一ヲ」たとされ、玄恵《げんえ》や禅僧の虎関師錬《こかんしれん》と交渉をもった経歴も興味深いが、「内ニハ兼テ二三事四徳一ヲ、久修練行年深ク、外ニハ具シテ二三聖四摂一ヲ、持〔戒〕精進日積レリ」とその「行」が表現されている。一方、巻一一第二一話「相模阿闍梨快賢事 遠江桜池事」の「相模阿闍梨快賢」は「戒行全ク等シテ、恵解共ニ具ヘリ」と「慧」の側面にも言及されるが、「兜率ノ行人、法花持者也シガ、読経坐禅ノ隙ニ思ヒケルハ」とやはりその「行」に比重が置かれる。こうした点に鑑みれば、「行」の実践をなにより枢要だと説く、先に見た巻一一第三〇話の山中の老僧の主張は、作品の基調を体現しているといっても過言ではなかろう。

このとき想起されるのが、池上洵一氏が『三国伝記』で注目する修験の要素である。池上氏は作品全体から修験の要素を丁寧に析出させながら以下のように述べている。(49)

しかし、このような言い方を重ねてきた結果として、『三国伝記』という作品そのものが修験の産物であると断定的に受け取られるとしたら、私の本意ではない。私はこれまで湖東の修験とそれがもたらしたであろう影響の跡を『三国伝記』の説話に懸命に追い求めてきた。しかし、それはこの側面からする追究が乏しい研究史的な状況に原因することで、この作品のすべてが修験で解決できるとは思っていないし、撰者玄棟《げんとう》が修験と直接に関係があったかどうかも今の段階では不明というほかないのである。しかしまた、玄棟自身はどうであれ、善勝寺と修験とは無関係ではなかったと思うし、その情報は必ずや玄棟の耳目にも親しく触れていたであろうと想像する。もともと天台系の比良《ひら》修験に根ざした湖東修験は、天台密教の教学と深く結ばれていたし、先述のように奥《おくの》島《しま》では湖東随一の学問寺であった阿弥陀寺までが入山行の道筋に組み込まれていたのであって、修験と教学とを峻別するのは不可能な状況にあったと思われる。おそらく善勝寺の近辺にも修験的なるものは充満していたに違いない。

本稿で取り上げた説話も、修験とは一見直接関わりがなさそうに見えるが、作品の中心に天台律僧を置いて考えるとき、「修験的なるもの」は「戒」「定」という「行」の実践の延長線上に切れ目なく連なるものと考えられるのではなかろうか。『三国伝記』巻七第一五話「鑑真和尚事 明南都戒律根本也」は日本律宗の開祖とされる鑑真の伝であり、律僧にとっては重要な伝承であったと思われる。本話の後半では、鑑真没後五十年にして律法が衰退したため、「笠置《カサギ》ノ解脱上人」が興隆を志したが、時いまだ至らず、「中比」に「思円法師、弘成《グウジヤウ》大徳」らが再興を期して、東大寺大仏の宝前で自誓受戒を行ったことを語り、最後、以下のように結んでいる。

爰以、思円上人ハ、聖武第一ノ女帝孝謙天皇御願、西大寺ノ荒替セルヲ興隆シテ、繁昌セシメ、如二本意一ノ律宗ヲ弘メ給フ。弘成大徳モ、鑑真和尚建立ノ招提寺ノ荒廃シタルヲ再興シ、律法ヲ弘メ給フ。是皆、本願上人ノ志ノ成ズル処ニヤ。故ニ両寺ノ戒律、今ニ不レ絶。此寺ヲ南都ノ律トハ云也。

「思円」は叡尊《えいぞん》、「弘成」は国会図書館本に「クウシヤウ(グウジヤウ)」と付訓されるため、「覚盛の号「窮情」をこのように記したものであろうか」[50]と推測される。叡尊が西大寺を、覚盛《かくじょう》が唐招提寺を、それぞれ再興し、鑑真の「志」を継承して、「戒律」を守っている、これを「南都ノ律」というのだと、南京律の歴史を語る伝承となっている。

本話で注目すべきは、「南都戒律根本」にあたる鑑真の来朝後の以下の行動である。

日本ニハ法喜菩薩ノ浄土アリトテ、先ヅ葛木山ニ登リ玉フ。時ニ峯ニ鬼神有テ、鐘ヲ推ク。和尚来給フニ、布薩ノ鐘ナリト告グ。則、法喜菩薩ノ所ニ到リ、其籌《チウ》ヲ乞給ヒテ本トシ、孝謙天皇天平勝宝年中ニ東大寺戒壇院ヲ濫觴シテ、毘尼ノ正法ヲ弘メ、妙法ノ受戒ヲ始ム。南都ノ布薩ヲバ勤行シ給シ也。……其後、真如親王ノ御所ヲ給ハリ、私ノ寺ト成ス。招提寺、是也。此レニモ戒壇ヲ建ラレタリ。彼本籌ヲバ此寺ニ籠メテ今ニ有レ之。

鑑真は日本に法喜《ほうき》菩薩の浄土があると聞いて、真っ先に葛城山に登る。すると鬼神が布薩《ふさつ》(戒律が守られているかどうかを点検し、懺悔する集会)の鐘を撞いたので、鑑真は法喜菩薩のところに行って布薩の際に人数をかぞえるのに用いる「籌《チウ》」をもらい受ける。その後、東大寺戒壇院を草創して授戒を行い、布薩を開始、法喜菩薩からたまわった「本籌」は唐招提寺におさめられて今に伝わるという。「法喜菩薩ト者、役行者ノ異名也」(『渓嵐拾葉集』大正新脩大蔵経第七六巻789c)との理解からすれば、ここには「南都戒律根本」と葛城修験との関係が看取されることになろう。本話は南京律の歴史が始原のところで修験と繋がっていることを語る伝承であるともいえる。[51]ちなみに、同様の伝承は光宗の『渓嵐拾葉集』にも認められる。

問。役行者本地如何。答。曇無竭菩薩ノ化身也。故花厳経ニ云、従レ此五百由旬東方有二大乗流布国一。其中ニ曇無竭菩薩在文。又云、鑑真和尚葛木之峯ニ巡礼之時、

有二鬼神一布薩ノ鐘ヲ鳴ス。和尚問云、何故ソ鐘ヲ鳴ス耶。鬼神答云、曇無竭菩薩ノ布薩也、云云。仍テ和尚布薩ニ共シテ取レ籌。其籌今ニ南都ニ有リ。日本ノ奇瑞是也、云云。

（大正新脩大蔵経第七六巻520b）

尾上寛仲氏は、光宗が正和元年（一三一二）に回峯行について義源《ぎげん》から師説を授けられたことを指摘し「光宗も亦回峯行者であったと判断できるのである」とする。(52) 鑑真は「天台宗の学徒でもあった」(53)から、天台律僧にとっても、本話は律と修験の「行」を繋ぐ大切な伝承であったのだろう。先に触れた巻六第一八話「江州長尾寺能化覚然上人事」で、持戒の覚然が活躍する舞台「伊吹山長尾寺」も伊吹四箇寺の一つで伊吹修験と関わり深い寺院であった。(54) そもそも修験には「規律・戒律・清浄が要求される」(55)側面がある。鑑真の律と修験をめぐる説話を介して考えるなら、『三国伝記』の修験は戒・定という「行」の実践に直接連なる存在であると理解するのが自然であろう。

## おわりに

本稿では『三国伝記』の禅律僧に関わる説話を中心に検討し、三学のうちでもとくに戒・定を中心とする「行」の実践が重視されていることを明らかにしてきた。『三国伝記』はいわば「行」を志向する説話集として、その性格を捉えることができるのではなかろうか。律に基づく実践的性格を持つ説話集としては、慶政『閑居友』(56)や無住『沙石集』(57)の流れを承ける作品であるともいえよう。その意味では、『閑居友』と『沙石集』が『三国伝記』の有力な出典となっていることも、けだし偶然とはいえないのである。

注

（1）『三国伝記』の引用は古典資料（巻一、二、六、七、八、九、一〇、一二は国会図書館蔵写本、他の巻は寛永十四年版本）による。漢字は通行の字体を使用し、片仮名小字を大字に改め、濁点を施すなど、私に表記を整えた。また写本の脱字を版本で補った箇所には〔 〕を付した。

（2）池上洵一校注『三国伝記（上）』（三弥井書店、一九七六年）三五二頁補注六。

（3）経典本文に対する注釈部分を一字下げのかたちで記す。なお、大蔵経の引用に際しては、漢字は通行の字体に改め、返り点を施すなど、私に表記を整えた。

（4）大澤邦由「『楞厳経』における「聞思修」について――宋代から明末の注釈書の解釈を中心として」（『駒澤大学仏教学部論集』第四九号、二〇一八年）。

（5）高橋秀栄「鎌倉時代の僧侶と『首楞厳経』」（『駒澤大学禅研究所年報』第七号、一九九六年）。

（6）小川豊生「中世芸文と如来蔵――「離見の見」をめぐって」（『仏教文学』第四五号、二〇二〇年）。

（7）『三国伝記』と『首楞厳義疏注経』との影響関係について

は、大阪市立大学文学研究科・二〇一五年度大学院演習における羅小冊氏の報告に負うところが大きい。
（8）拙稿「『沙石集』と『摩訶止観』注釈書」『中世説話集とその基盤』（和泉書院、二〇〇四年、初出は一九九三年）。
（9）拙稿「『三国伝記』の成立基盤――法華直談の世界との交渉」（注8前掲書、初出は一九八九年）では、本話の原拠を『法華文句』としているが、本話への影響は限定的であると修正しておきたい。
（10）注9前掲拙稿。
（11）池上洵一「『三国伝記』の成立基盤」『説話と記録の研究』（和泉書院、二〇〇一年、初出は一九七八年）。
（12）牧野和夫「中世近江文化圏と能の素材――「野寺」のこと等」『中世の説話と学問』（和泉書院、一九九一年、初出は一九八五年）。
（13）牧野和夫「『三国伝記』と『太平記』の周辺」『日本中世の説話・書物のネットワーク』（和泉書院、二〇〇九年、初出は一九九〇年）。
（14）田中貴子「『渓嵐拾葉集』と『秘密要集』」『『渓嵐拾葉集』の世界』（名古屋大学出版会、二〇〇三年）。
（15）牧野和夫「談義所遁蔵聖教について――延慶本『平家物語』の四周・補遺」（『実践国文学』第八三号、二〇一三年）。
（16）注11池上氏前掲論文。黒田彰「三国伝記と和漢朗詠集和談鈔」『中世説話の文学史的環境』（和泉書院、一九八七年、初出は一九八二年）。牧野和夫「中世の太子伝を通して見た一、二の問題（2）――所引朗詠注を介して、些か盛衰記に及ぶ」『延慶本『平家物語』の説話と学問』（思文閣出版、二〇〇五年、初出は一九八二年）。
（17）注12牧野氏前掲論文。
（18）荒木見悟『中国撰述経典二 楞厳経』（筑摩書房、一九八六年）「解説」。
（19）注6小川氏前掲論文。
（20）桃崎祐輔「総州願成寺の探索――房総における西大寺流真言律寺院の沿革小考」（『六浦文化研究』第八号、一九九八年）。
（21）関口静雄他「妙幢浄慧撰『佛神䆑感應錄』翻刻と改題（八）」（『学苑』第九四一号、二〇一九年）。
（22）外山信司「『三国伝記』の「飯岡律僧寺」のこと」（『千葉史学』第五二号、二〇〇八年）、注21関口氏他前掲論文。
（23）『大蔵経全解説大辞典』（雄山閣出版、一九九八年）「仏説甚深大廻向経」の項（佐藤秀孝氏執筆）。
（24）稿者はかつて上総長南台談義所（長福寺）との関係を想定したことがある（注9前掲拙稿）。ちなみに夢窓の説話は『法華経直談集』にも収められている（中野真麻理「諏訪の神文」「一乗拾玉抄の研究』臨川書店、一九九八年、初出は一九九六年）。
（25）川瀬一馬校注・現代語訳『夢中問答集』（講談社学術文庫、二〇〇〇年、原著は一九七六年）による。
（26）国文東方仏教叢書による。
（27）注23前掲書「仏説浄業障経」の項（笠井哲氏執筆）。
（28）西村惠信『夢中問答入門――禅のこころを読む』（角川文庫、二〇一四年、原著は二〇一二年）では「ところで『仏説浄業障経』（浄業障経とも。『大正蔵経』第二十四巻）という経典までであったとは、いままで寡聞にして知りませんでした。夢窓国師はそのような経典にも、しっかり眼を通しておられたのですね」と言及している。
（29）「周豪」については注21関口氏他前掲論文に考察が備わる。ちなみに、川本慎自氏は「周豪」と説話中の年号「貞和二年」

が夢窓派にとって特別な意味を持つと推定している（「夢窓派の応永期」応永永享期文化論研究会、二〇二〇年九月）。
(30) 拙稿「無住と三学――律学から『宗鏡録』に及ぶ」（『説話文学研究』第五二号、二〇一七年）。
(31) 柳幹康「夢窓疎石と『宗鏡録』」（『東アジア仏教学術論集』第六号、二〇一八年）。
(32) 延寿の戒行の厳格さに対しては、無住も崇敬の念を表明するところである。注30前掲拙稿参照。
(33) 続群書類従による。
(34) 注2池上氏前掲書、二一二頁頭注。
(35) 西山美香「「東山殿西指庵障子和歌」の本文とその成立について」『武家政権と禅宗――夢窓疎石を中心に』（笠間書院、二〇〇四年）。
(36) 船岡誠『日本禅宗の成立』（吉川弘文館、一九八七年）一七二頁。
(37) 無住は厳島、諏訪、宇都宮における供御の例に言及している（巻一）。
(38) 池上洵一校注『三国伝記（下）』（三弥井書店、一九八二年）二五七頁頭注。
(39) 拙稿「無住と金剛王院僧正実賢」（『文学史研究』第四九号、二〇〇九年）参照。
(40) 注36船岡氏前掲書、一四六―一四七頁。
(41) 佐藤秀孝「覚阿の入宋求法と帰国後の動向（上）――宋朝禅初伝者としての栄光と挫折を踏まえて」（『駒澤大学仏教学部論集』第四〇号、二〇〇九年）。
(42) ちなみに、ここで山中の老僧から「長水ハ楞厳ヲ誦シ」と批判の矛先を向けられる「楞厳」すなわち『首楞厳経』については、注18荒木氏前掲書において、「かなり複雑な教相的装飾をもちながら、禅宗と密接なかかわりをもったのは」「この経典の主要人物たる阿難が、多聞第一と称されながらも、それがかえって真の解行の体得をさまたげているとして、さんざんにやりこめられるところに、教相仏教を冷眼視しようとする禅家の琴線と呼応するものがあるからであろう。阿難のもろさ・弱さ・未熟さが暴露されるごとに、禅僧たちは溜飲の下る思いがすることであろう」と禅宗で好まれた背景が指摘されている。
(43) 注36船岡氏前掲書、六頁。
(44) 注15牧野氏前掲論文。
(45) 蓑輪顕量「中世東大寺僧に見る禅宗の影響――凝然の場合」（『印度学仏教学研究』第六二巻第二号、二〇一四年）、同「寺僧と遁世門の活躍――戒律・禅・浄土の視点から」（『ザ・グレイトブッダ・シンポジウム論集（中世東大寺の華厳世界――戒律・禅・浄土）』第一二号、二〇一四年）。
(46) 蓑輪顕量「中世南都における三学の復興」（『仏教学』第四八号、二〇〇六年）、大塚紀弘「中世仏教における「宗」と「三学」」『中世禅律仏教論』（山川出版社、二〇〇九年）、上島享「鎌倉時代の仏教」『岩波講座 日本歴史 第六巻 中世1』（岩波書店、二〇一三年）、参照。
(47) 戒律に関して、西谷功「鎌倉期戒律復興の実像――泉涌寺僧が果たした役割」（『説話文学研究』第五五号、二〇二〇年）は、「戒律復興とは「戒＝学」と「律＝行・威儀」の両方の復興により、はじめて達成されたと評価すべきものと考える」とし、「戒律の戒相面である「学」」よりも「儀礼などの実践面である「行」」を重視すべきことを説いている。
(48) 注11池上氏前掲論文。
(49) 池上洵一「修験の道――『三国伝記』の世界」『今昔・三国伝記の世界』（和泉書院、二〇〇八年、原著は一九九九年）。

(50) 注38池上氏前掲書三二一頁補注二二。

(51) 川崎剛志「『金剛山縁起』の撰述と受容」『修験の縁起の研究――正統な起源と歴史の創出と受容』(和泉書院、二〇二一年、初出は二〇〇六年)は、鑑真と法起菩薩(法喜菩薩)をめぐる伝承が、弘長年間(一二六一～一二六四年)の金剛山修造に関わって「その修造計画の根拠となる書物として」「偽撰された、と推測される」『金剛山縁起』にすでに見え、その後、元亨二年(一三二二)に草された賢位撰『唐大和上東征伝』(唐招提寺蔵)にも当該伝承が「籌」のくだりも含めたかたちで引かれることを指摘している。

(52) 尾上寛仲「阿弥陀寺考(上)」『日本天台史の研究』(山喜房仏書林、二〇一四年、初出は一九七一年)。

(53) 東野治之『鑑真』(岩波新書、二〇〇九年)。『渓嵐拾葉集』でも「鑑真和尚終南山道宣律師殊弟也。三論ノ祖師道睿ト云フ人、勧二鑑真一ヲ令レ来二日本一。其時律ノ三大部並天台三大部将来シ給フ。仏本意在二大義一也」(大正新脩大蔵経第七六巻836c)と言及される。

(54) 満田良順「伊吹山の修験道」(五来重編『近畿霊山と修験道』(山岳宗教史研究叢書11)名著出版、一九七八年)。

(55) 上田さち子『修験と念仏――中世信仰世界の実像』(平凡社、二〇〇五年)一一八頁。ちなみに、追塩千尋「叡尊の東国下向」『中世の南都仏教』(吉川弘文館、一九九五年、初出は一九八九年)は、西大寺を再興した「叡尊は後の三十六先達となる寺院の四分の一と当時関わりがあった」とし、「弘長二年(一二六二)二月から八月にかけての半年にわたる」「東国下向は直接的には北条時頼の要請で行ったにせよ、修験者としての回国行、勧進聖としての他国遊行の性格も色濃く有していたのではないか」と推定しており、律僧と修験の親和的関係がうかがえる。また、徳永誓子「修験道当山派と興福寺堂衆」(『日本史研究』第四三五号、一九九八年)は、「興福寺・東大寺の堂衆は大峰入峰を寺内の修験修行である当行の延長上に捉え、昇進階梯に組み込んでいた。この寺内限定と社会共通の修験による二重構造は畿内近国寺院の行人層に共通の現象と推定されるが、興福寺等南都堂衆の場合入峰等を古義律宗研鑽の一環と捉えた点が他と異なる。院政期から鎌倉前期にかけての戒律再興運動は興福寺堂衆にも影響を与え、彼らなりの律学高揚として大峰入峰が活発化し、これが他の南都堂衆にも波及する」と指摘、唐招提寺を再興した覚盛がもと興福寺西金堂衆であったことも確認されており、ここにも律と修験の関わりが認められる。その意味では、『日蔵夢記』(神道大系)で「蔵王菩薩」が日蔵に「汝護法菩薩為レ師、重受二浄戒一」と受戒を勧めている点も示唆的である。

(56) 拙稿「『閑居友』における律――節食説話と不浄観説話を結ぶ」(『国語国文』第八四巻第一〇号、二〇一五年)。

(57) 拙稿「無住と律(一)――『沙石集』と『四分律行事鈔』・『資持記』の説話」(『文学史研究』第五六号、二〇一六年)、および注30前掲拙稿。

**附記** 本稿はJSPS科研費(19K00299)による研究成果の一部である。

# 三国伝記と韓朋賦——変文と説話(三)

黒田 彰

くろだ・あきら——佛教大学名誉教授。主な著書に『中世説話の文学史的環境』正・続(和泉書院、一九八七・一九九五年)、『和漢朗詠集古注釈集成』全三巻(伊藤正義と共編、大学堂書店、一九八九〜一九九七年)、『孝子伝の研究』(思文閣出版、二〇〇一年)、『孝子伝図の研究』(汲古書院、二〇〇七年)などがある。

三国伝記と変文との関係については、かつて「変文と説話」(一)(二)と副題する二論文を書いたことがある(注1、2参照)。最近著しい研究の進展を見た韓朋物語は、変文(韓朋賦)の中国全土及び、日本での流布を強く示唆する中(北戸録所引無名詩集)、小稿は、三国伝記一・26と変文との関わりを、具体的に明らかにしようとする。

## 一、三国伝記の韓朋説話

二十世紀初頭、中国西辺の敦煌から出土した所謂、敦煌文書は、世界を驚愕させた。取り分け、変文と呼ばれる一群の文書は、当時の日本人の、中国文学(漢文学)に対する観念を一変させるに足る、衝撃を以て受け止められたのである。

変文とは、唐代を中心とする辺境都市の敦煌において実際に行われた絵《え》解《と》きの台本である。当時の口語を用いて書写された変文は、狭義の漢籍には収まらず、俗文学——民衆文学の範疇に属するものとされている。素より敦煌は、シルクロードの起点に位置する仏教都市であり、変文も当時の仏教の一宣教手段である俗講——民衆に対する講経(説経、唱導)のテキストとして、基本的に仏教文学の側面を有していたから、変文の特性は、非常に奥深いものがある。

変文の出現当初から、研究者を悩ませて来たのが、変文と日本文学との関係である。まず言えるのは、中国西辺の敦煌で書かれた変文が直接、日本に齎された筈はなかろうということだろう。このことから、一時流行に向かった日本文学研究者の敦煌熱は、急速に冷めてゆき、変文と日本文学との関係については、否定的な立場が、大勢を占めるに到っている。ならば、日本文学と変文は、全く無関係だと割り切れるかと言うと、問題は見掛け程単純ではない。二十一世紀を迎え、文学研究の学際化が浸透しつつある現在、日本文学の研究も、新たなパラダイムを必要とする。変文と日本文学の研究も、従来の否定的な見解を十分に踏まえながら、これまでとは異なった新たな観点から、一層注意深く眺めて行くことが求められよう。

　変文と日本文学、中世文学との関わりを考える際、注目すべきものの一つとして、室町時代初期に編まれたと思しい説話集、三国伝記がある。随分前のことであるが、その巻八第七「父母恩徳深重事」と恩重経変(1)（父母恩重経講経文）、また、巻九第一「目連尊者救母事」と日連変（日連救母変文）との関係を考えてみたことがある。(2)その節から気に掛かっていたのが、三国伝記巻一第二十六「宋韓憑妻事相思木事」と変文、韓朋賦との関わりであった。近時、呉氏蔵韓朋画象石が新たに出現したことを切っ掛けとして、今日に到るまでの韓朋物語の文学における研究史、(3)及び、その図像学的、美術史的研究史を検討する機会に恵まれた。(4)小稿は、その折に得た、三国伝記における韓朋の物語と変文、韓朋賦（以下、変文〈賦〉と称する）との関係をめぐる、知見を纏めたものである。

　三国伝記の韓朋物語を検討するに先立ち、その前提となる、中国文学における二つの基本的資料を、まず紹介しておきたい。その二つの資料というのは、変文（賦）及び、晋、干宝撰に掛る二十巻本捜神記十一294のことである。さて、変文（賦）に関しては本来、原文を掲げるべき所であるが、紙幅の関係から今回は、その粗筋を以ってそれに代えよう。次に示すのは、西川幸宏氏による変文（賦）の概略である(5)（私に〔①〕―〔⑥〕を補った。その①―⑥は後述、変文（賦）に挿入された、韓朋〈④〉と貞夫〈①―③、⑤⑥〉の歌の所在を示している）。

　昔韓朋という賢士がひとりで老母を養っていた。朋には仕官の志があったが、母をひとりにするのが気がかりだったので、妻（名は貞夫）を娶ることにした。その後朋は宋国に仕えたが、三年が過ぎても帰ってこない。そこで貞夫は夫へ手紙を送ることにした。手紙は朋のもとへ届いたが〔①〕、彼はそれを御殿の前で落としてしまう。手紙を得た宋王がその文を気に入り、臣下たちに貞夫をさらって来れる者を募ると、梁伯が名のりを上げた。梁伯は韓朋の家にやってくると貞夫をさらって行った。貞夫が宋国に到着すると、王はその美貌を見て喜び、彼女を皇后にしたが、韓朋に思いを寄せる貞夫は病床に臥せってしまった。貞夫が楽しまないので〔②〕、王が臣下に良い案を募ると、梁伯が「若く美しい韓朋を奴隷の身におとしめれば、貞夫の気持ちも朋から離れるだろう」と進言した。王はその言を採用し、朋を奴隷の身におとしめて清〔青〕陵台を築かせた。その後、貞夫は清陵台を見に行くことを許され、馬飼いをしている韓朋に会った。彼女は「なぜ宋王に復讐しないのか」と問うたが〔③〕、朋は「あなた（貞夫）の心はもう自分から離れているだろう」という歌〔④〕を返しただけだった。貞夫はそれを聞くと血書をしたため〔⑤〕、矢の先に結んで朋に向かって射た。朋はそれを読むと自ら命を絶った。宋王が貞夫に乞われて〔⑥〕韓朋の墓をつくると、貞夫は腐らせておいた着物を着て朋の墓穴へと身を投げた。侍従たちが助けようとしたが、着物が脆くなっていたので彼女の身体を提えることができなかった。宋王は墓を調べさせたが、貞夫の亡骸は見つからず、ただ青と白の石が一つずつ出てきた。王が二つの石を東と西に別々に埋めさせると、東から桂、西から梧桐の樹が生えてきて、二本の樹の枝や根は絡みあい、下には泉が、湧き出した。王がその樹を伐らせると、樹から血が流れ、二枚の木片が鴛薄となり飛び去って、跡には綺麗な羽根が一枚残った。王がその羽根で身体をぬぐってみると、艶やかに光り輝いた。頭のてっぺんだけ光沢がよくならないので、頭を磨いてみると、王の首は落ちてしまった。それから三年も経たぬうちに宋国は滅び、梁伯父子は辺境の地へ流罪となった。善を行えば福を授かり、悪を行えば災いを招くものなのである

二つ目の基本資料が捜神記である。その本文を示せば、次の通りである。

宋康王舎人韓憑、娶妻何氏。美、康王奪之。憑怨、王囚之、論為城旦。妻密遺憑書、繆其辞曰、其雨淫淫、河大水深、日出当心。既而王得其書、以示左右、左右莫解其意。臣蘇賀対曰、其雨淫淫、言愁且思也。河大水深、不得往来也。日出当心、心有死志也。俄而憑乃自殺。其妻乃陰腐其衣。王与之登台、妻遂自投台。左右攬之、衣不中手而死。遺書於帯曰、王利其生、妾利其死。願以屍骨、賜憑合葬。王怒、弗聴。使里人埋之、冢相望也。王曰、爾夫婦相愛不已。若能使冢合、則吾弗阻也。宿昔之間、便有大梓木生於二冢之端。旬日而大盈抱、屈体相就、根交於下、枝錯於上。亦有鴛鴦、雌雄各一。恒棲樹上、晨夕不去。交頸悲鳴、音声感人。宋人哀之、遂号其木曰、相思樹。相思之名、起于此也。南人謂、此禽即韓憑夫婦

之精魂。今睢陽有韓憑城、其歌謡至今猶存

変文（賦）と捜神記との違いにおいて留意しておくべきは、前者が所謂、韓朋物語の全体を、委細に亙って堂々と叙述して行こうとするのに対し、捜神記の方は、ヒーローとヒロインのロマンスの結末――大団円に焦点を絞り、物語の展開については、ごく簡単に要点のみを述べるに留め、言わば相思樹の起源譚に関する話となっていることだろう。そのことは、変文（賦）において引かれる、六首もの歌が、捜神記にあっては纔か一首（「其雨淫淫」以下。変文〈賦〉の⑤に該当する）しか引かれていないことからも了解される。なお変文（賦）は、九世紀頃の写本に過ぎないが、変文（賦）の内容と一致する、前漢後期の敦煌漢簡（976A、B）が出現し、後漢時代の銅鏡及び、画象石の図像中に、変文（賦）でしか説明の出来ないものが次々と報告されるなど、最近の韓朋物語についての研究の展開には、目を瞠《みは》らせるものがあり、また、捜神記に先行する魏文帝撰、列異伝逸文（芸文類聚92所引。極めて簡、捜神記と同文）も報告されるが、今は立ち入らない。(6)

## 二、三国伝記と敦煌文書

三国伝記においては目下、二系統のテキスト中に、韓朋物語を見ることが出来る。言わば三国伝記の本体におけるそれと、本体から派生した平仮名本におけるそれである（新選沙石集〈仏法寄妙集〉には不見）。まず三国伝記の本体、巻一第二十六「宋韓憑妻事相思木事」を見よう。その本文を示せば、次の通りである（寛永刊本により、国会写本〈（　）〉を参照した）。

漢言、宋ノ代ノ人ニ韓憑《ヘウ》ト曰フ者有リ。其《ノ》妻美人ナル故ニ、宋ノ康王奪《イテ》レ之《ヲ》為《ニ》レ妃。然共彼《ノ》女不レ随。康王怒《イカツ》テ曰ク、女御更衣《キサラキ》ニ成《ナ》ル事ハ、皆女児ノ望《ム》処也。汝何愚《チカナル》乎。時ニ女ノ曰、

狐格《コカク》（狢）双ヘル有リ、神竜タラン事ヲハ不レ冀《ネカハ》。

亀鼈《ヘツ》《ウミカメ》水ニ居シテ、高台《ヲ》不レ冀。

烏鵲ノ巣、鳳凰ヲ不レ冀。

庶《ソ》人ノ妻、宋王ヲ不レ冀。

遂ニ自害セリ。夫ノ韓憑聞《テ》レ之《ヲ》亦自殺セリ。彼等《カレラ》二人ノ死骸《シカハネ》ヲ道ノ両ノ辺《リ》ニ埋ニ、一宿《ニ》樹生屈《ヒカ、マテ》枝交ヘ接体相就《ケリ》。宋人名テ其《ノ》木ヲ相思樹ト曰フ。夫婦ノ志シ深キ事、是《レ》ヲ以テ本トス矣

一見するに、右の説話は、上掲捜神記の本文と酷似し、変文（賦）からは遠いことに気付く。例えば主人公を、「韓憑」とし（変文〈賦〉「韓朋」）、その恋仇を、「宋ノ康王」（変文〈賦〉「宋王」）とする点や、末尾に、「相思樹」の名が見えたりすることである。そのことは、両者の本文を較べてみても、

三国伝記

宋ノ代ノ人ニ韓憑《ヘウ》ト曰フ者有リ。其《ノ》妻美人ナル故ニ、宋ノ康王奪《イテ》レ之《ヲ》為レ妃……一宿《ニ》 樹生屈《ヒカヽマテ》 枝交ヘ接体相就《ケリ》。宋人名テ其《ノ》木ヲ相思樹ト曰フ。

捜神記

宋康王舎人韓憑、娶妻……美、康王奪之……宿昔之間……木、生……屈体相就……枝錯……宋人哀之、遂号其木曰、相思樹

など、殆ど逐語的に、三国伝記の本文は、捜神記と一致しているのである。だから、かつて池上洵一氏が、当話の源泉として捜神記（法苑珠林二七所引）を上げられたことも、決して故の無いことではない[7]。しかし、細かく見ると一、二の不審に気付く。例えば三国伝記に、ヒーローとヒロインの埋葬場所を、「彼等《カレラ》二人ノ死骸《シカハネ》ヲ道ノ両ノ辺《リ》ニ埋ニ」とする、「道」が不審で、捜神記には言及がない。それは、変文（賦）に、「道東（西）」とするのに一致するのだが[8]、但し、変文（賦）において埋められるのは、「死骸《シカバネ》」（三国伝記）なのではなく、石（青石、白石）である（変文〈賦〉では、両人の死骸は、発見されなかったとある）。そして、結論を聊か先取りすれば、ヒーローとヒロインの埋葬場所をめぐる記述は後述、西夏本類林に、

（宋王怒）命葬彼等屍道旁

とある記述としか一致しないのである[9]。また、三国伝記に、妃に取り立てられた韓憑の妻が、王の意に従わないので、「康王怒《イカツ》テ曰ク、女御更衣《キサラキ》ニ成《ナ》ル事ハ、皆女児ノ望《ム》処也。汝《チ》何《カ》愚《ナル》乎」とある、王の言も、捜神記には見当たらないが、それが変文（賦）には、

宋王曰、卿是庶人之妻、今為一国之母。有何不楽。衣即綾羅、食即咨〔恣〕口。黄門侍郎、恒在左右。有何不楽、亦不歓憘〔喜〕

という、三国伝記に対応する王言が見えるのである（後述の敦煌注千字文にも、「〈宋王〉曰、卿本庶人之妻、今為一国之母。衣即綾羅、食即咨口、何有不楽、而不歓喜」との王言がある[10]）。そして、三国伝記において問題とすべきは、その王言に対する、ヒロインの答え（「時ニ女ノ曰」）、

狐《コ》格《カク》（狢）双ヘル有リ、神竜タラン事ヲハ不レ冀《ネカハ》。
亀鼈《ヘツ》《ウミカメ》水ニ居シテ、高台《ヲ》不レ冀。
烏鵲ノ巣、鳳凰ヲ不レ冀。
庶《ソ》人ノ妻、宋王ヲ不レ冀

であろう。捜神記などに全く所見のない、三国伝記のこの歌は一体、何処から出て来たものなのであろうか。そのことを考えるには今一度、変文（賦）に立ち返って、変文（賦）に

挿まれた、韓朋物語中の歌について、見ておく必要がある。上掲変文（賦）の梗概中に挿入した、①―⑥の歌がそれである。今、それらの歌の内容を示せば、①は、故郷の貞夫が宋国の韓朋へ奇跡的に届けた歌（後述の烏鵲歌其の一）、②は、貞夫が宋王に答えた歌（同、烏鵲歌其の二）、③は、馬を飼う韓朋に貞夫が愛を問う歌、④は、韓朋がそれに答えた歌、⑤は、貞夫が矢に付けて韓朋に放った歌、⑥は、貞夫が遺書として宋王に残した歌となっている。そして、注目されるのが、その内の②貞夫（ヒロイン）が宋王に答えた歌、

②辞家別親、出事韓朋。
　生死有処、貴賤有殊。
　蘆葦有地、荆棘有叢。
　†豺籌有伴、雉菖有双。
　魚鼈有水、不楽高堂。
　燕雀群飛、不楽鳳凰。
　妾是庶人之妻、不楽宋王之婦

である。何故なら、その†以下は、明らかに上記三国伝記の、宋王の言に答えた歌と関わるものだからである。更に変文（賦）の②の歌を含む、二種の稀覯に属する韓朋物語の資料が現存している。一つが敦煌本注千字文（S五四七一）41「女慕貞潔」注であり、もう一つは、西夏本類林六貞潔に見えるそれである（金、王朋寿編、類林雑説には不見）。まずそれら二資料の本文を示せば、次の通りである。(10)

**敦煌本注千字文**

喩貞夫之事韓朋、宋王聞其美(妻)、聘以為妃捨賤。曰、卿本庶人之妻、今為一国之母。衣即綾羅、食即咨口、何有不楽、而不歓喜。貞夫曰、②妾本辞家別親、出適韓朋、生死有処(定)、貴賤有殊。双孤有党、不楽神竜。魚鼈(亀)水居、不楽高堂。鶁雀有群、不楽鳳凰(皇)。庶人之妻、不楽大王。韓朋須賤、結髪夫婦。宋王雖貴、非妾独有。又辞曰、蓋聞、一馬不被二鞍、一車不串四輪。妾既一身、不事二君。乃投朋廣而死。此貞潔之志全也。斯之者、世代之所希奇。当今之時、未見也。

**西夏本類林**

韓憑妻甚美、宋康奪之、使韓憑為青陵台、而欲娶其妻。妻作詩曰、①南山有鳥、北山張羅。烏自高飛、羅当奈何。又曰、②狐狸有伴、不楽北王。魚鼈有水、不楽高堂。鵜鶘有巣、不楽鳳凰。女身賤醜、不楽宋王。遂自殺。韓憑聞之、亦自殺。宋王怒、命葬彼等屍道旁。後各生一樹、屈体相就。宋人遂号曰相思樹。周宋時人。此事捜神記中説

そして、敦煌本注千字文における、②の歌、

②妾本辞家別親、出適韓朋。

生死有処（定）、貴賤有殊。
双孤有党、不楽神竜。
魚鼈（亀）水居、不楽高堂。
鷰雀有群、不楽鳳凰（皇）。
庶人之妻、不楽大王

及び、西夏本類林における、②の歌、

①南山有鳥、北山張羅。
鳥自高飛、羅当奈何。
②（又曰、）狐狸有伴、不楽北王。
魚鼈有水、不楽高堂。
鴉鵲有巣、不楽鳳凰。
女身賤醜、不楽宋王

が、変文（賦）における、②貞夫が宋王に答えた歌と同系統のものであり、三国伝記のヒロインの歌へと連なるものであることが知られよう。興味深いのは、敦煌本注千字文がその物語中に、②の歌一首しか引かないのに対し（三国伝記も同じ）、西夏本類林は、②の前に、①の歌も引いていることである。因みに、その①は、変文（賦）における、①故郷の貞夫が宋国の韓朋へ奇跡的に届けた歌（後述の烏鵲歌の一）、

①南山有鳥、北山（将有）張羅。
鳥自（恒）高飛、羅当奈（乃）何。
君但平安（高平）、妾亦無他（不）

に該当する（西夏本類林は、その五、六句を欠く）。以上に述べた、三国伝記におけるヒロインの宋王への答歌（狐狢歌）及び、変文（賦）、敦煌本注千字文、西夏本類林に見える②貞夫が宋王に答えた歌（また、①、⑤貞夫が矢に付けて韓朋に放った歌）の関連を、見易く一覧とすれば、**図1**のようになるであろう。

敦煌本注千字文②を見ると、変文（賦）②との関係の深さを窺わせると共に、その第五句以下が三国伝記の歌に該当し、敦煌本注千字文は、変文（賦）②における第五、六句を失っていることが分かる。一方、西夏本類林へ目を転じると、西夏本類林では、①②二首の歌謡が揚げられ、三国伝記のそれは、西夏本類林における二つ目の歌謡②に該当しており、西夏本類林②もまた、三国伝記と同様に、変文〈賦〉②の第一—六句を失い、また、敦煌本注千字文②の第一—四句を失っている。加えて西夏本類林には、例えば敦煌本注千字文にはなかった、一つ目の①も見え、それは、変文（賦）①に該当することが明らかである（但し、その第五、六句を欠く）。これらの事実が、変文（賦）、敦煌本注千字文、西夏本類林を一類に括った理由である。

**変文（賦）**

①南山有鳥、北山(将有)張羅。

鳥自(恒)高飛、羅当(乃)奈何。

君但(高平)平安、妾亦(不)無他。

②辞家別親、出事韓朋。

生死有処、貴賤有殊。

蘆葦有地、荆棘有叢(聚)。

豺狼有伴、雉兔有双。

魚鼈有水、不楽高堂。

燕雀群飛、不楽鳳凰。

妾是庶人之妻、不楽宋王之婦。

⑤天雨霖霖、魚游池中。

大鼓無声、小鼓無音。

**西夏本類林**

①南山有鳥、北山張羅。

鳥自高飛、羅当奈何。

②(又曰、)狐狸有伴、不楽北王。

魚鼈有水、不楽高堂。

鵠鶴有巣、不楽鳳凰。

女身賤醜、不楽宋王。

**敦煌本注千字文**

②妾本辞家別親、出適韓朋。

生死有処(定)、貴賤有殊。

双孤有党、不楽神竜。

魚鼈(亀)水居、不楽高堂。

鷦雀有群、不楽鳳凰(皇)。

庶人之妻、不楽大王。

**捜神記**

⑤其雨淫淫、河大水深、日出当心。

**三国伝記**

狐《コ》格《カク》(狢)双ヘル有リ、神竜タラン事ヲハ不レ冀《ネカハ》。

亀鼈《ヘツ》《ウミカメ》水ニ居シテ、高台ヲ不レ冀。

烏鵲ノ巣、鳳凰ヲ不レ冀。

庶《ソ》人ノ妻、宋王ヲ不レ冀。

図1　三国伝記の狐狢歌

## 三、狐狢歌をめぐって

**図1**の内容を、簡単に纏めるならば、三国伝記の狐狢歌は、変文（賦）の②（の後半）に当たり、その②はまた、敦煌本注千字文にも見え、西夏本類林にも見えている（但し、後半）ということになる。さらに西夏本類林には、変文（賦）の①も見え（但し、第五、六句欠）、捜神記の歌謡は、変文（賦）の⑤に該当するということである。また、三国伝記と変文（賦）以下の②以下を、聊か細かく見てゆくと、第一句「狐狢《コカク》（狢）双ヘル有リ」の狐字は、西夏本類林にしか見えず（敦煌本注千字文「孤」）、双字は、敦煌本注千字文にしか見えないが、その「双ヘル有リ」の言い回しは、変文（賦）の第二句「有双」と一致する。第二句「神竜タラン事ヲハ不レ冀《ネガハ》」は、敦煌本注千字文「不楽神竜」としか一致しない（この冀、楽字から、変文〈賦〉以下の楽字は、ゴウ音の願う意と解釈すべきである〈後藤昭雄氏教示〉）。第三句「亀鼈《ヘツ》《ウミカメ》水ニ居シテ」は、敦煌本注千字文としか一致しない。第五句の烏鵲は、変文（賦）、敦煌本注千字文の燕雀に似るが（烏鵲はかささぎ）、注目すべきは、烏鵲の語が後述、烏鵲歌の命名の元となっていることで、三国伝記の狐狢歌というものは、やはり韓朋物語の烏鵲歌の系譜に連なることが、その語から判明することである。第六句は、変文（賦）以下と一致する。第七句は、変文（賦）、西夏本類林と一致し、第八句は、変文（賦）、敦煌本注千字文と一致していることが知られよう。

細かな比較は、この辺りで止めるが、三国伝記を変文（賦）以下の資料と較べた場合、変文以下と一つしか一致しない場合もあり、二つ以上と一致する場合もあって、且つ、全てと一致しないこともある、ということである。そして、問題となるのは、三国伝記の狐狢歌が目下、変文（賦）以下の三資料にしか見当たらないことである。例外的に管見に入ったものとして、宋、賛寧撰とされる逸書、物類相感志の、

（……乃作詩、以明意。）
以庶人妻、不願奉公王

を上げることも出来るが[11]（香薬抄所引。金玉鈔にも）、——線部は、第七、八句に該当するに過ぎないなど、三国伝記の出典には擬し得ないだろう。

三国伝記の狐狢歌、と言うより、変文（賦）の歌謡①②については、もう一つ考えておかなければならない問題がある。それは所謂、烏鵲歌と呼ばれる伝承歌謡との関係である。烏鵲とは、例えば清、沈徳潜撰、古詩源一の古逸に、

烏鵲歌〈彤管集。韓憑為宋康王舎人。妻何氏美。王欲之、捕舎人、築青陵之台。何氏作烏鵲歌以見志。遂自縊。〉

南山有烏、北山張羅。烏自高飛、羅当奈何。
烏鵲双飛、不楽鳳凰。妾是庶人、不楽宋王〈略〉

とされる歌のことである（彤管《とうかん》は、女官の用いる赤筆の意）。古詩源に言う、彤管集は散逸し、現在に伝わるのは、それを再編した明、張之象撰、彤管新編八巻のみとなっていて、彤管新編二宋「韓憑妻何氏」の本文を示せば、次の通りである（四庫全書存目叢書補編13による）。

宋韓憑妻何氏

烏鵲歌二首

韓憑、戦国時、為宋康王舎人。妻何氏美、王欲之、捕舎人、築青陵台。何氏作烏鵲歌、以見志、遂自縊死。韓亦死。王怨埋之。宿夕木生墳、有鴛鴦棲其上、音声感人。化為胡蝶。台今在開封。

南山有烏、北山張羅。烏自高飛、羅当奈何。

其二

烏鵲双飛、不楽鳳凰。妾是庶人、不楽宋王。

答夫歌

何氏答夫歌云云。康王得其書、以問蘇賀。賀曰、雨淫淫、愁且思也。河深深、不得往来也。日当心、有死志也。俄而憑自殺。何氏亦死。

其雨淫淫、河大水深、日出当心

烏鵲歌と呼ばれるものが、果してどれ位溯るのかということは明、陳耀文の天中記十八夫妻に、「何氏作烏鵲歌」として当歌を記し、出典に「九国志、玉台新詠」を上げているのによれば宋、路振撰の九国志、陳徐陵撰の玉台新詠に溯る如くに見えるが、それらいずれの今本にも見当たらず（二首の歌そのものは宋、楊斉賢による李白「白頭吟」の「青陵台」注に見えている〈分類補注李太白詩四〉）、烏鵲歌の称は、管見の範囲では元、周達観撰誠斎雑記（重較説郛三十一所収）に、「何氏作烏鵲歌」として、その第二首目を上げる以前には溯れない（誠斎襍記上にも）。対する第一首目はまた、青陵台歌とも呼ばれたようである（明、楊慎撰風雅逸篇六に、「青陵□歌九域志」、また、明、馮惟訥撰古詩紀一に、「二首見彤管集。一作青陵台歌。見九域志、上前一首」などと見えるが、九域志は、新定九域志逸文であろうとされている〈清、杜文瀾撰古謡言二十六〉。青陵台は、変文〈賦〉に見える、宋王が韓朋に築かせた台の名だが、その話は早く晋、袁山松撰郡国志に見える〈太平環宇記十四、太平御覧一七八所引〉）。古詩源では判然としないが、彤管新編を見ると、烏鵲歌というものが、二首の歌から成ることが知られよう。烏鵲歌が何故、重要となるのかということは、その二首の淵源に当たる、変文（賦）へ溯ってみると、よく理解できる（**図2**参照）。

**彤管新編二**

烏鵲歌二首

南山有烏、北山張羅。烏自高飛、羅当奈何。

其二

烏鵲双飛、不楽鳳凰。妾是庶人、不楽宋王。

**変文（賦）**

①南山有烏、北山張(将、有)羅。

烏自(恒)高飛、羅当奈(乃)何。

君但平安(高平)、妾亦無(不)他。

②辞家別親、出事韓朋。

生死有処、貴賤有殊。

蘆葦有地、荆棘有叢(聚)。

豺狼有伴、雉兔有双。

魚鼈有水、不楽高堂。

燕雀群飛、不楽鳳凰。

妾是庶人之妻、不楽宋王之婦。

図2　烏鵲歌と変文（賦）

**図2**を見ると、烏鵲歌の第一首は、変文（賦）の①の歌から（但し、①の五、六句目を欠く）、第二首は、変文（賦）の②の歌から出たものに相違ない（但し、②の十一―十四句に該当し、一―十句を欠く）。変文（賦）の①②の歌は、作者こそ同じ貞夫ながら、歌を贈られた対象は、①が夫の韓朋であり、②が敵役の宋王となっていて、物語の流れから見れば、そもそも奇跡としか言い様のない方法で、届けられたヒロインからの手紙（①）を、韓朋が不用意にも宋王の殿前で落として

しまったことから、事件が起きるという、役割を負わされた①と、貞夫が宋王に対し、夫への愛を明言した②とでは、①と②とが全く内容を異にする別歌とされていることは、自明とすべき事柄なのであった。ここで指摘しておきたいのはまず、例えば彤管新編に録された烏鵲歌二首は前掲、捜神記から出たものなどではないことである。殊に件の第二首に関して言うなら、その淵源は目下、変文（賦）以下の三資料また、日本の三国伝記にしか見当たらないことが大問題なのである。特に烏鵲歌というタイトルともなる、その第一句冒頭「烏鵲」の語が、変文（賦）、敦煌本注千字文では「燕（鷰、鷰）雀」（燕雀は、つばめとすずめ）、西夏本類林では「鷦鷯」（鷦鷯《しょうりょう》は、みそさざい）となっていて、「烏鵲」となっているのが三国伝記だけであることは、頗る興味深い事実とすべきである。加えて、変文（賦）の②は、烏鵲歌に相当する末四句以前に、なお十句を存し、敦煌本注千字文が以前に八句、西夏本類林及び、三国伝記両者が以前に四句を存する点（**図1**参照）、その両者の②の句形が同じであることは、三国伝記の出典が于立政の類林であろうことを示唆しているが（日本国見在書目録に、「類林五」などと見える）、ともあれ、烏鵲歌第二首の淵源を溯り得る資料というものは、三国伝記を含め、変文（賦）以下四つの資料に限られる点を、改めて強調しておきたい。

最後に、**図1**における②の歌（①、⑤の歌）と上掲、捜神記本文との関連を一言しておくなら、敦煌本注千字文は、出典を注記しないが、西夏本類林の方には末尾に、「此事捜神記中説」（復元本287頁では、「出捜神記」）とあって、出典を捜神記とすることが興味深い。とは言え、それは前掲、捜神記十一294と較べ、歌謡二首が全く異なり（第二首は、敦煌本注千字文のそれと共通。また、それらは、全て変文〈賦〉に存している。後述）、とても同じ捜神記とは思われない。そもそも現行二十巻本捜神記というものが明、万暦（一五七三～一六二〇）中刊とされる、胡震亨編の秘冊彙函を初刊とし、それ以前へは溯らないことから、現行本を晋、干宝当時のものと見ることに対しては、かねてから根強い疑いの存することを想起すべく、八巻本や敦煌本句道興捜神記などの存在も併せて、西夏本類林所引の捜神記（また、敦煌注千字文）の本文については、今後の再考を要しよう。特に西夏本類林の本条の出現に関して言えば目下、それが類林雑説などに見当たらないにせよ、捜神記という出典注記が末尾に置かれる等の特徴から、類林本体に本条が備わっていた可能性は、極めて高いと考えられる。そして、その類林本体は、散逸してしまってはいるが、蒙求その他、幼学を始めとして、それの後世に及ぼした影響は、甚だ大きかったことを思い併せると、編者の干立政は、初唐の六六六～六七七年間に没しているので(12)、西夏本類林本条の伝える、捜神記の韓朋物語の形こそは、隋唐以前の捜神記の形、或いは、変文（賦）の淵源を示唆する資料として、新たに位置付けられるべきものと思われる。なお烏鵲歌をめぐっては、紫玉歌（捜神記十六394等）との関連など、さらに一考すべき歌題も存するが、省略に従う(13)。

## 四、変文、説話、幼学

三国伝記本体の韓朋物語に対し、もう一系統の平仮名本三国伝記のそれは、聊か容貌を異にする。まず平仮名本三国伝記二11「貞女《ていぢよ》の事」を紹介しよう。架蔵本によりその本文を示せば、次の通りである(14)。

貞女《ていちよ》の事
a むかし唐《たう》の蕭宗皇 帝《しくしうくわうてい》のとき韓白《かんはく》といふ
臣下《しんか》ありけりとし久しく朝廷《てうてい》につかうまつり
て我屋にかへることなし婦人のもとより」（四四オ）
文をつかはしてこひしたふことかきりなしみかと
此よしを聞《きこし》 めし其妻《つま》をめして御覧しけ
れは世にたくひなきひしんにてありしほと
に御よろこひまし〱てやかて後宮《こうきう》に
めしいれ給へりしかれとも此女韓白《かんはく》をこ
ひしたふてなきかなしむことせつなり
さらば其なさけをやすめんとてかんはくが
はなや耳《みゝ》をそぎて女にみせられけりさ
れとも女をつとをおもふこゝろさしあひ
かはらすつねになけきかなしみけれはみかと
けきりんまし〱てつゐにかんはくをころ
し給へり女此よしをきゝてひそかに宮中
をしのひ出淵《ふち》にのそんて身をなけて
死《し》にけりその所を貞女《ていちよ》峡といふ也 b 又宋《そう》
の国に韓憑《かんひよう》 といふ者ありその妻《つま》ひじんなり
宋《そう》の康王《かうわう》これをうばひとつて宮女とすしか
れともこの女あへてしたかひ奉らす康
王いかりをなして云そうして女身たらん者
宮中にかしつかるゝことみなもての
ぞむ所也なんぢなんぞたがへるや女こ」（四五オ）
たへて申さく狐格《こかく》ならべるあり神竜《しんれう》
たらんことをねがはす魚鼈《きよへつ》は水にきよ
して高 台《たかきうてな》を［ねかはす］烏鵲《うしやく》の巣《す》ほうわうをね
かはすそしんの妻は宋王《そうわう》をねかはすと
いひてつゐて自害《しかい》してうせにけり

夫《をとつ》の韓憑《かんへう》これを聞て同しく自殺したりけりすなはちかれら二人かしがいを二つのつかにつきこめたるに一夜のほとに樹木《しゆほく》つかのうへに生しけりこれをあやしみ思ふ所に其木根《ね》はことにして末はひとつにまじはりあへり宋《そう》人この木をなつけて相《さう》思樹《ししゆ》といへり連理枝《れんりのえだ》いふは是也」（四五ウ）

平仮名本が特異なのは、ａｂ二つの韓朋物語を収載していることだろう。そして、その内のｂ「又宋《そう》の国に韓憑《かんひよう》といふ者あり」以下が、三国物語本体の説話を平仮名綴りに和らげたものであることは、一見して明らかであり、さらに上述、本体の「彼等《カレラ》二人ノ死骸《シカハネ》ヲ道ノ両ノ辺《リ》ニ埋ニ」を、「すなはちかれら二人かしがいを二つのつかにつきこめたるに」と言い改めたり、相思樹に「連理枝《れんりのえだ》」の異称を加え、「其木根《ね》はことにして末はひとつにまじはりあへり」と、本体の説明を整理したりなどの手も加えているが、ｂは、三国伝記本体を受けたものであることが知られよう。すると、問題となるのがａである。ａは、平仮名本の編者が、三国伝記本体の説話に対し、それ以外にもなお異説の存することを知っていて、その異説を書き加えたものと見られるからである。ならば、平仮名本の編者は一体、何処からそのａを引いて来たのであろうか。そのヒントとなるのが、ａの末尾に、ヒロインの投身した場所を、「その所を貞女峡《ていぢよ》といふ也」と明かしていることである。貞女峡は、広東省清遠市にある峡名で古来、例えば源為憲の詠んだ、

貞女峡空唯月色

の句（和漢朗詠集下、雑、恋所収）で知られる名所である。そして、和漢朗詠集の当句に対し、見聞系の朗詠注に韓朋物語の見えることを、かつて指摘したことがある。(15) その見聞系の国会本朗詠注下雑、恋「貞女峡空」注の本文を示せば、次の通りである。

貞女者ト、貞女峡ト、太唐ノ明月峡ヲ云。於テ二巴峡ニ一有三一。一ニハ、巫山峡、二、巴東峡、三ニハ、西河峡也。而ニ、第二ノ巴東峡ハ、猿ノ名所也。此巴峡ヲ、明月峡トモ云也。抑明月峡ヲ貞女峡ト云事ハ、太唐ノ簫宗皇帝ノ時、韓伯ト云者有テ、美人ヲ妻トセリ。簫宗皇帝、聞食テ横ニ取リ、后トシ給ヒケレトモ、韓伯アカヌナコリヲ惜ミテ、帝ニウチトケ不奉一。簫宗、后キノ見給所ニテ、韓伯ヲ召ショセテ、韓伯カヨウキ耽ニフケテコソ、我レニハナヒカサレトテ、耳鼻ヲソキ、面ノ皮ヲハカレケリ。韓伯恥思ケレハ、彼ノ行テ二明月峡ニ一、身ヲ投テ失ス。后此事ヲ聞、弥ヨ々泣キ歎キ給シカ、有時、内裏ヲノカレ出テ、是モ、韓伯カ身ヲナケシ明月峡ニ行テ、身ヲ投ニケリ。当マテモ、人ニ似タル石、懐相テ、峡水ニ有ト云ヘリ。

即化《シテ》、鴛鴦《ト》云鳥《ニ》成《リ》ケリ。貞女《ハ》両夫ニ不嫁一心《ニ》テ、貞女峡《ト》名タリ

平仮名本aと国会本朗詠注とを比較すると、両者の間には顕著な共通点が存することに気付く。

・唐《たう》の蕭宗皇《しくしうくわう》 帝（平仮名本a）——太唐《ノ》簫宗皇帝（国会本朗詠注）
・韓白《かんはく》——韓伯
・かんはくがはなや耳《みゝ》をそぎて——耳鼻ヲソキ
・女にみせられけり——后《キノ》見給所《ニ》テ
・その所を貞女《ていちよ》峡といふ也——貞女峡《ト》名タリ
・ひそかに宮中をしのひ出——有時、内裏ヲノカレ出《テ》
・身をなげて死《し》にけり——身《ヲ》投《ニ》ケリ

などといった部分である。また、国会本朗詠注には見えないが、平仮名本aに、

婦人のもとより文をつかはしてこひしたふことかきりなし

とあることも、極めて重要な箇所と言うべきである。これは本来、変文（賦）にしか見えない話であって（後述、仮名本曾我物語にも）、その「文」とは、変文（賦）における、①故郷の貞夫が宋国の韓朋へ奇跡的に届けた歌（烏鵲歌其の一）に外ならず、韓朋が宮中で不用意に落としたことから、宋王が貞夫を奪おうとする切っ掛けとなった、非常に重要な手紙のことだからである。この点は、例えば国会本朗詠注における韓朋物語というものが、やはり変文（賦）と連動する、隠れた大きな規模を持っていたことを示す、一徴証と捉えられるのである。ともあれ、平仮名本aは、国会本朗詠注系統の、bとは別系の説話を典拠としていることが確認されるだろう。(16) 前述の通り、国会本朗詠注は、見聞系朗詠注に属し、本注の簡略なものは、見聞系から派生した書陵部本系（玄恵注等）にも見えているが、国会本の属する見聞系朗詠注の成立は、平安時代に溯ることに留意しなければならない。(17) 遺憾ながら、見聞系諸本の中で、雑、恋を残すのは目下の所、近世に写された国会本一本に過ぎず、今後の新たな見聞系テキストの出現が、切に待たれる。

私が国会本朗詠注の韓朋物語を見出だして以降、研究の進展には目覚ましいものがある。最後にその一、二を摘記しよう。次に掲げるのは、島原松平文庫蔵古事談抜書「廿五貞女峡事」の本文である。(18)

貞女峡空唯月色　窈窕堤旧独波声云々
貞女峡《ト》云《ハ》、昔、男好妻《ヲ》持《タリ》。国王殺二其男一、取二其妻一為二女御一。然而、件女恋二本夫一申云、夫《ノ》死所《ヲ》可見云々。国王許レ之。女向二峡頭一投身死了。其後、件池《ニ》一双鳥出来

（今鴛鴦是也）、其貌端厳也。諸人集見レ之。国王聞食、行二幸其所一叡覧之間、雄飛揚、剣羽《ヲ》持《テ》王《ノ》首《ヲ》切《テ》ケリ。其後、剣羽《トハ》云也。鴛鴦件《ハ》夫妻所レ成也云々

該書は、文安四（一四四七）年に写されたものだが、冒頭に和漢朗詠集の「貞女峡空」句を置いて、「貞女峡《トハ》云」と書き出されていることから、それが何らかの朗詠注に依拠したものであることは、ほぼ間違いないであろう。ヒーロー名などは、一切記されていないが、注意すべきは、末尾に双鳥（鴛鴦）の「雄飛揚、剣羽《ヲ》持《テ》王《ノ》首《ヲ》切《テ》ケリ。其後、剣羽《トハ》云也」と所謂、鴛鴦《おし》の剣羽《つるぎば》――鳥と化したヒーローが仇の王の首を斬り落とす話が備わっていることである。国会本朗詠注を見出だした時点より気に掛かっていたことだが、朗詠注にはこのことが欠けている。有名な仮名本曾我物語五「貞女が事」「鴛鴦の剣羽の事」から見ても本来、朗詠注に備わっていた筈の結びなので、このことが不審でならなかった。ところが、その不審は、程なく鈴木元氏により解消された。即ち、連歌学書、匠材集一「鴛のつるきは」注の発見である。その本文を示せば、次の通りである。

鴛のつるきは

むかし思羽と云羽にて、王の首を切事有。それよりの名なり。韓白霊の事なり　（古活字本）

鈴木氏が、

『匠材集』の資料的性格からして、『曾我物語』を直接の典拠としているとは考え難い

と言われたことは、至当とすべく[19]、私には幼学の朗詠注から姿を消した、鴛鴦の剣羽の一件が時を経て、連歌の初学の中に、その断片が甦ったものに思われた。例えばヒーローの名を「漢白」とするのがその一証で、例えば見聞系朗詠注を引いた書陵部本系に、「漢白」とするのに一致する。元の韓朋（韓憑）が、韓伯（国会本）や漢白（書陵部本系、匠材集、曾我物語）などと転訛してゆくのは、全て朗詠注の中で起きた出来事と考えられる。そして、そのことを事実として証明するのが古事談抜書だったのである。

朗詠注から出たと思しい、面白い資料をもう一点、紹介しておきたい。鎌倉最末期ないし、室町最初期の成立とされる、女性のための幼学書、穂久邇文庫蔵女訓抄二・三「てい女、をしのつるき羽の事」である。その本文を示せば、次の通りである[20]（伝承文学資料集成17による）。

はうこくに、ていちよ《貞女》といふ女ありける。天下のひしんなり。わかうしてより、あひ友なへる男に、いさゝかもちかはす、とし月ををくりけるに、かたちならひなく、いみしきことを聞召て、ていわう《帝王》よりめして、き

さきにたてらる。され共、ていちよ《貞女》、いみしきことに思はす。たゝ、わか男のみ恋忍ひて、露はかりも、国王になひき奉らす。されはとて、はうしん《芳心》なく、あたり申へきにあらねは、さてのみすこし給ふほとに、いかゝしてか、心をとるへきといふ事を、公卿せんき《僉議》有けるに、臣下、申されけるは、后の、王にしたかひ奉り給はぬは、もとの男のなこりを思ひ給ふ故也。かの、もとの男のかほのかはをはきて、かたちをやつして、ちん《陣》をわたして、きさきにみせ奉らんに、定めておとろき思ひて、うとみ給ふへし。さらんに取ては、いかてか従ひ奉り給はさらん、とかんか《勘》へ申けれは、此義しかるへしとて、かの男のかほのかはをはきて、ちん《陣》のまへを渡して、后にみせ奉りてのち、かう《坑》とて、山にふかき井有。かの井にしつめ、其後、今思ひきり給へと、かの男、すかたうとましく成て、終にかう《坑》に入ぬ。何に心のとまりてか、心つよくあるへき。今はしたかひ奉れ、とおほせありけれは、ていちよ《貞女》申やう、まことに今は、いふにかひなく成にけるかや。さもあらは、そのしつめし井のもとへ、我をくし《具》給へて、まことをみん、といひけれは、けに《実》もとて、てい《貞》女を、かうの井のほとりへくし《具》奉りて、ゆきたりけるに、われゆへに、かく成はてぬるに、とかなしく、たえへきかたなくして、かの井にとひ入にけり。此よし、王にそうし《奏》けれは、人をおろして、かつき上へきよし、仰下さるゝ間、もとめけれ共なにもなし。水の底より、鳥一つかひ《番》いてゝあそふ。ふしきのこと也とて、王、是を御らんしけるに、かの男はをとり《雄鳥》となり、ていちよ《貞女》はめとり《雌鳥》と成て、ともに立けるか、をとり《雄鳥》のわきより、つるきをいたしてきたりて、国王のくひを切にけり。かの鳥、今のをし《鴛鴦》是也。をし《鴛鴦》につるき羽とてあるは、此ゆへ也。よの鳥よりも、ちきりふかきもの也。貞女二夫にとつかす《嫁》といふ、此ことはり也。かやうに、心さしふかゝらん女をは、いかならん男か、おろか《疎》に思ふへきや。たとひ遠さかる男なりとも、心なかくもみるへし、と覚ゆることあり

女訓抄がヒロインを「ていちよ《貞女》」とするのは、国会本朗詠注「貞女者《ト》」に源泉を求めることが出来る。同じく、「かほのかはをはきて」、「貞女二夫にとつかす《嫁》といふ、此ことはり也」なども、朗詠注の、「面皮《ノ》ヲハカレケリ」、「貞女両夫《ハ》ニ不嫁一心《ニ》テ」に基づくものだろう。

穂久邇文庫本女訓抄に酷似するのが、仮名本曾我物語五「貞女が事」「鴛鴦の剣羽の事」である。[21] その本文を示せば、次の通りである（真名本欠）。

又、貞女両夫にまみえざるとは、大国に、しそう《師具宗》といふ王有。かんはく《漢白》といふ臣下をめしつかひ、ある時、かんはく、むすびたる文をおとしたり。王御覧じて、いかなる文ぞと、御たづねありければ、はれ、宮仕暇なくて、日数をゝくり、家にかへらず候。こゝろもとなしとて、妻のもとよりくれたる文と申。なをあやしみ、叡覧あらんと、宣旨有。かくすべき事ならねば、叡慮にさゝぐ。この文の主、よびて見せよとおほせくだされければ、宣旨そむきがたくて、この女をよびて見せたてまつる。王御覧じて、おしとゞめおきたまふ。かんはく、やすからずにおもひけれども、かなはず。女も、王宮のすまい、ものうくて、たゞ男の事のみ、思ひなげきければ、王、おどろきおぼしめす。時の関白りやうはく《良白》といふ者をめし、此事いかゞせんととひたまふ。さらば、かれが男のかんはくを、かたわになしてみせたまへ。おもひはさめぬべしと申たりければ、しかるべしとて、耳鼻をそぎ、口をさきて見せたまふ。女、われ故、かゝるうき目にあふよとなげき、いよ〳〵ふししづみかなしみければ、又臣下にといたまふ。さらば、かんはくをころしてみせ給へと申ければ、やがて、ふかき淵にしづめられけり。女きゝて、思ひすこしなをざりにし、かの淵みんといひけり。大王、はや思ひすてけりとよろこびて、大臣、公卿もろともに、かの淵にのぞみ、管絃遊宴してあそびたまふ時に、此女、みぎはに出、やすらふとぞ見えし、淵にとびいりて、しにけり。大王をはじめとして、あへなさかぎりなくて、むなしくかへりたまひけり。幾程なくして、この淵の中に、あかき石二いできたり、いだきあわせてぞありける。これ、不思議なり。かんはく夫婦の姿なるをやと、人申ければ、大王きこしめし、なをもありし面影のわすれがたくて、又官人もろともに、かの淵之ほとりに行幸なり、叡覧ありければ、申にたがはず、まことに石二有。不思議に思召所に、かの石の上に、鴛鴦一つがひあがりて、鴛鴦の衾の下なつかしげにたはぶれけり。これも、かれらが精にてもやと御覧じけるに、此鴛鴦とびあがり、思羽にて、王の首をかきおとし、淵にとびいりうせにけり。それよりして、思羽をば剣羽とも申なり。貞女両夫にまみえずとは、この女の事なり（岩波日本古典文学大系）

仮名本曾我物語における、ヒロインを「貞女」、ヒーローを「かんはく（漢白）」、王名を「しそう（師具宗）」とすることなどは、やはり朗詠注へと溯ることが出来る。また、鴛鴦の剣羽も、拾遺集に見える言葉なので、それも韓朋物語の一部と

して、十一世紀初頭以前に日本へ伝わった概念と捉えられる。(22) 但し、曾我物語の臣名「りやうはく（良白）」や、

・ある時、かんはく、むすびたる文をおとしたり……妻のもとよりくれたる文と申

・この淵の中に、あかき石二いできたり

などは目下、変文（賦）にしか見られない記述であり（前者は、平仮名本三国伝記aにも。また、後者は、一人の女性が化して石となったという、貞女峡の伝説〈劉宋、王韶之撰の始興記〉が関わっている）、路撰さらに前述、女訓抄――部

かう《坑》とて、山にふかき井有

などにも、同じことが指摘出来る。

驚くべきことに最近、唐、段公路撰北戸録の唐、崔亀図注（四庫全書本）所引、無名詩集の中に、変文（賦）の一部が発見された。(23) この事実は晩唐、変文（賦）が敦煌に限らず、広く行われたことを立証するもので、変文（賦）の日本への伝来を強く示唆している。朗詠注における韓朋物語の成立を考える上で、極めて重要な研究の進展と言わなければならない。

注

（1）拙著『中世説話の文学史的環境』（和泉書院、一九八七年）I三4「三国伝記と恩重経―変文と説話㈠―」

（2）注1前掲拙著I三5「三国伝記と目連経―変文と説話㈡―」及び、付

（3）拙稿「韓朋溯源―呉氏蔵韓朋画象石について―」（『京都語文』28、二〇二〇年十一月）

（4）拙稿「韓朋溯源㈡―呉氏蔵韓朋画象石について―」（『佛教大学文学部論集』105、二〇二一年三月）

（5）西川幸宏氏「「韓朋賦」の性格をめぐって」（『待兼山論叢』41、二〇〇七年十二月）三六―三七頁

（6）注3、4前掲拙稿を参照されたい。

（7）池上洵一氏校注『三国伝記』上（中世の文学6回、三弥井書店、一九七六年）頭注（一〇一頁）及び補注四四（三五七頁）

（8）変文（賦）の本文は、『敦煌変文集』上（人民文学出版社、一九五七年）により、荒見泰史氏「敦煌本『韓朋賦』より見た「韓朋」故事の展開（林雅彦氏編『『絵解き』と伝承そして文学』〈方丈堂出版、二〇一六年〉Ⅲ所収）による、五系統本文の対校表を参照した。

（9）西夏本類林の本文は、史金波、黄振華、聶鴻音氏『類林研究』（寧夏人民出版社、一九九三年）漢訳文の通訳文（一二一頁）による。

（10）敦煌本注千字文の本文は、幼学の会『上野本千字文注解』（和泉書院、一九八九年）一七七頁による。

（11）牧野和夫氏「船載書二種について―『物類相感志』『捜神広記』―」（同氏『日本中世の説話・書物のネットワーク』〈和泉書院、二〇〇九年〉一附。初出一九九五年）参照。

（12）内田知也氏『隋唐小説研究』（木耳社、一九七七年）二章七節一八五頁。なお類林については、山崎誠氏「「類林」追考―中世史漢物語の源流―」（同氏『中世学問史の基底と展開』〈和泉書院、一九九三年〉Ⅲ所収。初出一九九一年）を参照さ

れたい。
(13) 注3前掲拙稿一七四頁以下を参照されたい。
(14) 平仮名本三国伝記の本文は、黒田彰、谷口博子編『黒田彰蔵平仮名本三国伝記』翻刻篇(幼学の会、二〇一七年)による。平仮名本三国伝記については、その影印篇の解題を参照されたい。
(15) 拙著『中世説話の文学史的環境 続』(和泉書院、一九九五年。初出一九九三年)Ⅲ四2
(16) 平仮名本におけるこのような動きは、そもそも三国伝記自体が、和漢朗詠集和談鈔を典拠としていることと、軌を一にするものである。注1前掲拙著Ⅰ三2、3参照。
(17) 朗詠注諸本の系統については、注1前掲拙著Ⅳ四参照。また、それらの本文は、伊藤正義、三木雅博との共編『和漢朗詠集古注釈集成』一～三(大学堂書店、一九八九年～一九九七年)に収められる。なお国会本朗詠注や玄恵抄を江注系と見、室町末から近世初期の加筆とする向きもあるが(渡瀬淳子氏『室町の知的基盤と説話形成―仮名本『曾我物語』とその周辺』〈勉誠出版、二〇一六年〉三部3注(21)及び、二五九頁)、従えない。そもそも朗詠江注に韓朋の物語はないし、例えば国会本等が室町末や近世初頭のものであり得ないことは後述、文安四(一四四七)年書写に掛る、古事談抜書、鎌倉最末期ないし、室町最初期の成立とされる穂久邇文庫本女訓抄が示す通りである。見聞系朗詠注に見える韓朋物語の成立は、おそらく平安時代以前へと溯る。
(18) 古事談抜書の本文は、池上洵一氏『島原松平文庫蔵古事談抜書の研究』(和泉書院、一九八八年)による。
(19) 鈴木元氏『室町の歌学と連歌』(新典社研究叢書107、新典社、一九九七年)緒言Ⅱ、一一頁
(20) 穂久邇文庫本女訓抄の本文は、美濃部重克、榊原千鶴氏編『女訓抄』(伝承文学資料集成17、三弥井書店、二〇〇三年)による。
(21) 曾我物語と変文(賦)との関わりを論じたものとして、早く早川光三郎氏「変文に繋がる日本所伝中国説話」(『東京支那学報』6、一九六〇年六月)がある外、近時のものに、渡瀬淳子氏「仮名本『曾我物語』巻五「貞女が事」の典拠―韓朋賦をめぐって―」(『早稲田大学教育学部学術研究(国語・国文学編)』56、二〇〇八年二月)、同氏「仮名本『曾我物語』をとりまくもの―連歌・注釈・お伽草子―」、「韓憑故事の需要と変容」(同氏注17前掲書一部2、三部3所収。初出二〇〇七年、二〇一一年)、また、豊田幸恵氏「鴛鴦説話―『韓朋賦』と『曽我物語』―」(『奈良教育大学国文』17、一九九四年三月)、和田和子氏「敦煌本「韓朋賦」と「語り」の時空」(『お茶の水女子大学中国文学会報』36、二〇一七年四月)、同氏「韓朋説話と悲恋の表象」(『お茶の水女子大学中国文学会報』38、二〇一九年四月)などがある。
(22) 注2、3前掲拙稿参照。
(23) 陶敏、陶紅雨氏「《北戸録》崔亀図注所引《韓朋賦》残文考論」(『文史』二〇〇五・4〈73〉、二〇〇五年十一月)

**付記** 小稿は、拙稿「韓朋溯源――呉氏蔵韓朋画象石について」(『京都語文』28、二〇二〇年十一月)における、三国伝記と韓朋賦との関連を論じた部分を纏め直したもので、一部重複が生じたことをお断りする。また、小稿は、深圳市金石芸術博物館による北朝文化研究事業の一環として企図されたものである。

◎コラム◎

# 連環する中世

鈴木　元

すずき・はじめ——熊本県立大学教授。専門は日本中世文学。主な著書に『室町の歌学と連歌』（新典社、一九九七年）、『細川幽斎——戦塵の中の学芸』（共編著、笠間書院、二〇一〇年）、『室町連環——中世日本の知と空間』（勉誠出版、二〇一四年）などがある。

## 一、類聚

類推、類聚、連想という精神の作用は、文芸の世界に限らず、人間の知的営みにとって重要なはたらきである。

話題の緒として、玄棟編の説話集『三国伝記』の一話を例に、ある具体的な対象物（この例では「玉」）を結節の環として、類似の話題が集まりつながる様を見てみよう。同書巻二の第五は「和氏連城璧事 付藺相如高名事」と題される一話で、「漢言」として語り始められるその話題は、たとえば『蒙求』に「卞和泣玉」の一句とともに収められた『韓非子』由来の話である。歴代の楚王に仕えながら、献上した玉の価値を見いだされず、逆に足斬りの刑にあう男（卞和）の説話が初めに置かれる。卞和は、第三代の文王の治世にようやく報われるという展開を見せるのだが、問題となるのはその話題の結びにおいて「其玉ヲ召シテ玉人ニ琢セラル、其光天地ニ映徹セリ、是ヲ行路ニ懸タレバ、車十七両ヲ照シケレバ、昭車ノ玉ト名付、是ヲ宮殿ニ撥《カヽクルニ》、夜ル十二街《カイ》ヲ耀ス、故ニ夜光ノ玉トモ云ヘリ」（国会本）[1]と記すように、卞和の玉について「照車ノ玉」「夜光ノ玉」という異名に言及する点である。そして、このことと、『三国伝記』の同話が卞和譚に続け『史記』に淵源をもつ「連城ノ玉」の話題を語り出すこととは無縁ではない。

池上洵一氏校注になる三弥井書店刊の『三国伝記』の頭注が記すように、「照車ノ玉」「夜光ノ玉」いずれも『韓非子』には見えない語である。そもそも、「照車」「夜光」の玉は本来、『韓非子』とは別系統の所伝であったものと思われ、「照車」は『史記』巻四十六「田敬仲完世家」において梁王が斉の威王に誇った自国の宝玉（「梁王曰、若寡人国小、尚有径寸珠、照車前後各十二乗者十枚」）であり、「夜光」は本邦類書『玉函秘抄』等が「明月之珠、夜光之璧、以闇投人於道、莫不按剣相眄、何則无因而至前也」(2)の一節を引くように、『漢書』鄒陽伝ほかに出る、これも素性を異にする玉であった。ゆえに、特に卞和の玉と結びつくものではない。

　このように由来を異にする宝玉の話題が取り合わされ、結びついてゆくのには、なにも『三国伝記』の登場を待つまでもないことではあった。卞和の玉と照車との接続は、すでに『奥義抄』のような院政期の歌学書に生じていたこと、また「夜光」との接続については、必ずしも日本における類聚的操作の結果とも限らず、隋以前成立の李暹注を伝えるかとされる上野本『注千字文』においても生じていたこと等を、中本大氏が詳細に論じている。(3)中本氏は、源氏物語注釈や連歌資料など豊富な事例の紹介により、『三国伝記』の一話のように、卞和の玉と「照車」「夜光」とを融合させる理解の流れと、考証学的にこれを区別、弁別しようとする学問伝統と、二つの流れが室町時代にはあったことをも説いており、このことは中世における注釈的思考の型を考える上で貴重な示唆にとむ。ただし、中国の類書（分類編纂の事典）利用の、本邦における長い伝統を鑑みるならば、類をもって聚する意識は、古くより培われたものであろう。

## 二、連鎖

　ところで、『三国伝記』の右の一話を典拠論の観点から述べる場合、いきなり『韓非子』や『史記』などを持ち出す前に、既に関係の指摘されている『太平記』巻二十七「卞和璧之事」（神田本による）を問題とすべきであったかもしれない。『太平記』においてもやはり、卞和の玉は「照車」であり、また「夜光」であった。『三国伝記』はこのような認識を、記述としてもそのまま引き継いだに過ぎないともいえるからである。そしてこれに続く「連城ノ玉」の話題も『太平記』の一段であったからである。

　先に『三国伝記』が卞和譚に続け「連城ノ玉」の話を語り出すと述べたが、外見上それで誤りはないものの、その原拠である『太平記』の一段の成り立ちという観点からすれば、状況は少々異なっているだろう。そもそも中国の名玉譚が『太平記』に挿入されるに至るその要因は、上杉重能・畠山直宗と高師直・師泰兄弟との確執にふれる、直前の「上杉畠山猜高事」の一段を承けて、「夫レ天下ヲとつて治ル人には必賢才輔弼の臣」の存在がなければならぬ、という主張を例示するところにあった。そのための「忠臣」の話であった。

　「卞和璧之事」とこれに続く「廉頗藺相如事」の配置の文脈をこのように理解すると、本来肝要であったのは、後者の説話の方であったことは自ずと納得されよう。趙の国に伝わった和氏の玉を十五城との引き換えに望む秦王、交換の真意はないことを見透かしながら秦の圧迫を智謀と持ち前の豪胆で回避する藺相如。

藺相如はまさに「賢才輔弼の臣」であり、かつ「忠臣」と呼ぶに相応しい。しかも、もう一人の趙の重臣廉頗との対立を巧みに回避し、協力して秦に当たることの重要性を説く深謀遠慮の挿話は、まさしくそれと対照的な上杉・畠山の愚かさを浮かび上がらせる。ところが、これに対し前接する卞和の話は忍従の「忠臣」の説話と呼べないこともないが、「賢才輔弼の臣」の話題ではない。これはあくまで「趙璧」「連城ノ玉」の由来として引き寄せられた内容と考えてよい。

藺相如をめぐる『太平記』のこの一段は、独自のアレンジが加えられてはいるものの、基本的には『史記』「廉頗藺相列伝」をふまえている。そして、卞和の玉が趙の国に伝わったという設定も、「趙文王時、得二楚和氏璧一」という『史記』の記事のとおりである。しかし、『史記』は「和氏璧」にまつわる「卞和泣玉」の挿話を具体的に語ることはなく、対して『太平記』がこの挿話を叙述するのは、「和氏璧」に対する注釈的付加であろう。連想は新たな話題を呼び寄せるが、記載の順序は必ずしも思考の順序を反映しないのである。

## 三、連想

軍記の挿入説話や説話集には、このように連想と連鎖が至るところで作用している。類似の例として、『源平盛衰記』巻一の「五節始」の一段を示してみよう。忠盛に対する「五節夜闇討」計画に続く、まさに連想的付加説話と見なされる一段だが、「抑五節ト申ハ、昔浄見原帝御宇ニ、唐土ノ御門ヨリ崑崙山ノ玉ヲ五、進給ヘリ、其玉暗ヲ照事、一玉ノ光遠（ク）五十両ノ車ニ至ル」（古活字版）と語り出され、天武天皇の芳野河行幸の折に天下った神女を、この玉の光で照らしたと説明される。五節の起源説の種々相については、別に論じたことがあるが、[4] ここで崑崙の玉が持ち出されることは他に例を見ない。だが、その思考の回路についてはおおよそ推測が可能である。それは神女（仙女）の歌う、「ヲトメゴガ乙女サビスモカラ玉ヲ乙女サビスモソノカラ玉ヲ」という歌に含まれる「カラ（唐）玉」という語が呼び出す、自ずからなる連想の作用である。

天武天皇の得た玉が崑崙の玉とされることには、崑崙山が宝玉を産する地として名高いことは無論だが、仙女のもたらす玉として仙郷の玉こそが相応しいとの判断が働いた可能性もまた高い。[5]「崑崙山には石も無し、玉してこそは鳥は抵《う》て」（『梁塵秘抄』雑法文歌）と歌われるごとく、崑崙の玉の名は広く知れ渡っていたが、同時に崑崙山は仙郷としてもイメージされていた。『文選』「舞鶴賦」の呂向注に「蓬壺、崑閬、皆仙山名」、『芸文類聚』所引「博物志」に「神物之所生、聖人神仙之所集」（巻七・山部上）などと見られ、覚明の『和漢朗詠集私注』にも「仙家」所収の都良香「神仙策」注に「崑崙山有二五城十二楼一、五百仙女居レ之」[6]とあり、仙女とも結びついていた。仙女・唐玉からは崑崙山の玉が呼び出され、次には仙女・崑崙のイメージを去り、単純に「玉」の連想から照車の故事が付加されたのであろう。なお、車を「五十両」とする所は「五節」からの連想によるアレンジであろうか。

ただしここには、また一つ別な連鎖の環がひそんでもいる。五節の舞の起源説としては、古くより『本朝月令』の逸文が知られていた。そこでは天武天皇と神女の出会いに際し、神女の出現にあわせ「雲気忽起」との状況になり、そこから「如二高唐神女一」と説明されている。[7]記述の上からは、天武天皇と神女の邂逅を『文選』の「神女賦」「高唐賦」をもって喩えたことになっているが、おそらくは高唐の神女から得た着想で作られた起源譚であろう。

そのような事情を映し出すように、延慶本では「唐土ノ商山ヨリ仙女五人来テ…」と、『盛衰記』にはなかった仙女の唐土からの来訪を記す。『文選』にそのまま倣うのであれば「巫山ヨリ」としてよさそうなところだが、それではあからさまということだろう。「商山」といえば、日本では古くより「四皓」と結びついて喧伝されたが、その一方で『和漢朗詠註略抄』[8]に「山海経云、商山下多二青碧一、是玉類也」（ほぼ同様の記述をもつのが宋本『玉篇』の「碧」字註）と記すように、碧玉との連想の強い地名であった。また『本朝麗藻』巻下・仏事「晩秋遊弥勒寺上方」の第三聯「巫陽有月猿三叫、商嶺無雲雁一行」、そこでは「巫陽」（巫山のある巫峡の南）の対に「商嶺」（商山の嶺）が配されているのも興味深い。この一聯は『江談抄』を通じて源孝道の秀句としても知られていた。[9]だが、孝道の対句表現までここに持ち出すのは、やや牽強付会に過ぎようか。

## 四、屈折

話題は変わるが、『三国伝記』における説話編纂の原理が、梵・漢・和、即ち天竺説話・震旦説話・本朝の説話の循環構造をなすことは、一読自明であったが、説話「集」の編成を考えるに当たって、「連接の糸」という概念が提起されるや、個々の説話をつなぐ「糸」の発見がたびたび話題になってきた。[10]とはいえ、連想や類想によるつながりが、わざわざ「発見」されねばならないところに、この説話集の編纂原理の屈折がある。

そこには幾つかの理由があったであろうことが推測される。小林直樹氏によれば、「連接の糸」を二話一類的に貫徹しているものと捉えるべきかどうか、ということ。即ち、梵・漢・和と一巡する単位で一本の「糸」が通っていると固定的に見るのか、直に接続する二話単位にも連想の作用を認めるかどうかという、観点の違い。あるいは、説話主題という明示的な大きな単位のみを「糸」と認定するのか、説話の部分的なモチーフ間にも「糸」の存在を認めるのか等、認定基準の違いも影響しているようである。[11]

　類似したものにより話と話を繋ぐという原理の存在を認めるにしても、その認定の観点や基準の違いにより、連接しているものがそのようには見えてこないということは、確かにあり得ることである。ただし逆にいえば、あまりに明瞭な一貫した編成原理は、辞書においては便利であるが、読み物にとっては惰性ともなりかねず、逆に忌避すべき拘束ともなりうるという事情もあるだろう。ここにも人間の思考様式の興味深い反映が認められる。

　なお申し述べるまでもないことだが、連想は類似したもの同士を結びつけるように作用するばかりではない。「玉トアラバ、夜るひかる」（『連珠合璧集』下「雑物」）という類の事例のみを取り上げてきたが、「玉」から「袖の上」が連想されることもある（同上）。要は二つをむすぶ環の文脈次第ということ。それが時に思わぬ飛躍や屈折を生むこともあるがゆえに、我々は知的文脈の復元に努めるのである。

注

(1) 『古典資料1　三国伝記（一）』（すみや書房）による。

(2) 山内洋一郎編著『本邦類書 玉函秘抄・明文抄・管蠡抄の研究』（汲古書院）。

(3) 『連集良材』所収「卞和璞」の記述をめぐって」（『日本文学史論――島津忠夫先生古稀記念論集』世界思想社、一九九七年）。

(4) 拙著『室町の歌学と連歌』（新典社、一九九七年）第一章1。

(5) この点については、横井孝「平家物語と五節由来説話」（『十文字中・高等学校紀要』第四号、一九八二年）、三橋健「五節舞起源伝説考」（『國學院雑誌』第九十一巻七号、一九九〇年）等に指摘がある。後述する『文選』「高唐賦」との関連についても、横井氏の指摘がある。

(6) 呂向注は『日本足利学校蔵 宋刊明州本六臣注文選』（人民文学出版社）、『芸文類聚』は上海古籍出版社版、覚明私注は伊藤正義・黒田彰・三木雅博編『和漢朗詠集古注釈集成 第一巻』（大学堂書店）によった。

(7) 神道資料叢刊八『新校 本朝月令』（皇學館大学神道研究所）。

(8) 前掲注6『和漢朗詠集古注釈集成』。

(9) 醍醐寺本『水言鈔』（古典保存会）所収。なお、類聚本系巻五では「商嶺」が「晋嶺」「衡嶺」となるように、本文に揺れがある（新大系『江談抄 中外抄 富家語』岩波書店、『類聚本系江談抄注解』武蔵野書院、参照）。

(10) 池上洵一氏にはじまる『三国伝記』の説話編成における「連接の糸」の提起と、その後の研究史については、小林直樹『中世説話集とその基盤』（和泉書院、二〇〇四年）第二部第二章「『三国伝記』の方法――別伝接続と説話連関をめぐって」を参照されたい。同様に説話編成の原理が取り沙汰された例として、『宇治拾遺物語』をめぐる益田勝実「中世的諷刺家のおもかげ――『宇治拾遺物語』の作者」（『益田勝実の仕事1』ちくま学芸文庫、二〇〇六年。初出一九六六年）に端を発する研究史がある。こちらについては、荒木浩『説話集の構想と意匠』（勉誠出版、二〇一二年）を参照されたい。

(11) 前掲注10小林論。

◎コラム◎

# 馬鳴・龍樹をめぐる因縁とその諸相

## ——『三国伝記』巻一第七を端緒として

本井牧子

もとい・まきこ——京都府立大学文学部教授。専門は日本文学（宗教文芸）。主な著書・論文に『金蔵論　本文と研究』（宮井里佳氏との共編著、臨川書店、二〇一一年）、「『釈迦の本地』とその淵源——『法華経』の仙人給仕をめぐる」（小峯和明監修、石川透編『中世の物語と絵画』「中世文学と隣接諸学」九、竹林舎、二〇一三年）などがある。

『三国伝記』の成立基盤として法華経談義の世界があり、天台の談議所周辺で蓄積された因縁が『三国伝記』にも多く流れ込んでいることについてはすでに多くの先学の指摘がある。(1) 小文では、『三国伝記』を形作るそういった因縁のひとつとして『三国伝記』巻一第七「馬鳴龍樹兄弟昔事」をとりあげ、経論注釈に淵源すると推測されるこの因縁の諸相をみてゆくこととしたい。

### 一、馬鳴・龍樹をめぐる因縁

「馬鳴龍樹兄弟昔事」は、輪秀長者夫妻が迦葉仏に子どもを祈願し、二人の男子を授かるという申し子譚である。妻の珠化が日輪と満月とが腹中に入るという夢をみて懐妊したところから、兄弟は日珠、月鏡と名付けられる。成長して迦葉仏のもとで出家修行した兄弟は、「生々世々ニ永ク不二相ヒ離一、同学ノ知識トシテ互ニ為二師弟一ト、建二立シテ正法ヲ一具二足シ妙行ヲ一、共ニ入二ント覚路ニ一」(2)と発願し、この願によって日珠は馬鳴菩薩、月鏡は龍樹菩薩と生まれ、師弟となった。馬鳴と龍樹との師弟関係の因縁を語る話である。

### 二、因縁の淵源

ここで、この話の出典として指摘されている『三宝感応要略録』（『要略録』）巻下第四十に目を転じて、この話の来歴をかんがえてみたい。(3) 当該話の標題下には「出本業因縁論」と注記され、この話が「本業因縁論」なる書にもとづくことが示されているが、『要略録』は、直接にはこの話を引用する『釈摩訶衍論記』を参照していると推測される。

唐の聖法による『釈摩訶衍論記』（『聖法記』）は、『釈摩訶衍論』（『釈論』）の注釈のなかでも古いものとして知られており、後続の注釈にしばしば引かれるなど影響力のあったものである。当該話は『釈論』に付された姚興皇帝御製とされる序を注釈するなかで引かれている。すなわち序の冒頭「蓋聞月鏡日珠、居爰山王禪宮」[4]の「月鏡日珠」について、「言凷《月也》鏡者龍樹古稱、言日珠者馬鳴古稱謂」[5]として、本話を引くのである。『要略録』と『聖法記』とは、説話部分においておおむね同文的に一致するのみならず、その後の注釈的部分についても密接な対応が看取される。説話の最末尾から対照して示すと**表1**のとおり。

表1　『三宝感応要略録』・『釈摩訶衍論記』対照表

| | 三宝感応要略録（要略録） | 釈摩訶衍論記（聖法記） |
|---|---|---|
| a | 昔日珠殊者、今馬鳴菩薩是。月鏡者、今龍樹菩薩是也。 | |
| b | 以此事故、此二菩薩、不相捨離、倶行転、出現本釈、利益衆生也。 | 以此事故、此二菩薩、不相捨離、倶行倶轉、出現本釋、利益衆生。 |
| c | | 今此序主、取彼時名立名字、言月鏡日珠。以何義故、略去今名、取過去名。本釋兩論、除無明闇增智慧明、盲冥衆生而能開曉、譬如兩曜皆生光明除滅暗夜、引導衆生令不惱亂。是故時事契合當中強彼名爰存而已。 |
| d | | 如是因緣、在無著菩薩本事因緣論第三卷也 |
| e | 金剛正智経中、馬鳴過去成佛、号大光明佛。龍樹名妙雲相佛。大荘厳三昧経中、馬鳴過去成佛、号日月星明佛。龍樹名妙雲自在王如来文[6] | 光明妙雲　言光明者、馬鳴往古如來名字、言妙雲者、龍樹往古如來名字。如是二字名、脩多羅中、各各異說。謂金剛正智經中、作如是說、馬鳴菩薩大光明佛、龍樹菩薩妙雲相佛。大莊嚴三昧經中、作如是說、馬鳴菩薩偏照通達無邊如來、龍樹菩薩偏覆初生如來。甚深道場經中、作如是說、馬鳴菩薩日月星明如來。今依金剛正智經、序主作如是說、光明妙雲相焉 |

a連結部の定型表現は『要略録』にしかみられないが、説話の結びにあたるbについては両書がほぼ同文である。『要略録』ではこの後、馬鳴と龍樹の仏号にかんする注記（e）が続く。この注記についても、『聖法記』に対応がみられる。『聖法記』eは、序の「馬鳴聖者、光明之徳、于時具顯、龍樹大士、妙雲之瑞、于方圓啓」の「光明」「妙雲」にたいして、馬鳴・龍樹の過去の仏号の異説を列挙したものである。説話のみならず、末尾の注記についても対応するところから、誤写・誤脱（波線部・破線部）とみられるテキスト上の問題はあるが、『要略録』は『聖法記』を参照しているとみてよいであろう。そうだとすると、『要略録』の「本業因縁論」という出典注記は、ここも文字の異同はあるものの、『聖法記』dの「本事因縁論」を引き写したものと

いうことになる。(7)

『釈論』は、『大乗起信論』(『起信論』)の注釈とされる。両論の著者については議論があるが、『釈論』序文では、それぞれを馬鳴・龍樹の著述とする点で一貫している。『聖法記』の引く馬鳴・龍樹の因縁は、本論である『起信論』とその釈論である『釈論』とを著した馬鳴・龍樹両菩薩の過去の因縁を明らかにする説話として機能するものであった。bで馬鳴・龍樹が過去の誓願によって「本釈」を「現出」して衆生を利益したとあるのは、『聖法記』cに「本釋兩論」とある『起信論』『釈論』二論を著したことを指す。『要略録』のこの記述は、この説話が『釈論』の注釈に淵源することを示す痕跡だったのである。

## 三、因縁の生成

先述のとおり、『聖法記』における当該話は、『釈論』序冒頭の注釈として引かれるものであった。序冒頭の一段は、両論を著した馬鳴と龍樹とを讃歎するものであり、「月鏡日珠」が両菩薩を指すことは間違いない。しかしながら、これが二人の過去世の名前であるという『聖法記』の解釈については、それが以降の注釈に継承され定着をみているとはいえ、一抹の疑問を感じる。この名前が何の説明もなく冒頭で挙げられてそれと諒解されるだけの知名度をもっていたとはかんがえにくいのではないか。事実、『聖法記』cでは、今の名を記さずに過去の名を記すことに疑問が呈されている。それにたいしては、二菩薩の著述が日月のごとくに無明の闇に迷う衆生を導くことを示すためにあえて過去の名を記すのだと説明されているが、これも、譬喩の説明であって過去の名前であることの説明にはなっていない。

あくまでも推測の域を出ないが、序の「月鏡日珠」は、本来は純粋に譬喩として用いられた文言だったのではないだろうか。そして、二菩薩の関係性を強固にするための因縁が要請されたときに、この序文冒頭の譬喩を利用してその名前が設定されたのではないか。母親の名前「珠池」も同様に、序の「茂花因於七覺之寶林、植蓮種於八徳之珠池」とある部分から発想された可能性がある(8)(ただし、対になる「寶林」と父の名の「輪香」は一致しない)。皇帝御製とされる序の文言を利用して因縁が創出され、それが序の注釈に取り込まれることで、序に過去の因縁を組み込んだ解釈が定着するという流れの方が、蓋然性が高いように思われる。『要略録』を介して『三国伝記』に流れ込んだ馬鳴・龍樹の因縁は、『釈論』注釈という土壌において生成されたものだったのではないだろうか。

## 四、因縁の展開

『釈論』注釈の営為のなかで生成・伝承された馬鳴・龍樹の因縁は、『要略録』に抽出されることで、わずかな痕跡は残しながらも、その文脈からは切り離されることとなった。『三国伝記』は、「兄弟ノ芳契代々不ルレ絶ヘ也」という結びからあきらかなように、兄弟の縁の強さを焦点化している。[9] さらに、『要略録』には該当部分のない、兄弟が両親に出家を許されるまでの経緯が装飾的な文章で細やかに描かれるなど、兄弟のみならず、長者夫婦をふくめた肉親間の情愛が強調される話となっている。

『三国伝記』には、当該話のように夫婦、親子、兄弟、師弟といった親族・人間関係の結びつきを強調する文言が散見する。例えば巻二第二八「一角仙人事」は、仙人の堕落譚としてよく知られた説話であるが、『三国伝記』は、昔の一角仙人と扇陀婬女が今の釈迦と耶輪多羅であるとした後に「一夫婦ハ五百生ノ縁」ト経ノ中ニ説ケル、是以テ為レ証也」[10]と当該話を位置づけている。これは、標題下の「明二伉儷昵深事一也」という注記とも対応する。

そしてこの馬鳴・龍樹の因縁もまた、兄弟のみならず、夫婦の因縁として利用されていた痕跡がある。中世和製仏伝のひとつ『釈迦の本地』において、太子が耶輸陀羅と別れを惜しむ場面で、過去にも二人が夫婦であったことが「かのりんじゆ長者のむかし、まかしゆた女のいにしへ」[11]として語られる。長者夫婦の名前については『釈迦の本地』諸本でゆれがあり、また『三国伝記』『要略録』『聖法記』でも異同があるが(「輪秀・珠化」、「輪秀・殊他」、「輪香・珠池」)、この話をさすとみてよいであろう。この因縁利用のひとつのありかたを示すものといえる。

『釈迦の本地』の成立基盤にもまた、『法華経』注釈の世界があったとみられ、[12]『三国伝記』とは成立圏において重なる部分が多いとかんがえられる。この馬鳴・龍樹の因縁もまた、『法華経』をはじめとする仏典注釈に由来するさまざまな位相の因縁にまじって蓄積され、[13] 夫婦、親子、兄弟、師弟にまつわる因縁のひとつとして、さまざまなバリエーションを生み出しつつ、利用されていたのであろう。

注

(1) 牧野和夫『中世の説話と学問』II「『三国伝記』をめぐる学問的諸相」(和泉書院、一九九一年)、同『日本中世の説話・書物のネットワーク』一、「説話・書物と地域文化(一)――近江湖東地域と中世日本」(和泉書院、二〇〇九年)、小林直樹『中世説話集とその基盤』第二部「『三国伝記』とその背景」(和泉書院、二〇〇四年)等。

(2) 池上洵一校注『三国伝記』上下、中世の文学(三弥井書店、昭和五七年・昭和六二年)による。

(3) 『三国伝記』の出典としての『三宝感応要略録』については、李銘敬「『三国伝記』における『三宝感応要略録』の出典研究をめぐって」(『日本文学のなかの〈中国〉』アジア遊学一九七、勉誠出版、二〇一六年)に研究史と到達点とがまとめられている。

(4) 大正新脩大蔵経第三二冊五九一頁。私に句読点を施した。校異を参照して本文をあらためたところがある。

(5) 大日本続蔵経第一輯第一編第七二套

第四冊。私に句読点を施した。

(6) 尊経閣文庫蔵本(前田育徳会尊経閣文庫編『三宝感応要略録』尊経閣善本影印集成四三、八木書店、二〇〇八年)により、私に句読点を施した。eは慶安三年刊本では本文と同じ大きさの文字で記されるが、尊経閣文庫本では小字で記される。なお、慶安三年刊本の方が『聖法記』と近い部分も散見することには注意が必要である。

(7) 「本業因縁論」「本事因縁論」ともに経録などに見出せず未詳。頼宝の『釈摩訶衍論勘注』は「未渡歟」とする(大正新脩大蔵経第六九冊六〇三頁)。

(8) 『釈摩訶衍論勘注』は『聖宝記』を引いて「私云珠池者二菩薩母也」と解し、また序「植双因于香池中」の「香池」についても「香池者輪香長者珠池女也」とするなど、序の本文中の文言を過去の因縁の人名とみる『聖法記』の解釈を拡大している。なお、因縁における人物の名前については、後世の日本における例ではあるが、金剛寺蔵〈佚名孝養説話集〉所収の説話について、譬喩経典などを典拠として設定された可能性が指摘されている(箕浦尚美「偽経と説話——金剛寺蔵佚名孝養説話集をめぐって」(『説話文学研究』四四、二〇〇九年)。

(9) なお、『聖法記』本文では馬鳴・龍樹を「師弟」と明記しないが、『要略録』には誓願の部分に「為師弟」(刊本「互為師弟子」)とあり、『三国伝記』もそれを踏襲する。馬鳴・龍樹を師弟とすることについては前掲注2当該話頭注で『宝物集』に言及があることが指摘されている。

(10) この文は版本になく国会図書館蔵写本にのみみられる。

(11) 寛永二十年版本(室町時代物語大成)による。

(12) 拙論「『釈迦の本地』とその淵源——『法華経』の仙人給仕をめぐる」(小峯和明監修、石川透編『中世の物語と絵画』「中世文学と隣接諸学」九、竹林舎、二〇一三年)、「『釈迦の本地』とその基盤——『法華経』とその注釈世界とのかかわり」(神戸説話研究会編『中世・近世説話と説話集』和泉書院、二〇一四年)。

(13) 『法華経』妙荘厳王本事品および『法華文句』に淵源するその前生としての「四比丘因縁」(『三国伝記』巻四第十にも所収)、『大乗毘沙門功徳経』『観世音菩薩浄土本縁経』といった日本撰述経典として形象化された因縁、『往因類聚抄』、『直談因縁集』、金剛寺蔵〈佚名孝養説話集〉などに類聚された因縁など。

# 『三国伝記』における韓湘説話の主題

三田明弘

みった・あきひろ――日本女子大学人間社会学部教授。専門は日中比較文学。主な論文に「『冥報記』『日本霊異記』における冥界説話の意義」（『仏教文学』四四、二〇一九年）、「『冥報記』に見る貞観期の功臣像」（『説話』一三、二〇一九年）などがある。

中国の八仙の一人である韓湘子のルーツである韓愈の甥、韓湘についての説話が『三国伝記』には収録されている。韓湘説話は中国においてすでに多様な展開を見せていたが、『太平記』『三国伝記』『壒嚢鈔』等の室町期の文献に引載されるに至って日本独自の主題を獲得するに至った。『三国伝記』における三国三話一類の排列様式の意義にも言及する。

## はじめに

『三国伝記』第八巻第十七話「韓昌黎事」は、次のような説話である。

韓愈の甥の韓湘は、文章や詩を嗜まず、道士の術を好んでいた。韓愈がそのことで説教すると、韓湘は儒学をあざ笑い、自らが造化の力を手に入れたことを語り、訝る韓愈の前に碧玉の花を現出させた。花の中には金の文字で「雲横秦嶺家何在、雪擁藍関馬不前」という句が書かれており、韓愈はその句が優美で深いものであることは感じたが、意味するところは分からなかった。花は忽然として消失し、これより韓湘が仙術を会得したことが世に知られることとなった。

その後、韓愈は仏法を破り儒教を尊ぶべき旨の奏状を奉った罪で左遷され、潮州（広東省）へ向かうこととなった。日が暮れて馬が行き迷い、故郷の方を見れば秦嶺に雪が降り、先の藍関にも雪が積もっていた。そこに、いつのまにか韓湘がおり、韓愈は喜んで下馬し、「先年の碧玉花の句は左遷の懸念を知らせてくれたもので、今またお前が現れたということは、私は謫居の中で愁い死に、帰ることは出来ぬのであろう」と涙ながらに語った。そして予言の句に六句を足し、「一封朝奏九重天、夕貶潮陽路八千、本為聖明除弊事、豈於衰朽期残年、雲横秦嶺家何在、雪擁藍関馬不前、知汝遠来須有意、好收吾骨瘴江辺」の詩を韓湘に与え、二人は泣く泣く東西に別れ去った。(1)

本話は『太平記』巻第一「無礼講事付玄恵文談事」(2)に見られる韓昌黎故事とほぼ同文であり、『太平記』が直接の典拠と考えられている。

『太平記』において本話が語られるに至る経緯は次のようなものである。日野資朝らが無礼講を装った密議で倒幕を謀るが、理由も無く度々集まると怪しまれるので、玄恵法印を請じて『昌黎文集』の談義を行う。しかし、文集中の「昌黎赴潮州」という長編に至って、聞く人々が、これは不吉な書で、『呉子』『孫子』『六韜』『三略』などこそ役に立つと言いつのり、『昌黎文集』の談義は止めてしまったことを述べ、それに続いて本話が語られ、「誠ナル哉、『痴人ノ面前ニ夢ヲ説カズ』ト云フ事ヲ。此ノ談義ヲ聞キケル人々ノ忌ミ思ヒケルコソ愚カナレ」と結ばれる。

『太平記』において、本話の挿入される意味は明白である。柳瀬喜代志が「「痴人（韓愈・謀反の人々）」に対して「夢」を説いた人（韓湘・玄恵）への同情の念を明らかにしている」(3)と指摘するように、謀反の失敗と配流という『太平記』のメインストーリーと本話の展開が呼応する構造になっているのである。

それでは、『三国伝記』においては、本話はどのような主題の説話として採録されたのであろうか。本稿では、その問題について考察したい。

## 一、韓湘説話の形成と変遷

### （一）史実から説話へ

『三国伝記』における韓湘説話の主題を考察する前に、本話がどのようにして形成され、また変遷していったのかを概観しておこう。

この説話の元となった史実から述べると、元和十四年（八一九）正月、唐の憲宗が鳳翔の法門寺の仏骨を都に迎え、禁中に三日留めた後、諸寺の巡回に送った。王公士庶みな争って布施をする状況に対し、刑部侍郎（法務次官）であった韓愈は、その弊害を論じた「論仏骨表」を上疏し、潮州刺史に貶された（『旧唐書』巻十五　憲宗本紀下）。潮州に向かう際、藍関で甥の韓湘に与えた詩が『昌黎文集』巻十に収載されている「左遷至藍関示姪孫湘」であり、『太平記』『三国伝記』にも見える「一封朝奏九重天」に始まる七言律詩である。

説話の形成に関しては、韓愈（七六八～八二四）より三十五歳ほど年下の同時代人である段成式（八〇三?～八六三）の『酉陽雑俎』前集巻十九の牡丹について記した項目に、韓愈に不真面目であることを叱られた遠縁の甥が様々な鉱石を用いて牡丹を咲かせ、それらの花に韓愈の「雲横秦嶺家何在、雪擁藍関馬不前」の句が紫の文字で浮かび上がっていたことを記すのが、最も早い例である。

## (二) 神仙譚としての展開

次いで、唐末から五代にかけて活躍した著名な道士杜光庭の『仙伝拾遺』に、韓愈が二十年間音信不通であった外甥の不行跡を心配して特技を尋ねたところ、甥が銭投げや火起こしなどの技を披露して韓愈を驚かせた話が見える（『太平広記』巻五十四「韓愈外甥」）。韓愈が道教の修行について尋ねると甥は神仙について知らぬことはなく、さらに韓愈の庭の白牡丹が来春には青、赤、五色などの花を咲かせるようにした。しかし、韓愈は帝の怒りを買い、春を待たずに刺史として潮州に向かうこととなった。商山まで来ると甥がおり、韓愈のため馬の轡を取った。翌日、鄧州に至ると甥は道術の師の元に行くと言って再会を約し、韓愈は「一封朝奏九重天」の詩を作って、二人は涙ながらに別れた。

春になって開いた牡丹の花は甥の言った通りの色で、それぞれに「雲横秦嶺家何在、雪擁藍関馬不前」の句が見事な楷書で記されていたのは仙術の予知能力のなせる技であった。というのが、『仙伝拾遺』話の概略である。後に甥と再会した韓愈自身も神仙となったという人もいる、と結ぶ本話は、書名通り、典型的な「神仙伝」の構造の説話になっている。

この説話に大きな変化が見られるのは、北宋中期の劉斧の撰になる志怪小説『青瑣高議』の「韓湘子」である。本話で甥の名が韓湘と明記されるようになる。科挙の勉強に取り組まない韓湘を韓愈が叱った際、韓湘が自らの志を詩に詠むという要素も加わった。その場で牡丹のような花を現出させ、その花に金字で「雲横秦嶺家何在、雪擁藍関馬不前」の句が書かれていたとあり、この句が韓愈ではなく韓湘が創作した予言の句となり、以降の韓湘説話に継承されてゆく。『青瑣高議』は「韓湘子」の標題にも「湘子作詩讖文公（鈔本讖作贈）」という但書を添えている。(4) 潮州に向かう韓愈の前に現れた韓湘は、南方の瘴毒を防ぐ薬を渡し、「公、久しからずして即ち帰らん。全家恙なく、当に復た朝に用いられん」と予言し、その通りになった、と結ばれる。

史実においても、韓愈はその年の十月には大赦で潮州刺史から袁州（江西省）刺史になり、翌年には国士祭酒を任ぜられ、冬に長安に帰っている。

かつて青木正児は「太平記の「韓湘」の話は唐の韓若雲の「韓仙伝」（説郛・宝顔堂秘笈に収む）及び「仙伝拾遺」（太平広記巻五十四に引く）の話を混合したもので、恐らく宋の劉斧の「青瑣高議」からとつたものらしい」と述べた。(5) 韓若雲『韓仙伝』は、仙人の韓若雲こと韓湘の一人称で語られる中編の伝奇であるが、その内容はこれまでに掲げた諸話とは異なるプロットを多く含み、『青瑣高議』話の原拠とは認め難い。八仙についての文学等の変遷を研究した党芳莉『八仙信仰与文学研究──文化伝播的視覚』（黒竜江人民出版社、二〇〇六）では、元明の間の人が唐人韓若雲に仮託した作品であると推測されている。

## （三）詩話から『太平記』へ

『太平記』話の取材源としては、南宋・魏慶之の撰になる詩話集『詩人玉屑』巻二十に『青瑣高議』話が引載されており、増田欣は『詩人玉屑』には正中元年（一三二四）の玄恵の跋がある五山版があること、鎌倉末から南北朝期によく読まれていたこと、『太平記』話末尾の「痴人ノ面前ニ夢ヲ説カズ」という成語が巻七「属対」、巻一三「靖節」に見られること等を指摘し、「『太平記』作者もまた韓愈と韓湘の説話を『詩人玉屑』を介して知った公算が大きい」としている。(6)

柳瀬喜代志は、『詩人玉屑』話が北宋・阮閲撰の詩話集『詩話総亀』に掲載されている韓湘説話と同文であることを指摘し、『青瑣高議』話を『詩話総亀』は詩人や詩編に関わることのみに対する興趣から儒・道の対立を強調する部分を捨象して簡約し、それを『詩人玉屑』は『詩話総亀』から引載して用いたとする。(7)

また近年は、南宋・魏仲挙編『新刊五百家注音辯昌黎先生文集』の注に引用された『酉陽雑俎』を『太平記』話が参照した可能性が鄧力によって指摘されている。(8)

『酉陽雑俎』から『仙伝拾遺』『青瑣高議』を経て『詩話総亀』『詩人玉屑』へと至る説話の変容の過程において、その主題は、牡丹に対する博物学的関心から始まり、道教の儒教に対する優越、詩による予言、詩話的興味へと変遷し、『太平記』では「先見性のある言に対する無理解」がテーマとなったのである。

## 二、『三国伝記』第八巻の三話一類の構成と主題

### （一）三国三話一類

『三国伝記』における韓湘説話の主題を考察する上で重要なのは、どのような説話群の中に本話が配置されているのか、という点である。

『三国伝記』の説話排列については、池上洵一が、連続する梵漢和の三話（場合によっては二話であったり、フレキシブルである）が連想によって連鎖する三国三話一類様式の存在を指摘している。(9) また、播磨光寿は「主題による三国三話一類様式」による編纂が行われていることを示唆している。(10)

韓湘説話を収録する巻八について具体的に分析すると「第十七　韓昌黎事」の前の「第十六　中印度内小国講金光明経払疫難事」は次のような内容である。

中インドの小国である奔那代禅那国は、国土が荒廃して五穀が実らず、飢饉や疫病の流行で人々が次々と死んでいた。「国の妖孽を除くには仏経には如かず」という智臣の提案で金光明最勝王経の講経を行ったところ、王は、諸々の童子が竹杖で異形異類の悪鬼を追い打ち、国境から駆逐する夢を見た。すると疫病が収束した。また、大力の鬼が地を穿ち甘水が湧出して田園に満ちる夢を見ると豊作になり、一年もせずに国民は豊かになった。それより毎年、講経を執り行うこととなった。

一方、後の「第十八　三輪上人吉野勝手詣事」は、次のような話である。

三輪の上人は吉野の勝手大明神で百日参詣を行ったが、満願の日に吉野川のほとりで人が死んでおり人々の参詣を妨げていた。上人はこの死骸を他所に移し、触穢のため参詣は諦めようとしたが、大明神の方向にしか足が動かなくなり、吉野山に登り、「後日、もう一度お目にかかってお礼申し上げます」という神の告げを童神子を通して賜った。

その後ずいぶん経ってから、勝手大明神は紀伊国の人の妻に取り憑いて病気にし、「私は日本では三輪の上人以外は貴いとも畏れ多いとも思う人はいない」と言わせ、主は急いで三輪の上人を迎えにやった。上人が到着すると、既に事切れていた妻が起き上がり、かつての吉野川でのことを上人と話した後、「この病人の命が惜しいか、財産が惜しいか」と主や親類眷属に大量の財宝で命を購わせた。財宝は三輪に送られ、上人はその財で不動堂を建てた。三輪の上人は、今生の望みを捨て後生の事を祈

り、慈悲深く、苦行に勉めていたので、神慮にかなったのである。

この二話には、「病いの平癒」という分かり易い共通項がある。しかし、「第十七　韓昌黎事」には、この要素はない。「韓昌黎事」を加えた三話の共通項となるのは、外部から仏教に貢献するキャラクターが説話のキーパーソンとなっていることである。

「第十六　中印度内小国講金光明経払疫難事」では、智臣が仏教導入を提案したことが一切の問題を解決するきっかけとなるが、「智臣」と書かれるように、その人物は博学により仏教の有効性を知っていたのであり、本人が仏教を信仰していたかどうかは明かではない。しかし、結果として奔那代禅那国は仏法を年中行事として行う国となった。また、「第十八　三輪上人吉野勝手詣事」においては、勝手大明神が人妻に取り憑き、主らから財を脅し取るという強引な手段で三輪の上人への報恩を行うが、それが「何《いか》あだにはすべき」という三輪の上人の意志によって不動堂建立へと結実する。

そして「第十七　韓昌黎事」では、韓愈の運命を予知した韓湘が碧玉花の詩で警告をしたことは、韓湘の意図が那辺にあったかに関わらず、韓愈による仏教批判を阻止しようとした行為と見なしうる。

## (二) 反仏法者の因果応報譚

この三話一類の組み合わせは、韓愈という文聖への敬意や儒道対立の観点に覆われて表面に現れてこなかった、韓湘説話の潜在的主題である反仏法者の因果応報譚としての側面を浮上させるのである。中国の韓湘説話の展開では見られなかった『太平記』『三国伝記』話の独自要素として、潮州への途次に韓湘と再会した韓愈の「今又汝爰ニ来レリ。料知ヌ、我遂ニ謫居ニ愁ヘ死シテ帰ル事ヲ不得。再会期無シテ遠別今ニアリ。豈ニ悲シムニ堪ンヤ」(『三国伝記』)という言葉がある。これは実際の韓愈の詩である「左遷至藍関示姪孫湘」の末尾の二句「知汝遠来須有意、好收吾骨瘴江辺」から発想されて作文されたものと考えられるが、史実に基づき、すぐに朝廷に復帰できることを韓湘が示唆する『青瑣高議』話とは対照的に、『太平記』『三国伝記』話は韓愈の流謫先での死が説話の大前提になっている。『青瑣高議』から『詩話総亀』『詩人玉屑』への移行の段階で、朝廷復帰に関連する部分が省略されてしまったことの影響でもあるが、『太平記』話でことさらに死を強調する作文がなされたのは、資朝の配流先の佐渡での死と二重写しにするためでもあり、仏教的因果応報譚として説話を完結させるためでもあろう。それゆえに末尾で二人は「泣々東西へ去ニケリ」と描かれ、本話は悲劇として幕を閉じる。

次に『三国伝記』巻八全体における本話の意味を考えてみたい。巻八全話の三話一類構造についての私見を以下に掲げる。

**第一話群　観音菩薩の顕現・利益・方便**

「第一　観世音三昧経事」「第二　涼州徐曲為亡親画観自在像得利益事」「第三　丹後国成相寺事」

**第二話群　観音菩薩の功徳による延命・病気回復**

「第四　昔長者子寿延事」「第五　釈道秦念観音増寿命事」「第六　尾州篠木能化慈妙上人」

**第三話群　女人・獼猴・懈怠の僧の救済**

「第七　父母恩徳深重事」「第八　法華経分八軸事」「第九　如幻僧都発心事」

**第四話群　外道・悪僧・悪女の解脱**

「第十　仏入伽毘羅城外道邪破給事」「第十一　并州道如比丘往生極楽事」「第十二　上総国極楽寺郷居住高階氏女夢想事」

**第五話群　猿による啓発・雀の報恩・鹿の奉仕**（梵・和は女色に迷う修行者の救済）

「第十三　難陀尊者発心事」「第十四　後漢楊宝黄雀飼助事」「第十五　高大夫公輔事」

**第六話群　仏法の外護者**（知臣・神仙・明神）

「第十六　中印度内小国講金光明経払疫難事」「第十七　韓昌黎事」「第十八　三輪上人吉野勝手詣事」

**第七話群　惰眠の僧・極悪僧・女人の救済**

「第十九　阿那律尊者得天眼事」「第廿　法与比丘生兜率天事」「第廿一　性空上人上東女院相看事」

**第八話群　法華経の功徳**（悪王・悪僧の救済、不死薬服用）

「第廿二　悪毒王愛牛事」「第廿三　沙門恵道造八部法華因縁事」「第廿四　慈覚大師夢服不死薬事」

**第九話群　暗愚の僧・醜女・童の遊戯の内より真理が出ずる**

「第廿五　周利槃特事」「第廿六　斉宣王后無塩女事」「第廿七　比々丘女之始事」

**第十話群　仏道や学問を極めようとする者が、至宝の蓮華・竹・和歌を得る**

「第廿八　毗舎離国良亘長者事」「第廿九　蔡邕宿柯亭事」「第卅　二人念仏者参八幡深甚法門祈事」(11)

## (三) 救済される韓愈

右に示したように、巻八は外道や破戒僧や女人さらには畜生まで本来救いを得るのが難しい者に対する救済をテーマとする話群が全体の半数以上を占める（第三話群・第四話群・第五話群・第七話群・第八話群・第九話群）点が大きな特色であり、これが巻八全体の主題となっていると考えられる。「第十七韓昌黎事」の中では反仏法者韓愈の救済は直接には示唆されていないが、『三国伝記』が韓愈に同情的であるのは「互ニ訣別ノ愁ヘ心ヲ傷マシメ、恋慕ノ念肝ヲ焦セリ」という悲劇性を強調した本話の結びの文言にも明らかである。『三国伝記』は、様々な反仏法者が救済される本巻に「韓昌黎事」を配置することにより、巻主題を通して韓愈の救済を示唆したのである。

## 付　『壒嚢鈔』における韓湘説話の主題

### （一）『壒嚢鈔』の記事構成

最後に、『三国伝記』と成立時期の近い『壒嚢鈔』に引用された韓湘説話の主題についても触れておく。

洛東観勝寺の行誉が撰述した『壒嚢鈔』(12)（文安三年（一四四六）成立）では、本話は「不堪所学ヲハ改ムト云説アリ」（巻八―三一　『塵添壒嚢鈔』では巻一三―二二）に見える。

「不堪所学ヲハ改ムト云説アリ」の記事構成は、整理すると次のようになっている。

①主題について

「不堪所学ヲハ改ムト云説アリ。又功ヲ空クスレハ途中ニシテ両端ヲ失フ共云。所学ハ尤択ヒ用ふ可し云云。器学当らざレバ学スト雖トモ功寡キ者也」(13)という説明がなされる。

②修学院勝算

修学院勝算は、宮中の論場で横川の源信に詰られたのをきっかけに顕教から密教に鞍替えして修練を極めた。密教の験力で一条院の病気平癒のために雪中に青梅を咲かせたり、藤原頼通を蘇生させたりした勝算は、源信の妹の安養尼を蘇生させて源信に三拝されるに至り、積年の恨みを解いた。

③常喜院心覚

三井寺の学侶であった常喜院心覚は、公請の決択で三論宗の珍海に破れて遁世した後、広沢流・小野流の密教を学び名を挙げた。

④綜芸種智院

空海が綜芸種智院を建て諸々の博士を置いたのは、学生がそれぞれ「堪ル所ヲ学」ぶことを可能にする為であり、それで当時は諸道の達人が多かった。

⑤韓湘

基本的なストーリー展開は『太平記』『三国伝記』の韓湘説話と同様である。

⑥結語

例示された顕教から密教へ、儒教から道教への移行について、「浅キ従り深きニ入る義ナレバ其功疑ヒ無き者也」と述べ「縦ヒ爾ラずと雖も不堪ノ処ニ留らず器ニ随ひて学ヲ改ムハ其益空カル可からずト云云」と結ぶ。

### （二）堪えざる所の学をば改む

『壒嚢鈔』所収韓湘説話は、「不堪所学ヲハ改ムト云説アリ」という主題に基づき、「韓湘ハ唐代ノ儒業ヲ捨テ、仙術ヲ学ケリ。是其器道教ニ叶フ故也」と韓湘が儒教を捨てて道教に向かったことを強調する。そして韓愈に関しても、韓湘との対称性が強調され、『太平記』や『三国伝記』には見られなかった「名儒」という表現がなされ、「然ニ伯父韓昌黎ト云ハ無双ノ名儒也。盛唐ノ季ニ出テ文才優長ノ者也。猶子韓湘カ文学ヲ棄テ道術ヲ嗜ブ事ヲ怒リ」と描写される。

韓湘が予言詩の記された牡丹を現出させたが、韓愈はその意を解さず、それから幾ばくもせず韓愈は趙州（『太平記』『三国伝記』では潮州）に左遷されるに至り、途次に韓湘に再会する。「韓湘忽然トシテ前ニ在り。涙ヲ流シテ立リ。昌黎爰ニ旧諫ノ詩ヲ悟ラざりし事ヲ恥ずト云云。韓湘ハ三年前ニ此事ヲ知ナルベシ。是仙術ノ徳也。其学ヲ改めざれハ左遷ノ患ヲ同セン者歟」という話末部分には、もし韓湘が儒者のままであったら韓愈に連座して左遷されていたであろうという独自の見解が示される。

『三国伝記』巻八の最終話「第卅　二人念仏者参八幡深甚法門祈事」は、ともに往生を目指して、念仏の法門の中で何を深甚の義として学ぶべきかを悩む僧と、念仏よりも深甚なものとして如何なる法門を学ぶべきかを悩む僧の説話である。何を学ぶべきか、学びを改めるべきかという問題は、当時、普遍性があったのである。韓湘説話には「学びを改める」という主題が内包されているという認識が『三国伝記』の編者玄棟にも共有されていたとすれば、「第十七　韓昌黎事」の排列には「第卅　二人念仏者参八幡深甚法門祈事」との主題上の呼応も意図されていたことになる。

注

（1）『三国伝記』本文は、池上洵一校注『三国伝記』（中世の文学、三弥井書店、一九七六年）に拠り、引用の際は一部表記を改めた。

（2）『太平記』本文は、岩波書店古典大系本（一九六〇年）に拠り、引用の際は一部表記を改めた。

（3）「韓湘子説話の展開」（『日中古典文学論考』、一九九九年）。

（4）『青瑣高議』本文は、宋元筆記叢書『青瑣高議』（上海古籍出版社、一九八三年）に拠り、引用の際は一部表記を改めた。

（5）『支那文学芸術考』（弘文堂書房、一九四二年）「国文学と支那文学」。

（6）『『太平記』の比較文学的研究』（角川書店、一九七六年）「第二章　中国詩文集の摂取に関する考察」。

（7）柳瀬前掲論文。

（8）「『太平記』の表現と中国詩集——韓愈・蘇軾の受容を中心に」（『軍記と語り物』五四、二〇一八年）。

（9）『三国伝記』序説」（秋山虔編『中世文学の研究』東京大学出版会、一九七二年）。
（10）「三国伝記――構想と表現の関わり」（本田義憲ほか編『説話の講座　第五巻　説話集の世界II――中世』勉誠社、一九九三年）。
（11）筆者は旧稿において『三国伝記』巻三についても全話の三話一類構造を分析しているので参照されたい。「『三国伝記』における中国説話の変容と説話配列の問題」（石川透・岡見弘道・西村聡編『徳江元正退職記念鎌倉室町文學論纂』三弥井書店、二〇〇二年）。
（12）『壒嚢鈔』本文は、影印本『塵添壒嚢鈔・壒嚢鈔』（濱田敦・佐竹昭広共編　臨川書房、一九六八年）に拠る。
（13）『壒嚢鈔』本文は原文を書き下し、原文に無い送り仮名は平仮名で補った。

# 『壒嚢鈔』と『三国伝記』——斑足王説話の比較を中心に

小助川元太

こすけがわ・がんた——愛媛大学教授。専門は中世日本文学、主に軍記物語・説話。主な著書・論文に『行誉編『壒嚢鈔』の研究』（三弥井書店、二〇〇六年）、「醍醐寺所蔵『僧某年譜』——『壒嚢鈔』編者に関する一級資料発見」（『国語国文』第七七二号、二〇〇八年二月）、「類書・注釈書と『太平記』の関係——『壒嚢鈔』の『太平記』利用」（松尾葦江編『軍記物語講座第三巻 平和の世は来るか——太平記』、花鳥社、二〇一九年）などがある。

『壒嚢鈔』には『三国伝記』からの引用とされてきた説話がいくつか存在する。千王を捕らえて殺害しようとした斑足王が普明王の説法により改心する「斑足王説話」もその一つであるが、表現や構成の面での違いも見られる。それは両書の説話叙述態度の違いを示すと同時に、両説話が兄弟関係にある可能性も示唆している。

## はじめに

一九六八年に今野達氏によって発表された「壒嚢鈔と中世説話集——付、三国伝記成立年代考への資料提起」(1)では、『壒嚢鈔』による中世説話集の利用についての考察がなされ、『壒嚢鈔』の文学研究における価値が、いわば「再発見」された。当該論文では『壒嚢鈔』が『沙石集』の他に、『撰集抄』を引用している可能性を指摘されると同時に、『三国伝記』を引用した可能性にも言及されているが、このことは『三国伝記』の成立年代を考証するのに重要な役割を果たすものと見做された。また、中世の文学『三国伝記』（三弥井書店）の校注をされた池上洵一氏は、今野氏の論考に基づき、行誉が『三国伝記』を見て、その説話を「引用した」ということを前提に『三国伝記』の成立時期を応永一四年から文安三年の間とされている。(2)

稿者はこれまで、『壒嚢鈔』は編者行誉の主張や思想が強く表れた作品であり、先行資料を引用する場合は、自らの主張や文脈に合うように加工していることを明らかにしてきた。(3)

さらに、醍醐寺所蔵『僧某年譜（行誉年譜）』の発見(4)や、近年の歴史学の研究成果により、行誉や彼が所属した東岩蔵寺に関する新たな事実が明らかになりつつある現在(5)、行誉の手許に、本当に『三国伝記』があったのかという問題については、再検討するべき時期に来ていると考えている。

そこで、本稿では、今野氏が指摘された『壒嚢鈔』と『三国伝記』の共通説話のうち、構成や表現の共通性から見て、同一の素材に基づいている可能性の高い六、七話(6)の中から、とくに原拠となった仏典が明らかな斑足王説話を比較し、通説の再検討を試みると同時に、それぞれの説話叙述態度の違いを明らかにしたい。

## 一、斑足王説話の構成

### （一）『壒嚢鈔』の斑足王説話

『三国伝記』巻二―七「斑足王欲二千王ヲ殺一ント事」の斑足王説話は、今野氏が『壒嚢鈔』と『三国伝記』の「共通母胎たり得る有力な第三者的同文的同話」が見当たらない(7)とした共通説話の一つである。また、本話については小林直樹氏が『法華文句』との比較をとおして、天台談義所における『法華経』の談義資料と同質的な要素を多分に含んでいることを指摘されている(8)。

本節では、『三国伝記』の斑足王説話との共通説話である『壒嚢鈔』巻七の斑足王説話を確認した上で、『壒嚢鈔』『三国伝記』と、それらの源流となった仏典に引用される斑足王説話の構成を比較する。便宜的にA～Wの段落に分けているが、『三国伝記』にはあっても『壒嚢鈔』にはない段落（SおよびT）がある。また、『三国伝記』とは異なる記述や『三国伝記』には見られない記述については傍線を施してゴシック体にしてある(9)。

〔A〕此天羅国王ノ太子斑足《ハンソク》位ニ即テ後チ、**外道ノ師アリ。善施ト名ク。是ヲ貴ミ給事無シレ極リ。仍テ灌頂ヲ与ヘ奉テ勧テ云。千王ノ頸ヲ取テ。塚間《チヨケン》ノ山神ニ祭ヲハ。千度、王位ニ登ルヘシト。**

〔B〕此ノ斑足王ハイカ、アリケン。獅子ノ生《ウミ》タル子也トナン。サレハ血肉ヲ好ミ食スル事常ニ勝タリ。仍テ厨《ク》人ニ勅シテ供御ノ膳ニ必ス肉ヲ令レ備。

〔C〕或ル時俄ニ鮮《アサケキ》肉ナカリシカバ。厨《ク》人是ヲ歎テ東西ニ奔走スルニ。死ケル小児アリ。是ヲ取テ備ル所ニ。王ノ宣ク。今日ノ供御殊更美《ヒ》也。日々ニ必ス是ヲ備ヘシト。仍テ厨人毎日ニ家々ヲ廻テ。小児ヲ捕ヘテ、備《ソナ》ヘ奉ル程ニ。**後ハ他国ニ行テ求ムレ之ヲ。サレバ国郡此事ヲ歎キ合ヘリ。手ノ中ノ玉ノ如クニ愛シ。眼ノ前ノ燈ノ如ク憑メル子ヲ**

取《トラ》レケル父母ノ思ヒ。誠ニヲロカナランヤ。

〔D〕一天ノ愁ヘ万民ノ悲ミ也ケレハ。千ノ小国ノ王。各ノ兵ヲ起シテ。此斑足王ヲ捕ヘテ。耆闍崛山ノ中ニ流シ置ク。彼《カシコハ》深山ナレハ。猛獣鬼神多シト云共。獅子ノ子也ケル故ニヤ。諸ノ羅刹此王ヲ助ケテ鬼王トセリ。

〔E〕仍彼鬼神等ト談話シテ云。今此小国ノ諸王ハ既ニ皆ナ我カ怨敵《ヲンテキ》也。是ヲ治罰セントスト思フ。幸ニ又我レ昔シ羅陀師説ヲ聞ニ。千王ヲ煞《コロシ》テ。其ノ首ヲ取テ鬼神ニ祭ラハ。千度王位ニ登ラント。サレバ宿敵ヲ亡シテ。本望ヲ達セン力為ニ。則千王ノ頸ヲ切テ。山神ニ祀《マツラ》ントス。

〔F〕仍テ鬼神ト斑足王ト空ニ飛翔《カケリ》。九百九十九人ノ王ヲ取レリ。今独リ北方万里ノ外ニ有リ。是ヲ普明王ト名ク。

〔G〕彼ノ王境節《ヲリフシ》春ノ日評《ノドカ》ニシテ。花盛ナル間。后妃采女引連《ツレ》テ。後園ノ中ニ遊ハントシ給。

〔H〕爰ニ乞食ノ沙門来レリ。此普明王慈仁ノ心深クシテ。沙門ニ語テ云、只今遊宴ニ趣テ。供養ヲ延ルニアタハズ。後日ニ来リ給へ、供養ヲ設《マウケ》。教誡ヲ受ント思ト契ルニ。沙門諾《ダク》シテ帰ヌ。

〔I〕サテ王諸ノ采女ト。花鳥ニ思ヲ蕩《トラカ》シ。絲《シ》竹ニ心ヲ休《ノベ》テ。歓遊《クハン》興ヲ尽ス処ニ。斑足王諸ノ羅刹ト共ニ空ヨリ来テ、鷹ノ雉《トリ》ヲ取カ如ク。普明王ヲ捕テ去リヌ。后妃采女涙ヲ流テ驚歎シ。百寮千官手ヲ打テ。周章《シウシヤウ》スレトモ其甲斐《カヒ》ナシ。

〔J〕耆闍崛山ニハ千王各故郷ノ太子后宮ノ事ヲ思ニ。心細ク悲事今更云ハン方ナシ。中ニモ普明王人ニ勝レテ歎ノ色深シ。斑足問テ云。命ヲ惜ム事誰カ悲カラザラン。然トモ汝チ殊更ニ歎深キ事何ノ故カアルト。普明王答テ云。我全ク命ヲ惜テ悲ニハアラズ。唯恨ラクハ生ヲ受テヨリ此方。未ダ虚言ヲセズ。然トモ而我捕レシ日。沙門ニ契リヲ成ス事アリ。後日ニ来リ給へ。供養ヲ延へ。教誡ヲ受ント云テ。其日是ヲ返シテ此事我ヨリ起ルト云共。猶ヲ実道ニ背《ソム》ケリ。是ヲ思ヒ悲ニ不レ堪ヘ。

〔K〕其時斑足王此事ヲ憐《アハレミ》テ云、然ラ者其程ノ暇ヲ許《ユルシ》奉ム。事終テ速カニ可レシ来ル ト云云。

〔L〕普明王悦テ本意ノ如ク。国ニ返リ彼ノ沙門ヲ供養シ。并ニ百ノ高座ヲ敷キ。百ノ法師ヲ請ジテ。一日二日時ニ般若波羅蜜多。八千億ノ偈《ゲ》ヲ説ケリ。其第一ノ法師、普明王ノ為ニ偈ヲ説云ク。劫火洞然、大千倶壊、須弥巨海、磨滅無餘、梵釈天龍、諸有情等。尚皆弥滅。何況此身等也。其時普明王此ノ般若経理ノ得聞レ畢リテ。即チ虚空等定ヲ得タリ。

〔M〕此供養説法事終リヌレハ。急キ斑足ノ所ニ行ントシ給時。臣下各諫メ申シテ云。以前ハ如レ此ノ事ヲ不レ知シテ。由断セル故ニ。非分ノ害ニ値ヒ給。幸ニ遁レ来給。尤喜ノ至リ也。今ハ一国ノ兵ヲ起シテ防カンニ。斑足何ノ侵《ヲカス》事ヲ得ン哉ト。

〔N〕普明王ノ云ク。我実語ノ故ニ。再ヒ爰ニ来テ本意ヲ遂《トク》。今何ノ妄語センヤトテ。国ヲ太子ニ譲テ。又斑足ノ許へ行ヌ。サテ彼所ニ至ニ及テ。只悦ベル形ノミアリ。

〔O〕斑足又問テ云、何ノ故ニヤ死ニ臨テ悦フ気色アルト。普明王ノ云。我沙門ニ値テ法ヲ聞得タリ。仍テ憂ル所ナシト。斑足ノ云。汝ヂ聞得ル所ノ法是ヲ説ベシト。

〔P〕普明王是ヲ説給フ。天地モ猶ヲヲツ。何ノ常ナル事カアラン。生老病死輪転シテ際ナシ。盛ナル者ハ必ズ衰へ。満テル者ハ必ズ虚シ。形チニ常ノ主ナシ、神《タマシキ》ニ常ノ家ナシ。形ト。神ト。猶ヲ離《ハナ》ル。豈ニ国有ラン哉ト。

〔Q〕斑足具サニ是ヲ聞終テ。忽ニ邪見ヲ改テ。千度王位ヲ受テモ全ナキ事ヲ覚《サト》リ。遂ニ空平等地ヲ得タリ。即チ是ヲ初地也ト釈ス。

〔R〕斑足悟リヲ得シ後。我誤リ外道ノ説ヲ信スル故ニ千王ヲ煞ントス、今慈心ヲ説ニ害心ヲ開キシカハ。

〔U〕国ヲ子孫ニ譲リテ。此耆闍崛山ニ留テ。同朋知識ト成テ。専ラ仏道ヲ行シケリト云リ。

〔W〕是則チ普明王生ヲ受テヨリ以来。妄語シ給ハサル故ニ。我身ノ二世ノ達ルノミナラズ。千王ノ現当ヲモ助ケ。斑足王羅刹鬼《ラセツキ》マデ。皆得益アリシコソ。誠ニ仏法ノ恩徳難レク有リ侍リケレ。

（巻七―二七「五天竺ニ何ソ」）

## （二）仏典との構成比較

さて、本説話は、鳩摩羅什訳『仁王経』並びに不空訳『仁王経』、『賢愚経』、智顗『仁王経疏』『法華経文句（法華文句）』といった仏典に見られる。次ページの「斑足王説話構成比較表」は、先に挙げた『壒嚢鈔』本文の構成を基準として、『三国伝記』（三国）鳩摩羅什訳『仁王経』（羅什訳）不空訳『仁王経』（不空訳）、『賢愚経』（賢愚）、智顗『仁王経疏』（経疏）『法華経文句（法華文句）』（文句）[10]の順番に並べ、表現の違いは考慮せずにその項目の有無を示したものである。項目があるものは○、内容の異なるものは△、項目そのものがない場合は◎、その中でもとくに注目すべきものについては×としている。また、『壒嚢鈔』にはない項目は（　）で示している。

## （三）二つのパターンの斑足王説話

表からわかるのは、先行する経典には『壒嚢鈔』や『三国伝記』と同じ構成を持つものがほとんどないということである。また、経典に見られる斑足王説話の構成上の大きな違い

斑足王説話構成比較表

| | 項目 | 壒嚢 | 三国 | 羅什訳 | 不空訳 | 賢愚 | 経疏 | 文句 |
|---|---|---|---|---|---|---|---|---|
| A | 斑足の即位 | ○ | ○ | △ | △ | ○ | ○ | ○ |
| | 外道の師による千王殺害の勧め | ◎ | × | ○ | ◎ | × | × | × |
| B | 斑足王は獅子の子。肉を好む | ○ | ○ | × | × | ○ | ○ | ○ |
| C | 斑足王、子どもを食糧とする。人々の嘆き | ○ | ○ | × | × | ○ | ○ | ○ |
| D | 千王、斑足王を捕え闍崛山に流す | ○ | ○ | × | × | △ | ○ | ○ |
| E | 斑足王、羅刹を従え千王への復讐を誓う | ○ | ○ | × | × | △ | ○ | ○ |
| | 外道の師による千王殺害の勧めについて | ○ | ○ | × | × | × | × | × |
| F | 斑足王、九百九十九人の王を捕える | ○ | ○ | △ | △ | ○ | ○ | ○ |
| G | 普明王、后妃采女たちと遊宴に向かう | ○ | ○ | × | × | ○ | × | × |
| H | 普明王、乞食沙門に後日の供養を約束する | ○ | ○ | × | × | ○ | × | × |
| I | 普明王、遊宴の最中に、斑足王に掠われる | ○ | ○ | × | × | ○ | ○ | × |
| J | 普明王、実語を守れないことを嘆く | ○ | ○ | × | × | ○ | ○ | ○ |
| | 普明王、供養のための帰国を乞う | ○ | ○ | ○ | ○ | ○ | ○ | ○ |
| K | 斑足王、普明王の一時帰国を許す | ○ | ○ | ○ | ○ | ○ | ○ | ○ |
| L | 普明王、供養を行い、虚空等定を得る | ◎ | △ | ○ | ◎ | ○ | △ | △ |
| M | 戻ろうとする普明王を臣下が止める | ○ | ○ | × | × | ○ | × | × |
| N | 普明王、国を太子に譲り斑足王の許に戻る | ○ | ○ | △ | △ | ○ | ○ | ○ |
| | （天羅国に戻り、他の王に偈を授ける） | × | × | ○ | ○ | × | × | × |
| O | 斑足王、普明王に法を説くことを求める | ○ | ○ | ○ | ○ | ○ | × | × |
| P | 普明王、斑足王に法を説く | ○ | ○ | ○ | ○ | ○ | ○ | ○ |
| Q | 斑足王、邪見を改めて空平等地を得る | ○ | ○ | △ | △ | △ | ◎ | ◎ |
| R | 斑足王、外道を信じたことを誤りとする | ○ | ○ | ○ | ○ | ○ | × | × |
| S | （斑足王、千王を帰そうとする） | × | ○ | ○ | ○ | ○ | △ | △ |
| | （斑足王、千王の血一滴と三筋の髪を山神に祀る） | × | × | × | × | × | ○ | ○ |
| T | （千王、普明王の説法で三空門定を得る） | × | ○ | ↓N | ↓N | × | × | × |
| U | （千王）山に留まって仏道に励む | △ | ○ | × | × | × | ○ | ○ |
| W | 普明王の不妄語の功徳の尊いこと | ○ | ○ | × | × | × | × | × |

としては、智顗の『仁王経疏』や『法華文句』では、斑足王による千王誘拐の（F）理由を、国内外の子どもたちを掠って食膳に供えさせたために、千王によって捕らえられ、闍崛山に流された（BCDE）ことへの復讐としているのに対して、『仁王経』は鳩摩羅什訳も不空訳もともに、王位に即くことを望んだ斑足太子に千王の頸を「塚間摩訶羅大黒天神」（不空訳）または「家神」（鳩摩羅什訳）に祀ることを外道の師（鳩摩羅什訳では「羅陀」、不空訳では「善施」）が唆したことによる（A）とする点が挙げられよう。そのため、『仁王経』には斑足王を獅

子の子とする設定や、斑足王が子どもの肉を好んだという設定は見られない。すなわち、『壒嚢鈔』と『三国伝記』は、これら二つのパターンの説話を併せ持つ内容となっていることがわかる。

また、この構成上の違いは千王が捕らえられている場所の違いにも影響している。すなわち、斑足王が闍崛山に流されたという設定を持たない『仁王経』では、千王は天羅国に捕らえられていることになっている。さらに、『仁王経』では供養を終え本国から天羅国に戻った普明王が他の王たちに偈を授け（N）、王たちの変化に気づいた斑足王が、普明王に法を説くことを求めるという流れになっているところも大きな違いといえよう。

なお、『賢愚経』は『壒嚢鈔』や『三国伝記』に構成が近いように見えるが、表現レベルにおいて共通するところがほとんど見られないことや、斑足王が子どもの肉を食うに至るまでの過程が詳細に描かれること、斑足王を捕まえたのが臣下であること（D）、斑足王が千王を捕らえたのは、配下の羅刹たちの進言によるものであること（E）など、独自の特徴を持つことから、『壒嚢鈔』や『三国伝記』と直接的な関係があるとは認めがたい。ただし、『仁王経』や『仁王経疏』（および『法華文句』）には見られない、普明王が遊園に行く途中に乞食沙門（『賢愚経』では婆羅門）に遭い、後の供養を約束したこと（GH）、遊園中に斑足王にさらわれたこと（I）、供養を終えて斑足王のもとに戻ろうとする普明王を、臣下たちが留めようとしたこと（M）などが見られることは注目に値する。これらは『壒嚢鈔』『三国伝記』がテーマとする「不妄語」の功徳に関わる重要な要素であるからである。このことから、『壒嚢鈔』や『三国伝記』が依拠したのは、『賢愚経』の構成を基盤としつつ、『仁王経』や『仁王経疏』の要素を併せ持った別の斑足王説話であったと考えることができる。(11)

## 二、『壒嚢鈔』と『三国伝記』の違い1
### ――表現に見る叙述態度

『壒嚢鈔』と『三国伝記』の斑足王説話は、表現や構成がかなり似通っているが、完全な同文ではない。前節で挙げた『壒嚢鈔』本文の傍線部を見ればわかるように、表現や内容の面で『三国伝記』と異なる部分も多く、また、前節の構成比較表を見れば、構成面でも両書の間には異同があることがわかる。

そこで、本節ではまず両書の表現上の違いから、そこに現れた叙述態度の違いについて考察する。

## (一) 先行する漢詩文からの援用

『三国伝記』には、先行する漢詩文の表現を、文脈に合わせて援用する傾向があることが指摘されているが[12]、本話においても、その傾向が見られる。

まず、Bの段落では、『三国伝記』は斑足王の料理人（厨人）が鳥獣の肉を王の朝夕の膳に供えていた様子を「依テレ之ニ、朝ニハ饌《ソナヘ》ケレドモ二皐《カウ》ノ鵝鴨一ヲ、暮ニハ厨《クリヤ》トス二嶺ノ麈《シユモ(ビ?)》麋一ヲ。走獣ノ腐《シシムラ》盃盤ニ聚《アツ》め、飛禽《キン》ノ脂《アブラ》鈿《テン》盞《サン》ニ満テリ」という、『壒嚢鈔』には見られない文飾をもって表現する。この前半部分の二句は『玉造小町壮衰書』の「朝饌皐鵝鴨　暮厨嶺麈麋」からの援用と思われる[13]。

## (二) わかりやすさと伝統的表現様式

次に、Cの段落の『壒嚢鈔』本文の傍線部「後ハ他国ニ行テ求ムレ之ヲ。サレバ国郡此事ヲ歎キ合ヘリ。手ノ中ノ玉ノ如クニ愛シ。眼ノ前ノ燈ノ如ク憑メル子ヲ取《トラ》レケル父母ノ思ヒ。誠ニヲロカナランヤ」は『三国伝記』には見られない記述であるが、ここは食糧となる子どもが他国にまで及んだことに触れ、子どもを取られて嘆く親の思いを描くものである。まず、被害が他国にまで及んだことに触れることは、千の国の王たちが他国の王である斑足王を捕らえる合理的な理由ともなっている。また、「手ノ中ノ玉ノ如ク…」という表現は、文飾としては常套的な表現ではあるものの、大切なわが子を奪われた親の切なる思いを表すものとしては相応しいものといえる。つまり、『壒嚢鈔』の傍線部は、平易ながらも、本文の展開や登場人物の心情を読者にわかりやすく伝えることを重視した表現であることがわかる。一方、『三国伝記』ではこの傍線部がない代わりに、「乳母ハ子ヲ失ヒ老翁ハ孫ヲ悲ム。村南村北ニ哭スル声不レ絶」という対句を用いた漢詩文調の文飾表現が記されている。大切な子どもを奪われた人々の悲しみを表現したものという点では『壒嚢鈔』と同じであるが、悲しんでいるのが「父母」ではなく「乳母」「老翁」となっているところなど、典拠未勘ながら、Bの場合と同様に先行する漢詩文を援用したもののようであり、登場人物の心情に寄り添うというよりも、その場に相応しい漢詩文表現を当てはめることで、物語に描かれた状況を伝統的な叙述の中に位置付けようとする姿勢がうかがえる。

## (三) 物語を叙述する姿勢の違い

さらに、Iの段落では、『壒嚢鈔』は斑足王と羅刹が普明王を掠っていく様子を「鷹ノ雛《トリ》ヲ取カ如ク」という譬喩を用いて表現しているが、『三国伝記』には見られない。この喩えは短く平易なものではあるが、圧倒的な神通力を持つ普明王の猛々しさと非力な普明王との対比を効果的に伝えている。一方で『三国伝記』は、普明王が掠われた後に、残された采女や「百寮千官」が嘆き慌てる様子を、「鶯舌無レドモレ識ル猶《コト》ヲ奏二怨曲庭樹之暁ノ風一ニ、柳眼無シテレ情ロ空ク添フ二啼粧ヲ池堤之暮ノ雨一ニ矣。尊卑遺シレ恨ヲ、遠近含メリレ哀ミヲ」という、『壒嚢鈔』には見られない漢詩文的な文飾表現をもって表す。ここは、末尾の「尊卑遺シレ恨ヲ、遠近含メリレ哀ミヲ」以外は、『本朝文粋』巻一四「円融院四十九日御願文」に見られる、「鶯舌無レ識、猶奏二怨曲庭樹之暁風一、柳眼有レ情、空添二啼粧池堤之暮雨一」の「有レ情」を「無シテレ情ロ」と書き換えて援用したものと思われる。この『本朝文粋』利用からは、物語の状況を読者にわかりやすく伝えようという姿勢よりも、先のBの段落における『玉造小町壮衰書』の援用やCの漢詩文調の文飾表現同様、先行する漢詩文の中から、物語の状況に相応しいものを選んで当てはめることを重視する姿勢が見てとれる。

## 三、『壒嚢鈔』と『三国伝記』の違い2
### ――仏典に基づいた説話の修正

斑足王説話における『壒嚢鈔』と『三国伝記』との違いは、前節で見たような、わかりやすさや漢詩文的な文飾表現の有無といった表現レベルの違いばかりではなく、物語の構成や設定に関わる部分にも見られる。

### (一)外道の師による千王殺害の勧め

たとえば、Aの段落における「外道の師による千王殺害の勧め」は『三国伝記』にはなく、『壒嚢鈔』と『仁王経』、『賢愚経』に見られる。『壒嚢鈔』本文は「外道ノ師アリ。善施ト名ク。是ヲ貴ミ給事無シレ極リ。仍テ灌頂ヲ与へ奉テ勧テ云。千王ノ頸ヲ取テ。塚間ノ山神ニ祭ヲハ。千度、王位ニ登ルヘシト」となっているが、不空訳『仁王経』では「有外道師。名為善施与王灌頂。乃令斑足取千王頭。以祀塚間摩訶迦羅大黒天神」となっており、「千度、王位ニ登ル」という部分を除けば、外道の名前を「善施」とする点、「灌頂」「塚間」といった言葉が一致するところなど、『壒嚢鈔』は不空訳『仁王経』にかなり近い内容であることがわかる。

ところで、斑足王が外道から千王殺害を唆されたという内容については、Eの段落で、斑足王が自分を山に流した千王への復讐を誓うところに「幸ニ又我レ昔シ羅陀師説ヲ聞ニ。千王ヲ煞《コロシ》テ。其ノ首ヲ取テ鬼神ニ祭ラハ。千度王位ニ登ラント」として再び語られるが、『三国伝記』のE段落にもほぼ同文(ただし、「羅陀師」を「陀羅師」とする)が見られる。なお、ここでは外道の名前をAの「善施」ではなく「羅陀師」としている点が不審であるが、この点については、鳩摩羅什訳『仁王経』に「太子為外道羅陀師受教。応取千王頭以祭家神自登其位」とするため、「羅陀師」という名前は鳩摩羅什訳『仁王経』を由来とするものであることがわかる。つまり、外道からの唆しという内容については、Eのみで触れる『三国伝記』は鳩摩羅什訳『仁王経』の情報に基づいているのに対して、AとEの場面の両方で触れる『壒嚢鈔』の方は、前者が不空訳からの情報に基づき、後者が鳩摩羅什訳からの情報に基づくという、二つの『仁王経』の情報が混在した形となっているのである。(14)

## (二) 乞食沙門への供養と百僧による説法

このことに関連して、『壒嚢鈔』と『三国伝記』との内容が大きく異なるL段落に注目したい。『三国伝記』では「彼ノ沙門ニ供養ヲ宣ベ法ヲ説シム」とするのみであり、普明王を悟りに導いたのは、彼が供養した乞食沙門による説法であったとする。ところが、『壒嚢鈔』では乞食沙門を供養して、さらに百の高座を敷き、百の法師を請じて一日二時に般若波羅蜜多の八千億の偈を説かせ、その第一法師が普明王のために「劫火洞然」以下の偈を説いたときに、王は「虚空等定」を得たとする。しかも、冒頭の八句のみであるものの、具体的に偈が引用されていることに加え、普明王が供養した乞食沙門と偈を説いた「第一法師」とは別の人物として描かれていることがわかる。(15)

この部分を不空訳『仁王経』で確認してみると、

其王乃依過去諸仏所説教法。敷百高座請百法師。一日二時。講説般若波羅蜜多八千億偈。時彼衆中第一法師。為普明王而説偈言。

となっており、普明王が得た偈が乞食沙門ではなく、百僧の中の「第一法師」が説いたものであるとする『壒嚢鈔』の設定は、『仁王経』に由来するものであることがわかる。ちなみに、『仁王経疏』『法華文句』も、偈の引用はなく、本国に戻った普明王が大施を作し、太子を立てたことにしか触れていない。つまり、『壒嚢鈔』では、乞食沙門を登場させる斑足王説話に、乞食沙門との約束という設定を持たない『仁王経』の内容を加えるため、乞食沙門を供養した後に、さらに百僧を請じたという形にしたものと考えられる。このことをさらに裏付けるのが、『壒嚢鈔』が引用する偈の内容である。以下のように、『壒嚢鈔』所引の偈は、鳩摩羅什訳ではなく、不空訳の偈の冒頭八句と完全に一致する。

劫火洞然　大千倶壊　須弥巨海　磨滅無餘　梵釈天龍
諸有情等　尚皆殄滅　何況此身　（不空訳『仁王経』）

劫焼終訖　乾坤洞燃　須弥巨海　都為灰煬　天龍福尽
於中彫喪　二儀尚殞　国有何常　（鳩摩羅什訳『仁王経』）

先に見た、A段落における不空訳『仁王経』との一致を考え合わせると、『壒嚢鈔』の斑足王説話は『三国伝記』、もしくは『三国伝記』がもとにした斑足王説話に、不空訳『仁王経』からの情報を加えたものと判断して良いと思われる。

### (三) 千王は山に留まったのか

『壒嚢鈔』が不空訳『仁王経』をもとに素材とした斑足王説話に手を加えたと思われる部分がもう一箇所ある。

『壒嚢鈔』と『三国伝記』の構成上の大きな違いとして『壒嚢鈔』にはS段落とT段落がないことが挙げられる。『壒嚢鈔』では「斑足悟リヲ得シ後。我誤リ外道ノ説ヲ信スル故ニ千王ヲ煞ントス、今慈心ヲ説ニ害心ヲ開キシカハ」として、すぐにUの「国ヲ子孫ニ譲リテ。此者闍崛山ニ留テ。同朋知識ト成テ。専ラ仏道ヲ行シケリト云リ」へと続くが、『三国伝記』では、「『我外道ノ説ヲ信ズ故ニ千王ヲ害セントス。今マ慈心ヲ説、害心ヲ止メタリ。千王各ノ国へ還ルベシ』ト云」として、千王を国に返そうとしたことが述べられ、続くTでは「千王モ此ノ普明ノ説法ヲ聞テ皆三空門定ヲ証ス」とした後にU「国ヲ子孫に禅《ユツ》リ此ノ者闍崛山ニ止リ、共ニ同朋知識ト成仏道ヲ行ケリ」へと続く。『壒嚢鈔』の場合、国を子孫に譲り者闍崛山に留まって仏道に専念したのは斑足王のようであるが、「同朋知識ト成テ」があるために、別の人物のことと読めなくもない。また、「我誤り」以降「害心ヲ開キシカバ」までは、斑足王による会話文となっているにもかかわらず、「国ヲ子孫ニ譲リテ」以降は突然地の文となっている点が文の繋がりとして不自然である。その点、『三国伝記』はSとTの段落があるため、U段落の動作主体が千王であることが明確になっており、また、「千王各ノ国へ還ルベシ』ト云」と斑足王の会話文を収めた後に、千王が留まったことが説明されるため、文の流れとしても自然である。このように考えると、STのある形が本来のものであり、『壒嚢鈔』ではそこが脱落したか、あるいは何らかの理由であえて削除したかのいずれかが考えられるが、ここはおそらく意図的に削除した可能性が高い。というのも、不空訳『仁王経』の斑足王説話の末尾は「時斑足王以国付弟。出家為道得無生法忍」、すなわち、普明王の説法により改心した斑足王が国を弟に譲り出家して「無生法忍」を得た、となっているからである。これまで見てきたように、『壒嚢鈔』は素材とした斑足王説話に不空訳『仁王経』からの情報を加筆しており、その形に合わせるのであれば、千王も悟りを得て、斑足王とともに山に留まったとするというTからUへの流れは必要ない。事実、『三国伝記』の「共ニ同朋知識ト成仏道ヲ行ケリ」という表現は千王が斑足王とともに修行をしたことを示すものであるが、同じ表現を用いる『壒嚢鈔』には「共ニ」がない。つまり、『壒嚢鈔』は不空訳『仁王経』の結末に合わせるため、「同朋知識」となって専ら「仏道」に励んだのは斑足王一人となるように、素材とした説話を修正したのであろう。表現上の不自然さは、その際に生まれたものと考えられるのである。

## おわりに

以上、『壒嚢鈔』と『三国伝記』に共通して見られる斑足王説話について、仏典との距離や、両書における表現上ならびに構成上の違いに注目して比較分析を試みてきた。その結果、それぞれの説話叙述態度の違いが浮き彫りになった。

とくに注目すべき表現の違いについては、『三国伝記』には先行する漢詩文を援用した文飾表現が見られる点である。それらは物語に描かれた状況や登場人物の心情をわかりやすく読み手に伝えることを目的としているのではなく、それらを伝統的な表現様式の中に落とし込んで表現することを目的としているようである。一方で、『壒嚢鈔』独自の表現からは、物語に描かれた状況や登場人物の心情が読み手にわかりやすく伝えようとする姿勢が見える。

また、構成上の違いについては、『壒嚢鈔』が素材とした斑足王説話を、不空訳『仁王経』からの情報をもとに加筆修正を行っていることによって起こった可能性が高いことがわかった。不空訳『仁王経』は主に真言宗で用いられた経典であるため、このことは真言僧としての立場から、典拠に当たって説話を修正しようとする行誉の真面目な姿勢を現すものと考えられる。一方で、『三国伝記』の場合は、素材とした「二次的資料」(16)を用いる際に、先行する仏典によって内容を修正するよりも、他の説話同様、漢詩文的な文飾表現をもって装飾することを優先したようである。この『三国伝記』の文飾表現の特徴については、すでに先行研究で言及されているところであるが、実は斑足王説話のみならず、他の『三国伝記』と共通する『壒嚢鈔』の説話には、『三国伝記』に見られる漢詩文調の文飾表現が全く共有されていない。(17)今野達氏以来の説のとおり『壒嚢鈔』が『三国伝記』を利用したとするのであれば、行誉は『三国伝記』で用いられている文飾表現を、わざわざすべて取り除いているということになる。もちろんその可能性がないわけではないだろうが、むしろ、こうした傾向を踏まえるならば、『壒嚢鈔』と『三国伝記』との間にはもともと直接の交渉はなく、先行する同じ説話資料にそれぞれが依拠していたという可能性についても考える必要があるのではないか。

そのように考えると、これまで『壒嚢鈔』による『三国伝記』引用を前提として推定されてきた『三国伝記』の成立時期を今一度見直さなければならなくなる。だが、少なくとも『壒嚢鈔』の編者行誉と『三国伝記』編者玄棟は同時代に生きた僧である可能性は動かないであろうから、むしろ、この結果は、『壒嚢鈔』と『三国伝記』という二つの書物の関係に止まっていた問題が、室町時代における異なる宗派の寺院同士の書物の共有や享受[18]、異なる宗派の僧たちの人的ネットワークという広がりのある問題へと発展する可能性を生んだことになる。いずれにせよ、この問題については、今後の課題としたい。

注

(1) 「壒嚢鈔と中世説話集——付、三国伝記成立年代考への資料提起」(『今野達説話文学論集』、勉誠出版、二〇〇八年。初出『専修国文』四号、一九六八年九月)。

(2) 池上洵一「『三国伝記』の世界」(『池上洵一著作集第三巻 今昔・三国伝記の世界』、和泉書院、二〇〇八年)。

(3) 小助川元太『行誉編『壒嚢鈔』の研究』(三弥井書店、二〇〇六年)。

(4) 小助川元太「醍醐寺所蔵『僧某年譜』考——『壒嚢鈔』編者に関する一級資料発見」(『国語国文』第七七—二号、二〇〇八年二月)。

(5) 細川武稔「東岩蔵寺と室町幕府——尊氏像を安置した寺院の実態」(『京都の寺社と室町幕府』、吉川弘文館、二〇一〇年)。

(6) 今野氏は、前掲注1論文において、『壒嚢鈔』と『三国伝記』の共通説話一五話のうち、九話について「太平記ないし沙石集のような、壒嚢鈔と三国伝記の共通母胎たり得る有力な第三者的同文的同話が見当たらず、壒嚢鈔と三国伝記の直接的書承関係は否定しがたいものがある。」とされたが、実際に確認をしてみると、『三国伝記』の説話のうち、『壒嚢鈔』とほぼ同話関係にあるものが見られるのは、「晋法顕三蔵渡天竺事」(一—一七)「斑足王欲千王殺事」(二—一七)「末利夫人前因之事」(二—一〇)「晋左太仲書三都賦事」(三—二三)「賓頭盧尊者事」(二—二三)「羅什三蔵事」(六—二六)斉宣王后無塩女事」(八—二六)の七話であり、そのうち「羅什三蔵事」は重なる部分がかなり少ない。

(7) 今野氏前掲注1論文。

(8) 「『三国伝記』の成立基盤——法華直談の世界との交渉」(『中世説話集とその基盤』、和泉書院、二〇〇四年)。

(9) 本文の引用は『塵添壒嚢鈔・壒嚢鈔』(臨川書店、一九六八年)所載の正保三年(一六四六)刊の整版本によるが、本文の一部を同書所載の無刊記整版本『塵添壒嚢鈔』によって修正している。

(10) 『三国伝記』は中世の文学『三国伝記』(上)(池上洵一校注、三弥井書店、一九七六年)本文に拠り、国会図書館本も確認している。また、鳩摩羅什訳『仁王経』、不空訳『仁王経』、智顗『仁王経疏』、『法華経文句』の本文については、新修大正大蔵経に拠っている。

(11) 『三国伝記』に先行する斑足王説話の存在については、すでに小林直樹氏が前掲注8論文において、「抄出ないし和訳された二次的資料」があった可能性を指摘されている。

(12) 安藤直太朗「『三国伝記』の説話と文体の考察——とくに新採説話を中心に」(『椙山女学園大学研究論集』六、一九七五年三月)、稲田利徳・佐藤恒雄・三村晃功編『中世文学の世界』

（一九八四年、世界思想社）第三章「説話文学の種々相」、西村聡「『三国伝記』の装飾表現」（『説話・物語論集』一二、一九八五年、一二月）など。

(13) 『三国伝記』が『玉造小町壮衰書』を利用している可能性が高いことについては、西村聡氏前掲注12論文に指摘がある。

(14) なお、AとEの双方に見られる「千度、王位ニ登ル」ことができるという外道の唆しについては、いずれの『仁王経』にも見られないものだが、『三国伝記』が依拠した斑足王説話の中には存在していた可能性がある。

(15) なお、『賢愚経』では、『壒嚢鈔』や『三国伝記』に登場する「乞食沙門」に当たる「婆羅門」が王のために偈を説くことになっている。

(16) 小林氏前掲注8論文。

(17) たとえば、斑足王説話と同じ『壒嚢鈔』巻七―二七には、『三国伝記』巻一―一七「晋法顕三蔵渡天竺事」と近似する法顕三蔵渡天竺説話が引用されるが、『三国伝記』には法顕と同道した恵景が命を落とす場面に「独入二長松ノ洞一ニ清嵐吹テ皓月冷シ、重テ移二嶢嶇一ニ巌泉水咽テ猿叫ブ也」という、『和漢朗詠集』下「行旅」を一部援用した漢詩文的文飾表現が挿入されるのに対して、『壒嚢鈔』にはそうした文飾表現が見られない。

(18) たとえば、小林氏前掲注8論文のいうように、『三国伝記』の依拠した「二次的資料」が天台宗の談義所を背景に生まれたものであるとするならば、なぜそれを真言寺院の行誉が手に入れることができたのか、という問題一つを取りあげてみても、興味深い問題であろう。

# 素材としての説話――『三国伝記』と『沙石集』

加美甲多

かみ・こうた――跡見学園女子大学専任講師。専門は日本中世の説話文学、特に『沙石集』の諸本関係。主な論文に「無住と梵舜本『沙石集』の位置」（小島孝之氏監修・長母寺開山無住和尚七百年遠諱記念論集刊行会編『無住――研究と資料』、あるむ、二〇一一年）、「『沙石集』から『観音冥応集』へ――中世から近世への架け橋として」（神戸説話研究会編『論集　中世・近世説話と説話集』、和泉書院、二〇一四年）、「僧を嗤う『沙石集』『雑談集』」（京都仏教説話研究会編、『説話の中の僧たち』、新典社、二〇一六年）などがある。

『三国伝記』と『沙石集』の本文を比較すると、ともに仏教の教えをわかりやすく示そうとする工夫が認められる。例えば、和泉式部の説話を用いながら、玄棟は仏教における正しい夫婦の在り方、無住は禅の「越格」について説いている。時代という観点から見れば無住の『沙石集』は早すぎたのに対して、玄棟の『三国伝記』は室町前期という時代の潮流に合うような物語性を多分に含んだ仏教説話集を著わしたといえる。

## はじめに

『三国伝記』と『沙石集』。ともに編者が僧侶という立場から仏教を見つめ、その想いを託した説話集であることに間違いはない。成立時期には大きな隔たりが存在するが、『三国伝記』と『沙石集』の類話は多く、それはつまり『三国伝記』が『沙石集』の説話を積極的に用いていた可能性を示している。むしろ両書の成立時期が大きく異なるからこそ、『沙石集』の説話が受け入れられたという見方もできる。『沙石集』は同時代以上に後世にその説話が用いられるようになり、特に室町期や江戸期の様々な分野に取り込まれていく。そういった意味では『沙石集』は「説話集」というジャンルや鎌倉時代という時代に収まりきらないスケールを持った作品であったといえるかもしれない。ともあれ、『三国伝記』と『沙石集』の説話が時代を超えて共鳴していることは興味深い。

『三国伝記』は沙弥玄棟によって編纂された説話集である。中世の説話集として掉尾を飾る『三国伝記』には全十二巻三六〇話の説話が収載され、(1)その規模の大きさからも『三国伝記』は注目されてきた。また、『三国伝記』には写本と版本が存在するが、それぞれに欠巻や欠話、本文の異同が認められる。決して伝本自体は多いとはいえないが、写本と版本の異同は多い。さらに、『三国伝記』は身延文庫本といった抜書本や『新選沙石集(仏法寄妙集)』といった改題本も後世に創られ、数年前には平仮名本といった新出の伝本も発見された。(2)いわば、『三国伝記』は伝本の異同や関連本を多分に有した説話集であると位置づけられる。

『三国伝記』の構成に目を向けると京都東山の清水寺に参詣した天竺の僧侶「梵語坊」、大明の俗人「漢守郎」、近江の遁世者「和阿弥」がそれぞれ自国を物語るという形式を採っている。いわゆる『大鏡』や『宝物集』、『太平記』巻第三五「北野通夜物語」を想起させるような形式である。特に『太平記』に倣ったことについては様々な指摘があり、インドでは僧侶、中国では俗人、日本では遁世者が語るという設定自体も共通している。(3)『三国伝記』の多くの説話には出典があり、『沙石集』のほか、『三宝感応要略録』や『発心集』等とも親和性は高いが、当時のインド・中国・日本というアジアの枠組みのなかで「物語り」によって説話が紡ぎ出されていく構成は『三国伝記』ならではといえる。

また、玄棟は近江の天台僧であり、『三国伝記』には近江や山城の説話が見られるが、出典未詳のものを含めて東国の説話も多く存在することが特徴的である。これに関して、小林直樹氏は東国の出典未詳の説話の周辺には必ず天台の談義所があり、東国のそういった談義所から玄棟によって近江の談義所や寺院に持ち帰られた可能性を指摘された。(4)説話資料が法華経談義の場で用いられ、『三国伝記』が法華経注釈書と深く関連しているという見方は極めて重要である。

一方、『沙石集』は鎌倉時代の弘安六年(一二八三)に無住道暁一圓房によって編纂された説話集である。周知の通り、『沙石集』には多くの伝本が現存している。その伝本は写本と版本に大別され、さらに写本は早い段階で成立したと考えられる古本系統と、後に成立したと考えられる流布本系統に分けられる。『沙石集』には写本と版本が存在し、それぞれに欠巻や欠話、本文の異同が認められ、写本と版本の異同は多い。また、『沙石集』は永青文庫蔵『沙石集抜要』といった抜書本、神宮文庫蔵『金撰集』や国立公文書館内閣文庫蔵『金玉要集』といった改題本が後世に創られ、数年前には牧野則雄蔵永禄六年写本といった新出の伝本も発見された。(5)『沙石集』の諸本関係は極めて複雑であり、伝本の位置づけについては現在においても定まっているとはいいがたい。『沙石集』の諸本研究は渡邊綱也氏に始まり、近年では土屋有里子氏の詳細なご考察がある。(6)

『沙石集』では、無住出生の地である東国の説話や説法の場を活写した説話、硬質な教説と柔軟な笑いの要素を含んだ譬喩譚を取り混ぜた説話が特徴的である。また、『沙石集』は室町期の『直談因縁集』、『法華経鷲林拾葉鈔』等にも取り込まれている痕跡が認められ、やはり法華経注釈書との関連が見えてくる。(7)

こうして見ていくと、『三国伝記』と『沙石集』は共通点が多い。それは伝本の異同や後出本の成立、類話の多さといった表層的な部分ではもちろん、東国や法華経注釈といったその根幹に関わるような点でも共鳴している。当然ながら『三国伝記』に『沙石集』から複数の説話が採られている時点で充分な比較対象となり得るが、両書がどのくらい結びついており、またどこに差異が見出せるのかという点については未だ明確になったとはいいがたい。

そこで本論では、『三国伝記』と『沙石集』の説話を比較しながら両書の関係性を探っていくことで、特に『三国伝説』の特質について考えてみたい。さらに、『三国伝記』が成立したと考えられる応永十四年から正長・永享・嘉吉といった室町期のなかで、(8)『三国伝記』を説話集という観点から改めて見てみたい。

## 一、『三国伝記』と『沙石集』

これまで『三国伝記』と『沙石集』の関係はどのようにとらえられてきたのであろうか。かつて安藤直太朗氏は「三国伝記の成立に関する考察――殊に沙石集・太平記との交渉について」において、『三国伝記』と『沙石集』の比較を行われた。(9)例えば、「津ノ国ノ難波ノ云々」の和歌の相違から、『沙石集』が無住の「深き学識と熾烈なる求道、教化の精神によって産み出されたもの」であるのに対して、それが「三国伝記から直接うけとれない」とされる。その上で、「両書が同じく法談的性質を有するにしても、三国伝記の場合には多分に遊楽的傾向が存するのではないかと考える」と指摘された。安藤氏は、さらにそこから和泉式部の説話について比較されているが、この説話については後述したい。

また、『三国伝記』と『沙石集』の関係にしぼれば、簗瀬一雄氏が「沙石集と三国伝記」において考察されている。(10)簗瀬氏は早い段階から『三国伝記』と『沙石集』の類話に着目され、両書にどのような類話が存在するのかについて詳細に指摘されている。

池上洵一氏は「中世の文学」の「解説」において次のように述べられている。(11)

主として文飾の形でなされる雑多な知識の披瀝は、『澄憲作文集』や『言泉集』以来、安居院流の唱導資料に顕著に認められるものであることを思えば、彼が相当の学識の持主であったことは否定しないにせよ、その学識が彼が教学研究を本領とする僧であったことまで意味するかどうかはなお検討の余地がある。『三国伝記』を通して見る限りでは、『沙石集』における無住の場合とは違って、撰者の学識はむしろレトリックに生かされている。いかにも知識的で、時には衒学的ですらある彼のレトリックは、聞き手あるいは読者がある程度の知識人でない限り、論理として訴える力は弱かったかもしれない。しかし、高踏的であることには、かえって論理を超越したところで相手の信を得る効果もあったはずであり、その点から見れば、深遠らしく神秘的な寺社の由来を説いて信仰心を喚起させる縁起の語り手としては、彼は一流であったというべきかもしれない。

この後、池上氏は『三国伝記』の魅力を「撰者の思想の表明や現実との触れ合いに求めるべきではなく、対象との間に距離と余裕を持ってなされる表現の技術、それが語られる話の内容や構成と共鳴してかもし出される、いわば語りの技術の見事さに求めるべきであろう」と指摘される。

これまでの両書の比較に関する言及を見ると、いずれも仏教説話集としての法談的な性質を備えていながらも『沙石集』の無住には教化や教学の精神が根底に感じられるのに対して、『三国伝記』の玄棟にはそれが感じられないという点で共通している。『三国伝記』の特性は、安藤氏の表現に従えば「遊楽的傾向」であり、池上氏の表現に従えば「レトリック」「語りの技術の見事さ」ということになるであろう。無住も玄棟も相当な学識を有した僧侶であったことに間違いはない。ただ、無住が仏教と向き合いながら実践的に用いることができる学識や仏道に対する考え方をひたすら『沙石集』で説こうとするのに対して、玄棟は仏教へのベクトルが知識を語ること、表現することに傾いており、そういった意味では『三国伝記』はややもすれば文飾過多ということになるであろうか。仏教の思想や論理を実践的に説いた『沙石集』と、文飾という方法で「物語り」ながら仏教に対する知識を披露した『三国伝記』。説話との距離感や、仏教の「魅せ方」に関して両書に大きな相違が認められることは興味深い。

また、『三国伝記』の説話については、既にこれまで多くの考察がなされ、様々に検討されてきた。そのなかで、注目すべきは『三国伝記』が説話のもととなる複数の素材を組み合わせている点であり、さらにその説話が前後の説話とも連関性を有しているという点である。これらの点について黒田彰氏は草子（説草）から『三国伝記』の説話形成に関して考察され、（『三国伝記』巻第十二第三「恵心院源信僧都ノ事」の）「説話の前半と後半は、その出所の糸を手繰ってゆくと、それぞれ別の草子へ繋がっているらしい。それは、説話の当段の成り立ちが単純でなく、相当複雑な手順を踏むことを窺わせ、そこにまた、説話の作為を指摘することも出来よう。しかし、翻って思えば、異なる幾種類ものテキストを自在に組合わせ、それこそモザイク風に説話を創出してゆくことは、三国伝記の常套手段なのであった」と指摘される。[12] これは友久武文氏が『三国伝記』を「異伝の文学」と定義づけられたこととも通じる。[13]

そして、小林直樹氏はこういった説話連関の問題について詳細に考察されている。[14] それは別伝接続箇所のみならず、「撰者の説話改変の営みは、もっと細かい部分にまでも及んでいるようである」とされ、例えば、一見、説話連関ないような説話群でも「有漏ノ善」と「無漏ノ善」といった対をなす二つの事項の提示でつながり、これは「完全に形式的な次元における要素の対応」と定義づけられている。この点は、池上氏が述べられる「レトリック」「語りの技術の見事さ」にも通じる。さらに小林氏は、『三国伝記』においては「浄土」や「慳貪」を共通モチーフとしながら連関する説話に出典にはないような記述が付されているとされる。そのうえで、別伝接続と言い、如上の部分的改変・付加と言い、撰者の作為はむしろ控えめなくらいである。が、表向き説話の伝承性を尊重するように装いながら、さりげなく連接の糸を結んでいくあたり、その姿勢はなかなかなかにしたたかでもある。一見、むき出しの素材の上に、部分的に文体的装飾を施しただけといった無愛想な説話が多いかに見える『三国伝記』であるが、その実、思いがけないほど細心な撰者の注意がずいぶん多くの箇所に注がれているのかもしれない。

と述べられている。両書の説話を比較する際には、こうした連関性や改変の在り方にも目を向けるべきであると考える。

以前に論者は『沙石集』の説話について、譬喩説話という観点から考え、『沙石集』は素材としての「たとえ話」を並べながら説話群を形成し、最初に述べたことが最後に環となってつながってくるという点について述べた。[15] そういった意味でも説話形成や出典改変の在り方、説話の配列の仕方等に両書が強いこだわりを見せているととらえることができる。

## 二、和泉式部説話

ここから両書が話の素材をどのようにして説話として仕立て、またそれがどのような集まりとなっていくのかについて具体的に見ていきたい。

そこで『沙石集』巻第十末ノ十二「諸宗ノ旨ヲ自得シタル事」と『三国伝記』巻第一第二十七「和泉式部貴船参籠事歌道の徳事」について考えてみたい。まずは『沙石集』、『三国伝記』の順に本文を挙げる。(16)

和泉式部保昌《ニ》スサメヲラレテ巫ヲ語ラヒテ貴布祢ニテ敬愛ノ祭《ヲ》セサセケルヲ、保昌聞テ、カノ社《ノ》木カケ《ニ》カクレテミケレハ、年《シ》タケタルミコ赤《キ》幣（ママ）トモ立《テ》メクラシテヤウ〳〵ニ作法シテ後、ツヽミヲウチマエヲカキアケテタヽキテ三度メクリテ、コレ体《ニ》セサセ給ヘト云《ニ》、面ウチアカメテ返事モセス、何《ニ》コレホトノ御大事思食立《テ》今コレハカリニナリテカクハセサセ給ハヌソ、サラハ又ナトカ思食タチケルト云、保政（ママ）クセ事ミテンストヲカシク思フホトニ、良久思《ヒ》入タルケシキニテ、

千ハヤフル神ノミルメモハツカシヤ身ヲ思トテ身《ヲ》ヤスツヘキ

カク云ケル事ノ体優《ニ》覚ヘケレハ、コレニ候トテクシテ返志不レ浅、コレヲソ格《ヲ》コエテ格《ニ》アタレルスカタナレ、若格《ヲ》堅ク執シテマエカキアケテタヽキメクリタラマシカハ、ヤカテウトマレテ本意《モ》トケシ、（米沢本沙石集）

爰《ニ》、橘保昌式部男祭《ノ》為《ニ》貴船《ニ》参籠之由《ヲ》伝聞《テ》、密《ニ》山路《ヲ》廻《テ》古松古檜《ノ》枝《ヲ》交《ヘタル》陰《ヨリ》見《レ》之。巫女青白《ノ》幣《ヲ》捧《テ》反閇《ヲ》踏《シ》種々《ノ》愛法《ヲ》呪《シテ》、「神前《ニ》向《ヒ》ハバカル所《ナク》裾《ヲ》高《ク》褰《テ》上《ミ》櫛《モ》角シテ、共《ニ》跳玉へ」ト云フ。保昌隠《ヨリ》見《テ》興アル事《ヲ》見《ント》思《ヒケル》程《ニ》、式部社檀《ニ》向《ヒ》涙《ヲ》流《シテ》

チハヤブル神《ノ》ミル目モハヅカシヤ身ヲ思トテ身ヲヤ捨マシ

ト詠《ケリ》。保昌是《ヲ》聞《テ》哀《ニ》ヤサシク覚ケレバ、又月《ヲコグ》貴船川、カハリシ中《ノ》小夜時雨、フルキ怨《ノ》袖《ノ》露、結《ブ》下緒打トケテ、互《ノ》契不レ浅。此歌一首《ノ》徳也。感《シメ》二鬼神心《ヲ》一和二夫婦《ノ》中《ヲ》一トハ勝理《ト》覚《ヘタリ》。（無刊記版本三国伝記）

『沙石集』においては、和泉式部への関心が高く、本説話の他にも和泉式部が貴船神社で蛍の和歌を詠んだ説話や和歌を介した道命阿闍梨とのやりとりを記した説話群が随所にちりばめられている。一方で、『三国伝記』においては、本説話を含めた和泉式部関連の説話群が巻第一第二十七にまとめ

られており、和泉式部が貴船神社で詠んだ蛍の和歌の次に本説話が位置している。

本説話の梗概を以下に挙げる。四番目の夫であった藤原保昌に愛されなくなった和泉式部が夫の愛を取り戻すために貴船神社の巫女に頼んで『沙石集』では「敬愛ノ祭」、『三国伝記』では「種々ノ愛法」（いずれも密教の修法、ただしここでは民間的な呪法）を執り行った。そこで、巫女はその作法の一環として恥ずかしい踊りを和泉式部に強要する。これに対して和泉式部は和歌に託して、その踊りを拒否する旨を詠む。その一部始終を陰から見ていた藤原保昌は感動して和泉式部に対する愛情が再び芽生えたというものである。

一見すると、説法や談義、法談等とは結びつきにくく、仏教的な要素も見いだしがたいような説話である。それを裏づけるかのように後世に創出された『沙石集』の抜書本である神宮文庫本『金撰集』等や『三国伝記』の抜書本である身延文庫本（身延本）『三国伝記抜書』等にも本説話は採られていない。[17] かろうじて江戸期の『月刈藻集』に類話が認められる程度である。[18] 本説話に関して安藤直太朗氏は次のように述べている。[19]「ここに問題となるのは三国伝記の説話内容についてである。沙石集に無かったものが三国伝記に附加せられている。しかもその附加された部分は謂わば脱線的な滑稽的遊楽的傾向の著しいものである。当時の人々は神祇も人間並に考え、人間の喜ぶような事は神も満足に思われるであろうという前提のもとに、極めて平民的な遊楽を神前に奉納した。そこに三国伝記の生れ出る背景があり、自由で明るい室町初期の世相を反映しているのである。しかしそれが徳川期に入って上木の際（寛永十四年）削除されたのは又別の立場からなされたものであろう」とされ、本説話を含めた『三国伝記』の説話群は『沙石集』の説話と比して多くの付加が認められ、それが応永期や永享期といった時代的な世相を反映した「脱線的な滑稽的遊楽的傾向」から来るものであると定義づけられた。なお、『三国伝記』の無刊記版本では本説話を含めて長文の欠落が見られるが、池上洵一氏は安藤氏の「削除」説を挙げたうえで、「ありうることではあるが、削除の仕方が不自然で、底本では文意が続かない。むしろ、欠脱の量から見て、底本の拠った本にあった欠丁に原因するのではないかと思われる」とされる。[20] 重要な議論ではあるが、とりあえずここでは写本である国会図書館本等で補われた「中世の文学」の本文を『三国伝記』の本文として考えた。そこで、本説話の細部や周囲の説話に目を向けながら改めて両書を比較してみたい。

本説話の細部を見ると、『沙石集』と『三国伝記』では同じ説話を用いながらも実はその意図は大きく異なっている。特に注目すべき両書の異同には傍線を付したが、例えば、『三国伝記』では巫女の風体に関する記述は認められない。そのかわり、和泉式部は和歌を詠じる際に「涙ヲ流シテ」訴え、その和歌に感動した保昌は返歌し、和泉式部の「此歌一首ノ徳」によって『古今和歌集』の頃から変わらない和歌の力によって夫婦の仲がもとに戻ったとする。これらの記述は『沙石集』には全く認められない。加えて、保昌が隠れて和泉式部を見る際の描写が『沙石集』では「カノ社ノ木カケニカクレテミケレハ」となっているのに対して『三国伝記』では「密ニ山路ヲ廻テ古松古檜ノ枝ヲ交ヘタル陰ヨリ見レ之」となっている。この辺りは室町期という時代のなかで物語性を多分に有した新しい仏教説話集の在り方が見えてくる。玄棟は単に先行する仏教説話を引用するのではなく、「物語り」のために細部を改変している。そしてその改変は仏道を説くため以外の箇所にも及び、話に厚みを持たせ、素材として用いた説話が物語としてよりドラマチックになるように演出している。そういった意味ではこれは玄棟の遊び心と呼べるものであり、細部の描写にこだわる『三国伝記』の「脱線的な滑稽的遊楽的傾向」といえるかもしれない。ただし、ここで忘れてはならないのが、『三国伝記』は室町期という時代において許された仏教説話への物語的潤色を最大限に施すことで独自の個性を出しながらも、玄棟は本来の目的である仏道への誘いという意図から外れていったわけではないという点である。それは本説話も同様であり、この点に関しては後述する。

一方で『沙石集』では「年シタケタルミコ」が登場し、「儀式」という名のもとに品のない踊りを強要する。「ツヽミヲウチマエヲカキアケテタヽキテ三度メクリテ、コレ体ニセサセ給ヘ」と品のない踊りの内容を描写し、「今コレハカリニナリテカクハセサセ給ハヌソ」と続く。無住は儀式の進行を克明に描写したうえで、残る儀式の進行はこれだけなのになぜ行わないのかと年老いた巫女に和泉式部を糾弾させる。実はこの流れこそが『沙石集』では重要であり、素材として本説話を用いながらも無住は無住で明確な意図を持っている。

いわゆる『沙石集』の話末評語では、和泉式部の姿勢を「コレヲソ格ヲコエテ格ニアタレルスカタナレ」と評している。この前後の説話でも無住は「格」ということばを多用し、この「格」にこだわりながら教説や説話を展開している。ここで、本説話の前に位置する説話群を挙げる。[21]

①凡世間出世格ヲコエテ格ニアタルニアタラスト云事ナシ、格ノ中ニシテ格ヲイテサルハ或ル時ハアタリ或時ハアタラス、其故ハ礼義ヲ存シテ又ヲリシリ時ニ随テ礼義ニ

カヽワラサル、コレ格ヲ越タル人ナルヘシ、

②南都ノ或律院ニ如法経ヲ行ヒケルニ道場殊ニ厳重ナルニ、幡ニ火付タルヲ或ル沙弥老僧ニツケテ、道場ノ幡ニ火ノ付テ候、行水シテ入テケツヘシト云ケリ、是格ヲイテサルスカタ也、ヲリニコソヨレ急入テケツヘキコソ、

③又武州ノ或寺ノ住持度宋ノ僧ニテ宋朝ノ禅院ノ行ヒヤウヲ浦山シクミテ事ニフレテ彼儀ヲウツシ学フ故ニ、十三人アリケル僧ヲ十二人ヲハ寺ノ官サニサシテケリ、サテ点心ナントスル時ハ堂僧トテ一人ノ僧ニハクワセサリケリ、大キナル寺ノ堂僧ヲヽキコソサノミハ其煩ヒアル故ニ寺ノ官サ計リモテナセ、格ヲマホリケル実ニカタクナ也、此事ハ宋朝マテ聞ヘタルトカヤ申アヒタリ、

④又或寺ニハ三人シテカラヲリノ行道シ、或寺ニハ四人シテ行ノ列ヲ引テ法事行ヒケル、是等皆格ヲ出スシテ人ノ笑ヒヲマヌカレス、

④にすぐ続くのが本説話⑤である。①から④を見ても無住はとにかく「格」にこだわってはいけないことにこだわっていることがわかる。①は、状況に応じて臨機応変に動き、儀式にこだわらない人こそが格を超えた人であるという定義（教説）。②は、道場の「幡」に火が付いているのに、火を消すことを優先せずに沙弥が老僧に報告し、「行水して身を清めてから消しましょうか」と尋ねたという説話（笑話）。③は、宋朝の経験から、僧の禅院の作法ばかりを真似して、その作法を間違ったまま理解して一人の僧に食事を与えなかった住職（宋における「格」を頑なに守ってしまった実例）。④は、少人数でも唐の作法をそのまま守る愚かな寺（唐における「格」を頑なに守ってしまった実例）。本説話のあとには、再び東大寺の受戒において「中道房聖守」が「格」にこだわらなかった事例⑥が挙げられる。そのうえで、再び教説⑦が展開され、無住は「礼義ヲ弁テ堅ク守テ格ヲ不レ越ハ二乗ノ生死ヲ厭ヒ空寂ニ住シテ衆生ヲ利セサルカ如シ、礼義ヲ存シテ格ニカヽハラサルハ菩提ノ生死ヲ出テ菩提ニ住セスシテ群生ヲ利スルカ如シ」と続けていく。

ここまで見ていくと、無住が「格」を越えるという行為に対して、実に巧みに周到に教説や説話を配置していることに気づかされる。①格を越えた人とは→②「格」についてこだわりすぎた「たとえ話」としての笑話→③中国の「格」にこだわりすぎた例（一）→④中国の「格」にこだわりすぎた例（二）→⑤「格」にこだわらなかった和泉式部の和歌説話（本説話）→⑥寺院での「格」にこだわらなかった「聖守」の説話→⑦「格」にこだわらない姿勢は仏教の悟りにもつながるという教説となり、最初に柔らかくわかりやすい説話を用い

て失敗例を挙げ、そこから寺院での失敗例と続き、今度はまた柔らかくわかりやすい説話で模範となるべき例を挙げる。そこから寺院での模範例とつながり、最後はその「格」を越えることが仏教の理念と強く共鳴していると説く。つまり、禅宗における「越格」といった考え方を示すための素材として本説話が選択され、前後と連関しながら配置されているのである。その象徴的存在が「年シタケタルミコ」なのであり、年老いた巫女＝「格」の旧式的な考えを示しているととらえることができる。そして、それが仏教における儀礼とも確かに深く結びついていることが読み手や聞き手に段階的に示される。

一方で、『三国伝記』はどうであろうか。先に挙げたように和泉式部が和歌を詠む際における「涙ヲ流シテ」等の物語的な演出のほか、話末評語における和歌に対する言及といった『沙石集』との異同からも『三国伝記』が和歌にこだわっていることは看守できる。ここで、『沙石集』と同じく本説話の前に配置される第二十六「宋韓憑妻事　相思木事」を挙げる。(22)

漢言、宋ノ代ノ人ニ韓憑ト曰フ者有リ。其ノ妻美人ナル故ニ宋ノ康王奪イテレ之ヲ為レ妃ト。然共彼ノ女不レ随。康王怒テ曰ク、「女御更衣ニ成ル事ハ皆女児ノ望ム処也。汝チ何カ愚ナル乎」。時ニ、女ノ曰、「狐狢双ベル有リ、神龍タラン事ヲバ不レ冀。亀鼈水ニ居シテ高台ヲ不レ冀。烏鵲ノ巣鳳凰ヲ不レ冀。庶人ノ妻宋王ヲ不レ冀」とて遂ニ自害セリ。夫ノ韓憑聞レ之ヲ亦自殺セリ。彼等二人ノ死骸ヲ道ノ両ノ辺リニ埋ニ、一宿ニ樹生ヒ屈マツテ枝交ヘ接シ体相ひ就ケリ。宋人名テ其ノ木ヲ相思樹ト曰フ。夫婦ノ志シ深キ事、是レヲ以テ本トス矣。

この第二十六は『法苑珠林』二十七（さらにその原拠は『捜神記』巻第十一・二九四）に源泉を求めることができる説話であり、「宋ノ康王」により強引に夫のもとから離されて妃になることを強要された「韓憑」の妻が動物の本来的な在り方を述べ、そのまま自害する。夫もその後を追って自殺する。捨てられた二人の死骸はやがて樹となり、枝を交えながら成長する。宋の人々はこれを「相思樹」と名づけ、夫婦の志の深さを示すものであるという説話であり、『法苑珠林』や『捜神記』では先に夫「韓憑」が自害し、妻が後を追う形となっている。(23)玄棟はここでも説話の細部を改変し、物語としてよりドラマチックな展開を迎えるような演出を施している。さらにその前の第二十五では、「梵曰」（インド）で二人の妻を持つ夫が結局、黒髪も白髪も妻に抜かれて二人の妻の愛も失ったという説話が配置される。この第二十五の話末には「如ク此心多キ者ハ今世後世共ニ叶ヌ事也。譬喩経・経律異相ニ見エタリ」という評語が見られる。この第二十五の譬喩経が何を指すのか、また『経律異相』四十四の内容は『三国伝記』とはかなり異なっており、直接の依拠関係にあるかどうかもわからないが、(24) 玄棟が経典説話等をアレンジしながら第二十五の説話にも物語的な改変を施した可能性は高い。それは本説話を含めた第二十七の説話群も同様で、『沙石集』等の作品から玄棟は説話を採りつつ、細部を改変している。いずれにしても本説話である第二十七の前に目を向けると、『三国伝記』は第二十五、第二十六と連関しながら説話が展開され、いずれも仏教における正しい夫婦の在り方が説かれている。特に第二十五ではインドにおける規範となら ない夫婦の例が挙げられ、そこから第二十六での中国（宋）における規範となる夫婦の例、第二十七での日本（本朝）における規範となる夫婦の例へと続き、アジアを視野に入れながら仏教における夫婦の在り方が説かれていく。その好例が本説話であり、和歌を交えた和泉式部の歌徳説話だったのである。

仏教における夫婦の在り方については、直談物でも語られるところである。例えば、『直談因縁集』では和泉式部の和歌説話こそ、本説話とは違うものが採られている（巻第一ノ七十一「上東門院、和泉式部ノ詠歌ニ依テ性空上人ニ対面スル事」）が、巻第六ノ十「盗人、二人ノ妻ニ河ニ落サレ死スモ法華聴聞ニ依リ蘇生ノ事」や巻第六ノ十七「妻ニ打タレテ道心ヲ発ス夫、夢想ノ事」、巻第八ノ四十七「ヲシノ女、石山ノ観音ニ祈リテ夫ニ再会スル事」等、談義の場においても正しい夫婦の在り方が仏教のなかで説かれることが少なからずあったと考えられる。(25)『三国伝記』では応永期や永享期といった時代のなかで、先行する仏教説話集『沙石集』に倣いながらも細部を改変し、また談義所でも語られたであろう仏教における夫婦の在り方をわかりやすく示すために和泉式部の歌徳説話を配置したといえる。玄棟は描写に遊び心を持ちながらも仏教誘導への志向は決して忘れていたわけではないのである。一方で、『沙石集』では「越格」という禅的な理念をわかりやすく示すために和泉式部の説話を取り込み、配置している。一見、仏教とは無縁の和泉式部の説話を用いながら両書ともに仏教の理念を平易に示そうと試みている点では同じである。しかし、本説話の細部や周囲の説話を探ると、両書が本説話を用いた意図は大きく異なっていることが見えてくる。これは説話をどのような素材として扱っているかの痕跡なのである。

## おわりに

ここまで、素材としての説話という側面から『三国伝記』と『沙石集』の本文を比較してきた。両書ともに仏教の教えをわかりやすく示そうとする工夫が認められ、それがときには『沙石集』では「たとえ話」としての笑話となり、『三国伝記』では潤色を施した物語となって読み手や聞き手に提供された。本論において見た和泉式部の説話も、無住・玄棟それぞれの宗教的立場から仏道を説くための素材としての役割を担っていた。ただ、『沙石集』が成立した鎌倉時代後期と『三国伝記』が成立した室町時代前期では時代が異なりすぎていた。『沙石集』は時代にとって早すぎた産物だったのである。それは無住自らが『沙石集』について世の賛美と批判が半々だったと述べ、自らで『沙石集』を改変していたことや後世において『沙石集』が受容され続けたことからも確かである。

そういった方法論がようやく世に受け入れられるようになったことを示す資料が『三国伝記』なのである。それは室町期前後の法華経注釈書や談義書のなかに、笑話や物語性を多分に含んだ説話が登場するようになることからも裏づけられる。そういった意味では『沙石集』の諸本において異彩を放つ梵舜本といった伝本もこの室町期頃に現在の形になったと考えれば自然である。

いずれにせよ、『三国伝記』は時代の流れを的確にとらえ、過去の説話という素材を物語として見事に再生産させ、なおかつ同時に仏教説話集としての鮮度も保っていた。それが『三国伝記』の大きな魅力なのである。

### 注

（1）『三国伝記』の巻数や話数については写本、版本の欠話を勘案され、復元された池上洵一氏校注、中世の文学『三国伝記』上下（三弥井書店、一九七六年・一九八二年）を参考にした。

（2）例えば、安藤直太朗氏が一九七六年に紹介された平仮名本とは別の平仮名本を黒田彰氏が二〇一〇年七月に発見された。その詳細は黒田彰氏編、幼学の研究1『黒田彰蔵　平仮名本三国伝記　影印篇』（二〇一六年、幼学の会）、また黒田彰氏・谷口博子氏編、幼学の研究1『黒田彰蔵　平仮名本三国伝記　翻刻篇』（二〇一七年、幼学の会）に載る。

（3）例えば、池上洵一氏「解説　二　序文と北野通夜物語」（池上洵一氏校注、中世の文学『三国伝記』上、三弥井書店、一九七六年）において指摘されている。

（4）小林直樹氏「第二部　『三国伝記』とその背景　第一章　『三国伝記』の成立基盤——法華直談の世界との交渉」（小林直樹氏、『中世説話集とその基盤』、和泉書院、二〇〇四年、初出は一九八九年四月）を参考にした。

（5）例えば、『金撰集』については西尾光一氏「改編説話集のあり方」（西尾光一氏・美濃部重克氏編、『金撰集』、古典文庫、一九七三年）や西尾光一氏「『金撰集』における改編の一例――『沙石集』無言上人説話からの切継ぎ」（『上田女子短期大学紀要』九、上田女子短期大学、一九八六年三月）、『沙石集』の新出伝本である牧野則雄蔵永禄六年写本については土屋有里子氏「新出『沙石集』永禄六年写本について」（『中世文学』第五九、中世文学会、二〇一四年六月）等のご考察がある。

（6）『沙石集』諸本の体系的研究は渡邊綱也氏「沙石集諸本のおぼえ書――主として拾帖本と拾二帖本との関係についての推論」（東京大学国語国文学会編、『国語と国文学』十八―十、明治書院、一九四一年十月）や渡邊綱也氏「解説」（渡邊綱也氏校注、日本古典文学大系『沙石集』、岩波書店、一九六六年）等がある。その後、『沙石集』伝本について触れたものとして土屋有里子氏「梵舜本『沙石集』考――増補本としての可能性」（『中世文学』第五十号、中世文学会、二〇〇五年六月）、拙稿「梵舜本『沙石集』の性格」（『同志社国文学』第六十五号、同志社大学国文学会、二〇〇六年十二月）等がある。

（7）『直談因縁集』と『沙石集』との関係については阿部泰郎氏「『直談因縁集』解題」（廣田哲通氏・阿部泰郎氏・小林直樹氏・田中貴子氏・近本謙介氏編著、『日光天海蔵　直談因縁集翻刻と索引』、和泉書院、一九九八年）等がある。また、法華経注釈書と『沙石集』との関係については中山真麻理氏、『一乗拾玉抄の研究』（臨川書店、一九九八年）等がある。

（8）『三国伝記』の成立については（注3）「解説　五　成立」のなかでも池上洵一氏が推察されている。

（9）安藤直太朗氏「三国伝記の成立に関する考察――殊に沙石集・太平記との交渉について」（『国語国文学研究　論考と資料』第二輯、名古屋国語国文学会、一九四〇年）を参考にし、引用した。なお、引用に際して旧仮名遣いの表記を新仮名遣いの表記に引用者が改めた。

（10）簗瀬一雄氏「沙石集と三国伝記」（名古屋郷土文化会編、『郷土文化』第四巻第二号、名古屋郷土文化会、一九四九年三月）を参考にした。

（11）（注3）「解説　三　『三国伝記』の世界」のなかでの池上洵一氏のご指摘を参考にし、引用した。

（12）黒田彰氏「三国伝記と恵心僧都物語――説草から説話集へ」（黒田彰氏、『中世説話の文学史的環境　続』、和泉書院、一九九五年、初出は一九八九年二月）を参考にし、引用した。

（13）友久武文氏「異伝の文学――三国伝記説話の一傾向」（『国文学攷』第二十五号、広島大学国語国文学会、一九六一年六月）を参考にした。

（14）（注4）の小林直樹氏「第二部　『三国伝記』とその背景　第二章　『三国伝記』の方法――別伝接続と説話連関をめぐって」（初出は一九九〇年十一月）を参考にし、引用した。

（15）拙稿「『沙石集』諸本と譬喩経典」（『説話文学研究』第四十七号、説話文学会、二〇一二年七月）等において私見を述べた。

（16）『沙石集』は米沢本の本文である渡邊綱也氏校訂『校訂廣本沙石集』（日本書房、一九四三年）を用いた。『三国伝記』は（注1）に載る無刊記版本の本文を用いた。なお、本文の傍線部は引用者が私に付した。

（17）神宮文庫本『金撰集』は西尾光一氏・美濃部重克氏編『金撰集』（古典文庫、一九七三年）、身延文庫本『三国伝記抜書』は黒田彰氏編『三国伝記抜書』（古典文庫、一九七三年）を参考にした。

（18）『月刈藻集』は塙保己一氏・太田藤四郎氏、『続群書類従』

第三十三輯上　訂正三版（続群書類従完成会、一九五八年）を参考にした。

(19)（注９）に同じ。なお、ここでも引用に際して旧仮名遣いの表記を新仮名遣いの表記に引用者が改めた。

(20)（注３）の巻一の四十六の補注を参考にし、引用した。

(21)『沙石集』の引用本文は（注16）に同じ。

(22)『三国伝記』の引用本文は（注１）に同じ。

(23)『法苑珠林』は『大正新脩大蔵経』第五十三巻事彙部上（大正新脩大蔵経刊行会、一九六二年）を参考にした。『捜神記』は干宝／武田晃氏訳、東洋文庫10『捜神記』（平凡社、一九六四年）を参考にした。

(24)『経律異相』は『大正新脩大蔵経』第五十三巻事彙部上（大正新脩大蔵経刊行会、一九六二年）を参考にした。また、（注３）の巻一の四十三の補注等も参考にした。

(25)『直談因縁集』は廣田哲通氏・阿部泰郎氏・小林直樹氏・田中貴子氏・近本謙介氏編著、『日光天海蔵　直談因縁集　翻刻と索引』、和泉書院、一九九八年）を参考にし、引用した。

◎コラム◎

# 『三国伝記』が伝える室町期の三国志受容

田中尚子

たなか・なおこ――愛媛大学法文学部教授。専門は中世文学、和漢比較文学。主な著書に『三国志享受史論考』（汲古書院、二〇〇七年）、『室町の学問と知の継承　移行期における正統への志向』（勉誠出版、二〇一七年）などがある。

## 一、孫鍾の逸話

『三国伝記』巻五第二十「呉国孫鏡事明二隠徳義一也」では呉の孫権の祖先に関する逸話が語られる。瓜を育てて売るのを生業としていた孫鏡は、瓜を請う三人に瓜の他、食事までも用意してもてなしたところ、そのお礼として親を埋葬するにふさわしい場所を勧められた上、子孫から数代の天子が出ることを約束され、そして三人が白鶴となって去って行くのを見る。時が経ち、母が亡くなった際に彼らに言われた場所に墓を作ったところ、そこから光が生じ天まで通じたという。「有二レバ陰徳一必ズ有二リトハ陽報一此等ノ事ヲ云ベキニヤ」という一文で説話を結ぶ通り、まさに典型的な「陰徳陽報」譚である。もっとも、同話は「孫鍾」とあるべき主人公の名が「孫鏡」となっていたり、その系譜の記述にも誤りがあるとされたりと、少なからぬ問題を孕んでいる。

ちなみにその出典について『三国伝記』頭注では、『蒙求』注・下・孫鍾設瓜に酷似するが、直接関係の有無はなお断定できない」と記すが、この『蒙求』注では「幽冥(明)録」の引用という形式を取っており、だとすれば、出典を『幽明録』としても支障はなかろうし、また『古註千字文』「積善余慶」の注解部分にも類似するくだりが見え、これらの方が『蒙求』注よりも近似している感がある。たしかにそれらとて完全に一致するわけではないのだが、しかし実はその一致しない箇所こそが重要で、そこが『三国伝記』成立時の三国志享受を考える手がかりとなるように思われる。最大の問題点は結びの一文の前に置かれる孫氏の系譜を辿るくだりとなる。

鏡遂《ツイ》ニ生《ウム》レ策ヲ。策又生《ウム》レ堅ヲ。堅又生《ウム》レ権。権又生《ウム》レ亮ヲ。亮又生《ウム》レ休。休又生《ウム》レ和《クワ》ヲ。和又生レ皓ヲ。始メノ三代ハ為タリ二諸侯《コウ》一。後ノ五代ハ為ナリ玉フレ帝ト。是ヲ呉王ト為ス。然ルニ孫皓ノ時、世ヲ西晋ノ被レ奪《ウバ》レ二定皇帝一ニ、降テ為ナレリ二帰命侯《コウ》一ト云云。

頭注では『蒙求』注の「鍾後生堅、堅生権、権生亮及和休、和生皓」を引き、「この方が史実として正しい」とするが、そう安易に誤りだとして片付けてしまうことには疑問を覚える。すなわち、ここに『三国伝記』なりの〝正しい〟理解があったとは考えられないだろうか。この問題について少し掘り下げてみたい。尚、ここからは「孫鍾」の名に統一して扱うことにする。

## 二、孫氏の系譜

『三国伝記』では孫氏の系譜を、鍾—策—堅—権—亮—休—和—皓とし、堅までの三代を諸侯、権以降の五代を帝と区分して説明するが、『三国志』ではどう理解されているのだろうか。今回関係する人物を系図にすると、以下の通りとなる。

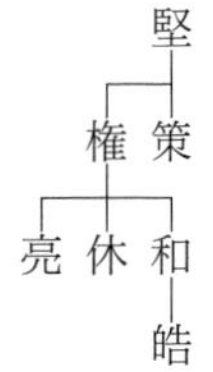


皇帝の位に就いたのは権、亮、休、皓の四代となるが、『三国伝記』とでは①皇帝位に就いた人数、②亮、休、和の兄弟関係の二点で違いが出る。三と五との並びには〝三皇五帝〟に重ねているのかと勘繰りたくもなるところだが、ともかくも「生」が子を生む意ではなく、諸侯や皇帝の地位継承の意で使われているならば、亮と休の関係性は誤りではないことになる。和に関しても、元は皇太子の地位にあったのが廃嫡となるも、後に息子である皓が帝位に就くことで「文皇帝」が追贈されるため、ある意味皇帝と見なすこともできようか。こういった背景を踏まえ、『三国伝記』が五代としたのであれば、その理解度を評価すべきであろう。

ちなみに『三国志』では堅を「呉郡富春人、蓋孫武之後也」としており、「蓋」という推測の形で無理矢理、孫武後裔説を打ち立てているが、堅より前の世代の記述がないことからも実際には不明だったのだろう。『三国志』自体をどこまで信頼できるのかという問題もあるが、同書と比べて堅の前に二代を置く『三国伝記』が誤りだとされるのは、鍾の息子が策とされたことによるのかもしれない。呉国で策といえば、権の兄で、若くして亡くなった策が思い起こされ、その彼と重なる名が登場するが故に誤りの印象が強く植え付けられてしまうということである。しかしこの部分にも何らかの意図を読み取れはしないだろうか。諸テクストでの系譜に関わる記述を見ていこう。『三国伝記』が「呉ノ孫鏡ト云フ者有リ」としているくだりである。

『蒙求』注の導入部では「孫鍾少時」とあるだけで、この時点では彼が何者かは明言していない。『古註千字文』は

「積善」を前面に押し出すため展開自体はやや異なるものの、それでも鍾の素性については「昔呉人孫鍾」と、『蒙求』注と同様の理解を示す。一方、『幽明録』では「孫鐘、呉郡富春人、堅之父也」、『異苑』では「孫鐘富春人、堅父也」と堅の父とする。系譜の理解がやはり定まっていないのだ。

　ここで注目すべきテクストとして浮上するのが『宋書』である。同書志第十七符瑞上にも鍾の瓜の奇瑞譚が見えるのだが、実はその書き出しが「孫堅之祖名鍾、家在呉郡富春」となっていて、祖父と認識しているようなのである。『宋書』は埋葬した墓からの光のくだりを、鍾の母の墓とする他テクストとは異なり、鍾本人の埋葬話としており、そこに「孫氏其興矣」と添え、鍾以降の興隆が約束されたかのようにまとめ、さらにここから「堅母」が堅を生む際の奇瑞（自らの腸が体から飛び出して呉昌門に巻き付いた話）、「堅妻」こと呉氏が策・権兄弟を生む際の奇瑞（策の妊娠時には月が、権の時には日が自身の体に入り込んだ話）を続ける。たしかに堅を主軸に捉えた叙述ということかもしれないが、鍾の子が堅ならば、「堅母」ではなく「鍾妻」としてもおかしくはなさそうであり、鍾に約束された一族の栄光を強調するにはそれなりに世代を重ねることが求められたとも考えられる。それが故の「祖」だったのだろう。

　先にも言ったように、『三国志』では堅の祖先は明確ではない。また、墓から光が上ったことについても、「呉書曰」として裴松之注で取り上げはするものの、「冢上数有光怪、雲気五色、上属于天、蔓延数里」と記すのみで、誰の墓かは明言しない。『宋書』はこのように不明瞭だった鍾に纏わる逸話を整えつつさらなる奇瑞譚を追加し、孫氏の神秘性を強調したのだ。「符瑞志」故のことであろう。『三国伝記』がこの『宋書』を認識していたならば、その叙述に合わせようとして一代を追加するべく試行錯誤し、「策」という孫氏の中に確実に存在する人物名を入れ込み、それによって〝三諸侯五帝〟の系譜を成立させたと考えられないだろうか。『三国伝記』は中国側の複数の説を結び付けながら独自の解釈をしようと試みたのだ。そしてそれを可能にしたのは、同書の漢籍への理解の深さがあったからこそと思われる。

## 三、孫鍾の変容と日本での中国史書受容

　孫鍾の変容を考える上では、「蔣山」と「鍾山」という二つの呼称を持つ山について検討した吉永壮介氏の論が実に示唆的である。南京市の朝陽門外にあるこの山には、①漢末の秣陵の尉、蔣子文の功績を讃え鍾山から蔣山に改称した説、②孫権の祖父鍾の諱との重なりを避けるべく鍾山から蔣山へと改称した説、③両者が合体したかのような、蔣子文の祖父の諱を避け改称した説という三つの説が

存在し、それらの成立事情を辿るに、②説は南宋（一一二七〜一二七九）に表れたもので、『資治通鑑』の胡三省注内で複数回主張されたことにより主流となったという。そしてこういった動きが当該期に発生したことについて、「イデオロギーとしては魏と蜀のいずれを正統とするかが議論され、民衆の感情としては蜀への共感が主流となる中で、呉に対する興味や共感は概して希薄であったと言える。そうした中で、南宋期に孫鍾の伝説が拾い上げられ、新たな解釈をくだして歴史に取り込まれたのには、都を同じくし地理を紐帯とした、呉への潜在的な連帯感が働いていたことも理由とされ得るであろう」と述べる。呉国の土地を引き継ぐ南宋において呉国を持ち上げる動きが起きたというのである。

そもそも鍾は実態が不明な人物である。そのことは本稿で論じてきた通りであり、吉永氏も同様のことを言っている。不明だからこそ伝承を与えてその人物像を作り込むことが容易なため、呉国、呉王の地位向上という大きな目的のもとに鍾の不透明さが利用されたのだろう。そういった南宋の動向が日本にも流れてきていたとしてもさしたる違和感はない。

もっとも、本国中国で曖昧だった鍾の話が日本に来て明確になるはずもない。大体当時の漢籍（主に史書）受容の様相を見ても、どれだけの土壌が整っていたかも疑わしいのだ。ここで『三国伝記』成立頃のその状況を確認しておこう。五山僧太極（一四二一〜?）は中国史書に少なからぬ興味を持っており、『碧山日録』からは、彼が『史記』注釈にまで目を配り、また二十四史中の『北史』や『周書』などにも目を通していた可能性が窺えるものの、『史記』と「式（講式）」とを勘違いする者がいた笑い話を書き留めていることからして、一般的には中国史書への理解がそこまで進んでいたとは言い難い。清原宣賢（一四七五〜一五五〇）も『蒙求聴塵』の中で『史記』や『漢書』は注が多いが、それ以降の史書はそうではないと述べる（「王戎簡要」）。そういう中にあって彼自身は三国志を掘り下げようとしていたようで、同注釈書内では三国それぞれの元号を対照させて整理し、さらには儒学的関心から正統問題に着目しつつ注を施しており、その際には『資治通鑑』も利用している。が、その宣賢ですら「孫鍾設瓜」に対しては、「又曰我司令」の部分に「司令ヲ人ノ命ヲツカサトル星也、帰命侯トハ次第ニ成下テ諸侯ニナルヲ云」としか解説しておらず、他の注解に比して圧倒的に短い。三国志と結び付けられてはいなかったようである。ちなみに三国時代を整理する動きは、『壒嚢鈔』や『榻鴫暁筆』にも見え、前者では魏呉蜀の皇帝の数と統治の年数をまとめており（巻四―九）、後者ではほぼ『太平記』そのままの三国志説話を語りながらも最後に「私云」として魏蜀の元号を対照させる注を加えている（巻三「諸葛孔明付仲達）。こういった基礎的な考察が複数の文献に見られることからしても、いまだ三国志への理解を深めようとする初期段階にあったとすることができる。

そういった室町期の三国志享受の動向の中に、今回の『三国伝記』の叙述も位置付ける必要がある。『三国伝記』は、『胡曾詩抄』を出典とした孔明の話なども載せており（巻十二第十四）、数は少ないながらも三国志に対する関心は持っていたようである。その思いが今回取り上げた巻五第二十にも反映されていたとの見方ができよう。もちろん一致度のより高い出典が存在する可能性はあり、それを探す作業を放棄するつもりもないが、現状では隣国中国での三国志（中でも呉国の地位上昇）の扱いを受け継ぎつつ、『三国伝記』が何らかの試行錯誤をしていたと見なし、その点を評価しておいてもいいのではないだろうか。日本国内で三国志への理解が深化していくその一端がこの説話から読み取れるという意味で、この『三国伝記』というテクストは室町期の漢籍享受研究において注目すべきものとなるのである。

**使用テキスト**

『三国伝記』↓中世の文学／『蒙求』↓新釈漢文大系／『幽明録』、『異苑』↓維基文庫／『古註千字文』、『蒙求聴塵』↓京都大学貴重資料デジタルアーカイブ／『三国志』、『宋書』↓中華書局／『碧山日録』↓大日本古記録／『壒嚢鈔』↓日本古典全集

**参考文献**

・吉永壮介「鍾山改名の由来について——蒋子文と孫鍾の伝説をめぐって」（『藝文研究』85、二〇〇三）
・田中尚子『三国志享受史論考』（汲古書院　二〇〇七）／『室町の学問と知の継承　移行期における正統への志向』（勉誠出版　二〇一七）

**附記**　本稿はＪＳＰＳ科研費「室町の学問の一齣として見る三国志享受の様相——中世日本紀・日本紀注釈との接点」（基盤（Ｃ）**20K00315**）の助成を受けたものである。

◎コラム◎

# 室町時代における『太平記』の享受

## ――『応仁記』を中心に

小秋元　段

こあきもと・だん――法政大学文学部教授。専門は軍記物語。主な著書に『太平記・梅松論の研究』（汲古書院、二〇〇五年）、『増補 太平記と古活字版の時代』（新典社、二〇一八年）などがある。

### 一、十四世紀前半における『太平記』の享受

文学作品の享受の足跡は、大略、以下の三種によってたどることができる。第一に伝本そのもの、第二に史料上の所見、第三に他作品における引用、である。

『太平記』の場合、[1]応安年間（一三六八～七五）中頃と考えられる作品成立の直後、永和三年（一三七七）以前に書写された零本、永和本が存在する。史料のうえでは、『洞院公定日記』応安七年（一三七四）五月三日条に「太平記作者」小嶋法師の死が記されている。また、永和三年九月二十八日付法勝寺執事慶承書状（『東寺百合文書』）には「太平記二帖」との記載も見えている。このように、『太平記』は成立期の享受記録が残されている稀有な作品といえるだろう。

だが、以後もこうした確実な証跡が、連続して残されているわけではない。伝本についていえば、古写本に神田本があるものの、その書写年代は不明である。十五世紀前半では、西源院本の祖本が応永十九年（一四一二）から二十八年（一四二一）までの間に、宝徳本の祖本が応永二十三年（一四一六）に、天理図書館吉田文庫蔵本の祖本が永享四年（一四三二）に、梵舜本の祖本が宝徳元年（一四四九）に書写されたことが窺える程度だ。史料の面では、応永（一三九四～一四二八）の末から永享（一四二九～四一）の半ばまでの『太平記』享受を点描する『看聞日記』をあげるにとどまる。

そのようななか注目されるのが、他作品における引用の事例だろう。応永九年（一四〇二）に今川了俊によって著された『難太平記』の存在はいうまでもなく、後円融天皇の在位中（一三七一～八二）に一旦成立し、後花園天皇の在位中（一四二八～六四）にかけて増補されたと考えられる『神明鏡』では、いたるとこ

ろで『太平記』が利用されている。(2) 応永三十二年（一四二五）以前に成った『醍醐枝葉抄』には、巻八・九の一部が抜粋されている。このほか、応永十四年（一四〇七）から文安三年（一四四六）までの間に成立した玄棟撰『三国伝記』や、文安二・三年に成立した行誉撰『壒嚢鈔』が『太平記』を積極的に利用していることは、よく知られるところだ。

十五世紀前半の『太平記』享受は、数少ない伝本と史料上の所見のほかに、こうした引用事例を組みあわせて窺見することになる。ちなみに筆者はかつて『三国伝記』や『壒嚢鈔』における『太平記』の受容を検討したことがある。(3) まず、『三国伝記』についていえば、『太平記』に依拠したと見られる十一の説話が、すべてを通じて一つの本文系統に収斂しないことから、撰者玄棟は『太平記』を参照しつつも、説話によっては直接これに依拠したのではなく、二次的な資料からも記事を収集した可能性があることを指摘した。その背景には、唱導ともかかわる天台系寺院の資料的環境の特性があったと想像される。

一方、『壒嚢鈔』には四十例以上の『太平記』の引用が認められるのだが、その本文は神田本・西源院本のごとき古態本を基本としながら、南都本系に近い要素や、米沢本・毛利家本のごとき乙類本特有の異文をも混交する後出本的なものであることが指摘できる。また、『壒嚢鈔』では『太平記』を引用する場合であっても、その記事に誤りが認められれば、適切に補正する事例もあることを指摘し、撰者行誉が『太平記』の依拠した和漢仏の原典に目を配りつつも、あえて『太平記』を引用したのは、平易に学問を伝えたいという意思によるものと推考した。

## 二、『応仁記』における『太平記』受容

このように、他作品における引用の事例には、『太平記』がこの時代、どう扱われてきたかが如実に表れる。その意味で『三国伝記』『壒嚢鈔』は貴重な存在といえるだろう。そして、同じ着眼から注目したい作品に『応仁記』がある。『応仁記』が『太平記』の影響を受けていることは、夙に松林靖明氏によって指摘されている。(4) 松林氏はその影響を、故事の引用、表現の借用、物語展開・人物描写の模倣、の三点に分類し、約二十の用例を紹介している。

『応仁記』における『太平記』の受容はその二十例にとどまるものではない。恐らく、松林氏もその点は十分承知したうえで、顕著な事例に限定し、紹介を試みたものと思われる。『応仁記』には『太平記』に用いられた語句や表現に敏感で、好んでこれを用いる傾向がある。それらを含めると、『応仁記』における『太平記』の影響箇所は、私見では五十を超える。

松林氏の指摘箇所になるべく重ならな

い事例を引いてみよう。

運ノツキタルシルシニヤ、政長モ神保モ東河原ヘマハツテ上ラレケルヲ、諸軍兵ハ只落行ト心得テ、1子ハ親ヲステ、郎従ハ主ヲ不レ顧ミ散々ニ成程ニ、2義ヲ比二金石一テ御霊へ取入勢、ワヅカニ二千ニ不レ足ラケリ、サテ政長コソ無ク二云甲斐一無下ニ聞ヲヂシテ、館ヲ開テ夕部上御霊へ引退レテ候ト風聞ケレバ、義就贔屓ノ人々ハ、サヲボヘツル事ヨ、3アハレ潤色ヤト云テ、不レ悦ル者ハコソナカリケレ、義就此由ヲ聞テ手ノ者共向テ、凡望ム二戦場一ニ、4一足モ前へ進トナレバ、一分引ト思ヘバ、虎モ鼠ト見ル物ナレバ、5軍ノ利ハ勝ニ乗テニグルヲ追ヨリ外ノ質ナシ、……

（上・二十四オ・ウ）[5]

右は畠山政長が自邸より上御霊社へ移り、畠山義就がこれを攻めようとする場面である。このうち、傍線部1には『太平記』巻八に「子ハ親ヲ捨、郎等ハ主ヲ知ラテ」[6]との類句があり、傍線部2には巻十一に「命ヲ塵芥ニ比シ、義ヲ金石ニ類シテ」等、複数の用例がある。傍線部3には巻十に「哀れ潤色やと、悦勇まぬ者はなし」（神宮徴古館本による。神田本・西源院本になし）、傍線部4には巻十五に「軍ノ習、勝ニ乗ル時ハ鼠モ虎ト成、機ヲ失フ時ハ虎モ鼠ト成物ナレハ」（松林氏指摘済み）、傍線部5には巻八に「軍ノ利ハ勝ニ乗テ北ヲ追ニシカス」といった先行表現が見えている。

いずれも類型的な句で、偶然の一致を疑うこともできるかもしれない。だが、傍線部1と5の出典は『太平記』で同一章段のなかの近接する詞章に存するものだから、『太平記』に依拠したことは疑いない。僅か数行のうちに、これだけ『太平記』の句がちりばめられているところを見ると、『応仁記』がいかに『太平記』の詞章を熟知し、自在に活用していたかがわかる。

『太平記』は『応仁記』の構想にも影響を与えた。松林氏はこれを天狗流星記事をとりあげて詳説したが、[7]乱の発端に関わる叙述にも『太平記』の影を見ることができる。『応仁記』では応仁の乱は足利義政の乱れた政務に原因があるとしている。義政は政治を管領に任せず、御台所ら周囲の女性たちのなすがままにさせていたため、その処置は「只今迄贔屓ニ募テ論人ニ申与ヘキ所領ヲモ、又耽リレ賄賂ニ訴人ニ理ヲ付、又奉行所ヨリ本主安堵ヲ給レバ、御台所ヨリ恩賞ニ被レ行」（上・八ウ）といい、「御台所ノ御口入トダニモ云ヘバ、諸大名モ忠無キニ挙レ賞、奉行人モ理タルヲ非ニセリ」（上・九オ）という有様であった。これが大名家の家督争いを生み、応仁の乱を導いたとするのである。

実際、『応仁記』ではこれに伊勢貞親の淫乱という要素も累加されるのだが、それはさておき、こうした状況のとらえ方は、『太平記』が建武新政の失敗の原因を阿野廉子の政治介入に求めたことに倣うものであろう。即ち、『太平記』では巻十二に「或ハ内奏ヨリ訴人勅裁ヲ蒙レハ、決断所ニテ論人ニ理ヲ付ラル、亦決断所ヨリ本主安堵ヲ給ケレハ、内奏ヨリ其地ヲ恩賞ニ行ハル」と、内奏と決断所の錯乱した処置を語り、巻一でも「去ハ御前之評定、雑訴之沙汰マテモ、准后之御口入トタニ云ヒテケレハ、上卿モ忠ナキニ賞ヲ与へ、奉行モ理アルヲ非トセリ」と未来を予見していた。右の『太平記』と『応仁記』の詞章は見事なまでに照応している。『応仁記』は語句や表現のレベルを超えて、歴史のとらえ方についても『太平記』を襲用したのである。

## 三、なぜ『応仁記』に注目するのか

応仁の乱を扱った軍記は複数あるが、とりわけ『応仁記』を称する作品は一巻本・二巻本・三巻本に大別される。三巻本は二巻本と『応仁別記』を編集して成ったことが既に松林氏によって明らかにされている。(8) 一方、一巻本と二巻本は差が少ないが、冒頭の記事構成の違いは諸家によって注目されてきた。一巻本は序につづき、「野馬台詩」とその注釈を載せる。日本の未来を予言した「野馬台詩」二十四句は、十八句目まで先人によって注釈が行われ、「百王流畢竭、猿犬称英雄」以下六句がまだ読み解かれていない。『応仁記』は「野馬台詩」と注釈を載せたあと、末六句にいう猿犬が山名宗全（猿）と細川勝元（犬）に当たるとし、これが応仁の乱を予言したものとして注解を進める。これに対して、二巻本では序のあとに「野馬台詩」と注釈を載せず、そのまま「百王流畢竭、猿犬称英雄」以下の注解をつづける。

この一巻本・二巻本の先後関係について、松林氏は結論を保留するが、(9) 和田英道氏・池田敬子氏・黒田彰氏等は一巻本の先行を説いている。(10) 殊に、池田氏・黒田氏は末六句に『応仁記』の発想の核があるとし、その注解を行ううえでも、その前提となる「野馬台詩」と注釈の引用は必要であったと考えたのである。

『応仁記』の成立時期をめぐっては、和田氏が「赤松次郎法師、播磨・備前・美作三箇国ノ勢五百余騎、是三箇国不ニル知行一セ時也」（下・三オ）とあるのに注目し、傍線部の記述が成り立つのが赤松政則が三箇国の守護に復帰した長享二年（一四八八）以後であることから、これが上限となると見た。(11) また、池田氏は一巻本所引の「野馬台詩」の眉上に「宋自元喜至大永三年一千九十八年歟」との注記があることに注目し、大永三年（一五二三）にごく近い頃と指摘した。(12) いずれも、『応仁記』が応仁元年（一四六七）の合戦記事で物語をほぼ終えることを思うと、相応の時間を経たうえでの成立ということになる。

ところが近時、山上登志美氏が注目すべき論考を発表した。(13) 山上氏は、上巻のみ伝わる龍門文庫本が『応仁記』の完結する以前の姿を示す可能性があること、一巻本でありながら、上下巻の区分に相当する部分に余白をもつ書陵部本・早大本の書式が、二巻本の先行を証すること、仮に一巻本が先出だとしたら、二巻本で「畠山右衛門佐上洛之事」を上下巻で分断するのは不自然であること、「野馬台詩」の思想は全編を覆っているわけではなく、上巻のうち、猿犬について言及した三箇所にしか直接関わっていないこと、「野馬台詩」と前十八句の注釈が必ずしも作品に関係しているわけではないこと、の諸点をあげ、二巻本の先行を唱えたのである。(14) また、成立年時については、「先年嶽山ノ合戦ノ時」(上・二十六オ)とある部分に注目し、これを「先年」というのは、長禄四年(一四六〇)から寛正四年(一四六三)にかけて行われた嶽山城の戦いより長い年月を経ない頃の表現であるとし、従来の見解より大幅に溯る見方を提示した。

山上氏が龍門文庫本に『応仁記』の当初の姿を認めるのは、上巻の巻末に奥書があることによっている。ただし、京大本『梅松論』(二巻)も上巻のみに奥書があり、天正本『太平記』も巻一のみに奥書があることを考えると、これは必ずしも異とするに足りず、龍門文庫本は依然、上巻のみの零本ととらえておくことが穏当だろう。だが、これを除けば、一巻本・二巻本の先後関係に関する山上氏の指摘には理に適うものがある。とりわけ従来の研究は、一巻本に付された「野馬台詩」とその注釈を過大視しすぎたのではあるまいか。少なくとも『応仁記』の歴史のとらえ方は、「野馬台詩」の末六句を示せば表明できる。詩と前半の十八句が引用されるに越したことはないが、なくても作品としては成り立つのだ。

二巻本を先行形態とするならば、「野馬台詩」に付属する大永三年の注記は成立論の圏外に置くことができる。赤松氏の領国について「是三箇国不二ル知行一セ時也」と説明するのも、後人の注が本行化した可能性がある。一方で、山上氏が注目する「先年嶽山ノ合戦ノ時」の一節は、地の文ではなく、ときの京都の人々の会話のなかで用いられているという設定であるため、成立の目安になるか、判断は保留したい。だが、少なくとも、『応仁記』の成立は従来の論を見直すことができるのは確かだろう。だとすれば『応仁記』は『三国伝記』や『壒嚢鈔』に次ぐ、比較的早い『太平記』の享受事例としてとらえることができるのである。

注

(1) 以下、加美宏氏・田中正人氏「太平記享受史年表(中世・近世)」(軍記文学研究叢書9『太平記の世界』所収、汲古書院、二〇〇〇年)、長坂成行氏『伝存太平記写本総覧』(和泉書院、二〇〇八年)等参照。

(2) 鈴木登美恵氏「太平記成立年代の考察——神明鏡の検討から」(『中世文学』第二十一号、一九七六年)参照。

（3） 小秋元段『太平記・梅松論の研究』第三部第五章「『太平記』と『三国伝記』に介在する一、二の問題」（汲古書院、二〇〇五年。初出、『実践国文学』第四十七号、一九九五年）、「『壒嚢鈔』の中の『太平記』（上）（下）」（『江戸川女子短期大学紀要』第十一号、『駒木原国文』第七号、一九九六年）。

（4） 松林靖明氏『室町軍記の研究』Ⅱ一「『太平記』と『応仁記』――『太平記』の影響」（和泉書院、一九九五年。初出、『太平記研究』第二号、一九七二年）。

（5） 二巻本の寛永十年刊本による。以下同。

（6） 特に断らないかぎり西源院本による。

（7） 松林靖明氏前掲注4書Ⅱ二「『応仁記』の天狗流星記事をめぐって――『太平記』の影響」（初出、『青須我波良』第二十六号、一九八三年）。

（8） 松林靖明氏前掲注4書Ⅱ三「群書類従本『応仁記』の成立と性格」（初出、『古典遺産』第二十号、一九六九年）。

（9） 松林靖明氏前掲注4書Ⅱ付論「早稲田大学付属図書館蔵『応仁記』解題」（初出、早稲田大学蔵資料影印叢書国書篇第十七巻『軍記物語集』早稲田大学出版部、一九九〇年）。

（10） 和田英道氏『応仁記・応仁別記』解説（古典文庫、一九七八年）、池田敬子氏『軍記と室町物語』所収「『花の洛』と「野馬台詩」――一巻本『応仁記』」「『応仁記』の成立と諸本」（清文堂出版、二〇〇一年。初出、『国語国文』一九八四年二月号、軍記文学研究叢書10『承久記・後期軍記の世界』汲古書院、一九九九年）、黒田彰氏『中世説話の文学史的環境』Ⅱ三「聖藩文庫蔵応仁記について」（和泉書院、一九八七年。初出、『加賀市立図書館聖藩文庫蔵応仁記』加賀市立図書館、一九八七年）。

（11） 和田英道氏前掲注10書。

（12） 池田敬子氏前掲注10論文。

（13） 山上登志美氏「『応仁記』一巻本・二巻本の成立――『野馬台詩』の呪縛からの解放」（軍記物語講座第四巻『乱世を語りつぐ』花鳥社、二〇二〇年）。

（14） 他に二巻本の先行を説く論に、小林賢章氏「『応仁記』一、二巻本の書承」（『語文』第四十一輯、一九八三年）がある。

**附記** 本稿は二〇二〇年度法政大学大学院における『応仁記』輪読の授業の成果を一部反映する。緊急事態宣言下の困難ななかで、講読を担当した李章姫氏・山本礼菜氏に感謝する。

## 執筆者一覧（掲載順）

| | | | |
|---|---|---|---|
| 小助川元太 | 橋本正俊 | 川本慎自 | 谷口雄太 |
| 新谷和之 | 牧野和夫 | 高橋悠介 | 柏原康人 |
| 細川武稔 | 竹村信治 | 小林直樹 | 黒田　彰 |
| 鈴木　元 | 本井牧子 | 三田明弘 | 加美甲多 |
| 田中尚子 | 小秋元　段 | | |

【アジア遊学 263】

# 室《むろ》町《まち》前《ぜん》期《き》の文《ぶん》化《か》・社《しゃ》会《かい》・宗《しゅう》教《きょう》

## 『三国伝記』を読みとく

2021 年 11 月 30 日　初版発行

編　者　小助川元太・橋本正俊
制　作　株式会社勉誠社
発　売　勉誠出版株式会社
〒 101-0061　東京都千代田区神田三崎町 2-18-4
TEL：(03)5215-9021(代)　FAX：(03)5215-9025

〈出版詳細情報〉 http://bensei.jp/

印刷・製本　㈱太平印刷社
ISBN978-4-585-32509-3　C1314

**262 資料論がひらく軍記・合戦図の世界—理文融合型資料論と史学・文学の交差**

井上泰至　編

## 261 古典は遺産か？—日本文学におけるテクスト遺産の利用と再創造

Edoardo GERLINI・河野貴美子　編

## 259 書物のなかの近世国家―東アジア「一統志」の時代

小二田章・高井康典行・吉野正史　編



## 260 アヘンからよむアジア史

内田知行・権寧俊　編

**258 史料が語る東インド航路—移動がうみだす接触領域**

水井万里子・大澤広晃・杉浦未樹・吉田信・伏見岳志　編

## 257 交錯する宗教と民族—交流と衝突の比較史

鹿毛敏夫　編

## 255 東アジアにおける知の往還

大学共同利用機関法人 人間文化研究機構　国文学研究資料館・高麗大学校グローバル日本研究院　共編



## 256 元朝の歴史―モンゴル帝国期の東ユーラシア

櫻井智美・飯山知保・森田憲司・渡辺健哉　編

## 254 東アジアの歌と文字

真下厚・遠藤耕太郎・波照間永吉　編

## 252 中世日本の茶と文化—生産・流通・消費をとおして

永井晋　編



## 253 ポストコロナ時代の東アジア—新しい世界の国家・宗教・日常

玄武岩・藤野陽平　編

## 250 酔いの文化史―儀礼から病まで

伊藤信博　編

序言　東西の飲酒文化を考える　伊藤信博

Ⅰ　酔いと宗教

無明の酒に酔う―〈酔い〉の表現史　小峯和明

髑髏盃をめぐって―織田信長を端緒に　目黒将史

僧坊酒宴再考　芳澤元

酒と仏教―酒の仏は「酔い酔い酔い酔い、酔いやな」　石井公成

【コラム】人類最初の酔っぱらいとしてのノア　木俣元一

Ⅱ　飲酒とその表象

平安貴族の「酔い」と「まつりごと」　高橋亨

平安後期における香薬の「酔い」―『香要抄』を中心に　アンドリュー・マッカンバー

破戒と陶酔―中世絵画に見る　山本聡美

黄表紙に擬人化される酒　畑有紀

中世文学のなかの居酒屋と放蕩息子―クリシェか現実か　前野みち子

Ⅲ　飲酒と環境

米と酒そしてその周辺―環境の視座から　伊藤信博・伊藤彰敏

椒芽田楽の洒落本から見るお酒と酔い　ミギー・ディラン

飲料の製造、飲み方と文化―例外としての日本酒？　ボーメール・ニコラ

アンシャンレジーム期のフランスにおける酔いに対する寛容　マチュー・ルクートル(棚橋美知子 訳)

酔う女―徳田秋聲『新世帯』と明治期の飲酒文化　安井海洋

【コラム】日本酒と肴―海辺の村で呑み始め　小川雅魚

Ⅳ　飲酒と病

【コラム】フランスにおけるアルコール中毒対策の政策的曖昧さ　ジャン＝ロベール・ピット(棚橋美知子 訳)

【コラム】飲酒と体内器官の関係　トマ・ロラン(棚橋美知子 訳)

【コラム】アルコール飲料製造における生物学的プロセス　アンドレス・マツラナ(棚橋美知子 訳)

翻訳を終えて　棚橋美知子

## 251 仏教の東漸と西漸

荒見泰史　編

総論　仏教の東漸と西漸　荒見泰史

一、儀礼とそのことば

頌讃の文学　荒見泰史

志慕玄奘、独歩五天(こころざしたてて玄奘をしたい、ひとりごてんをあゆむ)―唐五代宋初の讃と玄奘、義浄の讃　楊明璋

清代前期、媽祖信仰・祭祀の日本伝播とその伝承―ヨーロッパの東アジア進出も視野に入れて　松尾恒一

二、尊像の造形と伝承

信仰における図像と継承―敦煌に見られる山と天界の図像を中心として　荒見泰史

五臺山騎獅文殊尊像群の東漸と西漸―五臺山・比叡山・敦煌の尊像群から　白須淨眞

三、経典と物語、その伝播

『賢愚経』の伝播　髙井龍

芳と葛蘭　西村正男
中国語映画の「戦後」―女優李麗華とその主演作品を中心に　韓燕麗
付録　用語集
あとがき　西村正男

## 248 明治が歴史になったとき―史学史としての大久保利謙

佐藤雄基　編

序論　佐藤雄基
第一部　「明治」が歴史になるとき
大久保利謙と戦後日本近代史研究の出発　松沢裕作
政治学者における「明治」の歴史化　松田宏一郎
明治政府による記録編纂・修史事業と近代文書　箱石大
第二部　大久保利謙の歴史学
大久保利謙と近代史学史研究　マーガレット・メール（翻訳：佐藤雄基・渡邉剛）
大久保利謙と立教大学史学科（一九五八～七一）　小澤実
大久保利謙『日本近代史学事始め』についての覚書―大久保史学の史学史的検討のために　今井修
小伝・大久保利武―大久保家三代の系譜　松田好史
第三部　大久保史学にみるアーカイブズ・蔵書論
大久保利武・利謙父子の学問形成と蔵書―立教大学図書館・学習院大学史料館所蔵「大久保文庫」　佐藤雄基
国立国会図書館憲政資料室と大久保利謙の構想　葦名ふみ
大久保利謙と蘭学資料研究会・蘭学書　大島明秀
華族と歴史学―大久保利謙の華族研究と華族史料　小田部雄次

## 249 漢学とは何か―漢唐および清中後期の学術世界

川原秀城　編

序文　川原秀城
第1部　両漢の学術
今文・古文　川原秀城
劉歆の学問　井ノ口哲也
『洪範五行伝』の発展と変容　平澤歩
前漢経学者の天文占知識　田中良明
第2部　六朝・唐の漢学
鄭玄と王粛　古橋紀宏
北朝の学問と徐遵明　池田恭哉
明堂に見る伝統と革新―南北朝における漢学　南澤良彦
第3部　清朝の漢学
清朝考証学と『論語』　木下鉄矢
清代漢学者の経書解釈法　水上雅晴
乾隆・嘉慶期における叢書の編纂と出版についての考察　陳捷
嘉慶期の西学研究―徐朝俊による通俗化と実用化　新居洋子
第4部　総論：漢学とは何か
清朝考証学における意味論分析の数学的原理と満洲語文献への応用―データ・サイエンスとしての漢学　渡辺純成
漢学は科学か？―近代中国における漢学と宋学の対立軸について　志野好伸

**247 移動するメディアとプロパガンダ—日中戦争期から戦後にかけての大衆芸術**
西村正男・星野幸代　編

## 245 アジアの死と鎮魂・追善

原田正俊　編



## 246 和漢のコードと自然表象—十六、七世紀の日本を中心に

島尾新・宇野瑞木・亀田和子　編

## 243 中央アジアの歴史と現在—草原の叡智

松原正毅　編



## 244 前近代東アジアにおける〈術数文化〉

水口幹記　編

## 241 源実朝─虚実を越えて

渡部泰明　編



## 242 中国学術の東アジア伝播と古代日本

榎本淳一・吉永匡史・河内春人　編

百科事典と自然の分類—西洋中世を中心に　大沼由布

怪物の形而上学　野家啓一

Ⅱ　場—異界との接点

平安京と異界—怪異と驚異の出会う場所〈まち〉　榎村寛之

驚異の場としての「聖パトリックの煉獄」　松田隆美

怪物たちの棲むところ—中世ヨーロッパの地図に描かれた怪物とその発生過程　金沢百枝

妖怪としての動物　香川雅信

イスラーム美術における天の表象—想像界と科学の狭間の造形　小林一枝

歴史的パレスチナという場とジン憑き　菅瀬晶子

Ⅲ　体—身体と異界

妖怪画に描かれた身体—目の妖怪を中心に　安井眞奈美

平昌五輪に現れた人面鳥の正体は—『山海経』の異形と中華のキワ　松浦史子

魔女の身体、怪物の身体　黒川正剛

中東世界の百科全書に描かれる異形の種族　林則仁

Ⅳ　音—聞こえてくる異界

西洋音楽史における「異界」表現—試論的考察　小宮正安

カランコロン考—怪談の擬音と近代化　井上真史

「耳」「声」「霊」—無意識的記憶と魂の連鎖について　稲賀繁美

釜鳴と鳴釜神事—常ならざる音の受容史　佐々木聡

死者の「声」を「聞く」ということ—聴覚メディアとしての口寄せ巫女　大道晴香

Ⅴ　物—異界の物的証拠

不思議なモノの収蔵地としての寺社　松田陽

寺院に伝わる怪異なモノ—仏教民俗学の視座　角南聡一郎

民間信仰を売る—トルコの邪視除け護符ナザル・ボンジュウ　宮下遼

異界としてのミュージアム　寺田鮎美

終章—驚異・怪異の人類史的基礎　山田仁史

展覧会紹介「驚異と怪異—想像界の生きものたち」

## 240 六朝文化と日本—謝霊運という視座から

蒋義喬　編著

序言　蒋義喬

Ⅰ　研究方法・文献

謝霊運をどう読むか—中国中世文学研究に対する一つの批判的考察　林暁光

謝霊運作品の編年と注釈について　呉冠文（訳・黄昱）

Ⅱ　思想・宗教—背景としての六朝文化

［コラム］謝霊運と南朝仏教　船山徹

洞天思想と謝霊運　土屋昌明

謝霊運「発帰瀬三瀑布望両渓」詩における「同枝條」について　李静（訳・黄昱）

Ⅲ　自然・山水・隠逸—古代日本の受容

日本の律令官人たちは自然を発見したか　高松寿夫

古代日本の吏隠と謝霊運　山田尚子

平安初期君臣唱和詩群における「山水」表現

# アジア遊学既刊紹介

## 238 ユーラシアの大草原を掘る―草原考古学への道標

草原考古研究会　編



## 239 この世のキワ―〈自然〉の内と外

山中由里子・山田仁史　編